恐るべき太陽

ミシェル・ビュッシ
平岡　敦 訳

目次

主な登場人物

ピエール＝イヴ・フランソワ（ＰＹＦ）……………………………………フランスの大人気作家。ベストセラーの帝王

〈ヒバオア島での創作アトリエ参加者〉

クレマンス・ノヴェル……………野心的な作家志望者。愛称クレム

マルティーヌ・ヴァン・ガル……ベルギーの人気ブロガー。愛称ティティーヌ

ファレイーヌ・モルサン…………パリ十五区中央警察署の主任警部

マリ＝アンブル・ランタナ………黒真珠養殖業者夫人

エロイーズ・ロンゴ………………謎の多い寡黙な美女

マイマ……………………………………マリ＝アンブルの娘。十六歳

ヤン・モロー……………………………ファレイーヌの夫。パリ郊外の憲兵隊長

タナエ……………………………《恐るべき太陽》荘のオーナー
ポエ………………………………タナエの娘
モアナ……………………………タナエの娘
カマイ……………………………漁師
ピト・ヴァアテテ………………庭師
マヌアリイ………………………タトゥー彫師
メタニ・クアキ…………………タトゥー彫師

レティティア・シアラ…………パリのレイプ殺人事件の被害者
オードレイ・ルモニエ…………パリのレイプ殺人事件の被害者
セルヴァーヌ・アスティーヌ…パリの出版社の社長

本文デザイン／目﨑羽衣（テラエンジン）
イラストレーション／千海博美

恐るべき太陽

わが友パスカルの父
クロード・シモンの思い出に

彼らは死を語る、きみが果実を語るように
彼らは海を見る、きみが井戸を見るように
恐るべき太陽のもと、女たちは官能的だ
冬がないからといって、それが夏なわけではない

ジャック・ブレル『遥かなるマルキーズ諸島』

魚たちは眠っている。

死んでいるのでも、熱すぎる海のなかでぐったりとしているのでもなく、本当に眠っているのだ。

彼女は天然のプールに漂う魚たちをもっとよく見ようと、トレートル湾の端に突き出した黒いぎざぎざの岩に近づいた。海岸のうえに張り出した野原では、二頭の茶色い馬が木の葉(こ)を食(は)んでいる。一瞬、彼女は自由気ままそうな馬を羨んだが、うしろ脚がロープで二本の杭(くい)にさりげなくつながれているのに気づいた。

プールに戻ろう。

黒い岩のあいだに捕らわれた五十四匹ほどの魚は、目をあけてじっと浮かんだまま、太平洋の波に揺られていた。ハタ、ブダイ、ニザダイ。色とりどりの魚がひしめいている。プール、酷暑の水曜日……監視員はひとりだけ。

監視員は太腿(ふともも)まで水に浸かっていた。マルケサス諸島特有のタトゥーが、耳まで覆っている。白髪(しらが)まじりの巻き毛、ラグビーのプロップのような肩幅。彼は眠っている魚を素手でつかんでは、バナナの葉で編んだ肩かけの籠に放りこんだ。

彼女は男が誰だかわかった。《恐るべき太陽》荘へときどき樹木の剪定(せんてい)に来るという、庭師のピトだ。ゆっくりとした動作の大男で、歳は七十近いだろう。むこうも彼女に気づき、指を口にあてた。

しっ！

彼女はびっくりした。どうしてわたしが黙ってなきゃいけないの？　わたしがなにかひと言でも発したら、魚が飛び起きてしまうとか？

もちろん、そうじゃない。

ピトは大笑いした。

「きみはなにも見なかった。いいね？　もし誰かに訊かれたら、わたしは銛（もり）で魚を獲ってたと言うんだ」

彼女が驚いたように目を丸くするのを、マルケサスの男は愉快そうに眺めた。

「ええ……約束します」

ピトは目の前の女を、しばらくしげしげと見つめた。腰に巻いたハイビスカス模様のパレオ。その下の水着。彼はウィンクしてこうつけ加えた。

「これはマルケサス諸島に伝わる古い魔法なんだ」

漁師は青と緑の鱗（うろこ）をした大きなブダイを一匹選ぶと、岩に近づいた。こっちから質問したっていいんだ、と彼女は気づいた。

「あの……魚は目をあけたまま眠るんですか？」

ピトの大笑いが、またしても岩のあいだに響いた。

「もちろんさ。魚に瞼はないからな」

「でも……昼間から眠るの？」

彼女はまだ呆気に取られていた。ヒバオア島の小村アツオナの浜辺で、頭から足の先までタトゥーを入れた老人とこんな現実離れした会話をしているなんて。ヒバオアはマルケサス諸島最大の島で、パリから一万五千キロ、いちばん近い大陸からでも六千キロ離れたこの世の果てだ。

「眠るとも」とピトは、獲物を数えながら答えた。「ちょっとばかり、その気にさせればね」

彼女だってそんなに世間知らずじゃない。ピトは密漁をしていたのだと、すぐにぴんときた。どうやら、余計なものを見てしまったらしい。

ピトはわたしを絞め殺す？　それともわたしを共犯者にする？

彼がラグビーのプロップだとしたら、練習よりも試合後の大騒ぎに熱心なくちだろう。腹を前に突き出して、マオリ族の民族舞踊ハカの動きをさっとして見せると（訳注　ラグビーニュージーランド代表は、国際試合前にハカを踊るのが習わしになっている）、足をわずかに引きながら近づいてくる。

「こういう漁のやり方を知っているのは、マルケサス諸島でももう年寄りだけだろうな」

ピトは周囲の山を覆う木々を目で示し、言葉を続けた。

「ゴバンノアシっていう木の実から採れる粉を使うんだ。特徴さえわかっていれば、海岸近くの森でいくらでも見つかるさ。殻を割らなければ、なんの危険もない。だが中身は猛毒でね。ひとつ割って雌鶏にあげてみろ、どんなことになることやら」

二頭の馬が近づいてきた。ロープはそんなに長かった？　海岸に降りてきて、土手に生えている草を食み、ついでに水浴びをしていけるほど？　マルケサスの老人はぼんやりと馬を撫でた。

「なに、心配しなくていいとも、お嬢ちゃん。今はもう人間相手に、ゴバンノアシの毒を使ったりしない。よそ者に毒を盛ったら、こっちが腹を下しちまうって心得てるからね（原注　マルケサス諸島には十九世紀まで、食人の風習が残っていた。それが今でもジョークのネタになっている）」またもやピトはぶ厚い胸を震わせ、大笑いした。「けれどもすり潰す実の量さえ間違えなければ、漁に使えると昔からわかっていた。粉を海に撒くと、魚がうとうと眠ってしまうんだ……」

漁師は若い女の日に焼けた肌に最後の一瞥を投げかけ、裸足の足から耳もとのティアレの花まで眺めまわした。

「それに美しい観光客たちだって……」

セルヴァーヌ・アスティーヌ出版
サン＝シュルピス通り41番
75006、パリ

拝啓　このたびはセルヴァーヌ・アスティーヌ出版が主催する《彼方で執るペン》コンクールにご応募いただき、ありがとうございます。おかげさまで、応募者総数は31859名にのぼりました。この企画は、作家ピエール＝イヴ・フランソワの指導のもと、マルケサス諸島のヒバオア島で行われる一週間の創作アトリエに無料で参加できるというものです。

おめでとうございます。あなたが５名の当選者のひとりに選ばれましたことを、ここに謹んでお伝えします。５名の当選者のお名前は、以下のとおりです。

クレマンス・ノヴェル
マルティーヌ・ヴァン・ガル
ファレイーヌ・モルサン
マリ＝アンブル・ランタナ
エロイーズ・ロンゴ

つきましては、万事お繰り合わせのうえ、ぜひともご参加いただければと思います。参加の諾否、ご同伴者がいらっしゃる場合はその旨を７日以内にご連絡くださるよう、よろしくお願いいたします。参加者のみなさまには、ペンション《恐るべき太陽》荘（www.au-soleil-redoute.com）にご宿泊いただきます。詳細につきましては追ってご連絡いたしますが、まずは取り急ぎこの喜ばしい知らせをお伝えできればと思った次第です。

改めまして、このたびは本当におめでとうございます。

敬具

セルヴァーヌ・アスティーヌ

マイマの日記　死ぬまでに……

わたしは息を切らして《恐るべき太陽》荘に駆けつけた。激しい動悸が治まるのを待ちながら、初めてこのペンションを目にしたときのことを思い返した。あれは四日前、ママや四人のコンクール当選者といっしょに、ジャック・ブレル空港に降り立ったあとだった。

突然、あたりが暗くなり、わたしは思わず目をあげた。テメティウ山にかかる雲のうしろに、太陽が隠れたんだ。マンボウが網にかかるみたいに。明るい緑色だったココ椰子やマンゴー、バナナの木が、一瞬にして青緑色に変わった。嵐の前の、暗い海の色だ。

どうせなら、暗いに越したことはない。わたしはできるだけ音を立てないように、小道を進んだ。ブーゲンビリアの葉の下でも、まだはあはあと荒い呼吸を続けた。だって二キロの道のり、二百メートルの高低差を、いっきに走ったのだから。

物音ひとつ聞こえず、すべてがただじっとしている。テラスも、マエヴァホールも、六軒のバンガローも。トレートル湾、ハナケエ岩礁、閑散としたアツオナ村の黒い浜辺をすばやく見まわす。わたしは最後の期待をこめ、虚ろな空をちらりと見あげた。あとはなにも考えず、タナエの家（原注　ポリネシアの伝統的な住居）にむかった。竹の壁をよじのぼり、彫刻を施した柱にしがみつけば、タコノキの葉をふいた屋根まで簡単にたどり着ける。裸足の足をそっと骨組にかけ、バランスを取りながら移動して、天窓の三十センチ下にあいた口まで滑り降りた。

こんな芸当ができるのは、わたしくらいだ。まだ十六歳で、ウナギみたいに体が柔らかいから、ドアや窓に鍵がかかっていても、バンガローなんか簡単に入れちゃう。昨日もしかたなくそうしたけど、あれはヤンやクレムを助けるためだった。今は、ためらっている場合じゃない。こんなにもたくさんの血が流れ、何人もの人が死んだ。一刻を争うときだ。

わたしは一瞬で梁(はり)に飛び移り、家(ファレ)のなかに着地した。墓地からここまで、必死に駆けてきた。石を削って作った墓石と、埋められた死体のことを思い返した。目指す探し物が何かはわかっている。さっきタナエが言っていた原稿だ。クレムと、創作アトリエに参加したほかの四人の物語。この三日間を記録した完璧な日記。そこにはひとりひとりが目にしたもの、思ったこと、気づいたことが書かれている。

見つけるのに手間はかからなかった。原稿はローズウッドの机に置いてあった。全部で百枚くらいだろうか。一枚目に書かれているのは二行だけ。

海に流すわたしの瓶
クレマンス・ノヴェルが遺す言葉

山のうえにかかる雲から、白い太陽が顔を出した。陽光が窓から射しこみ、まばゆい明るさで部屋を照らす。

わたしは原稿の束をつかむと、蚊帳(かや)のかかったベッドの隅に腰かけた。日陰はそこだけ。

蚊はべつに気にならない。だってよそ者（ポパ・ア）を狙って刺すから。でも蚊帳って、お姫様のベッドにかかる天蓋みたいだ。

レースの空の下では、いつもよりもっとすてきな夢が見られそう。

わたしは原稿をめくった。

蚊帳の下なら夢を解き放っても、どこかに飛び去ってしまわないでしょ?

死ぬまでにわたしがしたいのは……

二日前

海に流すわたしの瓶　第一部

クレマンス・ノヴェルが遺す言葉

死ぬまでにわたしがしたいのは……

五つの大陸で四十三の言葉に翻訳される、ベストセラー小説を書くこと。
すてきな王子さまに出会うこと。
白いヨットで世界一周をすること。
白髪一本もないまま、五十歳を迎えること。
白馬でオーストラリアを縦断すること。
ええと……それから？
あとは空白！

こんなふうに書いたものの、とても読み返す気にはなれない。
どこまでも凡庸。くしゃくしゃに丸めて捨ててしまいたい誘惑を、わたしは必死にこらえた。海岸の駐車場には、野生のマンゴーの下にごみ箱があった。あのいちばん底に押しこめたい。枝にとまった雄鶏（おんどり）が、嘲る（あざける）ようにわたしを見ている。

なんなの！

マルケサス諸島はあこがれの地だ。けれどもひとつ、不満な点がある。放し飼いにされた何千羽もの雄鶏が夜は睡眠を妨げ、昼間は寝不足で隈のできたわたしたちの目を嘲笑うってこと。

わたしはもう一枚、白い紙を取り出した。

海に流すわたしの瓶　第一章

こっちから始めたほうがいいかも。わたしの名はクレマンス。

クレマンス・ノヴェル。

簡潔な言葉で自分のことを言いあらわすとしたら？　三十歳（あと数か月あるけれど）、パリ在住（首都圏高速鉄道網（RER）B線で、市内まで数駅のところ）、独身（朝日がのぼるとさっさと逃げ出す吸血鬼みたいな男とは、何人かつき合ってる）、ナンテールのコールセンター勤務。外見はどちらかといえばボーイッシュ。ショートヘアで、トレッキングシューズをはいて、ジーンズのうえにTシャツをはためかせている。

でもそれは、世を忍ぶ仮の姿。

なぜって頭のなかでは、あんまり若い男たち好みではないことに夢中になっているから。

それは言葉！　わたしはただそのためだけに、ヒバオア島で催される創作アトリエに応募した。言葉を書き留め、次々に並べて夢を見させる。言葉たちが連なり、小説となるまで。わたしの小説《海に流すわたしの瓶》になるまで。

だけど最初の言葉は、とても読み返す気にはなれない。

クレマンス・ノヴェルが遺す言葉
死ぬまでにわたしがしたいのは……

アツオナ教会の鐘が正午を告げた。このぶんでは、とうてい終わりそうもない。もうすぐタナエが昼食の支度ができたといって、わたしたちを呼びに来るだろう。そしてみんなが席につく前に、ピエール＝イヴ・フランソワが課題を集める。それでもわたしはぐずぐずと、あたりを見まわした。少年たちが手作りのボディボードで、黒い浜辺に寄せる波にのろうとしている。若者たちが海辺のサッカー場でボールを蹴っている。世界でいちばん美しいスタジアムだ。わたしのうしろ百メートルのところにあるブレル記念館のドアはあけ放たれ、探求の歌を繰り返す偉大なジャック・ブレルの歌声が聞こえる。『見果てぬ夢』を追い求める者の姿を歌いあげる声が。

ありがとう、ジャック！　わたしを落ちこませるには及ばない。白髪（シュヴ・ブラン）と白馬（シュヴォ・ブラン）で韻を踏むくらいじゃ、あなたの才能とは較ぶべくもないわ。大丈夫、よくわかったから。

わたしは今朝、ピエール＝イヴ・フランソワが出した指示を思い返した。

課題２　死ぬまでにわたしがしたいのは……この続きを考えよ。独創的で、意外性に富み、面白くて、感動的で、なおかつ嘘偽りがないこと。

制限時間は三時間。

それが三時間前のことだった。

死ぬまでにわたしがしたいのは……

課題を白紙で出すような屈辱を、味わわないですませることかしら？

わたしはノートのページに目を落とした。昨日、ピエール＝イヴ・フランソワが出した第一の指示が脳裏によみがえった。

課題１《海に流すわたしの瓶》、そこにすべてを書け。羞恥心も恐れも慎みもかなぐり捨て、書き終えたら誰にも読ませることなく、そのまま海に流すつもりで。

そしてわたしは今、こうして書いている。**海に流すわたしの瓶**、クレマンス・ノヴェルの小説。第一の章。課題２。

だめだめ、ひどいもんだ。これじゃあ、言葉の羅列にすぎない。

死ぬまでにわたしがしたいのは……

そうだ、ずっとここで暮らすこと。一生涯、ずっと！　パリ行きの飛行機には乗りたくない。

そこでわたしはもう一度、じっと意識を集中させ、ここまでの道のりを思い返した。パリからタヒチ島まで二十二時間の空の旅。首都パペーテで飛行機を乗り換えさらに四時間、眼下に広がる環礁も、青春時代に書いた詩のインクより鮮やかな青緑色の海も、なにひとつ見逃すまいと窓に額を押しあて、マルケサス諸島までやって来た。

ヒバオア島の上空に到着したときのことが、脳裏によみがえる。どこからともなくあらわれたエメラルド色の山は、エア・タヒチ・ヌイ社の小型ボーイングが近づくにつれ、ますます人跡未踏の深山らしくなっていった。砂漠に茂るオアシスとは逆に、椰子の木に囲まれた砂浜がところどころぽっかりあいているほかは、あたり一面森に覆われている。ジャック・ブレル空港のちっぽけな滑走路に車輪が触れる音が聞こえる。飛行機から降りるなり、ふくよかなマルケサスの女性たちがかけてくれた首飾りの香りがする。幸運を呼ぶ花や赤い種子の首飾りの香りが。

そのあと、最初の驚愕（きょうがく）に襲われた。ネットがつながらないなんて！　欲求不満の種は、さらに次々とあらわれた。ウィンドウショッピングもできなければ、一杯やるバーもなし。赤信号相手に毒づくことすらできないなんて。なかなかあきらめきれず、島のあちこちで二十回近くもアイフォンを取り出してみたけれど、ぜんぜんだめだった。SMSのやりとりも、自撮り写真を送るのも、家族や友達からの知らせも、うんざりするようなリプライもなし。

つまりはそういうこと。死ぬまでわたしはここにいたい。二十九歳と半分で恋人なし、定職なし。パリにいなきゃならない理由なんかある？

つまりはそれ。ヒバオアに流れ着いて、死ぬまでここに留まること。ゴーギャンは十五か月もった。ブレルは二十七か月。わたしなら記録を破れる。楽々と。

死ぬまでに、というか死んだあと、アツオナ墓地のゴーギャンとブレルのあいだくらいに埋葬されたい。あの小さな墓地には、すでに画家と音楽家が眠っている。あと、足りないのは作家だけ。どうせなら女性がいい。ジェンダーバランスってやつね。

わたしはペンを置いて、読み返し始めた。ともかく、なんとかうまく切り抜けた。

消防車の遠いサイレンのような、長々と続くラッパの音が、ペンションから村にむかって浜辺まで響いた。タナエが一度目のほら貝を吹いたらしい。

マルケサス諸島の食事、カイカイの時間だ。

《恐るべき太陽》荘では、これをないがしろにはできない。二度目の招集ラッパで全員がテラスに集まり、昼食の席についていなければならない。メニューは生マグロ、チキンファファ、バナナポエ、そのほか十数種類の料理と……課題の提出が待っている。

わたしの頭上を、雄鶏が怯えたように飛んでいった。マルケサスの女がトヨタの小型トラックを土手の前に停め、若い女性サーファーたちを呼んでいる。ブレル記念館の管理人は音楽を止め、食事に出かけた。わたしはぐずぐずと腰かけたまま、みんなに後れを取った小学生みたいにあわてて綴りの間違いをなおした。

ほかのみんな、ティティーヌやエロイーズ、ファレイーヌ、マリ＝アンブルもわたしと同じように、プレッシャーを感じているのだろうか？　世界でいちばん読まれているフランス語圏作家が遥か地上の楽園で催す創作アトリエに、みんなわたしと同じくらい真剣に取り組んでいるの？　彼女たちもわたしと同様、死ぬまでに本気で作家になりたいと思ってるの？

「クレム！　食べ始めるよ！」

タナエが鳴らした二度目のラッパすら、耳に入らなかったみたい。わたしを迎えに来たのはマイマだった。

マイマは五人の参加者のひとりマリ＝アンブルの娘、そしてわたしのプリンセス。裸足の足、こんがり焼けた肌、くるくる巻いた茶色の髪。島の案内役で、わたしの読者、わたしの共犯者だ。こんなに活発で抜け目のない女の子には、これまで会ったことがない。いつか、島の人々がしているみたいに、あの子を養子にもらいたいくらいだ。

マイマの日記　ささいな癖（マニ）と大いなる力（マナ）

わたしはクレムといっしょに小道をのぼった。いけてるじゃない、彼女の挑戦的なファッション。むこうも、わたしの野生児みたいなところが気に入ってるみたい。ちらっとトレートル湾やアツオナ村に目をやりながら、乾いた土のうえについた彼女のトレッキングシューズの跡を裸足で歩くのも楽しい。アツオナ村は山と海に挟まれて、屋根側は草木に圧迫され、庭側は太平洋の波に浸食されている。《恐るべき太陽》荘から海岸まで下るのには、ものの五分とかからないけれど、浜からペンションまでのぼるにはたっぷり十五分かかる。でも、文句は言えないかな。だって島に十軒ほどあるペンションのうち、《恐るべき太陽》荘がいちばん村に近いんだから。

それに観光ガイドによると、《恐るべき太陽》荘は評判もいちばんいい。もう絶賛の嵐ってところね。一語一句、書き写しておこうかな。**女主人タナエの熱いもてなし、朝、昼、晩と出されるおいしい地元料理。六棟あるバンガローはどれもシンプルな造りで、それぞれマルケサス諸島の島の名前がついている。ローズウッドの家具、竹の壁、タコノキの屋根。どれもマルケサス諸島の職人に伝わる伝統的な技術である。**

《恐るべき太陽》荘は旅行代理店の受けもよくて、年間を通してほとんど常に満室状態だった。ヒバオア島のペンションは、たいていみんなそうなんだけど。だからって、フランス人やオーストラリア人、インド人、アメリカ人が大挙してマルケサス諸島に押しかけてるなんて想像しないでね。だって泊まれるベッドの数は、島にほんの百床くらいなんだから。それがひと握りの観光客で、たちまちいっぱいになっちゃうってわけ。そこから観光客たちは、群島のクルージングや四駆での遠乗り、山頂目指してトレッキングへと出かけていく。

あらかじめ言っておくと、赤道地帯のマルケサス諸島を照らす恐るべき太陽は、正午ともなればとりわけ危険だけど……もう体に馴染んでる。タナエのところでは、宿泊客たちがトレートル湾に張り出したつる棚の下で、みんないっしょに昼食をとることになっている。雄鶏や雌鶏、屋根のうえを勝手に歩きまわる猫。手を伸ばせばすぐそこに、グアバ、パッションフルーツ、レモンがなっている。そして大きくひらけた眺望。前景には三頭の大型ポニーが走りまわる野原。背景はタハウクの小さな港とタフアタ島。

マエヴァホールは受付やバー、雨の日は居間にも使われる広い部屋で、大きな鏡が二枚かかっている。もちろんゴーギャンの絵も数枚、それにブレルの写真も。そりゃまあ、たしかにありふれてるけど、タナエだって遠路はるばる三十時間の飛行機の旅をしてきたフランス人巡礼者を、セザンヌとブラッサンス（訳注 フランスのシンガーソングライターで、ブレルと同じく文学的な歌詞を得意とした）で迎えるわけにはいかないでしょ。

つる棚の下には、ちょっとした面白い趣向があった。大きな黒板に白いチョークで、**死ぬまでにわたしがしたいのは**……と書いてある。キャンディ・チャンというアーティストが（ウィキペディアで知ったんだけど）思いついて広めて以来、全世界で同じような願いの言葉が何千、何万と書かれたんですって。マルケサス諸島を離れる前に、《恐るべき太陽》荘の客たちは黒板にチョークで自分の願いを書いていくように求められる。タナエはそれを毎週写真に撮ってから消すの。

熱帯の蝶みたいに儚(はかな)い、海の彼方の記念サイン帳ってわけ。女主人がまだスポンジで消してないぶんを読んであげる。

死ぬまでにわたしがしたいのは……
ヒバオア島に、タナエの家にまた来ること！
マルケサス諸島にパパとママを連れてきて、ティアレの花の首飾りをあげること。
世界一周旅行。
ロケット免許証を取ること。
不老不死の秘薬を作ること。

少し息を切らしながらペンションに着いたとき、ほかの宿泊客たちはみんなつる棚の下の席についていた。黒板の前を通りながら、わたしは思った。ピエール＝イヴ・フランソワは二つめの課題を、手抜きで決めたみたい。彼は立ちあがって課題の原稿を集めた。優等生のクレムはひと息つく間もなく、自分の原稿を手渡した。わたしは面白がって、その場面を見ていた。

ピエール＝イヴ・フランソワ。

マスコミでは略してＰＹＦと呼ばれている、ベストセラーの帝王。

でも正直に告白すると、わたしはＰＹＦの本を一ページも読んだことがない。たぶん、ほかの二千人のヒバオア島民だって、みんなおんなじだと思う。アツオナ村の人たちは、ピエール＝イヴ・フランソワに感激なんかしてない。ジャック・ブレルが島に来たときだってそうだったんだもの。みんな、彼が何者か知らなかったんだって！

実を言うとわたし、ＰＹＦは数学のジャコ先生に似てると思う。脚が短くて、額が禿(は)げあがってて。金色の髪はほとんど残ってないから、赤っぽい頭皮が透けて見える。丸く突き出たお腹は、昼から食前酒(アペリティフ)をがぶ飲みし、午後になると書斎で居眠りしてる証拠だ。でも、似てるのはそこまで。ジャコ先生は方程式なんか端(はな)から馬鹿にしてる生徒たち相手に悪戦苦闘し、しまいには音(ね)をあげるのが毎度のことだけど、ピエール＝イヴ・フランソワは反対にアトリエ参加者の女性たちを魅了し、うっとりと夢見心地にさせるみたい。だってみんな彼の言葉を、熱に浮かされたようにノートに取ってるもの。まるでＰＹＦが十二音節詩句(アレクサンドラン)か五七五(ハイク)のリズムで話してて、彼が発する言葉のひとつひとつが、一言一句聞き逃せない神聖な詩だとでもいうように。新たな創造のエネルギー、太陽のインスピレーションっていうか……わたしはそこに、とりわけ風を感じた。群島にたっぷり百機はある風力タービンをまわすことのできる風を。

世界中でどれくらいの女性ファンが、ＰＹＦの本にころりと引っかかってるのかわからないけど、《恐るべき太陽》荘の食卓についた五人に対して、彼が強烈な支配力をおよぼしているのは認めなくては。

「支度ができたわよ」とタナエが叫んだ。

わたしは急いでクレムの隣に腰かけた。タナエの二人の娘ポエとモアナはマエヴァホールを抜け、キッチンからつる棚まで何度も往復して、テーブルに料理の皿を並べた。会食者たちは料理を前にしてうっとりしている。マグロのタルタルステーキ・ココナッツミルク和え、ウマラっていうポリネシア産サツマイモのピュレ。サラダボウルに盛ったファファの葉は、ちょうどほうれん草みたい……わたしには給仕係のポエとモアナのほうが、もっと印象的だった。二人はゴーギャンの絵『彼女たちの黄金の肉体』に描かれた双子の少女にそっくりだ。右の肩にかかった黒髪も同じなら、あいだが小鼻のあたりまで離れた太い眉も同じ、厚い唇も、赤銅色の肌も同じ。ひとつだけ、絵のモデルと違うのは、彼女たちが肩から手首まで腕にタトゥーを入れている点だ。大洋の波、貝殻、花。そしてすべてを調和させる抽象的な曲線模様。ポエは十七歳でモアナは十八歳だから、わたしよりほんの二歳かそこら、年上なだけ。彼女たちのタトゥーがどんなに羨ましかったか、わかってもらえるかな。わたしも同じような絵柄の、さもなきゃもっと別の絵柄のタトゥーを入れたいのに。でもママは絶対にいいと言わないだろう。ママはタトゥーを入れていない。ポリネシアでもう五年以上も暮らしてるのに。

ママは真むかいにすわっている。それじゃあ集まった面々をじっくりと観察して、紹介しようかな。椅子は全部で十脚。五脚はアトリエ参加者のため、二脚はその同伴者（ヤンとわたし）のため、あと三脚はタナエ、モアナとポエのために空けてある。二人の娘も、ぶんぶん飛びまわる蠅（はえ）みたいに忙しく料理を運び終えたら、すぐに席につくことになっていた。さっとテーブルを見まわしたあと、わたしはまた視線をママに戻した。

マリ＝アンブルがわたしのママだって、誰にもわからないだろう。ママはわたしと正反対。昼と夜ほどに違うっていう表現が、まさにぴったりだ。わたしが褐色の髪ならむこうはブロンドで、馬鹿高いエルメスの香水をぷんぷんさせ、ばっちりメイクして、編んだラフィアの冠を被り、きれいに日焼けした肌はブレスレットとよく合っている。まるで装飾品に金箔（きんぱく）を貼るみたいに、こんがりと日焼けした女がいるけれど、ママはそんな女たちのひとり。それって、生まれつきの才能だ。ヒールの高い靴で歩いたり、ダンスをしたり、パーティーでカクテルを空けたりするのとおんなじで。それにママは、単にアンブルと呼ばれるほうが好きみたい。あるいはアンバーと。ジョニー・デップの元奥さんで、完璧にぶっ飛んでるアンバー・ハードみたいになりたいって、ママは思っているんだ。

ママの胸もと（デコルテ）には黒い真珠がさがっている。ママは隣にすわったベルギー人の老婦人で、やはり黒真珠のネックレスをしたティティーヌと話しこんでいた。彼女とは二日前に知り合ったばかりだけど、いっぺんで大好きになってしまった。マルティティーヌじゃなくてティティーヌって呼んでなんて言って、かわいらしいおばあちゃんって感じ。それに服装も奇抜なの。レースのドレスとか、サスペンダーつきのショートパンツとか。束ねた白髪には、ティアレの花を挿してるし。きっと昔は美人だったろう。とっても美人だったはずだ。でも、永遠の恋人に入れこみすぎちゃったってところかな……そう、ジャック・ブレルに！

ママとティティーヌは小声で、なにやら言葉を交わしていた。まわりの話し声にかき消されてはっきりは聞き取れなかったけれど、話の中身は容易に想像できた。ママは真珠談義をしているんだ。わたしの真珠はトップクラス。養殖真珠のなかでも最高級の逸品で、この胸の谷間にひと財産が埋もれてるの。だけどあなたの胸もとをさっと覗きこんだところ、真珠は千パシフィックフラン（原注　約十ユーロ）にもならない安物ね、とかなんとか。

本当にそんなことを言ってるとしたら……ママもかなりのものだ。

「ココナッツパンを取ってもらえますか？」とヤンが言った。

けれど誰も返事をしなかった。

さっとみんなが話をやめた。教祖様（グル）が口をひらこうとしている。ピエール＝イヴ・フランソワはサラダボウル半分くらい、マグロをいっきに飲みこむと、チキンファファに取りかかる前に、ありがたいご託宣を下すことにしたらしい。

「才能なしだな」彼は開口一番そう言った。「いや、才能なら誰にでもある。なんらかの才能を持って生まれてくれれば、差がつくってものじゃないんだ。他人（ひと）に差をつけたければ、努力しろ。汗をかいて、必死にがんばるんだ……」

わたしは笑いをこらえた。こんなお言葉を賜るために、ママもほかの四人の参加者も、一万五千キロの道のりをはるばるやって来たなんて！

「どんな芸術を取ってみてもいい」と作家は続けた。「音楽、絵画、彫刻、文学。才能がまったくない者なんて、ほとんどいない。しかし、ずば抜けた才能がある人間は、もっと少ないんだ。このわたしも含めて、大部分の者たちにとって、作品の成功は、努力にかかっている。一に努力、二に努力だ」

かなわないな、PYFには。どうやら彼は聴衆がこう言い返すのを、もの欲しげに待ちかまえているみたい。《いやいや、ピエール＝イヴ、あなたは天才という特権階級の一員ですとも。それはあなたが仕事熱心なのと、なんら矛盾するものじゃない》って。

「ではこのアドバイスを聞いて、しっかり胸に刻みたまえ。このあと何日、何時間、どんなことがあろうと、四日後、再び飛行機に乗るときまで、なにが起ころうと書き続けるんだ。すべてをメモし、すべてを書きたまえ。きみたちが感じたこと、感じ取ったことをできるだけ直截的(ちょくせつ)に。見たまえ、周囲をよく見たまえ（彼は芝居がかった身ぶりで、大洋と山、遠くの島々をいっきに指さした）。すべてがインスピレーションの源泉なんだ。こんなにパリから遠い、遥か地上の楽園で創作アトリエを開催する資金を出すよう、出版社の女社長セルヴァーヌ・アスティーヌを説得するのは、正直言って容易ではなかった。だからこの一分一秒を大切に生かすんだ。書きたまえ！　できるだけ率直に。誰でもみんな真摯に真剣に打ちこめば、ひらめきが降りてくる。ここではプルメリアと同じくらいやすやすと、才能が開花する。書きたまえ！　わたしはセルヴァーヌに約束した。わたしたちみんなで、思いもかけない斬新な小説を書きあげると」

みんながじっと考えこんでいるあいだに、ピエール＝イヴはフライドポテトを攻めにかかった。いや、正確に言うとポテトじゃない。自家製ウル（原注　パンノキの実）のフライ。冷凍してヨーロッパに送ったら、何百万袋も売れるんじゃないかな。

タナエ、ポエ、モアナもようやく仲間入りした。

さて、テーブル巡りの続き。ママの反対隣にすわってるのはファレイーヌ、その正面にいるのは、彼女の夫のヤン。同伴者として来たのは、わたしとヤンだけだ。ママとファレイーヌ以外の三人、クレムとティティーヌ、エロイーズはひとりで来たから。そんなわけで五人の見習い作家たちがインスピレーションを求め、メモ帳片手に自然のなかへ散り散りになっているあいだ、わたしとヤンはどうしてもいっしょにすごす時間が多かった。アトリエ参加者たちはほとんど休憩も取らず、課題に集中している……話の端々から理解したところによると、ヤンはブルターニュ出身で、ファレイーヌはデンマーク系らしい。ファレイーヌはパリの大きな警察署で主任警部をしており、ヤンはパリ郊外を管轄する憲兵隊長だ。二人は同い年で、四十代くらい。でも、キャリアには少し差がありそうね。警察の世界も芸術家と同じで、才能だけでは出世できないみたい。額に汗して仕事に精を出さないと。その点、ヤンは働きが足りなかったのかな。

　タナエは腰かけるが早いか、すぐにまた立ちあがった。

「ねえピエール＝イヴ、悪いけど、あなたが今言ったことには賛成できないわ」

　タナエは魚料理の皿に、ほとんど手をつけていなかった。彼女はエネルギーのかたまりで、いつだって仕事をしているか、話しているかだ。あるいはその両方を、同時に。彼女は皿を片づけながら議論を続けた。

「ごめんなさいね、だけどみんながみんな、同じ力を持って生まれてくるわけじゃないのよ」

　まわりの会話がいっせいにやんだ。タナエが宿泊客の前で持ち出す話題は、たいてい何年ものあいだに練りあげ、準備してきた定番ネタの繰り返しだった。客はせいぜい三日滞在するだけで、次々に入れ替わってしまうのだから。けれども今回は、とっさに考えたものらしい。

　ＰＹＦはタナエが皿を片づける前に、ウルのフライをひとつかみ確保した。

「ああ、力ね」と作家は繰り返しただけだった。

　いったい何のことなのか、ヤンだけはわかっていないらしい。タナエはたずねられる前に、説明し始めた。

「力っていうのは、わたしたちが持っている内なる力のこと。とりわけマルケサス諸島には、いたるところに満ちているわ。大地にも、木々にも、花にも、いたるところに。それは太古の昔から蓄積された力なの。山が海の底からまっすぐ隆起してきたときから。だけど間違えないでね。力(マナ)は空中に漂う香りみたいに、吸いこんで得られるものじゃない。そうではなく、先祖から伝えられるものなのよ。受け取る人もいれば、受け取らない人もいる。感じる人もいれば、感じない人もいる（タナエは皿を積み重ねながら、作家のほうを見た）。残念だけど、ピエール、いくらがんばっても、いくら汗をかいても、みんながみんな同じ力(マナ)を持てるわけじゃない。もっとも強力な力(マナ)を持つ者が長(おさ)になり、先祖が戦士だった者は、狩りに出るとき長に従う。民族舞踊の優れたダンサーの身ぶりが、マルケサス諸島の女たちに連綿と伝わる精神からインスピレーションを受けているように。でも、はっきり言えるわ。ゴーギャン・ショップの前でNRJタヒチのラジオ番組を聞きながら、日がな一日ビールを飲んでいるような怠け者の若者は、力(マナ)を持っていないって」

　タナエときたら、笑っちゃう。三千年前から続く言い伝えってわけね。ピエール＝イヴはポポイ（原注　パンノキの実の発酵ペースト）の残りをあわてて皿に盛った。ポエとモアナは母親の無言の指示に従い、同時に立ちあがって片づけに取りかかった。作家は頬ばった食べ物を飲みこむ暇もなく、マルケサス諸島特有の模様がついたナプキンで口を拭うと、相手を焦(じ)らしながらじっくり説得するような口調で締めくくった。

「それこそわたしが言いたかったことさ、タナエ。まさしく、わが意を得たりだ。誰もがそれぞれの力(マナ)を持っている。力(マナ)はわれわれのまわりに漂い、先祖たちからわれわれに伝えられる。大事なのは、その声を聞くことなんだ。呼び名はなんでもいい。才能、能力、力、感性。誰もが自分なりにそれを持っていて、見い出し、伸ばさねばならない。社会がひとつにまとまるために（PYFはカレーに残った最後の小エビの頭を取り、最後の言葉を続けた）。いやはやタナエ、きみの力（マナ）は楽園の料理だな」

　作家の讃辞に、タナエは一瞬、手を止めた。ヤンはその機に乗じてマグロを一枚取ろうとしたけれど、夫より機敏なファレイーヌがさっさと皿をポエに渡してしまった。お気の毒様、隊長さん！

だけど、休暇中の憲兵隊長さん、けっこうイケてるって思う。男盛りの四十代。スポーツマンタイプで、気取らない感じも悪くない。奥さんのファレイーヌは、五人のアトリエ参加者のなかでいちばんブスかな。艶のない金髪をおかっぱにし、したたかで、厳格で、そっけない。白い紙を手に、ココ椰子の林でうんうんと考えこむ柄じゃない。南洋が呼び覚ます冒険者の力（マナ）を、ハーマン・メルヴィルやジャック・ロンドン、ロバート・ルイス・スティーヴンソンが伝えてくれるのを待って、時間を無駄にするようなタイプには見えない。はっきり言って、ファレイーヌが何しにこの島へ来たのか、理解に苦しむな。

　少なくとも残り二人の参加者、クレマンスとエロイーズについてはよくわかる。本当に作家を志望しているのは、彼女たちだけだ。エロイーズはいつもテーブルの端っこにすわっているので、今ひとつとらえどころがないけれど、五人のなかでは飛び抜けてセクシー。でもクレムだって冒険家みたいで、とっても魅力的だ。エロイーズはお人形さんみたいな身をいろんな花柄のワンピースで包み、話すときも決して相手を正面から見ない。いつも横顔しか見せないのに、それだけでエジプトのピラミッドにひびを入れかねないほどのインパクトだ。すらりと伸びた白鳥のような首。イヤリングをつけた耳。リボンかスカーフで束ねた長い褐色の髪から出たほつれ毛の房。それらが絶妙な調和をなしている。エロイーズの美しさに、男たちは、そしてたぶん女たちも磁石のように引きつけられる。彼女は悲しげな笑みと、こんにちは、こんばんは、ありがとう、すみませんという丁寧だけど短い言葉で、まわりの人たちから身を守っている。

　エロイーズはそれ以外なにもしゃべらない。そしていつも、文章を書くよりも絵を描いていた。陰気な殴り描きで、たいていは子どもの絵だった。もしかしたら、どっちもしているのかも。ええ、きっとそうなんだ。絵と文章。美しきエロイーズは、両方の力（マナ）を受け継いでいる。どちらを取ろうか、自分でも迷っているのかもしれない。迷っているといえば食事のときもほかのみんなと違い、彼女はタナエの得意料理にほんの数口、恐る恐る手をつけるだけだった。ココナッツミルクやライムで和えたマグロは好物らしく、よく食べていたけれど。

　エロイーズとは対照的に、クレムには迷いがない。タナエの料理にも、自分の適性にも。作家になれるかなれないか、クレムはそのどちらかだ。五人のアトリエ参加者のなかで、わたしは断然クレムが好きだな。ティティーヌと同じで変わり者だし、彼女だけだ、本を放り出して海に飛びこむのは。それにピエール＝イヴを仏陀みたいに崇（あが）めたてまつったりしていない。すばらしい貢物を、足もとに山積みしようなんて思ってない。どうせなら、クレムのようなママが欲しかった……これでもわたし、ひとを見る目は厳しいほうだけど、五人のなかではクレマンスがいちばん野心家だと思う。レンジャー部隊員に変装した小リスみたいなファッションに騙(だま)されちゃだめ。そりゃまあ、彼女だって楽しんでるけれど、この一週間の創作アトリエに、大いに賭けるものがあるはずだ。言い換えれば、クレムには自信がある。

よく考えれば、クレムとエロイーズは似たもの同士なのかもしれない。体型も同じなら、個性的な三十女っていうところも同じ。見方によっては双子みたいなものかも。反発し合っている姉妹なんだ。エロイーズはメランコリックな少女タイプ。クレムは活発でボーイッシュなタイプ。だからお互い、ほとんど言葉も交わさない。ライバルだって意識しているから? 二人とも、自分がいちばん才能あると思ってるから? たったひとつの力(マナ)を、分け合っているから?

タナエがコーヒーカップを持って戻ってきた。そのあとから、砂糖壺(つぼ)を手にしたポエと、コーヒーを手にしたモアナがついてくる。二人の娘はお互い、決して三メートル以上離れない。なんだか手が四本あって、給仕をしたりあと片づけをしたりするのが超得意な、不思議な生き物みたいだ。

ピエール=イヴはご静粛にというように、スプーンでカップを叩いた。食事は終わり。午後の課題が発表される。

さあ、作業に取りかかろう。

「それではきみたちにたずねよう」と作家は切り出した。「小説の冒頭に何を掲げたら、もっとも効果的だと思うかね？」

「死体」と主任警部のファレイーヌが、ためらわずに答えた。

「悪くない」ピエール＝イヴはスプーンでコーヒーをかきまわしながら、大喜びで言った。

「だが、死体より効果的なものがある」

今度は誰も答えなかった。

死体より効果的なもの？

わたしは頭をひねった。ただの死体じゃだめってこと？　死体を二つにしてみるとか？マルケサス諸島の十二の島に、バラバラ死体をちりばめるなんていうのはどう？　頭はヌクヒバ島、脚はタフアタ島、残りはファツヒバ島なんてね。だけどティティーヌやクレムを含めて、誰も冗談めかす気はないらしい。

カップの受け皿が揺れて、時間が流れていく。ＰＹＦはコーヒーを飲み干しながら、残念そうに言った。

「死体より効果的なのは、死体がないこと。そう、行方不明だ。とくと考えてみたまえ。殺人事件から小説を始めれば、読者はこう思うだろう。誰が、なぜ、どのようにして殺したのかと。たしかに出だしとしては上々だ。だが、もし行方不明事件から始めれば、読者は同じ疑問、つまり誰が、なぜ、どのようにして連れ去ったのかと思うのに加えて、さらにこんな疑問を抱くはずだ。行方不明になった人物は、はたして生きているのか、死んでいるのかと」

もはや誰ひとり、言葉を発しようとしなかった。テーブルの下でパン屑を狙っている雄鶏、雌鶏たちまでも。

「そこにいくつか謎めいた要素を加え」と作家は続けた。「ぴりっとした味つけをするんだ。例えば、行方不明になった人物の服が目につくところに、きちんとたたんで置いてあったり、暗号で書かれた不可解なメッセージが残されていたりとか……これで手品の一丁あがり！」

それでおしまい？　これがＰＹＦの天才的なアイディアってわけ？　タナエはそう思ったらしく、二人の娘といっしょにテーブルのうえをみんな片づけ終えた。

皿を重ねる音、椅子を引く音、雌鶏がばたばたと羽ばたく音に負けまいと、ＰＹＦは一段と声を張りあげ、指示のリストを早口で読みあげた。彼は前にも増して、ジャコ先生にそっくりだ。生徒たちがみんなカバンを背負ってるのに、まだ宿題の指示をしているジャコ先生に。

「さあ、きみたちの番だ。夕方まで、時間はたっぷりある。日が暮れたら、また集まろう。きみたちに力（マナ）のご加護を」

　みんなが立ち去る前に、タナエがつけ加えた。

「まずは自分の彫像（ティキ）を選んだら？」

　マルケサス諸島に着いたらみんな、彫像（ティキ）が何なのか知ることになる。ここでは彫像（ティキ）を目にせずにすまない、と言ってもいいくらいだ。その奇妙な像は、ポリネシアの島々いたるところにあるんだから。半分人間で半分神様。大きな目と丸いお腹をして、立ったりしゃがんだりのかっこうをしている。木でできたものも石でできたものも、大きなものもちっぽけなものもある。

「力（マナ）がもっとも強力なのは、彫像（ティキ）のまわり」とタナエは、巻き舌が特徴的な発音で言った。

「でも彫像（ティキ）には、それぞれの力（マナ）があるの」

ついでに説明しておくと、ヒバオアは彫像（ティキ）の島。なかには微笑む彫像（ティキ）や冠をかぶった彫像（ティキ）みたいに、千年もの昔に遡るものもあって、観光客には見逃せない場所になっている。だけど今では、ほかにも、島のあちこちに何十という彫像（ティキ）が、道路沿いや四つ角、店の前などに見られる。

わたしはポエとモアナが残りのグラスをキッチンに運ぶのを手伝うと、走って引き返した。ファレイーヌとママを除き、みんなテーブルのまわりで忙しく支度をしている。最終的な掃除は、猫と雌鶏にまかせましょう。タナエはマエヴァホールの入口で箒（ほうき）を手に、突撃隊を指揮する雄鶏のガストンを追い払おうと悪戦苦闘していた。ここの雄鶏にはみんな、それぞれの性格に合わせて政治家の名前がついている。

クレムはデニム地のショルダーバッグにメモ帳を入れ、村にむかい始めた。わたしは彼女を呼びとめ、手を取った。

「こっちへ来て、クレム。力（マナ）を選ぶのを手伝ってあげるから」

マイマについていくのはひと苦労だ。この南国の子ネズミときたら、クリスマスの花飾りみたいに実をつけたグレープフルーツの木の枝を掻(か)きわけ、パンヤノキのごつごつした幹のあいだを裸足ですいすいと抜けていくんだから。そしてときどきふり返り、にっこり笑ってこう言った。

「ついてきて、クレム。さあ、こっち」

トレッキングシューズをはいたわたしは、象にでもなったような気分だった。もう十分も、森のなかを歩いている。ちょっとまわり道をするだけってマイマは言ったのに。

ようやく、バナナの木の葉が散らばった空地に出た。すぐに引き返さねばならないと、わたしはマイマに言おうとした。マルケサス諸島が散策に値するすばらしいエキゾチックな楽園なのは認めるけど、課題の小説を書かなくちゃならないんだって……とそのとき、彼女は突然わたしの前で立ち止まった。

「ここよ」

目を見ひらいたけれど、なにも見えない。マイマが指さす木々のあいだに目を凝らすと、一メートルほどの高さの石像があった。

彫像(ティキ)だ！

薄い灰色をした玄武岩の彫像（ティキ）で、まだ新しかった。苔（こけ）もむしていなければ、足もとに根が張っているようすもない。

わたしは近寄った。

小さな体に、やたらと大きな頭がのった彫像（ティキ）だった。顔の真ん中に目がひとつだけ。右肩には石のフクロウがとまっている。

「この彫像（ティキ）は何をあらわしてると思う？」とマイマはたずねた。

目がひとつなのと、円筒形の体型がアニメ『ミニオンズ』のドジなスチュアートみたいだと思ったけれど、そんな感想は言わないでおいた。

「じゃあこの彫像（ティキ）の力、力（マナ）は何？」

そんなの明らかだったけど、わたしは数秒考えるふりをした。

目がひとつ、大きな頭、フクロウ。

「これは知性の彫像（ティキ）。知恵の力（マナ）ね」

マイマの見立ても同じらしい。彼女は二つの目をひとつに重ねようとするかのように、鼻にしわを寄せて眉をひそめた。

「女、男、どっちに見える？」

そうきたのね、マイマ。見たところ、石像の性別を示すものはなにもない。わたしは笑って答えた。

「これは知性の彫像（ティキ）よね。だったら女に決まっている」

マイマは、森から小鳥がみんな飛び立ってしまうくらい大笑いした。そして興奮したように、わたしの袖を引っぱった。

「これと同じくらいの大きさの彫像（ティキ）が、タアオアとアツオナのあいだに五つあるの。タナエの話だと、誰が作ったのかわからないんですって。二つの村のあいだにいつの間にか立っていたのを、二か月前、島民が見つけたんだけれど、どうやらこれを彫った人は彫像（ティキ）に詳しいみたい。だって島のほとんどいたるところにある彫像（ティキ）をもとにして、作られているから。数百個もあるうち、観光客に見せるのは十分の一にも満たないんだって。狩人たちは誰も近づかないような場所で、何世紀も前に打ち捨てられた彫像（ティキ）をよく見つけるけど、苔や羊歯（しだ）に覆われていて、力（マナ）も貿易風に吹き飛ばされてる。全部数えあげた人はいないみたい……」

わたしはあとずさりしたひょうしに、腐ったバナナで足を滑らせ、赤い種子の首飾りを危うくピスタチオの枝に引っかけそうになって、あわてて幹につかまった。

マイマの朗らかな笑い声が、またしても空地に響きわたった。

「ついてきて。ほかの彫像（ティキ）も見せてあげるから。ね、クレマンティーヌ……」

わたしの名前はクレムよ、マイマ。正確にはクレマンス……ともかく、クレマンティーヌじゃない。幼稚園のときからずっと、そう呼ばれるのが大嫌いだった。わたしは顔をしかめてぶつくさ言ったけど、彼女のあとについていった。さらに森の奥へ入っていくと、ゲランの香水を振りまいたよりも強烈に、白檀（びゃくだん）の香りが匂った。

そう、わかってる、わたしには書かなくちゃならない小説がある。だけど……小さな内なる声がはっきりこう言ってる。これは時間の無駄じゃない。これらの影像(テイキ)には大事な意味があるって……

　森を出ると、マイマは両側を火焔樹(かえんじゅ)で縁どられた土の道をためらわず進んだ。わたしたちは血のように赤い花びらが作る丸天井の下を、横に並んで歩いた。マイマがヒバオア島の小道を隅々まで知っているのは驚きだった。この子に初めて会ったのは二日前、パペーテの空港でだった。いっしょにいた母親のマリ＝アンブルは、タヒチ生まれの女にしてはやけに鮮やかな金髪だった。

「ねえ、マイマ、あなたはマルケサス生まれ？　それともよそ者(ポパ・ア)なの？」

　少女はわたしをふり返った。

「ざっと説明するとね、クレム、わたしはここ、ヒバオア島で八歳まで育ったの。そのあとパパとママはタヒチ島に引っ越して、さらに九か月後、パパはタヒチ島を離れてボラボラ島へ移り、ママと離婚してマリ＝アンブルと再婚した。それからわたしたちはポリネシアの島々を転々とした。フアヒネ島へ、ファカラバ島へって。パパとママといっしょに」

　話がよくわからない。

「ママって、それはマリ＝アンブルのこと、それとも前のお母さんのこと？」

　マイマはわざとらしくため息をつき、ものわかりの悪い生徒だと言わんばかりにわたしを見つめた。

「マリ＝アンブルのことだよ。でも彼女は、わたしのママでもあるから。だってほら、ここ、マルケサス諸島では、ママがたくさんいることもあるの。それがファアアム。養い親制度の一種ね。今度また、詳しく説明するね……さあ、来て、すぐそこの左側」

そう言ってマイママはマンゴーの木のあいだに消えた。

わたしは身をかがめて葉の下を抜け、あとを追った。長くはかからなかった。十メートルほど先へ行ったところで、二つめの彫像(ティキ)がおとなしく待っていた。ひとつめと同じく、薄灰色の玄武岩に彫られた彫像(ティキ)だった。高さも同じ一メートルほど。しかし、明らかに異なった力(マナ)を体現している。わたしは彫像(ティキ)が頭にのせた石の冠、首に巻いたネックレス、指にはめた指輪、耳のイヤリングを細かく検分した。そしてマイママをふり返り、こう言った。

「お金の力(マナ)？　それとも成功の力(マナ)？　美の力(マナ)？」

マイママはなにも答えない。母親のことを考えているんだ、とわたしは見抜いた。早くここを立ち去りたそうだ。

「じゃあ、三つめを見せるね」

わたしは動かなかった。

「また今度にしましょう、マイマ。課題に取りかからなくちゃ」

けれどもずる賢い子ネズミは、わたしの好奇心を刺激する術(すべ)を心得ていた。彼女は五十メートルほど先の、森のさらに平らな地点を指さした。

「すぐそこだから、行こうよ、クレム」

しかたないわね。わたしはそのまま、彼女のあとについていった。足の下には、板状の火山岩が散らばっている。マイマはわたしの前を、ずんずんと歩いた。

「ここはメ・アエっていって、祖先の神聖な場所、人身御供の地なの……」

三つめの彫像（ティキ）は、広いテラス状の石段の真ん中に立っていた。そこはつるに巻かれ、土台の部分しか残っていないヒンズー教の古い寺院を思わせた。灰色に輝く彫像（ティキ）は、くすんだ灰色の石段のうえにくっきりと映えていた。よく見ると石像の指は十本ではなく、二十本あった。その手で、羽根ペンを握っている。二つの目は、空にむかってあいた二つの小さな穴だった。

マイマは自慢そうにそれを指さした。

「芸術の守り神ね」とわたしは言った。「創造の力（マナ）」

そう、わたしの力（マナ）だ。わたしにとって大事な力（マナ）はそれだけ。お金や知性、美貌なんてどうでもいい。わたしは彫像（ティキ）に近寄り、手で玄武岩に触れた。なにも感じない。どうやら歳月を超えてこの聖地（メ・アエ）を訪れ、わたしにその豊かな才能を伝えてくれようっていう天才的な祖先はひとりもいなかったようだ。まあいいわ。わたしは彫像（ティキ）が熱を帯び始めたかのように手を離した。そんな伝説、信じる気はない……

「四つめもすぐそこ」とマイマは先まわりして言った。忙しいのよ、ピエール＝イヴに出された課題をやらなくちゃ、小説の冒頭を書き始めるの、と繰り返す間もなかった。

あれね。

灰色の影像(ティキ)は、前の三つとそっくりだった。同じ石、同じ大きさ。作られたのも同じころらしい。それが芸術の影像(ティキ)の脇に立っている。目は小さな細い隙間だった。口も鼻もなく、頭のてっぺんからあごまで一面すべすべした骨のような顔に、穴が二つ穿(うが)たれているだけ。二十本の指は小鳥の首を絞めつけ、足から首まで蛇が一匹、溝のように伸びている。

思わず体が震えた。

死の影像(ティキ)だろうか？

復讐(ふくしゅう)の力(マナ)、暴力の力(マナ)？

どうして創造の影像(ティキ)のすぐ近くに、これを置いたのだろう？

これらの像を作った人は、なにひとつ偶然にまかせてはいないはずだ。わたしたちに、鍵を差し出しているのかもしれない。二か月前に五体の影像(ティキ)が置かれた、とマイマは言っていた。そのときにはもう、創作アトリエは企画されていた。

よく考えてみよう。

五体の影像(ティキ)。それらは、それぞれ異なった才能をあらわしている。

五人のアトリエ参加者。

わたしは馬鹿げた仮定を払いのけようとした。もしかして、わたしたちがここに着く前から、なにもかも計画されていたとしたら？　ティティーヌ、マリ＝アンブル、ファレイーヌ、エロイーズ、そしてわたし。それぞれに影像(ティキ)が割りふられ、わたしたちは自分に応じた力(マナ)を見つけねばならないとしたら？

　五体の像を作らせたのはＰＹＦだろうか？　これも創作アトリエの演出？　わたしたちを惑わせるための、わたしたちのインスピレーションを掻き立てるための。

　わたしは芸術の彫像から死の彫像へと何度も目を往復させ、マイマの耳もとでつぶやいた。

「全部女なのね、五つの彫像は？」

「うん、そう思うけど……昔はマルケサス諸島のことを、ヘヌアエナナって呼んでいたんだって。男たちの土地って意味。でも今じゃ、女が力を握ってるからね」

　わたしは作り笑いをした。マイマも死の彫像は気味が悪いらしく、さっさとこの聖地から立ち去りたいようだ。わたしたちは急な坂道をのぼって古いバナナ園を抜け、まっすぐアツオナ墓地にむかう街道に入った。途中、少し立ち止まってひと息つき、トレートル湾と村の砂浜を見渡すすばらしい眺望を楽しんだ。椰子のあいだに点々とする何十もの白い屋根は、撒き散らされたパン屑みたいだった。今にも巨大な鳥がテメティウ山から飛んできて、ついばみ始めるんじゃないかと思うほどだ。

「最後の彫像を見たければ、引き返さなくちゃ」とマイマは言った。「ペンションのちょうどうえ、タハウク港にむかう街道沿いなんだけど」

　わたしは頭のなかでざっと計算した。そんなまわり道をしていたら、十五分以上はかかりそうだ。本やメモ帳、原稿用紙を突っこんだショルダーバッグの重みが、ぐっと肩にのしかかってくる。ごめんなさい、マイマ。今度こそ、執筆にかからなくちゃ。

数メートルうえにある墓地の近くに腰を落ち着けたら、いいアイディアが浮かんできそうだ。

「それはまた、今度にしましょう……」

マイマは気を悪くしたふうもなかった。

「そうだね……行けばわかるから。《恐るべき太陽》荘を出て右に曲がったすぐのところ」

けれどもひとつ、気になることがあった。

「で……最後の影像（テイキ）には、何の力（マナ）があるの？」

マイマはぴょんと飛び跳ね、さっさと歩き出した。

「今からビーチで、ヤンと待ち合わせなの」と彼女は説明した。「サーフィンを教えることになってて。みんなが課題に取り組んでいるあいだ、午後いっぱい暇だから」

彼女は坂道を下り始めた。わたしはもう一度たずねた。

「五つめは何の力（マナ）なの？」

マイマはためらうかのように腕をふった。

「さあ、よくわからない。その影像（テイキ）だけは、まだ見に行ってないから。だけどタナエが言うには、やさしさの力（マナ）なんだって。感受性とか善良さとか、そんな類（たぐい）のもの。それは唯一、笑顔を浮かべて、花で飾られているって。指はやっぱり二十本だけど。少なくとも、タナエはそう言ってた」

＊

わたしはアツオナ墓地のすぐ下に腰を落ち着けた。草むらにすわってメモ帳を膝にのせ、ペンを手にして。村や浜辺、太平洋が一望できる。

もう、最高！

ブレルやゴーギャンも、同じ景色を楽しんでいる。ここからほんの十数メートルうえで、墓の下に横たわって。

さすが芸術家、目のつけどころがいい。だってここからは、ヒバオア島のいちばん美しい景色が見渡せるのだから。それにわたしだけじゃない。ティティーヌとエロイーズもここに陣取っていた。エロイーズはもっとうえ、ゴーギャンのお墓の近くで、火山岩みたいな大きな赤い石にすわっている。例によってエロイーズは、わたしに横顔しか見せなかった。髪を簡単に丸くまとめ、耳もとには白い花が挿してある。きっと画家の墓に影を落とすプルメリアから、いただいてきたのね。葉の落ちたプルメリアの木が墓石のうえに枝を広げているさまは、おとなしく土中に埋まっていない反抗的な骸骨のようだった。

わたしのいる位置からは、エロイーズが絵を描いているのか文章を書いているのか、判断はつかなかった。でも彼女、ペンよりクレヨンを持たせたほうが、才能あるんじゃないかな。

ティティーヌはもっと近く、わたしから五十メートルほどのところにいた。ブレルの墓石の前にパレオを広げ、そのうえにすわっている。歌手の死を悼む巡礼者たちは、アツオナの浜から拾ってきた黒い小石にホワイトマーカーでメッセージを書き、墓石の足もとに積んでいった。

愛しかない時（訳注　ジャック・ブレルの歌のタイトル）
わたしはあなたに小石を運んだ
地中一メートルのところで、あなたはまだ歌っている……

そして大理石には、彼らを歓迎する言葉が刻まれている。

通りすがりの人
帆船の男
星の男
ありがとう、よく来てくれた
詩人はきみに感謝している

ティティーヌがわたしにうなずいてみせた。わたしが彼女に気づいたとき、ペンを持つ手を休めてうたた寝の最中だったらしい。

彼女は感じがいい。アトリエ参加者たちのなかでは、いちばん好感が持てる。それに島には、彼女が大ファンの歌手の写真がいたるところに貼り出されてるから、わたしまで好きになり始めた。ここに来るまでは、ブレルの歌なんて片手で数えられるほどしか知らなかったのに。

わたしはペンを噛（か）んだ。なかなか集中できない。さっきマイマと森を歩いたときのことを、ついつい考えてしまう。

五人のアトリエ参加者。

五つの彫像（ティキ）。

どれが誰？

マリ＝アンブル。ブロンドのブルジョワ女でマイマの継母。黒真珠の養殖で財を築いたポリネシア人の妻。彼女にぴったりなのはお金や宝飾品、外見の彫像（ティキ）。しっかりメイクを怠らず、脂肪吸引術や豊胸手術を施した彫像（ティキ）だ。

ファレイーヌ。デンマーク系の主任警部。彼女には知性の彫像（ティキ）が合いそう。

それから？

ティティーヌ。ブログ《あの言葉》を二十年間続けている。毎年夏、ブリュッセルの基礎自治体スカールベークの子どもたちをオーステンデの海辺へ連れていき、猫を十匹も飼っている……どう見たって彼女は、やさしさの力（マナ）に輝いてる。

残るは才能の彫像（ティキ）と……死の彫像（ティキ）。

エロイーズとわたしだ。

わたしは目をあげた。ピエール＝イヴに出された課題には、なかなか集中できない。

行方不明から始めて、続きを考えよ。

ミニチュアの人間が住んでいる模型のような村を眺めた。砂浜に通じる土の道を駆けていくマイマが見える。ヤンは黒い岩の近くで、左右の腕に白いボディボードを挟んで彼女を待っている。その少し先では、太平洋に面して置かれた二つのピクニックテーブルにファレイーヌとマリ＝アンブルが腰かけ、課題に取り組んでいた。海の前に腰を据えているのはその二人だけだった。村の子どもたちは学校に行っているし、数少ない観光客はよそにいた。

マイマの日記　サーフィン・ヒバオア

「あなた、本当に警察官?」

　疑いの気持ちをヤンにしっかり伝えようと、わたしはピンポン玉みたいに見ひらいた目で、彼のサーモンピンクのショートパンツとTシャツについている椰子の絵を交互に眺めた。

「憲兵隊員だ」とヤンは答えた。「憲兵隊の隊長。ドルー郊外、ノルマンディー方面のノナンクール隊。むこうじゃみんながバミューダパンツと花柄シャツで歩いてる。『ハワイ　ファイブオー』みたいにね」

　笑える。

　わたしは隊長から、ボディボードを一枚ひったくった。

「憲兵隊員にも見えないな。奥さんはいかにも警察官らしいけど、その代わり作家っぽくはないね」

　わたしたちは二人とも、二百メートルくらいむこうにいるファレイーヌを見やった。水のボトルを一本、本を数冊手もとに置き、紙のうえに身を乗り出している。

「たしかに妻はまだ作家じゃない」とヤンは答えた。「だが、なれると信じている」

　わたしはママに目をやった。ママはファレイーヌより数メートル先で、やっぱり海の前に陣取っている。わたしは予期せぬ海の怒りから村を守る石の堤防を乗り越え、二メートル下の黒い砂のうえに飛びおりた。

「ほらほら、隊長さん、そこで何してんの？」

ヤンも堤防を乗り越えたけれど、わたしより身軽とは言えなかった。彼はなんとかバランスを取って、こう答えた。

「妻はパリ十五区の中央警察署で、主任警部をしている。けれどピエール＝イヴ・フランソワの本も大好きで、ほかの何千人もの読者と同じく、彼の版元が主催したこの企画に応募した。遥か地上の楽園で、作家直々の指導を受ける一週間の創作アトリエにね。見事勝利をつかみ取ったのか、当たりくじを引いただけなのか、そこのところはよくわからないが、マルケサス諸島で一週間すごせるなら、もちろんおれもついていくことにした」

ふーん……ミステリの女王になることを夢見てるスーパー女性警官だって！　妙だと思うかもしれないけど、そんな話、頭から信じるわけにはいかないな。その件はまたあとで、よく考えることにして……わたしはボディボードを浜辺に置いて、波にむかった。足が踝まで砂に埋もれ、何千匹もの蟻にかじられているような感じがする。カプリパンツとTシャツを宙に放り投げながら、ヤンにむかって叫んだ。

「じゃあ、隊長さんは読んでないの？」

「あんまりね」

わたしはビキニ姿で最初の巻波に挑んだ。ふり返ると、憲兵隊長は乾いた砂に注意深くビーチサンダルを並べている。

「隊長さんって、スポーツもあんまり好きじゃないみたい。本当のスポーツ好きなら、マルケサス諸島で七日もすごすってなったら、ヴァイエテヴァイの滝までトレッキングしたり、海に潜って縞模様のイトマキエイを眺めたりするもんじゃない？　足にビーチサンダルを引っかけたままなんてありえない。だけど、サーフィンはするんでしょ？」

ヤンはうわの空で答えた。

「水上スキーはしたことがあるが……ウール川で、川船に曳いてもらって」

彼の目は、なにかを一心に見つめていた。砂浜の端の、黒い岩礁の真ん中あたりを。半ば放し飼いにされた二頭の馬が、草を食んでいる。わたしもびっくりして、ぎざぎざした海岸線沿いの岩礁に目を凝らした。

そして同じ一点を、じっと見つめた。

昼食の会話、ピエール＝イヴ・フランソワの言葉、彼が出した課題が脳裏によみがえる。

まさか、信じられない。こんなことがあるなんて。でも、フィクションが現実になったんだ。

海に流すわたしの瓶　第三章

わたしは黒い海岸から目を離し、白いページに意識を集中させようとした。

書くというより、ペンが気ままに飛びまわっている感じだ。

五人の参加者、五体の彫像（ティキ）

ＰＹＦの課題になんか、とうてい集中できない。もう、力（マナ）のこと以外考えられない。

もしかして、わたしは考え違いをしているのかもしれない。

問題はおのおのが自分の力（マナ）を見つけるのではなく、すべての力（マナ）を身につけることだとしたら？　潜在的な特性を、必要なだけ開発することでは？

わたしは小説の冒頭ではなく、五つの言葉を殴り書きした。

感性

創造性

知性

信頼

意思力

考えてみると、わたしはどれも中程度で、際立った才能はない。けれども五つの力(マナ)をすべて、しかもたっぷり持っている人たちだっている。それぞれの特性を、百パーセント兼ね備えている人たちが！

自分の力(マナ)を求めよ、ですって？　けっこうなアドバイスね。でもそんなの、ただのきれいごとでは？　劣等生にむかって、好きな教科をたずねるようなもの。嫌いな授業でも高得点をあげる優等生を前にして、劣等生がやる気をなくさないようにっていう策略にすぎないのでは？

わたしはページを破り、丸めてポケットに突っこんだ。

それでも信じたい。

わたしの力(マナ)。

わたしの小説。

幻想なんかじゃない、言葉を紡ぎ出すように駆り立てる力も、文章に対するこだわりも、字を読める歳になって以来わたしを引きつける光も。

わたしにとって、生きるとは書くことだ。

小説を、わたしの小説を書くこと。

そのためなら、命を捧げよう。わが人生を、わたし自身を犠牲にしてもいい。感動や傷、焦燥感を引き出して、みんなに読んでもらえる作品を生み出せるのなら。

ピエール＝イヴもわかっているはずだ。わたしの志望動機書に目をとめたのだから。三万二千の応募者のなかから、クレマンス・ノヴェルを選んだのだから。

ピエール＝イヴなら理解するだろう。胸を焦がすこの情熱を。

しかしその前に、完璧な原稿を彼に提出しなければ。

さあ、クレム、がんばって。

幸運をもたらすという赤い種子の首飾りに、わたしは思わず手をあてた。そして白紙のページを慄然と眺めた。

行方不明から始めて、続きを考えよ。

わたしはペンを紙に近づけ、最初の言葉を書きつけようとした。冷たい水に、そろそろと足の先をつけるみたいに……とそのとき、百メートルほど下から叫び声が聞こえ、さっと顔をあげた。

ああ、腹が立つ！　せっかく書き始めようとしたのに。

叫んだのはマイマだった。

見ると浜辺の黒い岩のうえで、腕をぶんぶん振りまわしている。ヤンもそのすぐ脇にいた。

二人の足もとには、波にさらわれないよう岩のてっぺんあたりに服が重ねてあった。

わたしはすぐに事態を悟った。

マイマの日記　行方不明

「ピエール＝イヴの服だ！」とヤンは叫んだ。

わたしも気づいた。作家のイタリア製モカシン靴、ベージュのズボン、亜麻のシャツに間違いない。服はきれいにたたんで、岩のうえに置いてあった。ひと潜りしたスイマーが、乾いた服を着られるように用意したみたいに。

わたしはわけがわからないまま、皮肉っぽく言った。

「やるじゃない、隊長さん。すばらしい観察力、推理力。まさに本物の捜査官って感じ」

ヤンは顔をあげなかった。思考の糸を途切れさせたくないんだって、すぐにわかった。PYFの服がたたんで置いてある。泳ぎに行く人がそうするように……だけど波の高い太平洋の、こんな岩礁の前じゃ泳げるわけない。潮流に押し戻されて岩に叩きつけられ、へたをしたら一巻の終わりだ。

それでもわたしはいちおう、大洋を眺めた。ハナケエ岩礁のほうを。それからタファアタ島とテアエホア岬のあいだの海峡、ボルドレ運河を。水平線にはひとっ子ひとり、カヌー一艘見えない。隊長も沖に目を凝らしていた。観察は彼にまかせて、わたしはしゃがんでモカシン靴に手を伸ばした。

「気をつけて」とヤンが叫んだ。「触るんじゃない」

彼は潮騒（しおさい）に負けじと声を張りあげた。目の前の光景はどこかおかしい、とわたしは直感的に思った。ヤンの声は風に運ばれ、海辺に響きわたった。

ピクニックテーブルにすわっていたファレイーヌとママが顔をあげた。わたしは手を止めた。

足もと数センチのところで、押し寄せる波が倦（う）まず岩を濡らし、それを太陽がまたせっせと乾かしている。そのときようやく、服の山のうえでなにか輝くものがはためいているのに気づいた。

それが一枚の紙だとわかるのに、さらに一秒かかった。

紙が吹き飛ばされないよう、うえに丸い石がのせてある。

一面、タトゥーの絵柄が描かれた丸石が。

海に流すわたしの瓶　第四章

わたしは海辺を動きまわるちっぽけな人々に、最後にもう一度目をやった。マイマとヤンは岩から落ちないよう必死にバランスを取り、ファレイーヌとマリ＝アンブルが彼らのほうへ駆けていく……そして岩のてっぺんに、まるで供物のように置かれた服の山。

ピエール＝イヴ・フランソワは開始の合図を発した。

彼が昼食の終わりに言った言葉が、脳裏によみがえる。

もし行方不明事件から始めれば、読者は同じ疑問、つまり誰が、なぜ、どのようにして連れ去ったのかと思うのに加えて、さらにこんな疑問を抱くはずだ。行方不明になった人物は、はたして生きているのか、死んでいるのかと。

これはもう、明々白々だ。

そこにいくつか謎めいた要素を加え、ぴりっとした味つけをするんだ。例えば、行方不明になった人物の服が目につくところに、きちんとたたんで置いてあったり、暗号で書かれた不可解なメッセージが残されていたりとか……これで手品の一丁あがり！

手品の一丁あがりね！

ピエール＝イヴは続きを書くようにと言った。一分ごとに、一時間ごとに、生き生きと。

彼はそのために、殺人パーティーの演出を準備したんだ……今度はわたしたちが考える番だ。

続きを想像する番だ。

海岸の叫び声を聞いたのは、わたしひとりではなかった。エロイーズはノートと鉛筆をかき集め、大好きな画家の墓を離れて、ほかの人々のところにやって来た。彼女は悲しみと憂いに満ちた横顔をむけて、わたしを追い越していった。よほど心配なのか、ふり返りもしなかった。

「来ないの、クレム？」

「今行く、今行く……」

エロイーズは待っていなかった。大急ぎで歩くあまり、耳のうえにとめたプルメリアの花が、舗道の脇に落っこちてしまった。エロイーズって、こんな見え透いた演出にすっ飛んでいくほどお馬鹿さんだった？　なんだか、妙に大仰なあわてぶりのような気がする。ＰＹＦが行方不明になったなんて、みんな鵜のみにしているんだろうか？

わたしはどんどん小さくなるエロイーズを目で追いながら、今行く、今行くと頭のなかで繰り返した。

ちょっと待って、ひと言書くあいだ。

インスピレーションは波のようなもの。うまく身をゆだねて、運ばれるがままにならなくては。わたしはインスピレーションの高まりを感じた。

今度はティティーヌが、わたしの前を通りすぎた。エロイーズのほうは、民芸品を売っているアニヒアの店の裏にもう姿を消してしまった。七十を超えているティティーヌは、急な坂道を注意深くおりていく。わたしがまだ書いているのを見て、機転を利かせたのだろう、彼女はにっこり笑いかけただけで、なにもじゃまをしなかった。下でなにかあったらしいわ、大好きなジャックのお墓を離れるのは名残り惜しいけど、あとのことはまかせるわ、とでも言わんばかりの笑みだった。

わたしはティティーヌが数メートル先をゆっくりと(ピアノ・ピアノ)進むにまかせ、ようやくひとりで軽快な(アレグロ)ペンの動きに身をまかせた。

さあ、スタートね？

浜辺に残された服。彼に関する手がかりは、それですべて？

物語はこうして始まる。

親愛なる読者のみなさん、では、まいりましょう！

海に流すわたしの瓶　クレマンス・ノヴェル作

どう？　なかなかいいんじゃない？

わたしはあなたに、すべてを語ろう。ピエール＝イヴがわたしたちに求めたように。《海に流すわたしの瓶》。わたしの日記。一分ごとに、一時間ごとに、一日ごとに、起きたことを逐一語ろう。わたしが抱いた印象や、わたしが感じたことを、できるだけ率直に、できるだけ正直に。

わたしを信頼して。騙すつもりはないから。わかってる、自分が大きな賭けをしてるってことは。

ピエール＝イヴはわたしに、チャンスを与えてくれた。たぶん、一生に一度のチャンスを。それを逃すわけにはいかない。

彼の豊かな想像力がどんな展開を用意しているのかはわからないけれど、きっととてつもなく意外な策略が待ちかまえていることでしょうね。彼はシナリオを用意した。今度はわたしたちが、それを言葉にする番だ。

だからこそわたしは、エロイーズやマリ＝アンブル、ファレイーヌ、ティティーヌみたいにあわてて走り出したりしない。親愛なる読者のみなさん、わたしの物語を始める前に、いくつか明言しておかなくては。ひと言で言うならこうだ。

わたしを信頼して。

わたしは概して、語り手が主人公のミステリ小説が好きではない。一人称で記された、告白形式の調査記録は好きじゃない。あなたもそう？　アガサ・クリスティーの『アクロイド殺人事件』以来、あなたには警戒する習慣がついている。語り手は嘘をついているんじゃないかと、疑ってかかるのが習い性となっている。真実をすべて語っていないんじゃないか。あるいは、単にそれは夢なんじゃないか、狂気、幻覚にすぎないんじゃないかって。なにも信じられず、すべてがあやふやで、どんなに非合理的なことも、適当な逃げ口上でごまかされ、それまで読んできたことすべてが真実でなかったことにされる。

だからこそ、親愛なる読者のみなさん、わたしは決して騙したりしないときっぱり約束しよう。あなたに真実を語ると、インチキはしないと、嘘はつかないと約束しよう。

もちろん、信じるかどうかはあなたの自由だ。けれどそこに、今わたしたちが置かれている状況の、なんとも皮肉な点がある。わたしの約束が、かえってあなたの心に疑念を芽生えさせる。こんな約束をしたせいで、逆にあなたはわたしが書くことを、すべてひとつひとつ確かめ始めるだろう……

これは賭けだ。そうよね？

わたしが嘘をついていないと、あなたはどこまで信じ続けることができるだろう？

最後には犯人を名指ししなければならないとしたら、あなたはどの時点で力尽き、わたしを指さす決心をするだろう？　たとえわたしは無実だと、いくらあなたに力説しても。

何を賭けるのかって？　ほらほら、あなたはもうためらっている。

本当に、ごめんなさい。でもわたしには、あなたの前でこう誓うことしかできない。この小説で、わたしはいついかなるときも嘘をつかないって。

最後のページでまた会いましょう。

あなたも正直でいてくれる？　もしわたしを怪しみ、疑い、犯人だと思ったら、そう認める？　約束する？

自分の文章を読み返す前に、電話が鳴った。みんなと同じように、わたしもプリペイドのＳＩＭカードを買ってあった。よそ者(ポパ・ア)が島で連絡を取るには、そうするほかない。

マイマからだった。

「クレム、何してんの？　みんな待ってるんだよ。ＰＹＦの服が見つかったんだ。服だけが……」

「今行くから、マイマ」

メモ帳を閉じる前に、もう一度よく考えた。

《海に流すわたしの瓶》の第四章は、できの悪い序章みたいなもの。編集者は手を入れるだろうし、読者はさっさと逃げ出すだろう。あるいは……だけど、先のことはわからないでしょ？　読者は奇妙な筋立てが好きだから。とりわけ……

長々とした序章では偉そうなことを言ってしまったが、不安で胸がふさがる思いだ。

これもゲームなのかしら？　ピエール＝イヴが考えたゲーム？

彼がわたしたちに何を求めているのか、まったくわからない。

彼がわたしたちのことをどう思っているのかも。

彼がわたしたちをどうするつもりなのかも。

マイマの日記　やさしさ

わたしがさっきからしがみついている岩に、ヤンもよじのぼってきた。足もとから数センチのところに、モカシン靴とズボン、シャツが置かれ、平たい丸石をのせた紙が風に揺れている。紙に何が書かれているのか、石に引かれた白い線が何なのか、ここからでは判別できない。

隊長さんが服のうえに身をかがめたとき、奥さんの声が背後から響いた。

「ヤン、なんにも触っちゃだめよ」

おやさしいこと！　ファレイーヌ主任警部はママといっしょに、岩のあいだのいちばん歩きやすそうで、濡れていないところを選びながら、注意深くわたしたちのほうへ近づいてくる。

隊長さんがそっと漏らしたため息に気づいたのは、わたしだけだろう。きっと奥さんになんて答えようか、迷っているんだろう。おれはそんな間抜けじゃない。おれだって捜査官の一員だ。指紋や汗、体毛のことは心得てる。憲兵隊は田舎（いなか）もんの集まりじゃないんだ、とかなんとか言いたいけど……

ママの声に遮られ、考えはそこで途切れた。

「気をつけなさい。波にさらわれないように」

おやさしいこと！　わたしもため息を漏らした。別段、隠そうとなんかしなかったけど。ママが黒い岩のうえで綱渡り芸人の真似事を始めるのを見て、あきれちゃった。スパンデックス地のぴったりしたスカートをはいて、波が足にあたるたび、小さな叫び声をあげている。そのきらきらしたサンダル、脱いだほうがいいんじゃない？　って言いたかった。潮に流された蟹みたいに、金色のハサミでもがくはめになりたくなければね。

でもわたしは、なにも言わなかった。ヤンと同じように、沈黙を守っていた。そして隊長さんと、答え代わりの共犯者じみた笑みを交わした。

一分近くして、ようやく二人がわたしたちのところまで来た。ファレイーヌ主任警部はじっくりと現場の検分を始め、ママはようやくサンダルを脱いだ。塩水が染みになるのを気にしているらしい。

「ピエール＝イヴは前々から、最初のテストを準備していたんだわ」とファレイーヌは言った。「こんな岩だらけの海に飛びこむはずないもの。そんな馬鹿な真似、誰もしないわ」

「それに彼が昼にした話と、ぴったり合っているし」とママが続けた。「重ねた服も、暗号のメッセージも」

ママは一瞬、丸石を見つめた。そしてサンダルを左手から右手に持ち替えると、止める間もなく石をつかんだ。

「だめだ、マリ＝アンブル」ヤンはそう叫ぶのが精一杯だった。

丸石の下にあった紙は、自由になったことに驚いたかのようにしばらくためらったあと、最初の風が吹きよせたのに乗じてひらりと舞いあがった。

ファレイーヌ主任警部はものすごい形相でママをにらみつけた。やらかしてしまったと、ママはすぐに気づいた。わたしは紙を押さえようと、反射的に岩から岩へ飛び移った。

「気をつけて……」

わたしは三歩で紙を踏みつけ、しゃがんで拾いあげた。

「で？」とヤンがたずねる。

「何て書いてあるのか、読んでみて」とファレイーヌが言った。「どのみち、指紋は採れそうもないし」

まるでわたしのせいみたいじゃない！　一瞬、主任警部をにらんでから、紙に目を落とす。

「これって……今朝の課題だよ。ティティーヌが書いた答えだ」

「読んでみて」とファレイーヌは苛立ったように繰り返した。「ＰＹＦがそれを残したのだとしたら、なにか意味があるはずでしょ！」

わたしはさらに二メートル前に出て、紙を裏返してみた。最初に目についたのは、小さなネックレスの絵だった。ペンダント型で、先に黒真珠がさがっている。その下には小さな文字で、二十行ほどの文が殴り書きされていた。わたしは潮騒に負けじと大きな声で、それを読み始めた。

海に流すわたしの瓶　第二部

マルティーヌ・ヴァン・ガルが遺す言葉

死ぬまでにわたしがしたいのは

ブログ《あの言葉》に、最後のメッセージをあげること。あなたに笑ってと頼むこと。踊ること。馬鹿みたいにあなたを楽しませること。

十匹の猫に一匹ずつ、さよならを言うこと。

ブリュッセル、リエージュ、ナミュール、モンス、ルーヴァンの子どもたちみんなに、少なくとも一度、海を見せること。

死ぬまでにわたしがしたいのは

サッカーのワールドカップでベルギーが優勝するのを見ること。

ベルギーの漫画（ベーデー）作家にノーベル文学賞を獲らせること。いいでしょ、ボブ・ディランにもあげたんだから。

ベルギーがすてきなフランス語圏になるのを見ること。フランス語を話す人たちがいても、いなくても。

死ぬまでにわたしがしたいのは

ヴェニスを見ること。本物のヴェニスを（北のヴェニスなんて呼ばれている、ブルージュのことじゃなくて）。

死ぬまでにわたしがしたいのは

ジャック・ブレルのお墓の前で黙禱（もくとう）すること。

ありがとう、ＰＹＦ。ありがとう、タナエ。やっと叶ったわ。

死んだあとにわたしがしたいのは

彼の隣に埋葬されること。もし、わたしの場所があるならば。

死ぬまでにわたしがしたいのは

もう一度、たった一度でいいから、生涯愛した唯一の男性に再会すること。

海に流すわたしの瓶　第五章

もちろん、着いたのはわたしが最後だった。

マイマは携帯電話にかじりついて、わたしが坂道を下るあいだ、つべこべと文句を言った。

何してんの？　みんな集まってるよ、あなた以外は！

今行くわ、子ネズミちゃん、今行くわ。

ヤンと、とりわけ残り四人のアトリエ参加者たちは、妙な目でわたしを見つめた。まるでみんなで推理ゲームか宝探しゲームでもしていて、いつもチームでいなくてはならないとでもいうように。ぐずぐずしている者は、お荷物だとでもいうように。

けっこう、でもあなたたち、そんなゲームに夢中になる歳じゃないでしょ。

ほら見て、こっちはこんなに息を切らしてるのよ。くどくど言う気はないけど、メモ帳を閉じたらすぐ、できるだけ早く墓地から降りてきたんだから。

みんな、納得したようすはなかった……

それでもわたしの胸にさがる赤い種子の首飾りは、まだ治まりかねる心臓の鼓動に合わせて揺れていた。どうやらピエール＝イヴの思惑が、図にあたったようね。自らがくわだてた演出で、みんなの神経をこんなに張りつめさせたのだもの。もしかしたら、テメティウ山のうえかどこかから望遠鏡でわたしたちを盗み見て、ちらちらと目で合図し合っているようすを楽しんでるんじゃないかしら。

数時間後、同じひとつの行方不明事件にもとづいて、わたしたちがそれぞれ書いた異なる物語を堪能しようってわけね。

悪賢いＰＹＦ！

わたしたちは五人とも黒い岩のうえで、ズボン、シャツ、モカシン靴を前にしてむっつりと考えこんでいた。墓地まで来たのに、埋めるべき死体が消えてしまったかのように。埋葬される男は、最後の最後になって火葬に付して欲しいと言い出した。しかも、素っ裸で。残ったのは男の衣服だけ。死体は灰になって舞い散ってしまった。

わたしたちのうしろ、数百メートルのところで、ブレル記念館がまた店びらきした。ジャック・ブレルの声に、わたしはいつになく身が震えた。よく知っている曲だ。『なぜに退屈することがある？』これが流れるのも、演出のうちだろうか？

主任警部が口をひらきかけたものの、ヤンのほうがひと足早かった。珍しく彼がリーダーシップを発揮したのは、みんなにもありがたかった。

「どうやら作家先生は、あなたがたをゲームに引き入れようとしているようだ。一種の捜査ゲームにね。だとしたら悪いけどファレイーヌ（ヤンはそう言いながら、一度も妻のほうを見なかった）、いずれにせよ、これは創作アトリエの一環だ。明らかにＰＹＦの課題の延長なんだから、きみもほかのメンバーと同じ立場でいなくちゃならない（ヤンはファレイーヌを除くわたしたち全員の顔を、順番に見つめた）。ゲームに参加していないのは、わたしとマイマだけだ。もしマイマがその気なら、二人でレフリー役を務めようじゃないか。なんなら、憲兵隊員コンビと呼んでもらってもかまわないがね、ファレイーヌ」

ファレイーヌは黙ってじっと体をこわばらせていた。みんなの前ではあえて夫に異を唱えずとも、今夜夫婦のベッドでは、田舎の憲兵隊長とパリの主任警部のあいだにひと悶着あるに違いない。

ヤンは手に紙切れを持っていた。誰の筆跡かはひと目でわかる。けれどもわたしは着くのが遅かったので、内容を読みあげるのは聞けなかった。

憲兵隊長は証拠物件であるかのように、紙切れをふりかざした。

「どうしてピエール＝イヴは、これを残しておいたのだろう？　わけがわからない……マルティーヌが死ぬまでにしたいこと。それだけじゃ、なんの手がかりにもなりゃしない。作家先生はコメントもつけていないから、ベルギー流のユーモアを買っていたのかどうかも不明だし」

けれども憲兵隊流のユーモアは、ちらほら聴衆の笑いを誘った。わたしも含めて。

「残るは丸石だ」とヤンは続けた。「これが鍵に違いない。描かれているのはタトゥーの模様らしいが、これにどんな意味があるのか、誰か知らないだろうか？」

ヤンは黒い石がよく見えるように腕をあげた。石にはホワイトマーカーで模様が描かれている。

彼はまずマイマに目をやったけれど、少女は首を横にふった。お次のマリ＝アンブルも、さっぱりわからないという顔をした。次はファレイーヌの番だった。ほかのメンバーと同じく、ヤンの奥さんとは二日前に会ったばかりだけれど、こんなに取り乱した主任警部を見るのは初めてだった。まるで悪魔のシンボルを前にしたかのように、目が模様に釘づけになっている。彼女は前にもこの模様を見たことがある。それだけは確かだわ。

主任警部の驚きは、早くもわたしの脳裏にたくさんの疑問を掻き立てた。どうしてこの模様が、丸石に描かれていたのだろう？　どうしてパリの警察官が、この模様を知っているのか？　あなたの勝ちね、ＰＹＦ。わたしの小説《海に流すわたしの瓶》は、早くもミステリの様相を帯び始めている。

でもヤンはなにも気づいていないみたいに、石をかざし続けている。

「それってエナタでは」背後でためらいがちの声がした。

わたしたちはいっせいにふり返った。ファレイーヌも含めて。

わたしは呆気に取られた。

声の主はエロイーズだった。いつもはめったに口をきかないのに。

「マルケサス諸島でもっとも一般的なタトゥーの模様で」とエロイーズは、たれさがったほつれ毛を指に絡めながら続けた。「人間を、あるいは神をあらわしています。さもなければ、神と人間がひとつになった存在を。それを別のシンボルと組み合わせて、人生のさまざまな時をあらわすんです。誕生とか、結婚とか、死とか」

彼女は一昨日まで、一度もマルケサス諸島に足を踏み入れたことがなかったはず……なのにどうして、こんなことを知っているんだろう？　グラフィックアートが大好きだから？　彼女も秘密のゲームをしているから？　宝探しゲームでわたしたちに差をつけるため？　まったく面倒なゲームね。いらいらするわ。それがＰＹＦの狙いだろうか。こんな謎めいた手がかりをもとに、わたしたちが突拍子もない仮説を立て、それぞれ違った物語を作りあげるようにしむけるのが。

マイマはいくつか岩を伝って、わたしに近づいた。背後では倉庫の扉が大きくあけ放たれ、恋に破れた男の心情をジャックが切々と歌う『ラ・ファネット』が聞こえる。人影のない浜辺を歌った一節が。

これもＰＹＦが前もってたくらんだ、ほのめかしだろうか？　ヤンはできるだけ雰囲気を和ませようとした。

「じゃあ、ここらで解散にしよう。手帳に書きつけることが、みんなたくさんあるはずだから（彼は《恐るべき太陽》荘を見あげ、それから海をふり返り、漁を終えてタハウク港に戻るカツオ漁船を目で追った）。ピエール＝イヴのことは心配いらないだろう。きっと夕食には、姿をあらわすさ。もしかしたら、おやつの時間には。タナエ特製の栗バナナポエを、彼が逃すとは思えないからな」

ひとつ告白しておかないと。大好きだわ、憲兵さんのユーモア。

マイマの日記　エナタ

その予想、大はずれだったね、隊長さん。ピエール＝イヴ・フランソワはおやつを食べに戻ってこなかった。

そんなわけで栗バナナポエにありついたのは、タナエの雌鶏だった。アトリエ参加者たちも忙しくて、おやつにはほとんど手をつけなかった……みんな忙しかった（オキュペ）けれど……心配そう（プレオキュペ）ではなかった。ピエール＝イヴは昼食の終わりに課題を発表したあと、はっきりこう言ったのだから。

さあ、きみたちの番だ。夕方まで、時間はたっぷりある。日が暮れたら、また集まろう。

日没は午後六時ごろ。あと一時間もない。参加者たちが今どこで執筆に励んでいるかはわかってる。

ティティーヌはブレル記念館まで降りていった。ママとファレイーヌはまた海辺のピクニックテーブルに陣取り、エロイーズは墓地に戻った。クレムは部屋に閉じこもっている。

わたしとヤンはいっしょに村をぶらついた。郵便局とかゴーギャン・ショップっていう食料品店のあいだを。太陽はもう、テメティウ山の頂（いただき）に隠れようとしている。夕暮れどきはいつもそうだけど、ものの数分で夜の帳（とばり）がトレートル湾を包み、PYFの五人の受講生たちがページを黒く埋めるみたいに、空を勢いよく黒ずませていく。太平洋のうえに広がる空の青さと夕日の赤が見事に混ざり合うが早いか、たちまち闇が浸食し始めた。活性炭入りの黒いガムさながら、ハナケエ岩礁の輪郭がかじり取られるのを眺めながら、わたしはヤンの袖を引っぱった。

「もうしばらく、二人きりでいようよ、隊長さん。消灯まで、まだあと三十分あるから。バーのテラスでハッピーアワーの一杯でもやるってのはどう？」

ヤンは皮肉っぽくうなずいた。

「どうもこうも。で、どこのバーにする？　ブルー・ラグーン？　サンセット・パラディオン？　ル・ワイキキ？」

笑える。

だってヤンは、自分で言ったんだから。到着早々アツオナの村をぶらついたけど、レストランやバーが一軒もなくて驚いたって。あるのはプラスチックのテーブル三つと椅子を十脚並べただけのキッチンカーが一台。それすら昼どきと、ときたま夜に店をあけているだけ。

わたしは勢いづいてこう答えた。

「ゴーギャン・ショップがあるじゃない」

そしてためらわずに通りを渡り、食料品店の前にいっとき停まっている小型トラックのあいだにもぐりこんだ。運転手たちはここで食料を調達したあと、谷に広がるココ椰子やバナナ園へむかう。なんだか西部劇みたいな雰囲気だった。ヤンは店の前でわたしを待ちながら、マルケサスの男たちが行き来するようすをなにひとつ見逃すまいと、じっと眺めていた。プロレスラーみたいな体格、タトゥーを入れた上半身、ポニーテールにした髪。

わたしはコーラの一リットルボトルにオレオひと箱、ペロペロキャンディ四本を手に、満面の笑みで戻った。

「浜辺でハッピーアワーとしゃれこもうよ」

ヤンは呆れたような顔をした。まあいい。こっちには立派な言いぶんがあるんだから。

「さあさあ、隊長さん、添加物がどうのとか、肥満がどうのとか、そんなこと言わないでね。世界中みんな、これを食べて生きてるんだから、どうしてマルケサスの人たちだけがいけないの？（わたしはコーラのキャップをあけた）それに、エコロジーにも役立つし」

わたしはボトルのまま口飲みした。憲兵隊長はびっくりしたように目をくるくるさせたけれど、浜辺にむかってあとについてきた。わたしはコーラをボトル三分の一空けながら、説明を続けた。

「まわりを見て。小型トラック、調理済み食品、服、電話……今ではインターネットで注文すれば、一週間とかからずにヒバオア島まで持ってきてもらえるの。馬に乗って森へ猪を狩りに行く必要なんかない。村をつなぐ通路さえ一、二本確保すれば、島の残りは自然に返し、道は祖先に返すことができる。そして彫像（ティキ）は聖地（メ・アエ）で静かに眠ることができる」

ヤンはにっこりした。わたしがでっちあげた屁理屈に、納得したかどうかはわからないけれど。わたしたちは廃屋のような建物の前を通った。切妻壁に書かれた文字にヤンが気づかなかったかもしれないので、わたしはこう念を押した。

「憲兵隊の詰所だったところ。隊長さんのお仲間のね。だけど、去年閉鎖されちゃった。予算削減なんだって。ヒバオア島の住民は二千人以下で、もう文明開化は必要ないからって」

すでにシャッターをおろしている理髪店と薬局のあいだを突っ切り、人気のないサッカー場に入った。センターサークルまで来たところで、わたしはこう持ちかけた。

「わたしたちのハッピーアワーに、ゲームをしない？」

「どんなゲームだ？　マイマ」

「捜査ごっこを、いっしょに」

＊

わたしたちは浜辺に腰をおろした。波しぶきが運ぶ潮の香りが、マンゴーの酸っぱい匂いに混ざっている。頭上を飛びまわる軍艦鳥はやがて湾のむこう、ハナケエ岩礁へと去っていった。ヤンはようやくコーラをひと口、飲む気になった。そしてコーラと同じくらい黒い砂に、ボトルを突っこんだ。

わたしはしつこく繰り返した。

「じゃあ、いいね？　わたしも捜査に加わるってことで」

「捜査って、何の？」

「とぼけないで、わかってるんだから。初めから思ってたんだよね、ミステリ小説の世界みたいだ、『そして誰もいなくなった』にちょっと似てるって。お互い面識のない男女が、嘘の理由で孤島に集められる。誰が犯人でもおかしくない。ひとり、またひとりと殺される前に、殺人者を見つけねばならない」

「想像力旺盛だな、マイマ……でも、今のところ、誰も死んじゃいないぞ。おれに言わせりゃ、ＰＹＦの茶番に心配する理由はなにもない。たとえ殺人者が島をうろついているとしても、それがアトリエ参加者のひとりだとは思えないな。おれなら、喧嘩（けんか）好きの酔っぱらいマルケサス人を真っ先に疑うけどね」

　これはまた、ずいぶんと月並みなご意見だ。

「豚の歯の首飾りをして、棍棒（こんぼう）を手にしたマルケサスの男を？　それじゃあ、あまりに安易じゃない、隊長さん？　わたしが考えた物語のほうが、ずっといいよ。十人のインディアンならぬ、五人のアトリエ参加者ね。それに真新しい五体の彫像（テイキ）もあるし。みんなが秘密を隠している。ひとりが殺人者で、ひとりが生き残る……あるいは誰も生き残らないかも」

　潮は引き続けている。スカイブルーのドラゴンは、最後の火炎を吐き出した。ヤンはとうとうわたしのコーラを、ボトル半分も飲んでしまった。彼は用心深げに周囲を見まわした。ママとファレイーヌのシルエットも、もう判然としなかった。堤防沿いに並べたテーブルの前に、二人とも腰かけているはずだけど。

「なるほど」とヤンは言った。「じゃあ、きみの馬鹿げたゲームを始めよう。ＰＹＦは行方不明だ。五人のうちひとりが共犯者だと仮定してみよう。共犯者はたまたまアトリエ参加者として選ばれたわけではない。だったらそれは誰か？　きみが真っ先に怪しいと思う人物は？」

　わたしはためらわなかった。

「もちろん、あなたの奥さん。かの有名なファレイーヌ・モルサン主任警部。少しは遠慮しろって、むっとするかもしれないけど、わたしたちのあいだに遠慮（タブー）はなし。捜査を最後まで推し進めたかったら、お互いなんでも話し合わなくちゃ」

　ヤンはにっこりした。

「続けて」

「大丈夫？　怒ってない？」

「いいから、続けて……」

「オーケー、隊長さん。ファレイーヌはとっても頭が切れる、それはひと目でわかる。高速回転する彼女の頭脳はコンピューター並み。青い珊瑚礁を描いた千ピースのジグソーパズルだって、彼女ならものの十分で完成させちゃいそう。彼女は他人（ひと）に親切にする必要はない、自分を魅力的に見せる必要もない。いつだって正しいんだから、命じさえすればみんなが従う。そうでしょ？」

　もしかしたら、ちょっと言いすぎたかも。だけど隊長さんは無反応だった。なにを言われても黙っている習慣が、身についちゃってるの？　それとも図星だったから？　わたしは話しながら、薄暗がりのなかでヤンの表情を探ろうとした。

「彼女には秘密があるはず。そもそも奇妙なのは、どうしてパリの中央警察署主任警部が、こんな地の果てで創作アトリエに参加しているのかってこと。わかってる、それについてはたしかに前にも聞いたけど、彼女がピエール＝イヴの大ファンで、幸運を引き当てたなんていう話、鵜のみにはできないな。それからもうひとつ、もっと奇妙な点がある。あなたの奥さんと、ＰＹＦが服のうえに置いた丸石のあいだに、どんな結びつきがあるのか？　だって彼女が丸石に描かれた模様の意味を知っているのは、一目瞭然（いちもくりようぜん）だったもの。なのに、なにも説明しようとしなかった」

堤防にさすマンゴーの影は、海辺に打ち寄せられた骸骨みたいだった。

「お見事、マイマ」とヤンは答えた。反論する気はないらしい。「よく観察している。まとめ方もうまい。きみには才能があるぞ。しかも、なかなかいいところを突いている。あたらずとも遠からずだ。だがそれをきみに話すのは、時期尚早だろう……」

謎めかしたヤンの口調に、わたしの苛立ちは頂点に達した。隊長さんは奥さんと違ってエナタの意味を知らないと、わたしは確信していたけれど。

「では、おれの番といこうか？」とヤンは続けた。

「どうぞ……きっと、わたしのママから始めるんでしょうね。仕返しだとばかりに」

「きみのママか、そうだな」と黒い人影は力なく言った。「マリ＝アンブル・ランタナ。一見したところ彼女は、なんの秘密も隠していなそうだ。まだ若くて、美しくて、とても金持ちで……」

「そしてビッチ。はっきり、そう言えば！　隊長さんだって、ママの胸もとをちらちら覗いてたみたいだけど」

「おれはきみの話を遮らなかったぞ」と憲兵隊長は穏やかに諭した。

「オーケー、ごめんなさい」

「で、きみのママ、マリ＝アンブルだが、彼女がどうして創作アトリエに参加しようと思ったのかは、容易に想像がつく。これといって仕事があるわけじゃない。娘は成長した。だから退屈しているんだ。自分の道を見つけたいと思っている。裕福な黒真珠養殖業者夫人で終わりたくないのだろう。ただし……」

「ただし、何なの？」

「途中で口を挟まないはずだぞ」

「でも、隊長さんだってよくないよ。もったいぶって話すから、つい。さあ、続けて」

「ただしきみのママはここ、ヒバオア島に、たまたまやって来たんじゃない。夫はマルケサスの出身で、義理の娘もマルケサス生まれ。妙だと思わないか？　なにか関連があるはずだ」

わたしはしばらく黙っていたが、やがてこう応じた。

「悪くないね。けっこう鋭いとこ突いてる。ほんと、刑事（デカ）むきだな。わたしの番？　じゃあ、ティティーヌにいきましょう。彼女がどうしてここへ来たのかは、はっきりしている。ジャック・ブレルのため、ブレルの影響があったから。彼女は本をテーマにしたブログをやっていて、フォロワーの数は世界で四万人以上、ベルギーだけでもその三分の二になる。ベルギーでは、ピエール＝イヴ・フランソワの本も山ほど売れているし。とても楽しいブログで、のせている書評はユーモラスで愉快なものばかり。そもそもティティーヌはインターネットで、自分のバラ色の人生をすべてさらけ出している。世界一残念な海を見せに連れていく子どもたちや、アパルトマン、書斎、十匹の猫。彼女のインスタグラムのアカウントには、『人生をもっと美しく（プリュ・ベル・ラ・ヴィ）』（訳注　フランスの連続テレビドラマ）のエピソードよりたくさんの動画が収められている。純真無垢で、隠し事なんかしないの、ティティーヌは」

「やりすぎだな」とヤンは皮肉っぽく言った。「小説だったら、犯人はたいていあからさまな動機を持たない人物だ」

「うーん……初心者むけの小説ならね。じゃあ、そっちの番」

もはやヤンは、浜辺で輝く波にかかる暗い影にすぎなかった。

「次の容疑者は」とヤンは言った。「クレマンスだ。彼女がここへ来た目的は何か、それもはっきりしている。第二のアガサ・クリスティーになること。四十歳で小説を発表していなければ、人生の落伍者だ。まあ、そんなふうに思ってるんだろうな」

わたしは黙っていられなかった。

「だから何？　あなたの奥さんだって、小説を書きたいんでしょ？　ティティーヌとクレムは、とても感じがいいと思うけど。クレムの半分文学少女、半分おてんば娘みたいなところは好きだな。それに……」

「おれの話はまだ終わってないぞ。きみはクレムをたいそう買っているが、おれには正直、そこまでとは思えない。率直に言うから怒らないでくれよ。どうも彼女はきみのいい友達を演じているような気がする。きみのママとは反りが合わないから」

好き勝手なこと言って！

「それが憲兵隊長としての直感ってわけ？　けれどもあとひとり、ちっとも好きになれそうにない人が残ってる。謎の女エロイーズ。癒えない心の傷を抱え、いつも泣き濡れている。彼女がここに来たのは、罪を償うため。それは明らかだよね。ひとり、遠く離れて……彼女はどんな過ちを犯したんだろう？　彼女のイカレた絵を見たでしょ？　いつもおんなじ、手も足も目もない子どもが二人。それにタトゥーのことも、やけに詳しかったしね、あなたの王女様は」

隊長さんは、はっと体をこわばらせた。暗闇のなかで、蟹に足を挟まれたみたいに。

「どうしておれの王女様なんだ？」

「だってお気に入りなんでしょ、エロイーズが……それも一目瞭然。彫像みたいにすらりとしたスタイル、夢見るような美しい目。心やさしい男性には危険な罠。あなたなんか、ころっと引っかかるタイプだよ」

わたしはぷっと吹き出して、こう続けた。

「オーケー、オーケー、奥さんがいるのはわかってる。フランスいちやさしくて、セクシーな女性警察官の奥さんが。じゃあ、真面目な話題に移って、賭けをしましょう」

蟹が反対側の足も挟んだらしい。ヤンはほとんど叫ぶように言った。

「どんな賭けを？」

「犯人は誰か」

わたしは暗闇のなかで手さぐりし、小石を五つつかんだ。ライトをつけた携帯電話を砂に立てて石を照らし、ホワイトマーカーでそれぞれにイニシャルを書いた。

F
M-A
M
C
E

ヤンは不審げにこっちを見ている。わたしは目をすがめた。**何だっていうの？** そうか、彼が横目でうかがっているわけがわかった。

「ああ、このホワイトマーカー？　ママから拝借してきたの。PYFの丸石にタトゥーの模様を描いたペンと同じだって思ってる？　でもマルケサス諸島に来る観光客の二人にひとりは、ゴーギャン・ショップでこれを買っていくんだよ。メッセージを書いた小石を、ブレルの墓に捧げるために」

わたしは携帯電話のライトの下に、五つの小石を並べた。

「じゃあ、一、二の三で、おのおのひとつ選ぼうよ。ピエール＝イヴの共犯者は誰か？　嘘をついている者、わたしたちみんなを順番に殺そうとしているのは誰か？」

わたしはもう一度、ぷっと吹き出した。

「同じ石を選ぶと思う？」

ヤンはため息をつきながらも、ゲームを受け入れた。

じゃあ、いくよ。

一

二

三

二本の手は同じ動きで、五つの石のうちそれぞれ一つを握った。

そしてわたしたちは、同時に手をひらいた。

わたしの手のひらには、Eと書かれた小石があった。

Eはエロイーズ。

ヤンの手のひらにはCの小石。

Cはクレムだ。

ちょうどそのとき、夕食を告げるタナエのラッパが夜の闇を引き裂いた。

わたしたちはペンションにむかって、黙って坂道をのぼった。わたしはそのあいだに、これまでの出来事を反芻（はんすう）した。クレムがＰＹＦの共犯者だなんてありえない。さっき、岩のうえに重ねた服の前で、わたしはしっかりすべてを観察した。息を切らして墓地から降りてきたとき、クレムはずいぶんと驚いているようすだった。あれは演技じゃない。頭上の天の川が、とても近く見える。真っ暗な穴に隠れた巨大な蜘蛛が、流れ星を捕まえようと張った網みたいだ。わたしたちはみんな、蜘蛛の巣に引っかかった小さな流れ星なのかもしれない。わたしは早くクレムに会いたくて、夕食の席へ急いだ。二人いっしょなら、簡単に捕まったりしない。

第六章　海に流すわたしの瓶

マイマが正面に腰かけた。彼女の満面の笑みを見ると、少しほっとできる。でも今回は、わたしもほかの参加者と同じように心配になってきた。

ピエール＝イヴ・フランソワは夕食にやって来なかった。

彼がいないのを、タナエはわたしたち以上に気にしているようだ。タナエが二人の娘と準備した猪肉の蜂蜜焼きを、ＰＹＦはよくまあ食べずにすませられたものね。ありえない。彼の身に、なにか重大な出来事があったに違いない。《恐るべき太陽》荘の女主人は、そう何度も繰り返した。タヒチの警察署に電話して、しつこく頼まなくては。彼らはたいてい、腰が重いから……

ヤンは皆をなだめた。

パペーテから飛行機で四時間近くもかかるのに、わざわざ憲兵隊を呼ぶ必要はない。憲兵なら、ここにひとりいる。このおれが！

ヤンは場を取り仕切った。まだ心配するほどのことはない。ピエール＝イヴは昼食の終わりに話してたじゃないか、行方不明、重ねられた服、暗号メッセージのことを。だからこれは、創作アトリエの趣向を凝らした演出にすぎない……だが作家先生がゲームをお望みなら、捜査に乗り出してもかまわない、と。

「それにもう、助手役もいるんでね」と彼はつけ加えた。

カアク（原注　炭火で焼いたパンノキの実を砕いてこね、ココナッツミルクで味つけしたもの）の皿に身を乗り出していたマイマは、金の卵を産んだばかりの雌鶏みたいに体を起こした。主任警部は快く思っていないらしい。ファレイーヌは逆に眉をひそめた。夫から蚊帳の外に置かれたのを、なかなか面白い取り合わせじゃないの。わたしは頭のなかでヤンに感謝した。彼のおかげで、あんまりピリピリした雰囲気にならずにすんだ。きっとピエール＝イヴはどこかでわたしたちのようすを盗み見しながら、早く原稿を読みたくてうずうずしているに違いない。わたしたちはみんな、そう自分に言い聞かせて平静を保っていたけれど、正直な気持ちを言えば、時間がたつほど疑いは増していた……もしかしてこれは、ゲームではないのでは？　もしかして、ピエール＝イヴは溺れたのでは？　誘拐されたか、殺されたのでは？

マリ＝アンブルを除く全員が、早くもあと片づけにかかっていた。マリ＝アンブルはトレートル湾に灯る最後の明かりが、ひとつまたひとつと消えていくのを眺めている。

「案外ピエール＝イヴは、目の前にいるのかも」とマイマが、皿の食べ残しをごみ箱に空けながら言った。「今夜みんなが食べたのは猪じゃなくて、ＰＹＦの丸焼きだったりして」

ポエとモアナは吹き出したけれど、タナエとマリ＝アンブルはマイマをきっとにらみつけた。すぐにマイマは、うまいジョークを飛ばしたでしょとばかりにわたしと目を合わせようとした。

たしかにわたしはマイマが好きだ。彼女もわたしに好感を持ってると思う。それは彼女が母親と、あからさまに衝突しているからだけではない。

「ママ」とマイマは言った。「今夜、少しクレムといっしょにいていい？」

だめよ、とマリ＝アンブルは答えた。あれこれ適当な理由をつけて。もう遅いとか、暗くなったとか、一日を有効に使いたければ、明日朝六時、日の出とともに起きなければいけないとか……でもわたしは、どうして彼女が急に厳しい態度になったのか、その本当の理由を知っている。

マリ＝アンブルは宵のひとときを静かにすごしたいのだ。

アンバーは夜を楽しみたい。

できるだけ長く。

酔っているところを娘に見られずに。

＊

大当たり。

思ってたとおりだわ。

マリ＝アンブルはマイマをバンガローにひとり残し、タブレットや動画を与えておいて、村まで夜の散歩に出かけた。リュックサックにはヒナノビールやら、ダークラム《ノアノア》を詰めこんで。

「女同士でちょっと出かけない？」と彼女は言った。「ＰＹＦには見捨てられちゃったみたいだから」

どのみち、ヤンがいっしょに来るとは思えない。なんたって彼は早起きだから。今朝だって、ちらりとバンガローの外を見たら彼が通っていったけど、あれはまだ五時にもなっていなかった。わたしと同じで不眠症なのね。だけどわたしと違って、彼は眠気が吹き飛んだらすぐ、ベッドから起きあがる元気が湧いてくるみたい。

ほかの四人にくっついて夜遊びに出かけるのは、あまり気が進まなかった。それより、《海に流すわたしの瓶》の続きを書きたかった。マイマの相手をしてあげるという口実で、ペンションに残ろうとしたけれど、マリ＝アンブルは選択の余地を与えてくれなかった。

「さあさあ、いっしょに来なさいよ。娘に子守りはいらないから」

しかたないわね。わたしはデニム地のジャケットと膝に穴のあいたズボンというかっこうで、みんなのあとについていった。

わたしたちは、村の中心にあるゴーギャン記念館の階段に腰かけた。そういえば、五人だけで集まるのは初めてだ。ピエール＝イヴや夫、子ども、ペンションの女主人抜きで。あたりに照明はなかったけれど、用意周到なマリ＝アンブルは《恐るべき太陽》荘からキャンプ用のランプを三つ借りていた。蚊が雲霞（うんか）のように、光のなかで踊っている。偽善者は暗闇に潜んでいるものだ。

彼女は飲む準備を始めた。コップ、ビールの小瓶、ラムのボトルを取り出し、みんなにまわす。

わたしはビールにしておいた。

マリ＝アンブルはすぐさま二杯目を注ぎ、明かりをゴーギャン記念館の正面にむけた。

「PYFの健康と、ポール・ゴーギャンの健康を祝して！」

建物を飾るすばらしい浅浮き彫り（ローレリーフ）が、光のなかに浮かびあがった。五枚のセコイヤのパネルに、マルケサスの女たちが描かれている。咲き乱れる花、蛇や犬に囲まれた裸身が。

「**恋せよ、女たち。さすれば幸福になれる**」とマリ＝アンブルは、木に刻まれた文字を声に出して読んだ。「**神秘的であれ、女たち。**ゴーギャンはよくわかっていたんだわ。そうでしょ？」

マリ＝アンブルは光のむきを変え、エロイーズを照らした。エロイーズはヘッドライトにとらえられたウサギみたいに、怯えた目をしばたかせている。彼女もおずおずとみんなのあとについて、村までやって来たくちだった。コップ一杯のロツイ・パイナップル・パッションフルーツジュースにラム酒を少しだけたらして、ちびちびと飲んでいる。

「好きなんでしょ、ポール・ゴーギャンが？」とアンブルはさらにたずねた。「とんだ悪党よね、そう思わない？　**幸福になれ、そして恋せよ、女たち、**なんて……自宅を《喜びの家》と名づけて、ペニスの形をした杖をついて村を歩きまわって」

エロイーズは口ごもった。さすがに彼女が気の毒で、胸が痛んだ。

「で、でも……絵はすばらしいと思うから」

マリ＝アンブルはダークラムをぐびりと口飲みすると、やけに大きな声で言った。

「緑の馬、赤い犬……あなたが好きな画家は、パッションフルーツジュースを飲んで発奮してたんじゃないでしょうね。彼の狙い、それは胸をさらけ出した娘たち。彼はそのためにここまで来たんだわ。彼女たちを描くため。けれど、目的は描くことだけじゃなかった。マイマと同じ年ごろの娘たちを相手に」

わたしはとりわけむこう見ずな蚊を一匹、腕のうえで叩きつぶした。エロイーズは目に涙を浮かべている。挑発に応じるのでは、と一瞬思ったけれど、結局彼女は黙ったままだった。わたしのなかで、苛立ちと憐憫が相半ばした。口を出そうかどうか、しばらくためらっていた。首飾りの赤い種子を、せかせかと指でまさぐる。前にゴーギャンの伝記を読んだことがある。彼は一九〇一年、この島に移住した。当時、聖職者とフランス共和国が手を組んで、マルケサス諸島の遺産を破壊し、住民を奴隷化しようとしていた。その話は、今日よく知られている。ゴーギャンは酔っぱらいの変態扱いされた。彼ひとりが国家と教会にたてつき、マルケサスの人々とその文化を守ろうとしたからだ。

マリ＝アンブルはわたしたちから離れ、よろよろと数メートル歩いた。このままでは、庭のどこかにあるゴーギャンの井戸に落っこちてしまいそう。ファレイーヌもビールしか飲んでいなかった。だから酔っぱらったマリ＝アンブルのことが余計心配だったのだろう、主任警部らしい口調に戻ってこう言った。

「さあ、そろそろ寝る時間よ」

彼女はわたしやほかの女たちをふり返り、雑役当番の兵士を指名する将軍のように、こう命じた。

「クレム、ティティーヌ、マリ＝アンブルが歩くのに手を貸して」

＊

零時ごろだった。

わたしは服を椅子のうえに脱ぎ捨てた。けれども窓の前にかけた蚊帳の位置は、しつこいくらい慎重に整えた。

わたしは服を着たまま寝るのが嫌だったし、蚊も大嫌い。なのにむこうは、わたしを気に入っているようだ。バンガローのなかには、小さな豆ランプひとつしか灯しておかなかった。一日中、壁に張りついて、じっと待っている蚊が一、二匹いるかもしれないから。

ラフィアのランプシェードから漏れる暖かい光が、部屋にセピア色の陰を投げかけている。鏡の前を通ると、蜂蜜色に染まったわたしの体が映った。

だからといって、体が美しく見えるには足りなかった。

わたしは自分の体が好きではない。もう好きではない。

わかってるわ、そんなふうに思うのは馬鹿げていると。わかってる、そんなことはないと断言してくれる男がまだいるだろうと。マリ＝アンブルやエロイーズだって、きみより美人なわけじゃない、きみも彼女たちと同じくらい魅力的だ、と言ってくれる男がいるはずだ。わかってる、どんな女のコンプレックスも、やさしく取り除いてくれる男がいることを。女が彼らの前で裸身を晒すなら。

それにわたしは知っている、女が心から男を愛しているとき、愛する男を満たせるほど、自分が美しいとは思えないものだと。

ごめんなさい、今夜、わたしの小説は、少しサスペンスに欠けるみたい。ビールのせい？　それとも恐怖のせい？　わたしは自問した。この最後の数行を、《海に流すわたしの瓶》のなかに残すべきだろうか？　ピエール＝イヴに読んで聞かせる勇気が、わたしにあるだろうか？　彼はこれを、どう……

ノックの音がした。

ささやき声が聞こえる。

「わたし、アンバーよ。あけてちょうだい」

疫病神のマリ＝アンブル。

わたしはシャツを羽織ると、十五分もかけて整えた蚊帳をのけてドアをあけた。

マリ＝アンブルが入ってくる。忌まわしい吸血虫を、おそらく十匹は引き連れて。

彼女はヒナノビールの小瓶を四本、胸に抱えていた。

「ほかのみんなは寝ちゃったわ」と億万長者夫人は言った。「もう、くたくたみたい。しゃきっとしているのはあなたとわたしだけ」

わたしはあくびをしてみせたが、マリ＝アンブルはまったく無視だった。

「あなたに話したいことがあるの」と彼女は続け、ビールの栓を抜きながらわたしのベッドに腰かけた。

わたしはゆっくりと口飲みした。

「あなたの見立てでは」とマリ＝アンブルは出しぬけにたずねた。「誰と誰が寝てると思う？」

「誰と誰がって？」

「つまり、ＰＹＦと寝てるのは誰かってこと。それが謎解きの鍵だわ。わたしたちのなかにひとり、彼と寝てる者がいるはずだわ……少なくともひとり」

マリ＝アンブルはわたしにウィンクをした。大声でブレルの『ブルジョワの嘆き』を歌いながら《恐るべき太陽》荘まで戻ってきたときより、酔いが少し醒めたようだ。彼女は手にしたビール瓶を、わたしの瓶にこつんとあてた。

「わたしが思うに、あなたではないわね」

マリ＝アンブルは、もう一度ウィンクをした。その瞬間、わたしははっと気づいた。

る。ほかにもどこに愛人が隠れているのかわからないので、わたしに探りを入れに来たんだ。探ってみないと気がすまないんでしょうね……わたしはなにも知らないし、なにも話しはしないけど。

彼女自身がPYFと寝てるんだ！　明らかじゃない！　そしてマイママのママは嫉妬してい

マリ＝アンブルはひとり言みたいに、アトリエ参加者の名をひとりひとり並べ、しまいにはタナエや彼女の二人の娘までリストに入れた。話はますます支離滅裂になり、最後にエロイーズをやり玉にあげ始めた。

「あの偽善者が。エロイーズは決して手の内を見せないのよ。きっと彼女だわ……男はみんな、ころりとまいっちゃうんだから」

「みんなって？」

「気づかなかったの？　憲兵さんがどんな目で彼女を見てたか」

「憲兵さん？」

零時をすぎると、わたしは受け答えもおぼつかなくなる。

「ヤンのことよ、憲兵隊長の。あんなにおっかない奥さんと毎日いっしょにいたんじゃ、彼だってうんざりでしょうから。きれいな女の子は、めったに手に入らない花みたいなもので、行きずりの蝶に花びらをひらくのは、本気で恋をする合間だけ。けれど、その香りを嗅ぐ術を心得た男もいる。隊長がエロイーズと寝ていたとしても、主任警部は気づきもしないわ」

「気づきもしない？」

わたしは魔法の特効薬であるかのように、ビールを飲んだ。大丈夫、次はもっと気の利いた返答をするわ。

「ファレイーヌ・モルサンは創作アトリエのことなんか、まったく興味がないのよ」

マリ＝アンブルはわたしににじりよった。わたしの鼻からほんの三十センチのところで、口がぱくぱく動いている。ラム酒一リットルにビール三本。たとえこのバンガローに蚊が残ってたとしても、彼女の息には勝てないでしょうね。

「彼女はものを書きに来たんじゃなく、捜査に来たんだから」

今度は声も出なかった。でも、いっきに目が覚めたわ。

「二〇〇一年、パリ十五区の殺人事件と聞いて、なにか思い出さない？」

わたしは首を横にふった。まったく聞いたことがない。

「簡単に説明するわね。すべてネットに出ているから、あとで確かめるといいわ。二〇〇一年の六月と九月に、パリで若い女のレイプ殺人事件が起きた。被害者のひとりは十八歳、もうひとりは二十歳だった。二人のあいだには、ひとつ共通点があった。事件の少し前に、タトゥーを入れていたの。やがて新たなレイプ未遂事件があり、メタニ・クアキというマルケサス出身のタトゥー彫師が捕まった。だけど最初の二件の殺人事件については、確かな証拠が見つからなかった。クアキは数年の刑期を終えたあとフランスから姿を消した。そして殺人事件は、未解決のままに終わった」

疑問が山ほど、喉もとまでこみあげた。それも《海に流すわたしの瓶》に詰めこめば、ミステリ的な味つけになりそうだ。けれど口を突いて出た疑問は、ひとつだけだった。

「その事件がファレイーヌとどう結びつくの？」

べつに難しい質問ではない。わたしはすでに答えがわかっていた。マリ＝アンブルはビールを空けると、念を押すように言った。

「資格を取ったばかりの若き警察官ファレイーヌ・モルサンは、十五区のタトゥー彫師事件を担当した。彼女は二十年近く、メタニ・クアキの有罪を立証する証拠を追い続けたけれど、わたしの知る限り見つけることができなかった」

ヤン

ヤンははっと目を覚ました。どうしてかはわからない。悪夢にうなされたわけではないし、どこかが痛むわけでもない。音も聞こえなかった。テラスの常夜灯がバンガロー《ヌクヒバ》を青白い光でぼんやりと照らしているだけだ。

彼はまず、右側の枕もとに置いた目覚まし時計に目をやった。

午前一時。

次に左を見る。

妻のファレイーヌがあおむけに寝ていた。大きくひらいたその目は、天井で揺れるブーゲンビリアの影を見つめている。妻のせいで目が覚めたのだろうか？　彼女の微かな身動きを感じたとか、考えごとが伝わってきたとか？

「眠れないのか？」

「ええ、なかなか眠くならなくて」

ヤンは妻の腹に手をあてた。

ファレイーヌは無反応だった。天井に映る影絵を、ただ一心に見つめ続けている。

ヤンは妻のネグリジェがいまいましかった。熱帯の島に来てまで、こんなものを着てるなんて。彼はネグリジェの襞(ひだ)に沿って滑り降ろした手を止め、薄暗がりのなかで妻のようすをうかがった。鼓動が速まり、胸が大きく息づき、瞼が閉じられるのを待って。

マルケサス諸島では、夜でも気温は二十度を下らない。

しかしファレイーヌは、冷たいままだった。

ヤンの手は布地の端まで来た。軽く曲げた太腿の下でネグリジェの裾をそっとめくりあげ、むき出しになった股間をまさぐる。

ファレイーヌはまだしばらく無反応なままだったが、やがて体を起こした。

そこまでよ！

ネグリジェの裾がぱらりとさがる。彼女は立ちあがって、常夜灯が照らす窓に近づいた。

ヤンは侮辱されたような気分だった。怒りがこみあげ、今にも爆発しそうだ。この六週間、おれに触れようともしないで。なのに、おれが悪いっていうのか。そうファレイーヌに怒鳴り散らしたかった。

けれど彼は自分でも、心の底でわかっていた。思いきってこんなふうに欲望を露わにしてしまったのは、妻を欲していたからではないのだと。それは熱い夜のせい、官能的な島のせいだ。ほかの美しいアトリエ参加者たちのせいだ。エロイーズがむき出しの脚にメモ帳をのせ、鉛筆をなめているのを日がな一日眺めていたせいだと。

ファレイーヌは鋭いから、それがわかっていないはずはない。

ファレイーヌはローズウッドの小さな机の前に立った。部屋のなかでもその一角だけは、明かりが射している。机のうえにはヤンが回収したピエール＝イヴの服と、ホワイトマーカーでタトゥーの模様を描いた丸石が置いてあった。彼女は小石を指で独楽のようにまわした。このシンボルを目にしたとき、彼女がやけに取り乱していたのをヤンは思い出した。彼は珍しく、自分からたずねた。

「この模様を前にも見たことがあるのか、ファレイーヌ？　このエナタが何を意味しているか、知ってたんだな？」

ファレイーヌはいつまでもまわり続ける丸石に指をあてた。

「少しでもわたしのこと、わたしの仕事、わたしの捜査に関心があれば、あなたにもわかったはずよ」

ヤンはまたしても、こみあげる怒りと戦った。妻が長い一日の出来事を語るのを、毎晩のように聞かされてきたじゃないか。十五区で起きた大事件の数々。高級宝石店強盗、大金横領、人質救出。名前もなにもわからない、上流階級の謎めいた犯罪もあった……おれのほうはずっと前から、郊外のありふれた事件の話をすることなんか、とっくにあきらめていたのに。田舎家の押しこみ強盗とか、スーパーの駐車場で車がこじあけられたとか、カフェの前で捕まった無免許運転の酔っぱらいとか。憐れみにも値しない惨めな連中が起こす、退屈な事件だ。

ヤンはベッドのシーツを払いのけた。

「そのタトゥーの模様、エナタは、殺された二人の女が入れていたタトゥーと同じなのか？

それはピエール＝イヴがきみに宛てたメッセージだと？」

ファレイーヌは斜め横をふり返った。テラスの明かりがカーテン越しに、彼女の顔をちらちらと照らした。苦しげな表情を、黒い影が際立たせている。

「さあ、どうなんだか」とファレイーヌは静かに答えた。「捜査をするのはあなたでしょ？マイマといっしょに。わたしは担当外……それがお望みじゃないの？」

ヤンは体を起こした。怒りはやさしさの波に呑まれて消え去った。主任警部の鎧を脱いだファレイーヌは、精一杯ふてくされてみせる哀れな少女にすぎなかった。昼間、遊びを禁じられた少女。それを前にしたら、いつだって勝てっこない。

ヤンは立ちあがった。

そうさ、もちろんだ。彼は再び、ファレイーヌに欲望を感じた。熱帯の夜に官能を刺激されたのではない。ただ禁欲が耐えがたくなっただけ。

愛する女に対して。

愛しているつもりの女、

愛したいと願う女に対して。

ヤンは素っ裸のまま、ファレイーヌの背後に立った。彼の性器がお尻に触れかけた瞬間、彼女は脇に一歩よけた。

それがぴんと張りつめていることにすら、気づかなかったのでは？

「たしかにきみは担当外だが」とヤンは妻の背中にむかって言った。「きみには書くべき小説がある……そのために来たんだから」

　背中はなにも言わなかった。ファレイーヌはスーツケースが置いてある真ん中の戸棚を、両手で探った。そしてようやく口をひらき、夫にというより戸棚にむかって答えた。

「うんざりしたような顔しないで。わかったから。あなたの言うとおり、そのほうがいいんでしょう（ファレイーヌは挑戦的な笑みを浮かべた）。あなたが退屈じゃないか、わたしも心配だったし……あなたの捜査に首は突っこまないから、安心して。殺人パーティーのことはまかせるわ。でも、ひとつだけ忠告しておくけど、くれぐれも慎重にね。全員に用心すること（彼女は両手で、苛立たしげにスーツケースのなかを探った）。マリ＝アンブルは酔っぱらいの馬鹿女を、やけに大袈裟（おおげさ）に演じている。エロイーズは悲嘆に暮れた寡婦みたいな大仰な表情。クレムは抜け目のない作家志望者。やさしいベルギー人のマルティィーヌだって、道化服のおばあちゃんみたいだけど、ネットにばらまく噂話を漁って毎日すごしているんだから。ティティーヌおばあちゃんは、カメラを持たないパパラッチってわけ」

　ファレイーヌはスーツケースを閉じた。

手にしたファイルの表紙には、マルケサスのタトゥーの模様が描かれている。

エナタが。

「わたしの小説なら……もう書けてるわ」

　ヤンは妻の肩越しにファイルの表紙を読んだ。

赤いファイル。タトゥーの模様の下に名前、タイトルがある。

ピエール＝イヴ・フランソワ
男たちの土地、女たちの殺人者
十五区のタトゥー彫師事件

原稿らしい。厚さから見て、三百ページ以上ありそうだ。

「もしかして……」とヤンはあわてたように言った。「ピエール＝イヴから盗んだのか？」

ファレイーヌはファイルを机のうえに置き、ようやく夫を長々と見つめた。

それは初めてのことだった。

「みんなはあなたがやさしい人だって思ってるけど、わたしが気に入ったのは、ちょっと間抜けなところ。それに不器用で。だけどそれって、努力が足りないだけなのよね。怠惰ってこと。それがやさしさの仮面をつけているだけ。《ピエール＝イヴから盗んだのか》って、本当にそうたずねたの？　この二十年、わたしとずっと暮らしてきたのに？」

ファレイーヌは腰かけると、薄明かりにファイルを近づけ、紙を一枚抜き出して手を止めた。

「仕事にかからなくちゃ。ここは暗いから、テラスに出るわ」

そして机に置いてあった携帯電話をつかんだ。デンマークのモデルで、赤いケースには大きな白い十字がついている。そういうことか。ヤンはまた寝ることにした。ファレイーヌはドアノブに手をかけて、最後にもうひと言放った。

「ひとつだけたずねるけど」と彼女は、ことさらやさしげな声で言った。「あなたの大事な捜査に関わる職業上の秘密に、もし触れなければね。ピエール＝イヴの服のうえにこの丸石を見つけたとき、石はどちらの側にむいていたかしら？」

ヤンは答えなかった。

捜査の秘密をひとり占めしておきたかったからではない。ただ単にそんなことは、まったく気にかけなかったから。まったくわからなかったから。そして別の疑問で頭がいっぱいだったから。三百ページの原稿を取り戻すために、妻はどんな手を使ったのだろう？

海に流すわたしの瓶　第七章

わたしははっと目を覚ました。

どうしてかはすぐにわかった。いまいましい雄鶏のせいだ。わたしのバンガローの窓のすぐうえにとまっていたのを、誰かが起こしてしまったらしい。

わたしは瞼をひらいた。

真っ先に目に入ったのは、ナイトテーブルのうえに散らばっている《海に流すわたしの瓶》の原稿だった。マリ＝アンブルがようやく引きあげたあと、ヒナノビールの残骸やグラスは片づけ、テーブルもきれいに拭いておいた。次に目に入ったのは目覚まし時計。朝の四時だ。そして最後は、窓の前につるした蚊帳に映る人影だった。

人影は足音を忍ばせ、テラスのうえをゆっくりと歩いていく。ちょうど雄鶏のガストンを起こすくらいの足音だ……そして同時に、わたしも起こすくらいの。

朝の四時。

こんな時間に誰が、夢遊病者の真似事なんか？

ガストンはまた眠ってしまったが、わたしはもう眠れそうもなかった。だからあとさきの考えもなく、ブラジャーもつけずパンティもはかずに、ズボンと虫よけスプレーで湿ったTシャツだけ身につけると、携帯電話をつかみ、バンガローのドアをできるだけそっとあけた。

こんな夜中に《恐るべき太陽》荘の小道をうろつくのは、いったい何者だろう？　ヤンかしら？　彼はとても早起きだから。

わたしはちらりとあたりを見た。つる棚の下に取りつけた常夜灯の明かりが、テラスを照らしている。ひと晩じゅう灯っている電球からいちばん近いのは、ファレイーヌとヤンのバンガローだった。わたしはほんのわずかな動き、ほんの微かな物音も逃すまいと神経を集中させたけれど、なにも成果なしだった。バンガロー《ヌクヒバ》でも、ほかのバンガローでも、みんな眠っているようだ。

夢でも見たんだろうか。それとも幽霊が、ガストンの羽根をくすぐりに来たのか。わたしは庭のようすをうかがい、小道を通ってタナエの家（ファレ）の前をすぎた。やはりみんな眠っているようだ。夜の闇を照らすのは無数の星と三日月、それにペンション沿いの街道に立つわずかな街灯だけだった。それでも、正門を抜ける人影ははっきりと見えた。急ぎ足で歩く黒い影でしかないけれど。人影は村にむかって下るのではなく、タハウク港のほうへと進んだ。

これはもう、あとをつけるしかない。

ミステリ小説を書こうと決めた以上、《海に流すわたしの瓶》を満たす手がかりを集めなくては。たとえそれが、わたしたちを狙ったＰＹＦの罠だとしても。

道がカーブにさしかかるたび、人影は城壁のように立ち並ぶ木々の陰に消えた。真っ暗なまわり道か森に吸いこまれて、もう二度とあらわれないいんじゃないか。そう思った瞬間、影はまた姿を見せて、アスファルトの道を進み続けた。

どこへ行くのだろう？　わたしは頭のなかで、思いつく行先をひとつひとつ検討した。タハウク港だろうか？　でもあそこには、泊まる場所なんてない。ヨット一艘停泊していないし、ベッド代わりになるカヌーの一艘もない。アツオナ村はボラボラ島とは違う……。

村祭りのため、数か月に一度使われるコンクリート製の大きなディスコがあるくらいだ。人影は倉庫の前も、そのまますたすたと通りすぎた。とりわけ急ぐようすもない。

わたしもゆっくり歩くようにした。気づかれるのを恐れたからではない。足もとがまったく見えなかったからだ。かといって、携帯電話のライトをつけるなど問題外だ。《やい、やい、おまえは誰だ？》って叫んでるようなものだもの。街道沿いにはもう、一本の街灯もなくなってしまったけれど、満天の星のおかげで真っ暗というほどではなかった。わたしは迷った船乗りのように、頭上の南十字星を頼りに歩き続けた。

またしてもカーブにさしかかり、人影が見えなくなった。そういえば、港にむかう最後のカーブから少し離れたところに、掘っ立て小屋があるのを思い出した。タナエの話では、別荘代わりらしい。荒壁土の外壁とトタン屋根だけでも、谷の住民には週末を海辺ですごすのに充分なのだそうだ。新たに家を建てるのは原則的に禁じられた地区のはずだが、小屋はすぐに解体できるし、共同で使えばいい。小屋が空いているときは、希望者に鍵を貸すという条件で、村長は建築を認めたのだ。

考えれば考えるほど、夜中の待ち合わせ場所には持ってこいだ。

人影がむかう先がわかったのでは？　わたしは俄然（がぜん）やる気を出して、足を速めた。

ああ、ごめんなさい！

暗闇のなかで、誰かを突き飛ばしてしまった。

わたし、どうかしてるわ、と膝をさすりながら思った。

ぶつかった相手は、謝る気配もない。

わたしは手さぐりをした。

顔、大きな二つの目、低い鼻。首はなくて、体は太り気味、胸は大きい。

彫像（テイキ）だ。

わたしはすぐに、マイマやタナエから聞いた話を思い出した。数か月前、五体の新たな彫像（テイキ）が《恐るべき太陽》荘の周囲に置かれたという話を。それじゃあこれが、最後のひとつ。感受性、やさしさ、感動の力（マナ）を持った彫像（テイキ）なのだ。タナエの車に乗って、何度もこの前を通ったけれど、土手の下にあるずんぐりとした灰色の標石だとしか思わなかった。

さらに手で探ると、彫像（テイキ）は髪に石の花を挿していた。二十本の指も花を持っている。

人影はもう何分も前に、姿を消していた。街灯の光に照らされて、カーブのむこうに道路が続いているのが見える。人影はそちらまで行かなかった。ということは、森に入っていったのか（森はあんなに真っ暗なのだから、それはありえないだろう）、港のうえの小屋にむかったのかだ。このあたりに家は、あそこしかない。

いずれにせよ、こっちには気づいていないはずだ。

わたしは好奇心に抗しきれず、携帯電話のライトを灯した。

灰色の像の顔に光をあてる。現行犯の男を捕まえた警察官のように。

けれども驚いたのは、わたしのほうだった。いや、驚いたなんてもんじゃない。さっさと逃げ出すか、夢を見てるんじゃないと確かめるため、ほっぺたをつねろうかと思ったくらい。

目の前の彫像(テイキ)、感受性の彫像(テイキ)……わたしはそれに見覚えがあった！

そんなはずないっていうのは、わかってる。どうしてこの顔が、過去から浮かびあがってくるの？

まるで亡霊に恐れおののくかのように、わたしの指はおずおずと冷たい石に触れた。鼻、眼窩(がんか)、どっしりとした胸。

何者かが、わたしを罠にはめようとしている！　わたしを狂気に陥れようとしている！

催眠術をかける鏡みたいなこの像を、このまま見つめ続けていたら、本当におかしくなってしまいそう。この像には、わたしを麻痺させる力(マナ)がある。

わたしはライトを消した。

亡霊はまたただの標石に戻った。わたしはほっと深呼吸した。

考えすぎだろうか？　想像力が過敏になっているせい？　もはや存在しないモデルの顔に似せた像を、どうしたら彫れるっていうの？　この指まで石になってしまうのではないか。

わたしはそう恐れているかのように冷たい石から指を離し、熱く脈打つ心臓のうえに避難させた。親指と人さし指で手さぐりし、首にさげた首飾りの赤い種子に触れる。その魔力で、すっと気持ちが落ち着いた。

しっかりしなくては。こんな真夜中に、部屋を抜け出してきたわけを、忘れちゃいけない。あの人影を追いかけるんだ。

わたしは足を速めてさっさとその場を離れ、カーブにさしかかったところで歩を緩めた。小屋は港のうえの断崖に、かろうじて建っていた。まわりはカリビア松に囲まれている。小屋に明かりが灯っているのに気づく前から、人影がそこに入ったのだとわかった。

ものの一分もしないうちに、また心臓が止まりかけた。

今度は顔に見覚えじゃなく、声に聞き覚えがあった。

ピエール＝イヴ・フランソワの声だ！

わたしは笑いを抑えるのと同時に、彼に毒づいた。じゃあ、やっぱりゲームだったのね。悪戯好きの作家は溺れたのでも、誘拐されたのでも、殺されたのでもなかった。ただ隠れていただけなのだ。ペンションから、ほんの一キロも行かないところで。わたしたちの想像力を掻き立てるために。

ぼんやり明かりが灯った小屋の窓越しに、部屋を歩きまわるピエール＝イヴの姿が見えた。それに《恐るべき太陽》荘から、こうして彼のもとを訪れた人影も。

シルエットが二つ映っているだけで、顔までは判別できない。

まるで影絵だ。わたしのために、白いスクリーンの裏で演じられる影絵芝居。ピエール＝イヴときたら、ずいぶんと手の込んだことを考えたものだ。残念だわ、彫像（ティキ）につまずいたせいで、時間を食ってしまって。おかげで会話の最初の部分を、聞き逃してしまった。ピエール＝イヴは声を張りあげてしゃべっていたけれど、言葉の端々が途切れ途切れに聞こえるだけで、話の内容はよくわからない。

ピエール＝イヴは会いに来た女に（人影は女のはずだ。《恐るべき太陽》荘にはヤン以外、男はいないのだから）、謝っているようだ。申しわけないが、真実を言わねばならない。しかたないんだ、どうしようもないと。

幽霊のような人影のほうも、なにか話してくれればいいのに。そうすれば、声で誰だかわかるはずだ。しかし彼女はピエール＝イヴの言葉に呆然として、小声でほんの少し答えるだけだった。泣き声も聞こえたような気がする。

ピエール＝イヴは同じことを、くどくどと繰り返した。真実を認めたほうがいい、たとえそれがどんなに恐ろしく残酷だろうと。《もし知りたくなかったのなら、たずねるべきではなかったんだ》と。ピエール＝イヴは小屋のなかを行ったり来たりし、窓の前を何度も通ったけれど、女のほうは彫像（ティキ）のように固まりついている。

ピエール＝イヴは歩調を緩めた。声も和らいで、前よりいっそう聞き取りづらくなった。それでも、松の根っこにつまずく危険を冒してもう少し近づくと、どうにか状況をつかむことができた。彼は残酷な真実で女を打ちのめしたあと、今度は励まそうとしているらしい。

《わたしなら、力を貸してあげられるが》

作家のでっぷりしたシルエットが、無言の女のほっそりした影の前に立ち止まった。ピエール＝イヴは固まりついている女の顔に手をあてた。涙を拭おうとしているようだ。彼は鎖のような黒い腕を広げ、またそれを閉じた。《きみには好意を持ってる》男の顔が前に乗り出し、じっと動かない女の顔と重なり合った。男が太った腹を突き出す。そして一瞬、影絵の舞台に立つのは、ひとりきりになったかのように見えた。ピエール＝イヴに会いに来た無謀な女を、彼が吞みこんでしまったかのように……

やがてピエール＝イヴは、女を吐き出した。

女は人喰い鬼に吞まれるつもりはなかった。

彼女は男の顔に唾を吐きかけた。

すべては一瞬の出来事だった。

目の前に繰り広げられるのはただ、ぎくしゃくした動きの無言劇だった。役者が窓の前を通るときだけ見える短いシーンを、わたしはなんとかつなぎ合わせようとした。

ピエール＝イヴは獲物を逃すまいとしている。けれども獲物はすばやく身をかわし、必死の抵抗を試みた。物が飛び、家具が倒れる。《落ち着け、落ち着くんだ》そう言うピエール＝イヴの声が聞こえた。ガラスが割れ、拳（こぶし）の雨が降り注ぐ。

わたしはさらに近づいた。このまま、ただ眺めているわけにはいかない。小屋まであと二メートル。そのとき、女が両手をふりあげるのが見えた。なにか細長いものを握っている。

棍棒だろうか？　カヌーの櫂？　ただの箒？　じっくり目を凝らす暇もなく、それは宙を切ってピエール＝イヴの顔面を直撃した。

悲鳴が夜の闇をつんざいた。

そしてわたしの叫び声も。

抑えようにも抑えられなかった。

影絵芝居は突然止まった。映写機が急に壊れた映画みたいに。物音ひとつしない。わたしともうひとりの叫び声が想像のなかでまだ鳴り響いている以外は。

人影が窓に近寄った。凶器の黒い影が、頭の右側からまだにょっきりと飛び出している。負い革のついた銃のように。肩にあてて引き金を引けば、すぐにでも人を殺せる銃のように。

もう、考えている暇はない。さっさと逃げなくては。わたしは走った。松の根っこにつまずき、地面に両手をついて棘が刺さった。今にも棍棒が、脳天に叩きつけられるような気がした。なんの物音もしない。わたしはできるだけすばやく立ちあがり、闇のなかをダッシュした。わたしの脚がこれほど機敏に動くなんて、思ってもみなかった。わたしの心臓がこんなに力強く打つなんて、思ってもみなかった。

ようやく街道に戻った。

遠くに光が見えたような気がする。小屋のうえあたりに。車のライトにしては弱すぎるし、懐中電灯にしては位置が高すぎる。

追いかけてきたのだろうか？

顔を見られた？

ピエール＝イヴは殺されたの？

そしてわたしは、始末されるべき目撃者なのか？

もう走れない。坂が急すぎるので、できるだけ早足で歩くだけにした。

引き返すべきだろうか？　助けを呼ぶべき？

呪われた彫像(ティキ)の前を通った。灰色の影に光をあてないほうがいい。

これはただの悪夢なのだと、自分に言い聞かせた。明日になれば、すべてもとどおりだと。

《恐るべき太陽》荘にたどり着いた。みんな眠っている。雄鶏のガストンも。

何をすべきかわかっている。バンガローをまわって全員を起こし、テラスに出てこさせる。そして点呼にあらわれない者は誰かを確かめるのだ。少なくとも、ヤンだけは起こさなくては。ヤンと奥さんのファレイーヌを。あの二人は憲兵隊員と警察官なのだから、どうしたらいいかわかるだろう。さもなければ、マイマひとりに知らせようか。信頼できるのは彼女しかいない。いや、無理だわ。だって彼女は、母親と同じバンガローで眠っているのだもの。

何をすべきかわかっていたけれど、わたしは自分のバンガローに閉じこもることにした。

ピエール＝イヴの言葉が、頭から離れなかったから。昨日の昼、彼が残した言葉だ。あれからもう、永遠の時間がすぎたような気がする。

このあと何日、何時間、どんなことがあろうと、四日後、再び飛行機に乗るときまで、なにが起ころうと書き続けるんだ。すべてをメモし、すべてを書きたまえ。きみたちが感じたこと、感じ取ったことをできるだけ直截的に。

もしかして、またしてもピエール＝イヴの演出に立ち会っただけなのかも。なにもかも、前もって書かれたシナリオの一部だとしたら？　ピエール＝イヴはいつも作品のなかでしているように、今度もまたわたしたちの目を欺こうとしているのかも。

考え始めるとあれこれ疑念が湧いてきて、みんなを起こす決心がつかなかった。恐ろしくてたまらず、ひとりで外に出る勇気もなかった。

わたしはベッドに腰かけた。

もう眠れそうにない。

ピエール＝イヴ、あなたの言葉に従うわ。

書きましょう。

わたしの小説を。

《**海に流すわたしの瓶**》を。

セルヴァーヌ・アスティーヌ

「もしもし、誰もいないの？　わたしの顔、見えてる？　どうしちゃったのよ？　みんな、溺れ死んじゃったとか？」

セルヴァーヌ・アスティーヌはカメラに背をむけ、画面の外にいる誰かに声をかけた。

「大丈夫なの、このスカイプ？　ちゃんとつながってるんでしょうね。雌鶏しか見えないわよ」

姿の見えない男性技術者の声が答える。

「むこうは朝の六時ですから……起きてるのは雌鶏だけなのでは？」

「そうやって、わたしを馬鹿にすればいいわ！」

セルヴァーヌ・アスティーヌは再び画面にむきなおった。

「もしもし、バナナさん。見えてる？　どこ行ったのよ。かわいいお尻をこんがりと焼くのだって、わたしがお金を出してるんですからね。ほらほら、さっさとして。パリは午後六時。あと一時間したら、カフェ《ドゥ・マゴ》でカクテルパーティーがあるから、急いでるのよ。そっちはのんびりくつろいでいるんでしょうけど。あら……」

出版社の女社長の前に、顔が三つあらわれた。瞼を腫らしたエロイーズ、ぼさぼさの髪をしたファレイーヌ、メイクを決めたマリ＝アンブルだった。

「あら……」とセルヴァーヌは繰り返した。「ディスコ帰りかなにか？　どうしたの、ほかの二人は？」

三人のなかではマリ＝アンブルが、いちばんはっきり目覚めていたようだ。

「クレマンス・ノヴェルとマルティーヌ・ヴァン・ガルはまだ寝てるわ」と彼女は答えた。

「あの二人は、わたしを馬鹿にしてるのね」

三人を映している携帯電話は、グレープフルーツジャムの瓶にそっと立てかけられ、タナエのテラスのテーブルに置いてあった。ファレイーヌは倒れそうな携帯電話を起こした。画面に山や空、海がすばやく映って、またもとに戻った。

「目がまわって吐きそうだわ」とセルヴァーヌは叫んだ。「こっちもドローンを飛ばして、パリの空を見せて欲しい？　汚らしい灰色の雲、蟻んこみたいに走りまわる車や人を。忘れちゃ困るわ。あなたがたが青い珊瑚礁を楽しんでるのは、同じ色をしたわたしのクレジットカードのおかげなのよ……あなたがたには期待をしてるんだから、ベストセラーを産むにわとりだって」

マリ＝アンブルは呆然として、返答ができなかった。エロイーズはせわしなく首をふって、左右の横顔を切り替えている。ティアレの花、ハイビスカスの花。不運に正面から立ちむかう勇気がない、叱られた生徒のようだ。ファレイーヌはため息をついた。腕が画面の外に伸び、手品みたいにコーヒーカップをつかんで戻ってきた。

セルヴァーヌ・アスティーヌはぴょんと立ちあがった。イブニングドレスの襟ぐりが、一瞬、画面いっぱいに広がり、金ペンの形をしたペンダントが大写しになったかと思うと、彼女の顔がまたあらわれて、画面に張りついた。

「あらまあ、みんな二日酔いの顔しちゃって。アツオナ村には一軒のバーもないって、PYFが断言してたのに。一万五千キロの飛行機チケットは値が張るけど、完璧な隠遁生活が待っているって。修道士の島なら、アトス山やメテオラの修道院よりずっといいわ。一滴のアルコールもなし。あるのは汗とインクだけって……それはそうと、PYFはどこ？」

「…………」

セルヴァーヌ・アスティーヌはさらに画面に近づいた。まるで彼女たちの臭いを、くんくんと嗅いでいるみたいに。

「貿易風でみんな埋まっちゃったってわけ？　もう一度訊くけど……どこなの、PYFは？」

ファレイーヌはコーヒーカップを置いて、疲れきったように答えた。

「わかりませんよ。行方不明なんです。それも創作アトリエの一環なんだろうと、みんな思ってますが……ゲームみたいなものだと」

女社長は唖然としてうしろにのけぞり、椅子にすわりなおした。

「ゲームですって？　いくらかかると思ってるの、あなたがたがココ椰子の下でくつろぐのに？　飛行機代や、タナエのペンションの宿泊費に？　ひと財産よ。だからフランスに残された哀れな女性ファンに、せめて夢を見させてあげなくちゃ。選ばれなかった三万二千人の不運な女性ファン、インスタグラムやニュースレターに張りついているさらに何万人もの女たちに。上半身裸で、汗をかきかき原稿にむかってるＰＹＦの自撮り写真なんか見たいわね。エロイーズだって、パパイヤみたいに甘い笑みを浮かべたタヒチの女が似合いそう。ビキニの写真も送ってちょうだい。男性読者も取り戻さなくちゃね。さあさあ、がんばって、ブロンテ姉妹たち。写真や動画を撮りなさい。小鳥のダンスや豚の舞踊（ハカ）なんて、わたしはどうでもいいけれど、ここに足止めを食わされた女性ファンたちに、嫉妬の涎（よだれ）を流させて……起こしてきなさいよ、クレマンティーヌと……ベルギーのおばちゃまを。ＳＮＳの女王はどこ？ サンピエール島・ミクロン島からケルゲレン諸島まで、世界中のフランス語圏に宣伝するって約束したのよ……なのに昨日から、ブログはぜんぜん更新なしじゃない」

「ティティーヌは眠ってるんです」

「だったらさっさと起こしてきなさいよ」

マイマの日記　ただ沈黙だけ

全部、聞いた。

セルヴァーヌ・アスティーヌはタクシーを待たせてあるからと言って、スカイプを切った。明日の朝、早々にまた連絡するわ、そっちはもう夜だろうけど。そのときはピエール＝イヴ・フランソワも顔を出したほうが身のためよ。

大したおばさんね、出版社の女社長は。アトリエ参加者たちの怯えたような顔を前にして、わたしはためらわなかった。つる棚の下を横ぎり、バンガローのあいだを走り抜けて、あわてた雌鶏たちを蹴散らしながら、クレムとティティーヌを起こしに行く。

タナエは寝坊のクレムと怠惰なティティーヌが張りきるよう、ブレルのCDを選んだ。さあ続け（オ・シュイヴァン）と偉大なジャックが命じる。さあ続け（オ・シュイヴァン）と、タナエがテラスとキッチンを往復する足どりに合わせて。バニラクッキー、バナナのベニエ、ココナッツパン、紅茶にコーヒー。二人の娘は手伝っていない。

ポエとモアナは毎朝そうしているように、ペンションの下の野原へ三頭の大型ポニーの世話に出かけていた。ポニーのミリ、フェティア、アヴァエ・ヌイ（原注　愛撫、星、大足の意味）は、首につないだロープが伸びる限りテラスに近づいて、朝食の余りものをせがんだ。来世で生まれ変わるとしたら、あんな動物より雄鶏か猫がいいな。考えてもみてよ……一世紀前、島を自由に駆け巡るようにって連れてこられたのに、今は独楽みたいに、杭のまわりをぐるぐるまわる暮らしなんだから。

バンガローのあいだを抜けるとき、ヤンとすれ違った。サンアントニオ・スパーズ9番のTシャツに、水滴が滴り落ち、手にはつる棚の下でいただいてきた金柑の実を持っている。バンガロー《ヌクヒバ》で、シャワーを浴びてきたところなんだろう。そのあとファレイーヌ主任警部が使うので、急かされたのかもね。

カッコいいじゃない、隊長さん。わたしは晴れやかな笑みを彼にむけた。

だけど、それでよしとしといてね。ほかの人たちは、憲兵隊長にあんまり魅力を感じていないようだから。エロイーズは、ブラックコーヒーに映った自分の顔を見つめている。ママはマエヴァホールで、本物の鏡を覗きこんだ。ベージュのソファのうえに、二つかかっている鏡のひとつだ。雌鹿よ、なんてブレルの歌を口ずさんでるけど、あんまりひどい顔なんでぞっとしているみたい。

いつからママは、ブレルを歌うようになったの？　わたしはクレマンスとマルティーヌのバンガローのドアをノックした。

「クレム、起きて！」

「ティティーヌ、起きて！」

マエヴァホールに戻ったとき、危うくママとぶつかりそうになった。わたしは走ったまま方向転換をして、テーブルにあったパパイヤをひと切れ拝借した。それにしても、びっくりだ。二人とも、どうしたの？

「きっとクレムは、ひと晩じゅう書いていたのね。でもティティーヌはいつも早く寝て……真っ先に起きてくるのに」

ヤンは朝食の席で、エロイーズの隣にすわった。彼女は横顔でヤンと笑みを交わすと、ほつれ髪を耳のうしろにまわして携帯電話を取り出し、憲兵隊長は、ネットの操作をするエロイーズのじゃまをしないよう気をつけながら、コーヒーの魔法瓶に手を伸ばした。するとエロイーズが、いきなり彼のほうをふりむいた。

「マルティーヌは猫にお休みを言ってないわ」

憲兵隊長はびっくりして手を止めた。わたしも何の話だろうと近寄った。

「マルティーヌの友人なら」とエロイーズは言ってから、こうつけ加えた。「つまり、インスタグラム上の友人ってことだけど、彼女の暮らしぶりを逐一追うことができるんです。マルティーヌはヒバオア島に着いてからも、十匹の猫に毎朝欠かさずお休みを言ってました。ブリュッセルの家のお隣さんが餌やりのついでに写真を撮り、ティティーヌも猫ちゃんたちにひと言送ってたんですが、今朝は音沙汰なし。歯を磨いてもう寝るって、昨晩猫ちゃんに言ったきりで」

「まだ、朝の七時にもなっていないから」ヤンは自分を安心させるように言うと、コーヒーをカップになみなみと注いだ。

けれどもわたしはあわててふためき、彼がカップに口をつける暇を与えなかった。

「それって、おかしいよ。ちょっと、いっしょに来て」

ものの三秒もしないうちに、わたしたちはバンガロー《ウアポウ》のドアの前に立った。

「マルティーヌ！　マルティーヌ！」

返事はない。

「マルティーヌ」ヤンが今度はもっと大声で叫んだ。

返ってくるのは、ただ沈黙だけ。

ヤンの頭のなかが、わたしには透けて見えた。悪い予感でいっぱいになってる。これまでもこんなことが、よくあったのだろう。隣人が悲鳴や銃声を聞いたとか、逆に何日間も物音がしないとかの通報を受け、回転灯を灯して憲兵隊本部を飛び出し、閉まったドアの前に立ったことが。そのたび彼は、ドアのむこうに何があるか心配でしかたない。そして彼か部下のひとりが、ドアを破らなければならないのだろう。

隊長さんはドアノブに手をあてた。ノブはくるりとまわった。

ああ、よかった。少なくとも《恐るべき太陽》荘のバンガローは、壊さずにすんだみたい。

ヤンはなかに入った。わたしはエロイーズとタナエに挟まれ、ドアの前で彼のうしろ姿を目で追った。奥を覗きこもうとしたけれど、よく見えない。まったくもう、隊長さん、体格がよすぎるんだから……彼は数歩歩いて、突然脚をがくがくさせ始めた。

わたしは叫び声をあげた。真っ先に口をついて出た言葉は、なぜかママではなかった。

「**クレム！**」

マルティーヌがベッドに倒れている。

死んでるんだ。殺されて、冷たくなってる。

「タナエ、マイマをむこうに連れてって」とヤンは言った。

タナエは指示に従った。

わたしは抗議したけれど、選択の余地はなかった。マエヴァホールへ戻って、ポエやモアナといっしょにいるようにとタナエは言った。

しかたない。足はもとより全身が必死の抵抗を試みても、やはり選択の余地は残されていなかった。

ヤン

血まみれのネックレスがマルティーヌの首から、白いシーツまで続いていた。まるで彼女は赤い細紐で絞め殺されたかのように。

ヤンは近づいた。エロイーズは彼のうしろで、タナエの腕に逃げこんだ。

マルティーヌは絞め殺されたのではなく、刺し殺されたのだろうか。全身を十か所あまり、めった刺しにされて。錐(きり)のような形をした凶器は、最後に刺した頸動脈のうえに突き立ったままになっていた。

ヤンの背後でタナエの震え声がした。

「これは……タトゥーを彫る針よ。彫師の道具」

ヤンはベッドの頭部によりかかるのをこらえた。椅子に崩れ落ちそうになるのも、グラスをつかんで自分の顔に水をかけたくなるのも、じっとこらえた。

ファレイーヌのわめく声が頭のなかに響いた。**なにも触ってはだめよ！**

「なにも触ってはいけない」とヤンは自信なさげな声で言った。「ともかく、なにも触るんじゃない。エロイーズ、きみの携帯電話は写真が撮れるか？」

自分の携帯電話は、バンガローに置き忘れてきた。もともと電話をかけるのにしか使ってなかったので、マルケサス諸島では無用の長物と化していた。

エロイーズは携帯電話を、まるで一トンもあるかのように重そうに差し出した。ヤンはすばやく受け取ると、さっと使い方を確かめ、あらゆる角度から事件現場の写真を撮った。

「なにも触らないで」彼はしつこく繰り返した。タナエとエロイーズはじっと凍りついている。

今、バンガロー《ウアポウ》のなかで見ているものは、七十歳を超えたベルギーの老婦人の首に突き立てられた針よりずっとヤンをたじろがせた。

血はすでに固まりかけている。ということは、死後数時間たっているはずだ。けれども夜中のあいだに、マルティィーヌの叫び声は聞こえなかった。聞こえていたら、みんな目を覚ましていたはずだ。争った形跡もまったくない。少しも苦しまなかったかのように、死に顔は穏やかだった。信じがたいことだけれど、まるで頸動脈を針で突き刺されるのを、自分から受け入れたかのように。

グラスが二つ、ローズウッドの小さなテーブルに置いてある。

つまりマルティィーヌは、犯人と知り合いだった。彼女は眠っているところを襲われたのではないし、流しの犯行でもない。犯人をバンガローのなかに招き入れ、飲み物を出し、おしゃべりをしたあとに殺されたのだ。

誰が？

何のために？

タナエとエロイーズも同じ結論に至ったらしい、とヤンは気づいた。

マルティーヌは、《恐るべき太陽》荘の宿泊客を除いてマルケサス諸島に知り合いがいただろうか？

誰もいなかったはずだ。タナエと二人の娘、マイマ、このおれ、そして残り四人の創作アトリエ参加者たち以外は。

だとすると、これはもう明らかだ。ほかに考えようがない。犯人は彼女たちのなかにいる。

憲兵隊長は頭がくらくらしてきた。彼はマルティーヌの喉に刺さった彫師の針から、かすんだ目をそらそうとした。

針はとても古びていた。

真っ先にやるべきは遺体の瞼に手をあて、目を閉じさせることだ。それから血まみれの首に、スカーフかなにかをかけたほうがいい。ともかく喉からベッドまで流れ落ちている深紅の筋を隠さなくては。憲兵隊長はふと気づいたものに、目を引かれた。灰色の紐状のものが、シーツの襞から飛び出している。マルティーヌの白い手が置かれているあたりだ。

ヤンは身を乗り出した。

「警察を呼ばなくては」とタナエが背後でつぶやいた。「殺人事件でパペーテから来てもらうには、四時間近くかかるから、すぐに連絡しないと」

「おれが連絡する」とヤンは、ちらりとふり返って言った。

エロイーズは長い髪の陰で涙を拭った。ぐずぐずいっている鼻も、ティッシュペーパーで拭った。ヤンはティッシュペーパーを一枚もらい、ベッドのうえにもう一度身を乗り出した。

ティッシュペーパーでシーツの隅を挟み、つまみあげる。するとマルティーヌが胸にさげたペンダントが、姿をあらわした。銀の鎖の先に、完璧な球状の黒真珠がついている。

そういえば、マルティーヌが死ぬまでにしたいことを書いた紙にも、ネックレスと真珠の絵があったことをヤンは思い出した。

死ぬまでにわたしがしたいのは

十匹の猫に一匹ずつ、さよならを言うこと。

もう一度、たった一度でいいから、生涯愛した唯一の男性に再会すること。

ヤンの喉に酸っぱいものがこみあげた。誰もがこう自問するはずだ。猫と本と祖国ベルギーを愛する魅力的な老婦人に、憎しみを抱く者などいたのだろうか？

彼女は何を見、何をしたのか？

そしてこの、彫師の針は？

「あ……あそこにも」とエロイーズが、おずおずとした声で意を決したように言い、憲兵隊長の肩に手をあててシーツの反対端を指さした。

ヤンはぶるっと震えた。

シーツを折り返した下から、紙切れの隅が覗いている。ヤンはまたティッシュペーパーで挟み、そっとシーツを持ちあげた。

心臓の鼓動がいっそう速まった。

黒い小石がある。

小石には、前と同じエナタが描かれていた。しかもむきが逆だと、今度は彼にもはっきりとわかった。

小石の下に、紙切れが挟んである。ヤンは石を注意深く持ちあげた。紙に書かれている文字の筆跡は、ひと目で誰のものかわかった。

それでも紙を指でつまみあげずにはおれなかった。

タナエとエロイーズが肩越しにのぞきこんでいると気づいていたけれど、紙を読まずにはおれなかった。

なぜなら紙に書かれていたのは、妻の言葉だったから。

海に流すわたしの瓶　第三部

ファレイーヌ・モルサンが遺す言葉

死ぬまでにわたしがしたいのは
北極のオーロラを見ること。前にも一度、見たことがあるらしい。三歳のころに。母はよくその話をしていた。

死ぬまでにわたしがしたいのは
十五区の警察署から十七区の警視庁司法警察局に移り、その頂点までのぼりつめること。司法警察局の局長になって、何百名もの部下を指揮すること。命を救い、犯罪を阻止し、卑劣な犯人たちを追いつめること。そんなふうにして何年もすごしたあと、すべてを巻き戻すこと。

死ぬまでにわたしがしたいのは
警察に入ったりしないこと。
子どもを持つこと。
たくさんの子どもを。
夫と時をすごすこと。

本を読んだり、ものを書いたり、旅をしたりすること。愛すること。第二の人生を、本当の人生を生きること。そうできればいいのに。第一の人生で、わたしは決してあきらめられないだろうから。犯罪を捜査し、犯人を追いつめ、殺人をなくすことを。

死ぬまでにわたしがしたいのは
わたしが担当した事件を未解決のままにさせないこと。
死ぬまでにわたしがしたいのは
殺されたレティティアとオードレイの恨みを晴らすこと。

海に流すわたしの瓶　第八章

「クレム!」

シャワーを浴びていると叫び声が聞こえた。

マルティーヌのバンガロー《ウアポウ》から響く恐怖の叫び。けれどもそれはマルティーヌの声ではなく、マイマのものだった。どうして? どうしてこんな絶望の悲鳴を、あげ続けているのだろう?

わたしはお湯を止め、体も拭かずにシャワー室から出た。竹の床板に、濡れた足跡を残しながら。

何分か前にもマイマは、バンガローのドアを叩いては、「クレム、起きて! ティティーヌ、起きて!」と大声で呼びかけていた。あのときの明るい声とは大違いだ。

いいから、マイマ、静かにして、とわたしはそのとき頭のなかで毒づいた。もう起きてるけど、頭痛がするのよ。

よく眠れなかったから。

よく眠れないので、
ひと晩じゅう原稿に取り組んでいた。

わたしは昨日の出来事を思い返し……頭のなかに何百もの仮説を巡らせた。そして決心した。

　わたしが調べなくては。ひとりで、誰のことも信用せずに。ヤンにも話さないほうがいい。憲兵隊長は彼なりの調査をするだろう。マイマを助手に選んで。だったらこっちにも都合がいいわ。はたからじゃまされずに、《海に流すわたしの瓶》をたっぷり満たすことができるから。

　わたしは裸でバンガローのなかを歩き、外の物音に耳を澄ませた。けれど「クレム！」という必死の叫び声はもう聞こえなかった。じゃあ、緊急の事態ではないのだろう……もしそうなら、ヤンか誰かがやって来て、ドアを叩くはずだ。

　鏡の前で、くしゃくしゃと髪を乱す。わたしはいつだって、こんなにひどいさまなんだ、客観的に言って。頭のなかで、答えを見つけるべき疑問点をリストアップしてみる。問題は三つ。それを追うだけで、小説の数章ぶんになりそうだ。

　まずはピエール＝イヴがどうなったのかを確かめること。昨日の午後、行方不明になってからの騒ぎは、ただの演出にすぎないのか、それとも彼は本当に襲われ、殺されたのか？

　タトゥーについても調べなくては。アツオナ村在住のタトゥー彫師は、少なくとも公式にはひとりだけ。その店《タ・トゥ》は、テイヴィテテ墓地にむかう途中にある。さっそく訪ねてみよう。もちろん、お尻にマルケサス風の十字模様を彫ってもらうためじゃなく。

　あともう一点、彫像(ティキ)のことも探ってみよう。ペンションのまわりに置かれた五体の謎の彫像(ティキ)について、タナエはもっと詳しく知っているはずだ。ヒバオア島ではみんな知り合いなのだから、誰も気づかないうちに五つもの彫像を彫り、そっと置いてまわったなんて信じられない。四体は森のなか、そのうち二体は聖地に並んでいる。最後の一体、とてもやさしそうで、髪と手に花を添えた彫像だけは、街道沿いの、よく見える場所に置かれていた。それはなぜか？

すべて数えあげなかったけれど、疑問点は三つではすまない。《海に流すわたしの瓶》は、さぞかし大きくなるだろう。ビキニの水着をつけ、そのうえからカーキ色のショートパンツ、サファリシャツ風のチュニックを着た。こうすれば、戦闘服の下に体型を隠せるわ。偏執的になりすぎないよう、気をつけなくては。とりわけ、昨日の午後からの出来事が、頭のなかで延々とまわり続け始めたら。ピエール＝イヴが残した丸石に描かれていたエナタ、行方不明の演出、それに昨晩、テラスで聞いた足音。わたしは星空の下で監視を続けたあと、部屋に戻って寝たのだった。

バンガローのドアをあけた。すぐ隣は群島の配置と同じく、マルティーヌのバンガロー《ウアポウ》だ。

ドアがあいている。

タナエの広い背中と、可愛い子ぶったエロイーズのグレープフルーツのようなお尻が見えた。マリ＝アンブルも自分のバンガローから出てきて、わたしに近づいた。メイクを決めてミニスカートをはき、足の爪をサンダルと同じ金色に塗っている。前をあけておへそのあたりで結んだヴェルサーチのブラウスのあいだに、黒真珠が揺れていた。ブラジャーをしてないのを見せつけているらしい。タヒチの若い女みたいに露わになった胸もとを、みんなに堪能させようっていうの？

　そんなふうに思うなんて、我ながら本当に意地悪ね。

ヤンがわたしの前で、身を乗り出した。マルティーヌの瞼に手を伸ばし、目を閉じさせる。

その意味は明らかだ。

死んだの？　マルティーヌが？

ヤンは震える声で、バンガローに入ったとき目にした光景について説明した。

殺人現場の光景について。

「警察にはおれから連絡しよう」とヤンは言いながら、たたんだ紙切れをポケットにしまった。「パペーテに司法警察の分署があるから、昼間のうちに到着するだろう」

彼はこちらをじっと見つめた。まるでわたしを疑っているかのように。

疑うって、何を？

マルティーヌを殺したと？

ああ、そうか。警官じゃなくたってわかることだ。今朝から、わたしたち全員が容疑者なんだ。わたしはほとんどひと晩じゅう起きていたけれど、マルティーヌの部屋から争うような物音は聞こえなかった。マルティーヌは犯人と知り合いだったんだ。彼女は犯人を部屋に招き入れ、そして不意を襲われ殺された。

　わたしの目は、ヤンがティッシュペーパーのうえに置いた針に吸い寄せられた。

あれが凶器だろうか？

こんな忌まわしい殺人は女にできることじゃない、とわたしは直感的に思った。でも、ヤンが犯人のはずはないし。残りは誰？　ピエール＝イヴ？

わたしは一瞬、昨晩のことを思い浮かべた。もしかして犯人は、人違いをしたのではないか？　本当は、わたしを殺そうとしたのかも。犯人はわたしに気づき、邪魔者を消そうとしたのだ。いや、そんなはずはない。どうしてわたしとマルティーヌを間違えるっていうの？

タトゥーの彫師が使う針を、わたしはじっと見つめた。

おかげで決心がついた。独力で調査をしよう。すべてがあのタトゥーに絡んでいる。けれども、それがマルティーヌとどう結びつくのだろう？　わたしの知る限り、あのおばあちゃんはタトゥーなどまったく入れていなかった。猫の足跡ひとつさえも……

「これからは、みんなひとりにならないように。互いに監視し合おうとか、誰かを疑っているとかじゃない。反対に、みんなで守り合ったほうがいいからだ。ひとりきりにならなければ、たとえ殺人犯がわれわれのあいだに……というか、われわれの近くをうろついていても、なにも起こらずにすむだろう」

ヤンはまたしても、わたしをじっと見つめた。ほかの人たちを眺めるよりも、少し長く。わたしを真っ先に守ろうとしているからだ、と思いたかったけれど……その役は美しきエロイーズのために取ってあるらしい。わたしが容疑者リストの筆頭にいるからなんだろう。わたしは首飾りの赤い種子に触れたいのを、じっと我慢した。それはほとんど病的なまでの衝動だった。

ひと言口を出そうか迷ったけれど、結局部屋にいるほかの女たちと同じく、ただ黙っていた。

とはいえ、なにも考えていなかったわけじゃない……

いいわ、隊長さん、タヒチの警官が事件の捜査に入るまでに、まだ何時間かある。指紋を採ったり、現場を封鎖したり、彼らをあっと言わせる準備ができるでしょうね。

わたしは昨晩のように、ひとりで調べよう。そしてすべてを書いておく……なにひとつ忘れずに。

今にわかるわ、誰が最初に犯人を見つけるか。

ふと、突拍子もない考えが頭をよぎった。結局これが、ピエール＝イヴ・フランソワの望みだったのかもしれない。《海に流すわたしの瓶》が、こんな内容になることが。わたしが誰の目にも、読者にとっても容疑者に見えるような物語。わたしは自らの無実を証明しなくてはならない。嘘をついていないと、みんなに明らかにしなければならない。

彼は五人のアトリエ参加者それぞれに、同じ物語を書かせたかったのかもしれない。

そんな恐ろしい結果を引き出すために、彼は殺人まで犯したのだろうか？

マイマの日記　リストの次に来る女

ヤンは《恐るべき太陽》荘のテラスに腰かけていた。目の前に並べたパソコンにエロイーズの携帯電話を接続して、犯行現場の写真をハードディスクに移そうっていうわけ。わたしは背後に陣取って、携帯電話と次々に映し出される写真を眺めた。

体を震わせながら。

ヤンはようやくわたしの存在に気づき、あわててパソコンの画面を最小化した。そしてさっと立ちあがり、わたしを抱き寄せた。体はまだ震えている。

そうして欲しかったんだ、隊長さん。

わたしは息を詰まらせ震えながら、憲兵隊長の腕に体を預け、すすり泣いた。熱帯の驟雨みたいに、激しく短く。

わたしはすぐに体を引き離し、タオルをつかんで顔を拭った。

「ティティーヌを殺した犯人を見つけてくれるよね？　わたしも手伝うから。必ず見つけてやる」

そう言う声は、いつもよりしゃがれていた。まるで無垢な青春の一部が、わたしからそぎ落とされてしまったかのように。

「マイマ」とヤンは言った。「これはもう、ゲームじゃないんだ」

わたしはなにも答えず、テラスのうえを一歩前に進んだ。マルティーヌのバンガローに目をやる。ドアは閉まったままだ。

「ティティーヌの遺体は、まだ部屋に置いてあるの？」

「いや、タナエの家（ファレ）に運んだ。地下室があるんでね。冷やしておかねばならないものを、そこにしまってあるんだ。村から人を呼んで、運ぶのを手伝ってもらったよ。司祭にも来てもらうつもりだ。本当は科学捜査班が到着するまで、現場の部屋はそのままにしておくほうがいいんだが、この暑さだから……タナエがポエ、モアナといっしょに、伝統的な祈りを捧げると約束してくれた。マルティーヌが安置されるところは、禁忌（タブー）の場所になるだろう。誰にも侵すことができない、神聖な場所になるんだ」

ヤンはそれ以上話さなかった。発した言葉のひとつひとつが喉にこすれて、ひりひりするみたいに。タナエがテーブルに置いた水差しのレモネードを、ヤンは自分のグラスに注いだ。わたしは喉が渇いていなかった。

「ほかの人たちは？」

憲兵隊長はテラスのまわりで揺れるブーゲンビリアの枝に合わせて、頭を軽く揺すった。ピンク色の花びらに包まれた黄色い花芯は、わたしたちと悲しみをともにしているかのようだった。

「みんな自分の部屋にいる。ドアはあけておくように指示してある。ペンションを出るときは、必ず誰かといっしょに行くこと」

「わたしも？」

「特にきみは」

「警察には連絡したんでしょ？」

ヤンは一瞬、ためらった。手にしたレモネードのグラスのなかで氷が触れ合い、組鐘(カリヨン)のような音を立てている。

「ああ、連絡した」

わたしはグラスの氷が静まるまでじっと待ち、短い沈黙のあと口をひらいた。

「早く着いてくれないと。だってあなたの奥さんが、リストの次に来るんだから」

憲兵隊長はレモネードの残り半分を、パソコンと携帯電話のうえにこぼしかけた。

「ファレイーヌが？　リストの次だって？　何のリストだ？」

突拍子もない考えだとヤンは思うだろうけど、ここではっきり言っておかないと。

「よく考えて。昨日の午後、アツオナの浜で、マルティーヌが書いた課題の紙が見つかった。うえに丸い小石が置かれて。**死ぬまでにわたしがしたいこと。**それって、遺言みたいなもんじゃない。そして十数時間後、彼女は殺された。タナエから聞いたけど、今度はあなたの奥さんの遺言が、マルティーヌの部屋から見つかったって。そしてうえには、やはり小石が置いてあった」

ヤンは今にもこぼしそうなグラスを、テーブルに置いた。そして少しためらったあと、ポケットにしまった紙切れを取り出した。

ファレイーヌ・モルサンが遺す言葉
死ぬまでにわたしがしたいのは

わたしは黙って読んだ。

ファレイーヌ主任警部は遺言のなかで、ヤンの名前をまったく出していない。ただすべてを巻き戻して、第二の人生を夫とともにすごしたいと言っているだけ。別の夫と？　彼女は誰と家庭を築きたいんだろう？　子どもを持ちたい。たくさんの子どもを。週に六十時間、十五区の警察署ですごすのはもう嫌だ。でも、それは誰のため？　家に帰って、笑って、旅をして、愛したい。憲兵隊の隊長ではない夫を？

わたしにはよくわかった。隊長さんの頭のなかでは今、いろんなことがごちゃごちゃと渦巻いていることだろう。妻の遺言、丸石に描かれたエナタ、マルティーヌの喉に刺さっていたタトゥー彫師の針……

目頭に涙が光ってる。やだ、もう、こっちまで胸がじんとなっちゃう。わたしはさっき涙を拭ったタオルを差し出した。それはマンゴーやココナッツ、にわとりの糞の臭いがした。ヤンは気にせずそっと目を拭った。わたしはできるだけさりげなく、この場をやりすごそうとした。

「憲兵隊員にしては、ずいぶん涙もろいね」

ヤンは答え代わりに微笑んだだけだった。

「だからって、有能じゃないってことはないけど。ピエール＝イヴ・フランソワの行方は、あいかわらずわからないの？」

「ああ、まったく」

「アトリエ参加者たちの課題を集めたのはピエール＝イヴなんだから、論理的に考えて犯人は彼ってことになるけど」

「論理的にはね（ようやく彼から、新たな笑顔を引き出すことができた）。立派に助手役を務めてるじゃないか」

「太平洋広しといえども、わたしに勝る助手は見つからないって」

「今朝は、クレムといっしょじゃないのか？」

シャワーから出てきたクレムの乱れ髪が、脳裏によみがえった。それにわたしを遠ざけようとするよそよそしい態度や、ママよりひどい彼女のアドバイスも。**事件のことは警察にまかせなさい。ともかく、危ないことをしてはだめ。**

「ええ、さっき会いに行ったけど……わたしの心配をしてた。彼女の目から見た事件をもとに、小説を書き続けるつもりみたい。たぶんクレムは、自分なりに調べる気なんじゃないかな。憲兵隊のことは信頼してないから。だってあなたも容疑者のひとりなんだよ」

「わかってるさ。全員が容疑者だ」

「エロイーズも？」

わたしはテーブルに置かれた携帯電話の黒い画面と鹿毛色のボディに目をやった。

「エロイーズもだ」とヤンは答えた。「それにきみのママも」

　わたしは飛びあがった。

「ママも？　どうしてママがティティーヌを殺すの？」

　ヤンは少しためらった。ほんの少しだけ。

「動機はともかく、黒真珠の一件が気になるんだ。昨日、昼食のとき、きみのママはマルティーヌの真珠は安物だって断言した……けれどもタナエによれば、マルティーヌのベッドから見つかった黒真珠は最高クラスのものだった。ひと財産になるくらいの」

　わたしはぐっとこらえ、ショックをおもてに出さなかった。

「なのに犯人は、それに手を触れなかったってこと？」

「そう、犯人は金目当てでなかったか、真珠の価値を知らなかったか、単に真珠に気づかなかったか。そう思わざるを得ない。しかしもっと驚くのは、ポリネシアでもっとも大きな真珠養殖業者と結婚しているきみのママが、真珠の価値を見誤ったという点だ」

　二度目のショック。でも今度は準備ができていたので、しっかり言い返してやれる。

「だってママは、いつだって間違ってばかりだもの」

　ヤンは納得がいかないふうだった。彼はようやくグラスを空けると、パソコンを閉じて立ちあがった。

「ちょっとごめんよ、マルティーヌの部屋でやらなければならないことがある。そりゃまあＤＮＡの検出ができるほどの機材はないが、ありあわせのもので指紋くらいは採れるだろう」

隊長さんはテラスのうえを一歩進んで、急に立ち止まった。

「最後にもうひとつ、訊きたいことがあるんだが、マイマ」

「コロンボ（訳注　アメリカの刑事ドラマの主人公）を気取ってる？」

「真面目な話なんだぞ。教えてくれないか。二人で見つけた丸石のことなんだが。アツオナの岩場に積んであったＰＹＦの服のうえの」

「そう、あのエナタは正しいむきだったか、それとも逆むきだったか？」

「エナタが描かれていた石？」

わけがわからない。

「どうして？」

「いいから、どっちだった？」

「よく覚えていないけど、たしか逆むきだったような……」

そんな細かな点の何が重要なのか、隊長さん自身もよくわかっていないみたい。わたしはもう一度たずねた。

「どうして？」

「さあ……ファレイーヌに訊かれたから」

つまりファレイーヌ主任警部は、あのエナタの意味を知っているんだ。そうじゃないかって、初めから思ってたけど。わたしはしばらく考えこんだ。ヤンはあえて立ち去ろうとしなかった。

「何を考えてるんだ？」

わたしは無言で大洋に目をむけ、遥かタフアタ島の彼方を眺めた。

「ティティーヌの猫は、誰が世話をするんだろうって」

また涙がこみあげてきそうだ。ごめんなさい、隊長さん、あなたより助手のほうがもっと涙もろいみたい。戻ってママに会いたくない。クレムにも会いたくない。いっしょに指紋の採取をやらせて欲しいな。


背後のキッチンからタナエが静かに出てきて、ヤンに声をかけた。わたしのことは、まるで無視だった。

「タハウクで漁師をしているカマイから今電話があって、今朝、港のうえでなにか見つけたらしいんです。彼が言うには……ともかく急いで来て欲しいって」

わたしはすぐにぴんときた。隊長さんは死体じゃないかって思ってる。波に運ばれ、港に打ちあげられた死体。昨日から水に浸かっていたとしても、なんとか身元が確認できる死体。だとしたら、ピエール＝イヴ・フランソワ以外ありえない。

「マイマ」とヤンは言った。「ひと役買いたいなら、ファレイーヌ、エロイーズ、クレム、それにきみのママを呼んできてくれ。みんなでいっしょに、その漁師に会いに行くから。ばらばらになるわけにはいかない。きみはポエやモアナとここに残れ。タナエの言うことを、よく聞くんだぞ」

海に流すわたしの瓶　第九章

カマイはマルケサスの男にしてはほっそりしていた。もしかしたら、痩せてしまったのかもしれない。タトゥーは萎れた黒い押し花のようだった。もじゃもじゃのあごひげも同じくらい真っ黒だが、髪の毛には白いものがまざっている。彼は堂々と胸を張った。大漁、大漁！　二十年もトロール船に乗って、マグロ、カツオ、エイを獲ってきたけれど、こんなものが網にかかったことはない。ショートパンツの憲兵隊員と、けっこう美人の四人の女。女はそれぞれタイプが違う。ブルジョワ、高飛車、ロマンチスト、エネルギッシュ。それが港のうえの小屋に勢ぞろい。きれいな花束ってところだな。憲兵隊員も女たちも、みんなじっと耳を澄ませている。だからカマイは頼まれるまでもなく、見たもの、というかむしろ聞いたことを繰り返した。

いつものようにカマイは朝四時から起き出し、網を引きあげに行った。山からタハウク港にむかう道筋は毎日同じ。ヘッドランプで照らしながら、森を抜けて二時間ほど歩くのが彼は好きだった。まっすぐ港へ下る小道に入るには、途中、村長の小屋のあたりで舗道を抜けねばならなかった。その時間、小屋はいつも無人だった。前には村長が愛人を連れこんでいたが、現場を取り押さえられ、危うく村を二分する内乱が勃発しかけて以来慎んでいた。なにしろ狭い島で、みんな親戚みたいなものだ。大きく分ければ全員が、二つの家族にまとめられる。従姉妹と組んで女房を騙すんなら、そのほうが簡単だからな、と言って漁師はにやけた。

呪われているとは言わないまでも、要するに小屋はほとんど使われていなかった。だからカマイは早朝、そこから物音が聞こえてきたとき、心底びっくりした。聞こえたのはおもに男の声で、その合間に女の微かなささやき声がした。やがて悲鳴が響いて、それきりなにも聞こえなくなった。

間違いない、とカマイは思った。聞き覚えのある声。あの作家だ。タナエのところに宿泊している作家。一昨日、一日中タハウク港を歩きまわっていたっけ。船を借りようとしているかのように。作家はほかの漁師と交渉したが、カマイには声をかけなかった。船が小さすぎたんだろう。

声の主があの作家かどうかなどどうでもいい。カマイは歩を緩めず通りすぎた。よそ者（ポパ・ア）の痴話喧嘩に首を突っこむ趣味はない。かといって、耳をふさいだわけでもない……作家は《きみは真実を知ったほうがいい。だから教えてやる》とかなんとか言っていた。しつこい口説き文句のようにも聞こえた。この類の口論は、どうせベッドのなかで決着がつくんだ、と彼は思った。ところが今朝、港では、みんな《恐るべき太陽》荘で起きた事件の話で持ちきりだ。ベルギー人の宿泊客と、行方不明の作家のことで。それでカマイはためらわず、タナエに電話したのだった。

ほかのアトリエ参加者やヤンといっしょに、わたしも漁師の話を聞いた。小屋はみんながゆったり入れるだけの広さがあったけれど、なかは息が詰まるほどの暑さだった。太陽がトタン屋根をじりじりと熱している。わたしたちはその下で、キュウリウオみたいに焼かれた。臭い汗が背中や胸もとを伝って首飾りの赤い種子を濡らし、カーキ色のショートパンツまで滴り落ちた。サファリシャツは水着のトップに張りついている。それでもわたしはひと言も発さず、じっとしていた。

わたしは内心、カマイに感謝していた。わたしがわざわざ口を出さなくとも、彼のおかげで謎の一部がみんなに明かされる。なんでもかんでも、わたしが説明しなくてすむから。それだけじゃない。彼の話を聞いて、わたしはいっそう確信を強めた。やはりピエール＝イヴはわたしたちの気持ちを弄び、楽しんでいたんだ。船を探して港を歩きまわり、そしてこの小屋から姿を消した。昨夜はまだここに、無事隠れていたけれど。

あの卑劣漢はどこかに身を潜め、わたしたちを見張っている。無理やりわたしたちにゲームの続きをさせようとしている。彼はゲームの規則を、こう言っていた。

何が起ころうと、書き続けるんだ。

それって、殺人が起きてもってこと？

ヤンも短いメモを書いていたが、やがて手帳を閉じると、できるだけ写真をたくさん撮りたいので、土壁の際に詰めて立つようわたしたちに言った。わたしはマリ＝アンブルにぴったり張りついた。彼女も汗臭かったけれど、それは冷えた汗のすえた臭いだった。きっと昨夜は、汗まみれですごしたのだろう。今朝、メイクする暇はあっても、体を洗う暇はなかったのかしらね。

エロイーズはヤンにへばりついている。みすぼらしい小屋のなかを写真に収めるため、彼に貸した携帯電話が気になるとでもいうように。染みだらけのマットレス、鱗状の汚れが付着した流し、錆びついた蛇口、赤白柄の遮光カーテン、マットレスに敷いたしわだらけのシーツ。穴のあいた段ボール箱からは、皿やボウル、グラス、ボトル、ナイフやフォークが覗いていた。にわか作りのベッドの脇に、スーツケースが二個置いてある。ＰＹＦはそこに下着や服、本を詰めこんでいた。

ヤンのことだから、あとでまたやって来て髪の毛や指紋、血痕……精液などが残っていないか調べるつもりだろう。

掘っ立て小屋だけれど、何のために使うのかは疑問の余地がない。

ピエール＝イヴ・フランソワはここで寝ていたのだ、女といっしょに。わたしたちは皆それに気づき……互いに探りを入れ合った。

四人の女は近づき合い、臭いを嗅ぎ合い、ほとんど触れ合わんばかりだった。

誰だろう？　四人のうち、あの男と寝たのは誰だ？　大して優れているわけでもない、えり抜き（アルファ）というより愚鈍（ベータ）な男と。

いや、よく考えると、それほど愚鈍（ベータ）ではないのかもしれない、ピエール＝イヴは。ヤンは戸棚のなかを写すために前に出ると、場所を空けるようエロイーズに言って、ついでに彼女の体に触れた。わたしはエロイーズのことが、だんだん癇（かん）に障ってきた。ふさぎの虫に取り憑（つ）かれたヘボ絵描きさん、ペンション唯一の男性客の前ではぶりっ子を演じるのね。マリ＝アンブルはわたしのうしろで、なにも気づかなかったかのように目をそらした。偽善者め。哀れなファレイーヌのために、胸を痛めてるとでも言いたいの？

わたしは注意を集中させておかねばならない。すべてを観察し、メモしておかなくては。見つけた手がかりや気になったことをなにもかも、《海に流すわたしの瓶》のなかに書いておかねば。何百万人もの人々に読まれるのか、予審判事ただひとりに読まれるのかはわからないけれど。その両方かもしれないわね、隊長さん。

ヤンは小屋にあるわずかな家具の引き出しをあけた。三人の女のうち誰が、ここでピエール＝イヴと逢瀬（おうせ）を楽しんでいたんだろう？　マリ＝アンブル？　エロイーズ？　それとも……わたしはそこで、はっと思いなおした。突然、別の推測が頭に浮かんだのだ……

もしかしてそれは、三人のうち誰でもないとしたら？

もしかしてそれは……マルティーヌだったとしたら？

二人は色恋とは別の理由で、密会したのかもしれない。マルティーヌは夜中に《恐るべき太陽》荘を抜け出し、この小屋でＰＹＦと会った。そしてなんらかの原因で言い争いになった。先に手を出したのはマルティーヌだとしても、結局ＰＹＦは彼女を殺してしまった。彼は死体をそっと《恐るべき太陽》荘に運び、偽装工作をした。ローテーブルにグラスを二つ並べたり、タトゥーを彫る針で目立つ刺し傷をいくつもつけたり。マルティーヌに苦しんだようすがなかったのも、それで説明がつく。うまくごまかしきれるだろう……この島に検死医はいないのだから。

死体こそなかったが、初動の現場検証は終わったようだ。次の潮まで待っていられないと、カマイは苛ついている。マリ＝アンブルやエロイーズはそそくさと外に出たけれど、わたしはいつまでもようすをうかがっていた。

ヤンはひとりになったと思ったらしく、最後の引き出しにさっと手を入れると、紙切れを一枚取り出して、ポケットにしまった。どうやらそれが、彼の手癖になってしまったらしい。そのときヤンは、わたしが外に出ていないのに気づいた。そして一瞬、こちらをじっと見つめ、盗みの現場を見つかった泥棒みたいに目を伏せた。

どうして？　わたしはつい、たずねそこねた。あとにしよう。ほかのみんなが、外で待ってる。わたしも出口にむかった。

汚れたカーテンの前を通りすぎた。昨夜、この前でピエール＝イヴと女が口論になった。仲直りしようとしたけれど、結局殺し合いになったってこと？

わたしは大事な手がかりをとらえそこねているような気がした。目には見えないけれど、すぐ近くにあるはずのなにか。わたしは部屋を出る前に、すばやく確かめた。

もう一度ここに戻ってくる機会はないだろう。逃したものは何？　ひとり最後まで残っていたヤンが、手の甲でカーテンをよけた。

その瞬間、はっと気づいた。見たり聞いたりしたんじゃない。嗅いだんだ。

香水の香りを！　カーテンから漂う香水の残り香。ほとんど気づかないくらいだが、間違いない。

エルメスのヴァンキャトル・フォーブル。とても高価な香水で、ヒバオア島でお目にかかれる代物じゃない。けれどもマリ＝アンブルは、昨日もその前の日もずっとその匂いを漂わせていた。ところが、なぜか今日はつけていない。

ヤンも気づいただろうか？　彼はなにか疑っていたのかもしれない。だから今回、マイマを遠ざけておいたのでは？　母親の香水の匂いだと、マイマが感づくかもしれないから。ペンションに残るようヤンに言われたとき、マイマがどんなに怒ったことか。けれども、マリ＝アンブルは譲らなかった。

マエヴァホールで、ポエやモアナといっしょにいなさい。

そしてわたしは目をそむけ、赤い首飾りを撫でたのだった。

ごめんなさいね、マイマ。でもこれはもう、ゲームじゃない。あなたはまだ十六歳だから、わたしたちが守ってあげねばならない。わたしたちのなかに、殺人者がいる。そして犯人が次の事件を起こさないという保証は、どこにもないのだから。

マイマの日記　禁忌（タブ）

　わたしは怒り心頭で、キッチンのなかをぐるぐると歩きまわった。

　みんな、見捨てるんだ。クレムさえ、助けてくれなかった。戦闘服の下で体をもぞもぞさせ、赤い首飾りをいじくりながら目をそむけただけで。

　無理しなくていいよ、クレム。言いたいことは、テレパシーで通じてる。**ヒバオア島には殺人者がうろついている。あなたはまだ子どもだから、ヤンやママと同じように、わたしもあなたに責任があるの、**とかなんとか。

　わたしの前ではポエとモアナが、タナエの指示をしっかり守り、ココナッツミルクを使ったタヒチ風ドーナツ、フィリフィリを作っていた。まるで二人でひとりみたいに並んで腰かけ、四本の手をいっせいに動かして小麦粉と砂糖を混ぜたり、バニラを刻んだり、ココナッツを摺（す）りおろしたりしている。わたしは二人の作業に加われるほど、あてにされていなかった。生地に手を入れるなど問題外だ。しかたない、外出禁止を言い渡されてる身だ。

　窓のむこうで鳴いている雌鶏が羨ましい。まだわたしより自由だもの。隊長さんの助手になれたって、本気で信じてたのに。馬鹿みたい……ちょっとでも危険があれば、すぐ除けものにされちゃって。

　わたしはその場を離れ、黒板の前で一瞬立ち止まった。

死ぬまでにわたしがしたいのは……

すでにヒバオア島から遠く離れた、前回のペンション客たちが残した言葉に、わたしはぼんやりと目を通した。

宝くじで一億二千万当てること。

天国の入場券販売機を見つけ……往復切符を買うこと。

十八人の子どもと、七十三人の孫を持つこと。

もちろんそれは男の筆跡だった。

その少し先では額縁のなかで、ブレルが最後の恋人マドリーといっしょに、前歯をむき出して笑っている。ブレルがこの地に溶けこめたのは、驚くにあたらない。彼によれば慎重な男なんて、病人みたいなものなんですって。じゃあ、女はどうなの？ 昔ながらの女性蔑視屋(ミソジーヌ)さん。あなたが男たちの世界を好んだのも、驚くにあたらない。育児はここから一万五千キロも離れた国で奥さんにまかせ、詩人の言葉や画家の絵筆で子ども時代を語るのは楽なことね。ブレルとゴーギャンは似たもの同士だった。ここはマルケサス諸島、フランス語で侯爵夫人(マルキーズ)って呼ばれてるけど、侯爵(マルキ)のほうがぴったりじゃない。空威張りする馬鹿殿さまたちの島だもの。

ああ、ムカつく。ココナッツバニラの匂いのなかを、ただぐるぐる歩きまわってるなんて、もう我慢できない。わたしはヤンと、彼が引き連れているアトリエ参加者たちのことを考えた。ペンを握りしめているだけで、一文字も書かない女たち。それから、ベッドに横たわるティティーヌの刺殺死体のことも考えた。わたしにも、この事件を調べることができるはずだ。

杭につながれたポニーみたいにわたしが歩きまわっているのを見て、タナエは心配して妥協案を講じた。

「ママ、ちょっと手伝ってくれる？　庭の物干し場から、コプラを取ってきて。でも、遠くへ行っちゃだめよ」

コプラというのは、乾燥させたココ椰子の種のことで、島の大事な特産品だ。それぞれの谷の各家には物干し場があって、ココ椰子の種がいろんなことに使われている。体を洗ったり、クリームとして塗ったり、香水代わりにしたり。わたしは返事をしなかった。カーペットで爪を研がないように、バルコニーのドアをあけてやらなきゃならない猫じゃないんだから。わたしは大きな鏡に面したソファにすわりこみ、マルケサス諸島芸術フェスティバルのパンフレットを手に取った。

「お手伝い、ありがとう」タナエはため息まじりに言った。「わたしが行くわ」

タナエが籠を手に出ていくと、わたしはソファから飛びおりた。

「どこへ行くの」とポエがたずねる。

「ひとまわりしてくる」

「出ていっちゃだめ」

ポエは一歳年上だけど、ママみたいな口をきく。

「地下室に行くだけ。ティティーヌにお別れを言いに。それくらい、かまわないでしょ」

「だめよ、いけないわ」とモアナが言った。「あそこはタプの場所だから」

モアナは二歳年上だけど、祖母みたいな口をきく。

タプっていうのはタブーのこと。禁じられたもの、神聖なものを指すのに、マルケサス諸島の人々が作った言葉だ。人や場所、ものについて使う。だけどタブーっていうのは、要するに大人たちの生活を縛る規則、子どもたちが打破すべき規則でしょ？

「タブー、タブー、タブー、タブーちゃん」わたしは口に指をあてながら言った。

そして背後で、マエヴァホールのドアを勢いよく閉めた。

さっと左右に目をやった。タナエはブーゲンビリアの下で、忙しそうにしている。わたしは全力疾走した。家(ファレ)の地下室に下る階段は、五十メートルほど先の小道沿いにあった。ペンションに留まるようにという言いつけは、ちゃんと守っている。

階段は薄暗く、急だった。わたしは下り始めた。暗闇でも猫より目が利く……そのとき、足音が聞こえた。

足音が地下室からのぼってくる。足音が近づいてくる……タブーの場所から？

今、動くわけにはいかない。タブーの場所から出てくるのは、いったい何者だろう？　ティティーヌが生き返るわけもないし。じゃあ、司祭？　それともタナエ？

あの重い響きは、男の足音だ……

階段の下から射しこんでいた微かな明かりが、突然消えた。大きな体が光を遮りながら、階段をのぼってくる。

男だ。

頭から足までタトゥーに覆われている。

歳は七十近いだろうか。白いちょびひげ、カールした白髪まじりの髪。半袖シャツからは太い腕が二本、にょきにょきと伸びている。そのうち一本は杖を握っていた。男は不意を襲われて気まずそうに目を伏せてすれ違い、そそくさと遠ざかっていった。

いったい何者？

わたしはできる限り男を目で追った。彼は軽く脚を引いていた。チャーリー・チャップリンのようながに股の歩き方。それからわたしは、地下室の階段をすばやくおりた。

ティティーヌが眠っている。

床にじかに置いたマットレスに横たわっている。死体で見つかったときのままの服装で、青いマルケサス風の十字模様で飾られた白い布のうえに。大きなひな菊をプリントしたシャツは、タナエがベッドのまわりに並べたゴクラクチョウカの花束をも嫉妬させるほどの鮮やかさだった。花束はじっと動かないオレンジ色の蝶のように、ティティーヌの最後の眠りを見守っていた。

ふと、わたしは自問した。ティティーヌはここに埋葬されるわけ？　遺体を飛行機にのせ、パペーテとパリ経由でブリュッセルまで運ぶのでは？　パリで死に、この地に埋められたブレルとは逆のコースをたどって。

ひとつ疑問が浮かぶと、次々に気になることが出てきた。最後のフライトは誰が手配するのだろう？　猫たちはどうなるの？　ティティーヌは結局ヴェニスを、本物のヴェニスを見ることはない。祖国ベルギーがサッカー・ワールドカップチャンピオンになるのも、フランス語圏になるのも、ベルギーの優れた漫画家がノーベル賞を獲るのも、彼女は目にすることができないんだ。

ティティーヌは生涯愛した唯一の男性に、もう一度会うことはない。

わたしはあのペンダントのことを思った。彼女が首からさげていた黒真珠。最高級ランクの逸品で、とても価値がある。あれは恋人の思い出の品だったの？　タナエはティティーヌの首もとを、スカーフで隠してあげていた。ペンダントもつけたままにして。ティティーヌはあのペンダントとともに埋葬されるのだろうか？

涙でかすんだ目で、斜めに巻かれたスカーフを見つめる……けれどペンダントはどこにもなかった。

胸の鼓動が、いっきに速まるのがわかった。落ち着いて、落ち着くのよ、わたしの心臓。ティティーヌの首に真珠のペンダントをかけておいたと、タナエは断言していた。そのあとこのタブーの場所には、誰も入っていないはずだ。司祭さんとタナエ、ポエ、モアナ、わたし……それにあのタトゥーの男を除いては！

杖をついて階段をのぼってきた男。わたしの目を見るのを避け、顔を伏せていた。まるで泥棒みたいに。

わたしはカッとなって階段を駆けのぼった。

こんなふうにタブーの場所を侵し、死者に追剝ぎみたいな真似をするなんて、ヒバオア島最低のゲス野郎だ。たとえそれが、二十万パシフィックフラン以上の価値があるトップクラスの真珠のためだろうと。

家（ファレ）を出て《恐るべき太陽》荘の小道へ飛び出すのに、ほんの五秒とかからなかった。頭のなかに、ヤンやタナエの指示がちらついた。ひとりになっちゃだめ、遠くへ行っちゃだめと……そんなこと言ってたら、真珠泥棒はどこかに逃げ去ってしまう。わたしは思いきって、庭の端までダッシュした。ペンションの前を通る街道は、二方向に分かれてる。右に行けば港、左に行けば村だ。脚を引きずるあの男が、スピードをあげていなければ……

わたしは息を切らせて、そこまでたどり着いた。

思ったとおりだ。盗人は急ぐふうもなく、右側の百メートルほど先をしれっと歩いている。杖によりかかっているさまは、アヒルのようだった。いや、むしろ、脚をずっとロープにつながれていて、ひょこひょこ歩きになった豚みたいだ。

あとをつけようか？

ためらっている場合じゃない。みすみす逃がすわけにはいかない。

わたしは《恐るべき太陽》荘の正門を抜け、男に近づこうと歩を速めた。

急ぎすぎてはだめ。でも、遅れずに行かないと。

一メートル、一メートル、あいだを詰めていく。主人と間違えて知らない男のあとについていく迷い犬のように。チャップリンの映画、そのまんまじゃない。バナナの木の葉にかろうじて身を隠しながら、男まであと五十メートルのところに来た。

今、チャップリンがふり返ったら、一巻の終わりだ……

ヤンやアトリエ参加者たちがむかった村長の小屋は同じ方向だけれど、ここからまだ一キロ近くも先だし、そのあいだにカーブも十か所ほどある。

そのとき、心臓が止まるかと思った。

チャーリーのシャツから出ているタトゥーの絵柄が見分けられるほど、近づいていた。首には鱗の模様。腕には滴り落ちる黒い汗のような蛇。それが手や指まで続き……その先には黒くて丸いインクの雫が。

真珠だ！　男はティティーヌのペンダントを握って歩いている。まるで自分のものみたいに、手の先で真珠を揺らしている。

このままじゃ、危ないかも。だけどここであきらめるわけにはいかない。今はまだ、だめ。もっと注意しなければ。わたしはバナナやコーヒー、パパイヤの木の陰に隠れながら、小刻みに前進した……子どもの遊びみたいに一、二の三で十メートルダッシュし、止まって隠れて、また走る……

ああ情けない、馬鹿みたいにびくびくして。

一、二、三、太陽（訳注「だるまさんがころんだ」に似たフランスの遊び）……恐るべき太陽。

一、二、三……

チャーリー・チャップリンがふり返った。

わたしは男から三十メートルのところで、舗道に立ち尽くしていた。

縄張り争いをしている二匹の猫みたいに、わたしたちはにらみ合った。

自分に勝ちめはないと、よくわかっていたけれど。わたしは恐怖に身をすくませた子どものように、目を光らせていたことだろう。正面に立つ男の目は、良心の呵責などみじんもない冷ややかなものだった。それでも古いモノクロ映画の役者みたいに、熱っぽく見ひらいている。青い太平洋も緑のココ椰子も、彼の目にはほとんど入っていないかのようだ。まるでわたしのことなんか、見ていないかのよう。わたしなど、ものの数ではないかのよう。景色を乱すただの邪魔者、エンジン音、足音の反響、うるさい雑音のよう。頭がおかしいような目つき。というか、ここの言葉で言う《ふさぎの虫》に取り憑かれた目つきね。ポリネシア特有のメランコリー、太平洋のブルース。よくママの目に浮かぶ鬱々とした表情だ。

わたしは叫ぶのをためらった。もしチャーリーが一歩踏み出したら、大声をあげよう。助けを呼んで、逃げ出すんだ。わたしはすばしっこいし、脚が悪いあの男より痩せているから、バナナ園をまっすぐ抜ければ、追いつかれる心配はない。

チャーリーの指先で黒真珠が凍りついた。ガラス玉のように光る目が、ちらりとこちらにむいたかと思ったら、老人はわたしをそこに立たせたまま、またゆっくりと脚を引きながら歩き始めた。

だからって、このまま見逃すわけにはいかない。あんな生ける屍（しかばね）みたいな目で、わたしを威嚇したつもりなら……こっちはもっと慎重にいかなくては。もう少し距離を置こう。百メートルと、カーブひとつぶんくらい。

しばらく男を見失ったけれど、歩調が乱れないよう頭のなかで自制した。**急いではだめよ、マイマ。罠かもしれない。急いではだめと。**

うまくいった。少し先にまたチャーリーの姿が見えた。海に突き出たカーブを曲がり切ったあたりに。彼は同じペースで歩き続けた。不安げなようすはまったくない。なんて図々しいやつ！　わたしが助けを呼べば、《泥棒》って叫んだら、近くの家畜番でも住人でも、誰かすっ飛んでくるのに……杖をつかなくちゃまともに歩けないくらいなんだし、とても走って逃げられるとは思えない。なのによくもまあ盗んだ真珠を手に、堂々と真っ昼間に歩けたものね。

そう思った瞬間、チャーリーが落ち着き払っている理由がわかった。

真珠を持ってない！

もう手にペンダントをさげてない。なんてずる賢いやつ！　わたしが一瞬、目を離した隙に、真珠をどこかに隠したんだ。だとしたら、脚が悪そうにしてるのも見せかけかも。わたしはなんてお人よしだったんだろう。なにをのんきに構えてたの？　チャーリーがみすみす現場を押さえられるとでも？　あいつは無声映画の役者みたいなのろのろとした動作で、一杯食わせたんだ。そりゃそうだ！　あいつは訴えられるのを恐れて、ペンダントをどこかに厄介払いした。ピスタチオの枝に引っかけてもいいし、バナナの葉の下に隠したっていい。あとから好きなときに、取り戻しに来られる。どうせ十人がかりだって、見つけられっこないんだから。棕櫚（しゅろ）林でライチの種を探すようなものだ。

　チャーリーはあいかわらずひょこひょこと歩き続けている。途中で立ち止まったそぶりもなく。長いのぼり坂のうえまで来ると、あとは港にむかって下るか（その場合、花を持った彫像（ティキ）と村長の小屋の前を通らざるを得ない）、まっすぐ空港へむかうかだ。ところがチャーリーは第一の方向も……第二の方向も選ばず、そのまま傾斜地のほうへ進んで、森のなかに消えてしまった。

　彼が通ったあとには何本かの枝が揺れていたけれど、それもしばらくすると動かなくなった。

　わたしは呆気に取られた。あっちにはなにもないのに。それじゃあチャーリーは、谷の聖地（メ・アエ）にテントを張り、猪でも捕まえて暮らしている老隠者なのかもしれない。ときどき一軒家に忍びこんでは、酒代を盗んでいるような。

　うーん……わたしはすぐに思いなおした。それじゃあ、筋が通らない。チャーリーはよたよた歩いていたけど、酔っぱらっているようすはなかった。

納得がいかないままわたしは先に進み、花を持った彫像（ティキ）の前まで行くことにした。街道の反対側では雌馬が一頭、のんびりとパンヤノキの葉を食んでいる。溝に咲いている野生の花のうえに思わず身を乗り出し、マダガスカルジャスミンの白い星形の花とベニヒモノキの赤い花穂のあいだに目を凝らす。もしかして、どこかで黒真珠が光っていないかと……次の瞬間、またしても自分の愚かさを呪った。チャーリーはペンダントをただポケットにしまっただけかもしれない。そして木の陰に隠れ、わたしが通りかかったら飛びかかろうと身がまえているかもしれない。このまま進んだら危ないかも。

わたしはさっと立ち止まった。

意図したわけじゃないけれど、花を持った彫像（ティキ）のちょうど真ん前だった。彫像（ティキ）は半ば溝にはまりこんでいた。クレムに案内した順でいうと五つめ。やさしさと感受性の力（マナ）を発している彫像（ティキ）。まだ実際に見ていなかった、残りひとつの彫像（ティキ）だ。

でも、これって……

わが目が信じられない。

黒真珠が像の首にかかってるじゃない。豊満な石の胸の窪（くぼ）みから、おとなしくさがっている。間違いない、ティティーヌの黒真珠だ。トップクラスの真珠。わたしは黒い球形に心奪われ、手を伸ばした。

少なくとも、自分ではそう思った。

けれど強烈な力(マナ)の力に押されるかのように、目は抗いようもなく真珠から離れて彫像(ティキ)の顔を見あげた。

この顔、知っている。前に見たことがある。どこで見たかははっきり覚えていないけれど、大きな目と広い額をして、髪に花を飾ったこの顔を、わたしはたしかに見たことがあった。

誰？

どこで？

思い出さなくては。

ペンダントをタナエに持って帰らなければ。

それに……

真珠に指をかけたその瞬間、目の前で森がひらいた。

　わたしは村長の小屋を最後に出たけれど、《恐るべき太陽》荘には最初に着いた。ヤンは列を崩さないようにと言った。でも、葬列みたいにずらりと並んで歩くのはまっぴら。学校帰りの子どもたちのように、せめて二人ずつでいいじゃない。そうするとわたしたちは五人、奇数なんだから、ひとり余るのはしかたないでしょ。憲兵隊では算数を習わないの？

　わたしはほかのみんなを数百メートル引き離し、ブーゲンビリアの陰になったテラスにいるタナエのもとへ行った。タナエはポエとモアナに、貝殻と種子の首飾りを作らせている。ジャック・ブレル空港のロビーで、次の宿泊客を迎える準備だ。ほとんどの客は数泊しかしていかない。だから首飾りを、月に百個も作らねばならないことになる。

　すぐにひとり足りないのに気づいた。

　子ネズミがいないじゃないの。

　わたしはあわててタナエの肩をつかんだ。

「マイマはどこ？」

　わたしがさげていた赤い種子の首飾りがサファリシャツのうえで揺れ、乾いた音を立てた。タナエはわたしのふるまいに驚いて、肩からわずかにずり落ちかけたワンピースを、注意深くなおした。まるで肩甲骨に太陽の光があたるのを、恐れているかのように。けれど今は、そんなことに注意を払っていられない。わたしはマイマのことしか考えていなかった。彼女はおとなしく言いつけに従うような子じゃない。わたしよりずっと自由気ままなのは、よくわかってる。

　タナエが怯えたような目をするものだから、わたしはますます不安になった。マイマがどこにいるのか、知らないらしい。彼女は震える声で謝った。しかたないわ、どのみちあの子を捕まえておけやしない。大型ポニーのミリ、フェティア、アヴァエ・ヌイみたいに、首に縄をかけるわけにいかないし。部屋に閉じこめたって、窓から逃げ出すだろう。

「じゃあ……あの子が出ていくのを、ただ……」

わたしが言い終える間も、タナエが涙に暮れる間もなかった。ポエとモアナは種子の首飾りをだらりとたらしたまま、針を宙で止めている。庭から息を切らせた声が響いた。

「クレム」

　マイマの声だ。わたしは安堵のため息を漏らした。どうやら小さな逃亡者は、お気に入りの聞き役になにか話があるらしい。ほっとしてふり返ったとき、ちょうどマイマがテラスまでやって来た。そしてさっと立ち止まり、タナエとわたしの反応を心配そうにうかがった。

わたしはすぐに、彼女を安心させた。

「ヤンとあなたのママも、すぐに来るわ。それで、なにがあったの?」

　マイマがどこに行ったのかは知らないが、叱るのはわたしの役目じゃない。やりたければヤンがするだろう。あるいはマリ＝アンブルが。自分に娘がいるってことを、覚えていればーヌのもとを訪れたこと、チャーリーというあだ名をつけた男のこと。男は黒真珠を持って立ち去り、それを彫像の首にかけたこと。彼女がペンダントをつかもうとしたちょうどそのとき、森から馬が飛び出してきて、母馬のあとを追っていったこと……

の話だけど。マイマはひと息つくと、いっきにすべてを語った。家の地下室に眠るマルティ

「ほらこれ」とマイマは自慢そうに言った。「ティティーヌの真珠よ」

彼女はタナエの手のひらにペンダントをのせた。

「ティティーヌに返しておいて」

タナエはジャック・ブレルとマドリーの写真を飾っているのと同じ釘に、ペンダントをさげた。

「チャーリーは知り合いなの?」とマイマはペンションの女主人を問い詰めた。「やけにわがもの顔だったけど、ここで何してたの?」

マイマは男の風体をざっと説明した。杖、老いぼれ猫のような口ひげに巻き毛、ペンギンみたいな歩き方。ポエとモアナは笑って聞いていたが、また貝殻に糸を通し始めた。タナエは首飾りの糸を結ぼうとしている。

「彼の名前はピト」とタナエはぼんやりとした口調で話し出した。「チャーリーじゃないわ。庭師をしていて、ペンションの木や花の手入れに来てるの。マルティーヌの遺体を地下室に運ぶ手伝いもしてくれたわ」

マイマは爆発寸前だった。色とりどりの貝殻が入った箱を、テーブルのうえから払いのけ

ようと手がうずうずしているのがわかる。

「じゃあ、ティティーヌの遺体を運んでいるときに、このペンダントに価値があると気づいたんだ。だからタブーの場所にわざわざ戻ってきて盗んだのよ。そうでしょ、タナエ？」

マイマがどんなに怒ってるかは、手に取るようにわかった。タナエの反応も予想がついた。黒真珠の話は、初めからなにか引っかかった。石に描かれていたエナタや、ピエール＝イヴの失踪と同じように。

タナエはやけにそっけない手つきで、首飾りの糸を結んだ。けれども糸がぷっつりと切れ、手のなかに残ってしまった。ピンでとめられていた虫が突然よみがえったみたいに、貝殻は透明な鎖から逃れていった。

「余計なことに首を突っこむんじゃないわ、マイマ」

それ以上、有無を言わせぬ返答だった。タナエは箒をつかんだ。いつもガストンやオスカルや、ほかの雄鶏たちを脅すのに使っている箒だ。賭けてもいい、マイマはこのまま引っこみはしない。そう思ったとき、男の声がして会話は終わりになった。

ヤンがほかの女たちを引き連れ、戻ってきたのだ。マリ＝アンブルは娘に目をやるのもそこそこに、キッチンの冷蔵庫に歩み寄り、ヒナノビールを取り出した。タナエはあたりを掃きながら、横目でマイマを見た。

なるほど、そういうことか。

無言の取引だ。

ギブ・アンド・テイクってわけね。

タナエはマイマが彫像(ティキ)の前まで行ったのを秘密にしておく。そうすれば叱られることはない。その代わり、マイマはペンダントの件を忘れる。あいかわらず真珠は額縁のうえにさがっていたけれど、誰も気づく者はいなかった。写真に写ったジャックとマドリーが、羨ましげに眺めているばかりで。

ヤンは非難の目で、ちらりとこちらを見た。わかってるわよ、みんないっしょにいるようにと言ったのは。たしかに待っているべきだった。でも、あきらめて、隊長さん。わたしはそうやすやすと、人の言うなりにはなりませんから。その点は、十六歳の助手さんと同じね。

ヤンは自信たっぷりに指示を出し続けた。タヒチの司法情報局がもうすぐ到着するので、それまでは誰もペンションを離れてはいけない。自分はマルティーヌのバンガローに戻って、細かな現場検証をすると。

みんな散り散りになっても、互いに目を離さなかった。わたしは自分のバンガローにむかい、急いでリュックサックを持ってきた。

生まれてこのかた、憲兵の命令に従ったことなんかない。

ドアに鍵をかける。

ただ腕をこまぬいてはいられない。複雑に入り混じった空の色合いを、《海に流すわたしの瓶》のなかに描いているだけではだめ。考え、理解し、真実を見つけなくては。わたしのミステリ小説を書きあげるために、捜査を完遂させなければ。優れた作家なら、できるだけ早く結末を知らねばならない。

わたしは目の前のトレートル湾とアツオナ村を眺めた。次の章は、あそこで書かれることになる。

マイマの日記　タヒチの専門家

わたしはテーブルの隅っこで、思いきりむくれていた。

みんな、子ども扱いするんだから！　ママはもちろん、ヤンまでわたしを捜査に加えてくれない。クレムもエルキュール・ポワロを気取り、ひとりでバンガローのほうへ歩いていった。

甘草の赤くて丸い種子に、わたしは糸を通した。それで首飾りや腕輪を作るんだけど、どれもみんな似たり寄ったりで、わたしはぜんぜん好きになれなかった。隣にすわっているポエとモアナは年上だけど、見ると熱心に仕事をしている。

なんだか、囚人にでもなった気分だ。囚人って、そんな作業をやらされるらしいじゃない。木の実で小物を作ったり、真珠に糸を通したり、ボルトを選り分けたり、ボタンに色を塗ったり。この島はとっても好きだけど、結局監獄みたいなものなんだ。囚人むけの作業しかやることがない。毎日同じ仕事をし、同じものを食べ、同じ道を散歩する……ちょっと滞在するだけなら、マルケサス諸島も悪くないだろう。あるいは一生住み続けなければならないと、覚悟を決めたなら。

キッチンの奥ではブレルが、マルティーヌに捧げて『瀕死の人』を歌っている。ぜひともこの曲をと、タナエが言ったのだ。老人たちのアイドルが、ＣＤプレイヤーから愛した女(ひと)に歌いかける。

わたしは針を宙にかざしたまま、じっと固まっていた。ポエとモアナが種子を二十個つなぐあいだに、わたしが糸を通せるのはせいぜい二個。てきぱきといっせいに動く四つの手は、まるで首飾り工場だ。工員十名ぶんより、もっと効率がいいくらい。

「ちょっと、こっちに来て」

重々しい声に、わたしははっとした。

ヤンだ。

「ちょっと、こっちに」と隊長さんは繰り返した。「手を借りたいんだ」

わたしはためらうふりをした。ひと声かければすぐその気になる、お手軽な女性警官じゃないもの。

「今すぐに？　首飾りを作り終えるまで待ってくれない？（わたしはもう少し駆け引きを続けたものの、好奇心を隠しきれなくなった）何をするの？」

「きみに教えてやろうかと思ってね、助手君。指紋の採取法を」

わたしは喜びのあまり、もう立ちあがっていた。あんまり勢いがよかったのでテーブルが揺れ、丹念に選り分けた種子と貝殻の箱を危うくひっくり返すところだった。

＊

ヤンはマルティーヌのバンガロー《ウアポウ》に、ありあわせのもので用意した鑑識道具を運びこんだ。タナエのプリンターから取り出してボウルに空けたトナーの粉。エロイーズから借りた絵筆。白い紙、セロハンテープ、キッチン用のビニール手袋。

「科学捜査班が来るまで、とりあえずできる方法でやっておこう」と隊長さんは説明した。シャーロック・ホームズごっこをするのに不満はないけれど、正直ちょっと驚いた。ヤンは三時間以上も前に、パペーテの警察に連絡している。だったら、ほどなく到着するはずだ……憲兵隊長がプリンターのトナーやセロハンテープで犯行現場を荒らしたと知ったら、タヒチの専門家たちはかんかんになるんじゃない？

でもよく考えてみれば、それはヤンの問題だ。こっちは喜んで受け入れよう。

ヤンはてきぱきと指示を出した。絵筆とトナーの粉を持って、手を触れたと思われる箇所にそっとはたきつける。ドアノブ、戸棚の取っ手、鏡の縁。それにグラスやマグカップ、本、水差し、香水瓶などもみんな。

とても時間がかかる作業だった。ヤンはわたしより注意深くやるものだから、なおさらだ。十五分もすると、これも囚人の仕事みたいだという気がし始めた。

憲兵も泥棒も、結局あんまり変わらないってことね。どっちも同じくらい退屈なんだ。

わたしは浴室の洗面台のうえで、絵筆を持った手を止めた。

「ねえ、マクギャレット（訳注　アメリカの刑事ドラマ『ハワイ　ファイブオー』の主人公）、ゴーギャン気取りで絵筆を振るうのもいいけど、現状分析にかかりましょうよ」

「そうだな」と隊長さんは、細かな粉をナイトテーブルにふりかけながら答えた。「だがおれは、わが直観をまだ信じている。思うにクレマンスが容疑者ナンバーワンだな」

わたしは目をあげた。バンガローの壁のあちこちに、マルティーヌは猫の小さな足跡模様がついた蛍光カラーの付箋を貼っていた。ピンク、黄色、オレンジ、青りんご色。そこにブレルの歌詞の一節が、丸っこいきれいな文字で書き写してある。わたしは鼻のうえあたりに貼ってあるピンク色の付箋に、黒い粉を少しはたいた。

「ふうん、隊長さん、じゃあ説明して。どうしてクレムはティティーヌを殺したの？　あの夢見るおばあちゃんを」

「それは……まだわからないが。たぶん、クレムが強迫観念のように思い続けていること、彼女の作品《海に流すわたしの瓶》と関わっているんだろう。彼女はいつでもメモを取っているし」

そんなこと、なんの根拠にもならないでしょ！

「創作アトリエの参加者はみんな、小説を書くのが夢なんだよ。まさか、忘れたわけじゃないよね。あなたの奥さんだってそう。訊かれなくても言うけど、わたしの確信は変わってない。殺人犯はエロイーズだよ。あなたも昨晩、食卓で、彼女の絵を見たでしょ？　ぞっとするような絵だった。カラス、ずたずたに切り刻まれた木、裂けた雲、砂浜に横たわった骸骨の子ども二人を、黒い海が呑みこもうとしている。きっとエロイーズは、彼らを殺したんだ。

そしてティティーヌが、それを見破った」

ヤンはナイトテーブルの取っ手に黒い粉をまぶした。

「だとすれば、きみにとっても好都合だ。エロイーズが犯人だと主張することは、クレムときみのお母さんを守ることにもなる。あらためて取りあげなかったけれど、やっぱり奇妙じゃないか、黒真珠を盗んだあの庭師、きみがチャーリーと名づけた男のことは。マルティーヌ殺しに、彼女のペンダントが関わっているのだとしたら……」

予想外の切り返しにびっくりした。そう来るとは思ってなかった。おかげでボウルに入った粉の一部を、洗面台に落としてしまった。それじゃあ、ヤンはもう知ってたんだ。タナエが全部話しちゃったの？　わたしはドアに貼ってある青い付箋を、時間をかけて読んだ。

ぼくらは家を持つだろう
窓がたくさんあるけれど、壁はほとんどない家を
たとえそれが不確かでも、おそらくそうなるだろう

わたしは動揺を隠して、バンガローの居間にいるヤンに近づいた。

「あの真珠とわたしのママが、なにか関係してるとは思えない。いくらトップクラスの宝石だからって、ママが盗もうとするはずないでしょ。だって、いくらでも持ってるんだから。そもそもマルティーヌを殺した犯人は、ペンダントをベッドに置きっぱなしにしてた。持ち去る暇は充分あったはずなのに……（わたしは隊長さんがまだ粉をふりかけていない箇所を目で探しながら、嬉々として反論の準備をした）。でも、隊長さんがクレムを疑うわけは、わかったような気がするな……」

「ほう、なぜだい？」

「消去法でいったんでしょ。容疑者は四人だけなんだから、順番に消していけばいい……エロイーズはお気に入りだし、わたしのママをやり玉にあげるのは気が引ける。自分の奥さんは守らなくちゃいけないし……となると残るはクレムだけ」

これでどうよ！　なにか言い返すだろうと思いきや、ヤンは急に脚がふらついたみたいに、ベッドにどんとすわりこんだ。わたしは彼のそばへ行き、隣に腰かけた。

「そういや、ファレイーヌ主任警部はどこ？」

「さあね」

たぶん、隣のバンガローだろう、と隊長は声を潜めて言ったきり、あとは黙って動かなかった。

「このあと、どうするの？」

内密の現場検証は、もっと楽しいだろうと思ってたのに。こんなことならクレムのあとにくっついて、いっしょに調査に行けばよかった。彼女のことだから、ただバンガローの蚊帳の下で本を読んだり原稿を書いたりしてるわけない。きっと独自に調べているはずだ。ララ・クロフト（訳注　ビデオ・ゲームや映画の『トゥームレイダー』シリーズの主人公）風にね。

わたしはさらにたずねた。

「隊長さん、粉をすっかりかけ終えたら、お次は？」

「乾くのを待つんだ」

海に流すわたしの瓶　第十一章

わたしはカーキ色の戦闘服にUSアーミーのリュックサックという出で立ちで、ひとり村まで降りていった。わたしがいないのに、誰か気づくかもしれない。たぶん、マイマが。あの子はわたしといっしょに来たかっただろうけど、ヤンがうまく相手をしてくれてる。それに越したことないわ。《恐るべき太陽》荘にいたほうが、安全だろうから。ひとりで村へ行ったって、わたしはなにも恐れることはない。今は午前十時。街道沿いには小道も走っている。小型トラックが三十秒ごとに通るし、アツオナ村の店はすべて（というのはつまり、理髪店、薬局、食料品店、郵便局のことだけど）あいているし、まわりにはマルケサスの人々が、いつもの日、いつもの週と変わらず行き来している。わたしの身に、何が起きるっていうの？

それに本当を言うと、こんなふうにひとりで事件を調べるのを、前からずっと夢見ていた。しょっちゅう危機に見舞われる、小説のヒロインのように。狼にがぶりと噛みつかれそうになりながら、そのつど相手を返り討ちにするか、うまく手なずけてしまうヒロインのように。

少女時代の夢は、私立探偵になることだった。

少女時代の二つの夢、私立探偵になるのと、その体験を本にすること。《海に流すわたしの瓶》は、大河小説になるでしょうね。もつれたその糸を、一本もおろそかにはできない。

そんなもの思いにふけっていたら、ついイランイランノキの根につまずきそうになり、あわてて枝につかまった。村から匂いが漂ってくる。白檀と野生のパイナップル、地元産の大麻パカロロが混ざったような匂いだった。それを嗅いでいると、またしてもあれこれ連想が羽ばたいた。

私立探偵になりたい、本を書きたいという少女時代の夢を抜きにしても、どのみち事件の調査はしないわけにいかない。選択の余地はない。自分の身を守らねばならないのだから。ヤンが《恐るべき太陽》荘に戻ってきたとき、わたしをじっと見つめる目つきでわかった。警察官があんな態度を取る意味はよく知っている。彼はわたしを単に容疑者としてではなく、犯人として見ているんだ。でも、どうして？

アツオナ村までゆっくりと下っていくあいだに、考えをまとめることができた。少なくとも、まとめようとすることは。思うに追うべき手がかりは、あらゆる方向に延びている。空港の手前にある、ヒバオア島唯一のロータリーにちょっと似ているかも。島の街道や小道がほとんどすべて、そこで交わっている。なのに方向を指示する標示板は一枚もない。

例えば、さっきマイマは真珠を盗んだ庭師の話をした。あの新たな手がかりは、事件とどう結びつくのだろう？　マリ＝アンブルと関係があるのか？　彼女の夫、マイマの父親は、ポリネシアでもっとも裕福な真珠養殖業者のひとりだそうだ。マリ＝アンブルは夫の財産を、がっちり手にしている。彼女の香水の香りが、村長の小屋には漂っていた。つまり昨晩、ピエール＝イヴといっしょにいたのはマルティーヌではなく、マリ＝アンブルだったってことだ。彼女がピエール＝イヴの愛人だってこと？　アンブルみたいに金持ちでセクシーだけど、文学にはあんまり興味がなさそうな女が、あんなデブの作家と寝るだろうか？　まあ、いいけど……マリ＝アンブルとPYFが愛人関係にあったとしよう。彼らは深夜の逢引きを計画し、PYFはそこでマリ＝アンブルになにか残酷な真実を告げた。二人は口論になり、事態はどんどんと悪い方向へとむかった。そこからは、二つの可能性が考えられる。

ひとつはマリ＝アンブルが怒りに駆られて、ピエール＝イヴを殺した可能性。それをマルティーヌに知られて、マリ＝アンブルは彼女も殺害した。もうひとつはピエール＝イヴとマリ＝アンブルは口論になったものの、漁師のカマイが小屋の前から立ち去ったあと、仲直りした可能性。そして二人はいっしょに、マルティーヌの口をふさいだ……

村はずれまでやって来た。痩せた猫が数匹、廃屋になった憲兵隊詰所の窓の下で、丸くなって眠っている。

ピエール＝イヴとマリ＝アンブルは愛人関係で、しかも共犯者なんだろうか？　その線を追っていけば、たしかにいろんな可能性が見えてきそうだ。アスファルト舗装された道路ってところね。けれどもわたしは、そっちにむかう気になれなかった。精妙な歯車だけど、油が足りない。動機がまったく見あたらない。もっと別の線があるはずだ……

彫像（ティキ）のことはどう？

それに、タトゥーのことも？

郵便局の前で、カップルとすれ違った。二人はマンゴーの木の下で、せっせとキスをしている。男はスクーターで、女は自転車で来ていた。マルケサス諸島では、いつだって苦労が多いのは女のほうだ。地元の若い娘たちがみんなそうであるように、彼女も長い黒髪をし、耳のうえにティアレの白い花を挿してアクセントをつけている。ふっくらとしたかわいらしいお腹を人前で撫でる勇気は、恋人のライダーにもないらしい。

恋人たちよ……

マルティーヌの遺言が脳裏によみがえる。

もう一度、たった一度でいいから、生涯愛した唯一の男性に再会すること。

マルティーヌはその男にさよならも言わず、再会もできずに死んでしまった。でも、もしかしたら、彼女がそんなにも求め続けた男はやって来たのかも……彼女を殺すために！

馬鹿げてるわ！　わかってる、自分がねじくれた煽情(せんじょう)的シナリオをあれこれでっちあげてるってことは。それは目の前にある真実から目をそむけるためではないか？　わたしの惨めな愛情生活から目をそむけるため？　さあ、さあ、調査を続けて、ミステリ小説を書かなくては。わたしの私生活なんか、どうでもいいわよね。それについては、いずれ話すときが来るでしょうし。

村を横ぎり、憲兵隊詰所跡の閉じた柵や鎧戸、観光案内所のひらいたドアの前を通った。案内所の職員が受けている指示は、ひとつだけだった。地図やパンフレットを客に渡してはだめ。なにを訊かれてもひと言、ガイドを頼むようにと答えること。数メートル先へ行くと、村で唯一のキッチンカーと並んでレンタカーが一台、ココ椰子の木陰に無造作に停められていた。

わたしはすべてを記憶に留め、じっくり考えた。軽薄なブロンド女と天才作家という不倫カップルの線は、とりあえず脇に置いておこう。謎めいた五体の彫像(ティキ)のこともいったん忘れて、ここはタトゥーのことだけに集中すべきだ。思うに、すべてを説明する鍵はそこにある。ピンク色をした二体の彫像(ティキ)が守る慰霊碑の前を通りすぎた。刻まれている名前は、それぞれの大戦にひとつずつ、全部で二つきりだった。そうやって、戦争が世界規模だったことを思い起こさせようとしているのだ。わたしは頭のなかで、パズルのピースをほかにも並べてみた。エナタが描かれた二つの小石。ひとつはピエール＝イヴの服のうえ、もうひとつはマルティーヌのベッドに置かれていた。あの模様と、パリ十五区で殺された二人の女が入れていたタトゥーのあいだには、どんな関係があるのだろう?

あれは十九年前……

交差点までやって来た。若者が数人、プラスチックの椅子に腰かけている。そのうちのひとりが、ウクレレを取り出した。わたしがむかう店は五十メートル先の、ジャスミンやティアレ、プルメリアの花に彩られた白い庭の真ん中にあった。《タ・トゥ》。ヒバオア島で一軒だけ、観光客にもひらかれた公式タトゥー店だ。マルケサス諸島の思い出を肌に刻んで帰りたいと思う観光客はここを訪れる代わりに、海水浴は一週間慎まねばならない。

店に入ると、なかはがらんとしていた。タトゥー志願者の群れはなく、わたしひとりきりだ。そこは歯科と心理カウンセラーの診療室を混ぜ合わせたような小部屋だった。少なくとも、わたしにはそんな感じがした。高いベッドや鉄の針、注射器、ガーゼ、色インクの瓶、消毒アルコールの匂いがする瓶は医療器具を思わせ、白い壁いっぱいに描かれた黒いマルケサスのモチーフは意識下に働きかける。太陽、亀、トカゲ、蜘蛛、水牛の角、槍の先端などなど、ありとあらゆる秘教的なシンボルが並んでいる。例のエナタはないか探していると、店の奥のドアがあいた。

「こんにちは（コホラ）」

わたしはびっくりして声が出なかった。

「いらっしゃいませ」

運動療法の施術でもするような、巨漢のタトゥー彫師があらわれるものと思っていたから。バンヤンジュの幹みたいな太い腕でトヨタの四駆を運転する、体重百キロの男が。ところが目の前に立っているのは、背が百八十センチもありそうな、すらりとした体型のにこやかな男だった。引き締まった筋肉はつる植物を思わせる。白い仕事着。ドクター・ハウス（訳注 アメリカの医療ドラマの主人公）のような笑み。猫の目。つるつるに剃った頭頂の下に、しゃれたタトゥーがさりげなく彫られている。

文句なしってところね！

太平洋の島々のいいとこ取りをしたメラネシア人って感じかしら。ハワイ人の落ち着き、オーストラリア人のエレガンス、イースター島のオーラ、そしてマルケサスの雄々しさ。

「ええと、その……（不意を喰らって焦ってる。馬鹿みたい！）わたしは作家で（なに言ってんの、偉そうに！）……旅行記を書いてるんですが、タトゥーについてもぜひ一章をあてたいと思って、ここに来れば……」

ミスター群島は頭のてっぺんから爪先まで、わたしをじろじろねめつけている。もっと着こんでくればよかった。わたしはにわかに気になりだした。ショートパンツが短すぎたのでは？　サファリシャツが透け透けすぎたのでは？　でもこの男、プロ根性に徹して、わたしのむき出しの肌を単なる羊皮紙としか見ていないらしい。彼は生姜（ジンジャー）の香りを漂わせながら前を通りすぎ、店のドアを閉めた。

鍵をかけて。

急に恐怖がこみあげてきた。

店に入るところは誰にも見られていない。わたしがここにいることを、誰も知らないのだ。

新聞記事の見出しが脳裏にでかでかと浮かび、ほかのことはなにも考えられなくなった。

二〇〇一年、パリ十五区で、二件のレイプ殺人事件が起きた。被害者はどちらもタトゥーを入れた若い女。容疑者とされたマルケサス諸島出身のタトゥー彫師メタニ・クアキは、その後行方がわからない。

メタニ・クアキは今、六十すぎのはずだ。

目の前にいるタトゥー彫師は何歳だろう？

四十代くらい？

彼はひとつだけある窓の鎧戸を黙って閉めた。

部屋は薄闇に包まれた。明かりはといえば、奥の部屋から射しこむ光だけ。白い仕事着の彫師は、さっきあそこから出てきたのだった。

もしかして、五十代？

お守りだという赤い種子の首飾りを、わたしは無意識に握りしめた。わかってる、私立探偵らしく毅然とふるまわなくては。どんな窮地も切り抜ける、プロの自信を持って。けれど否応もなく押し寄せるパニックを、どうしても撥ねのけることができなかった。

彫師はわたしの腰にやさしく、しかししっかりと手をあて、奥の部屋へと押しやった。薄暗いせいで、顔つきが歪んで見える。男がふり返った先には、タトゥーの道具が並んでいた。メス、ペンチ、螺鈿の櫛、鮫の歯、鼈甲、黒檀の洗濯べら……愛想のいい店主の顔は、苛立ったサイコパスの引きつった笑いに変わっていた。

心臓が石のように固まりついた。体は冷凍肉さながらにこわばり、皮膚は無数の虫が樹皮にたかる枯れ木と化した。

ティティーヌを殺したのが、もしこの男だとしたら？

マイマの日記　メタニ・クアキ

それじゃあ、待ちましょ、乾くのを……

これなら、貝殻に糸を通してるほうがましだったかな。

わたしがファレイーヌ主任警部の名前を出したら、隊長さん、むっつり黙りこんじゃった。傷つけるようなことはなにも言ってないはずなのに。だけどこれで、文字どおりはっきりした。**奥さんを守らなきゃって、やっぱり思ってるんでしょ。**

それが問題なの？　ファレイーヌを守ることが？

たしかによく考えたら、とっても奇妙だよね。警察の主任警部が、こうやって捜査に加わろうとしないなんて。ファレイーヌほどやり手で経験豊かな警察官が、捜査の指揮をすべて夫にまかせるものかな？　しかも、ほとんど無抵抗で！　でもティティーヌのベッドにあったのは、ファレイーヌの遺言だった。

わたしは隊長さんに顔をむけた。

「そろそろ打ち明けてくれてもいいんじゃない？　奥さんのことを、話してくれても」

交渉は長引くだろうと覚悟を決めていたけれど、なんのことはない、隊長さんのほうも早く重荷をおろしたかったようだ。

「そうだな。途中で口を挟まないと、約束するならな。話が終わるまで、なにも言うなよ」

「わかった、約束する」

ヤンはベッドに腰かけ、ヘッドボードに立てかけた枕によりかかって話し始めた。

「事件は二〇〇一年に遡る。きみはまだ生まれていなかったし、遠く離れたところの事件だから、知らないだろうけれど。まずは十八歳の女子学生オードレイ・ルモニエの死体が、パリ十五区のラカナル通りで見つかった。彼女はレイプされたうえ、首を絞められていた。数か月後、新たな死体がファヴォリット通りで見つかった。最初の事件現場から、五百メートルも離れていない場所でね。被害者の名はレティティア・シアラ、二十歳で、やはりレイプのあと首を絞められていた。もちろん捜査当局は二つの事件の関連を調べたが、確証は得られなかった。パリで警察が扱う殺人事件は年に約百件、三日に一件の割合だ。さらにレイプの訴えは、六百件以上ある。手がかりは皆無だった。同一犯の犯行を裏づけるような証拠はなにもなし。指紋もＤＮＡも検出されず、目撃者もいない。被害者同士の面識もなさそうだ。オードレイはパリの保健衛生大学で看護師の勉強中、レティティアはグルネル大通りのレストランでウェイトレスをしていた。二人の知人たちの証言を突き合わせてみても、接点はまったく見つからなかった」

口を挟まないって約束したけれど、わたしは我慢しきれなくなった。

「そんなに焦らさないで、隊長さん。接点はあったんでしょ？」

「ああ、今話すから。捜査当局は殺された二人のあいだに、ひとつだけ共通点があるのに気づき、そこに賭けることにした。二人とも、タトゥーを入れたばかりだったんだ。事件前の半年間に。オードレイ・ルモニエはマルケサス十字を肩甲骨のうえに、レティティア・シアラは腕に小さな亀の模様を。だからって、なんの証拠にもならないがね。フランス人の五人にひとりはタトゥーを入れているんだから。それにオードレイもレティティアも、彫師の名前は言っていなかった。支払いも現金ですませたようだ。クレジットカードに記録は残っていなかったからね。二人が同じ彫師に頼んだかどうかも定かではないが、ひとつだけ気になることが……」

「エナタね？」

ヤンは賞賛の目をわたしにむけた。

「ご名答！　エナタだ。三、四本の線からなるマルケサスのシンボルが、さりげなく彫られていたんだ。オードレイのマルケサス十字と、レティティアの亀の下に、サインをするみたいに」

「逆さまに？」

「そう、逆さまに。それを知ったのはほんの昨日だがね。オードレイ・ルモニエとレティティア・シアラ殺しのことを、警察ではずっと十五区のタトゥー彫師事件と呼んでいたが、捜査はいっこうに進まず、マスコミもとっくに興味を失っていた。そして未解決のまま三年以上が過ぎた二〇〇四年の十一月二十九日、新たな事件が起きた。ジェニフェル・カラデック、二十一歳が、深夜零時ごろ、クロワ＝ニヴェール通りの自宅に帰る途中に襲われたんだ。彼女は抵抗し、大声をあげた。通りの窓に明かりが灯り、犯人は逃げ出したが……パトロール中の警察官と鉢合わせし、サン＝ランベール公園脇のマドモワゼル通りで捕まった。現行犯でね。犯人の名前はメタニ・クアキ。モンパルナス地区でタトゥー彫師をしており、オードレイとレティティア殺しのあと警察が訊問した数十人のうちのひとりだった……」

隊長さんは話しすぎて喉が渇いたみたいに、そこでひと息ついた。まさかわたしを置き去りにして、グラスを取りに行く気じゃないよね？　わたしは袖を引っぱって、先をうながした。

「襲われたジェニフェルはその男と知り合いだったのね？　彼のところへ、タトゥーを入れてもらいに行ってたんでしょ？　エナタを描いてもらいに？」

ああ、よかった。ヤンは、また話し始めた。

「いいや……ジェニフェルにはエナタのタトゥーはなかった。そもそも彼女は、タトゥーなんかひとつも入れてなかったんだ。メタニ・クアキが二つの殺人事件に関わっているという確証は、結局得られずじまいだった。彼は強姦未遂の罪で四年の実刑を言い渡され、フレーヌで服役したあと、生まれ故郷のマルケサス諸島に戻った。最後はヒバオア島に」

マルケサス諸島？　ヒバオア島？　それってここ、わたしが生まれた島じゃない！　バンガローの窓からテメティウ山の山頂を眺めながら、経験豊かな捜査官らしい落ち着いた声を努めて出そうとした。

「話はそれで終わり？」

ヤンはマリオネットのようにうなずいた。

「終わりだ。メタニ・クアキは弁解のつもりなのか、捜査員にこう言ったそうだ。恋人に捨てられて気持ちが落ちこんでいた、精神科にも通ってるほどだったってね」

「で、奥さんのファレイーヌ主任警部がそこに関わってるのね？」

「そう思ってたんだろ？　ああ、オードレイ・ルモニエの死体が見つかった当初から、捜査を担当していたのがファレイーヌだった。レティティア殺しも、ジェニフェル・カラデック暴行事件も。細かな話は抜きにしよう。二十年近くも続いた捜査の資料は、段ボール箱数十個ぶんにもなる。おれは直接、読んじゃいないがね。ファレイーヌから聞いた範囲でしか知らない。でも、妻はよく言ってた。あの事件のことが頭から離れないって。犯人はあいつよって、毎晩のように繰り返した。夕食のとき、おれがちゃんと耳を傾けるようわざわざテレビニュースの音をさげて、犯人はあいつだ、わたしにはわかってるって言うんだ。確たる証拠はなにもなかったが、疑うに足る状況はそろっていた。メタニ・クアキにはもともとサイコパスの傾向があり、恋人と別れたあと精神のバランスが大きく崩れてしまったようだ。オードレイとレティティアが殺された晩のアリバイはない。住んでいるのはパリ左岸で、事件現場とも近い。そしてもちろん、マルケサスのタトゥーのこともある」

「クアキはいつも逆むきのエナタで、自分が彫ったタトゥーに署名していたの？」

「いや、違うとも。もしそうだったら、被害者の共通点は明らかだからな。オードレイ・ルモニエとレティティア・シアラが、クアキの店でタトゥーを入れたのかどうかを確かめることはできなかった。使ったインクや残された針の跡についても、鑑定結果は意見が分かれたらしい。こうしてファレイーヌは、いつも同じ壁にぶちあたった。すべてがメタニ・クアキを犯人だと名指ししている。偶然の一致の山が至る先は明らかだ。なのにはっきりとした証拠はひとつもない。オードレイとレティティア殺しは迷宮入りになってしまったが、きみの想像どおり、ファレイーヌは捜査をあきらめなかった。クアキが釈放されたら、サイコパスのレイプ魔が野に放たれてしまう。妻はそう思って、事件を追い続けた。殺された二人の近親者が、ファレイーヌを支えた。オードレイは幼馴染だった同い歳の女子学生とシェアハウスに住んでいたんだが、彼女が支援会を立ちあげた。その子の名前は、もう覚えていないがね。レティティアのご両親も協力してくれた。ノール地方の人で、たしかマロ＝レ＝バンの出身だとか」

わたしは窓から山を眺め続けた。テメティウ山はまるでエジプトのピラミッドかルーヴル美術館前のピラミッドが、ジャングルにテレポートしてきたかのようだった。

「だけどメタニ・クアキは、マルケサス諸島に戻って……」

「ああ、それでファレイーヌも少しは安心した。それでもまだ、事件のことは頭から離れなかったが。クアキを捨てた恋人というのは、誰だったのだろう？　クアキの家で何か月かいっしょに暮らしていたというが、彼は恋人の名前を決して明かそうとしなかった。部屋には服や口紅、褐色の髪の毛が残っていたけれど、ＤＮＡ鑑定をしても手がかりは得られなかった。もちろん捜査当局は、クアキが彼女も殺したのではないかと疑った。しかし証拠は、やはりなにも出てこなかった。ファレイーヌがこの事件に固執する気持ちも、時間がたてば薄れるんじゃないかと思っていたんだが、六年前、事態はいっきに進んだ。メタニ・クアキが行方をくらましたせいでね」

　いきなり皮膚に針を突き刺されたような気がした。

「どういうこと？　行方をくらましたって？」

「十五区の中央警察署はタヒチ司法情報局と連絡を取って、常時クアキを見張っていたんだ。テロリストたちの動向を監視するみたいに。彼が危険人物であることは、みんな認識していたから。どうやらクアキはヒバオア島に戻って、またタトゥー彫師を始めたらしい。彼の犯行とみられるレイプ事件は、その間一件もなかった。怪しい行方不明事件が、数件あったけれど。そしてある朝、彼は姿を消してしまった。なんの足跡も残さずに。**それこそ、彼が犯人だっていう証拠だわ**とファレイーヌは、何週間ものあいだ何度も繰り返した。**あの男はもう見張られていない。まんまと逃げ去ったのよ。きっとどこかで、また犯行を繰り返すわ。ほかの島で、名前を変えて。**けれどもみんな、この事件のことは忘れてしまった。オードレイ・ルモニエの友人や、レティティア・シアラの両親を除けばだが。たしか父親は、その後亡くなってしまったが、少なくとも母親のほうはね。そんなわけなんだ、ファレイーヌの胸に本を書こうという考えが芽生えたのは」

　隊長さんはわたしに二本目の針を突き刺した。

「本？」

「そう……ファレイーヌは昔から大の読書家だった。えてして警察官は自分の人生を語りたがるものだし、それを実行する者も少なくない。ファレイーヌはこの事件を小説に仕立てようと思い立った。『男たちの土地、女たちの殺人者　十五区のタトゥー彫師事件』。ファレイーヌは何か月も、毎晩キーボードにむかっていた。そして三百ページにのぼる原稿を書きあげ、まわりのみんなに読ませた。もちろん、おれも含めてね。意見はみな同じだった。たしかにストーリーはしっかりしているけれど、文体がついていってない。まったくだめだ」

そうか、わかった。

「そこでピエール＝イヴ・フランソワに相談したのね？」

「まさしく。書店員の友達がアドバイスしたんだ。いわく、たいていの作家にはイマジネーションのかけらもない。ただ、文章がうまいだけなんだって。だから彼らはいつも、よくできたストーリーを探し求めている。あとは上手に語ればいいだけのストーリーを。世に知られていない人物の、波瀾万丈の生涯とか、もっと言えば未解決の猟奇的事件とか。十五区のタトゥー彫師事件は、まさにうってつけのネタじゃないか。ファレイーヌはさっそく原稿をピエール＝イヴ・フランソワに送ったが、返事はなかった。事件は迷宮入りのまま……」

「またしてもご名答。ファレイーヌ主任警部は、そのままにすることができなかった？」

「でもファレイーヌ主任警部は、そのままにすることができなかった？」

逐一追うことができるからね。そうしたら、いくつか気になる情報が入ってきた。次回作では未解決事件を扱うことになるだろうと、ＰＹＦがインタビューで語っていたんだ。タトゥト、という言葉も、インタビューのなかで二、三回繰り返されていた。そうこうするうち、ファレイーヌはフェイスブックで今回の企画を知った。マルケサス諸島のヒバオア島で行われる一週間の創作アトリエに、五名が招待される。応募は志望動機を書いて送るだけ。できるだけ独創的な志望動機をね。今回は、ずいぶんとまあ見え透いた手口じゃないか」

「それでファレイーヌ主任警部は応募したってわけ？　そしてたまたま、三万二千名のなかから選ばれたと？」

ヤンはわたしがおめでたいのを面白がっているみたいに、にやりと白けた笑みを浮かべた。

「いいや、ファレイーヌはどんなことであれ偶然にまかせるようなタイプじゃない。彼女はピエール＝イヴに手紙を書き、送った原稿の件を問い詰めた。ＰＹＦはあわてて詫びを入れ、ちょっとした手違いなんだ、弁護士沙汰にしないでくれと言ってきた。そしてヒバオア島の創作アトリエに参加する五名のひとりに入ってもらえないかと、丁重に頼んだ。次回作の原稿は、まだ完成にはほど遠い。だからマルケサス諸島へ行って、メタニ・クアキと元恋人の足跡を追うつもりなんだ。もし協力してくれたら大助かりなのだがと、彼はファレイーヌに持ちかけた。交渉成立だ……文学的な観点からも、金銭的な観点からも」

「じゃあ、奥さんは受け入れたってわけ？」

「そういうことだ。そりゃまあ、ＰＹＦに対する恨みが消えたわけじゃない。もし彼の小説が、自分の送った原稿に少しばかり手を加えただけのものだったら、ファレイーヌだっててまらない言いわけや小切手なんかですますつもりはないだろうが……しかし、十五区のタトゥー彫師事件がまた取りあげられるチャンスは逃したくなかった」

「だから隊長さんもいっしょに来たの？　奥さんを見張るために」

ヤンはようやく心からの笑みを浮かべた。

「ああ、もっぱらファレイーヌを見張るためさ……ポリネシアを訪れてみたいっていう気持ちも、少しはあったけど」

そりゃそうだよね。楽園の滞在費を、憲兵の給料から出せるわけないもの。

「それで？　ここに到着してから、奥さんはなにか手がかりをつかんだの？」

「いや、まったくらしい。ファレイーヌが言うには、地元の人間はメタニ・クアキについて、なにも知らないそうだ。やつはここで生まれたはずなんだが。クアキがフランスで刑務所に入っていたことも知らなければ、恋人の話も聞いたことがない。彼がどうなったかもわからない。関心があるのはここにいる者、また帰ってくる者のことだけ。立ち去った者なんかどうでもいいって」

「ＰＹＦとは？」

「ＰＹＦと何だって？」

「二人は話し合ったの？　彼と奥さんは」

「さあ……そんな暇があったかどうか。だって、ほら、ピエール＝イヴは……いろいろ忙しかったらしいから」

ヤンは急に立ちあがると、注意深くビニール手袋をはめた。「そろそろ乾いたころだ」と彼は唐突に言った。「第二段階に入ろう。セロハンテープと紙を持ってきて」

わたしは腰かけたまま、まだ考えていた。

「つまり、こういうことね。ファレイーヌは選考を通ったわけじゃない。ピエール＝イヴが直接、彼女を選んだ。出版社の女社長には事情を知らせずに」

今度はわたしが、ゆっくりと時間をかけて立ちあがった。そしてベッドのうえに貼ってある黄色い付箋を読んだ。ブレルの歌『広い心を持つ者がいる』の一節が書かれている。

ノックをしないで入っていける、広い心を持つ者がいる
その半分しか見えないほど、広い心を持つ者がいる

わたしは大声で、さらに推論を続けた。

「ティティーヌも選考に通ったわけじゃない。彼女はベルギーでもっとも影響力のあるブロガーだった。だから本の売れゆきをあと押しさせるため、アトリエに招かれた。ママがどうしてここにいるのかもわかってる（ヤンに追及されないうちに、わたしは先を続けた）。残るはクレムとエロイーズ……たしかに二人は、れっきとした才能の持ち主だよね。もしかしたら彼女たちも、なにか陰惨な三面記事ネタでＰＹＦの関心を引き、ここに来たのかもしれないけど。エロイーズは、いつも描いている二人の子どものことを持ち出したんじゃないかな。事故で死んだにしても、小説のテーマとしては悪くないでしょ？」

ヤンはセロハンテープを四センチほど、注意深く引っぱり出した。まるでわたしの話なんか聞こえてないみたいに、じっと集中している。

「よく見て、マイマ。セロハンテープを平らにして粉のうえにあて、ぐっと押しつける。それを今度は紙に貼りつけて、指紋を採取した正確な場所をメモしておくんだ」

そんな手作業をやらせておけば、わたしを黙らせられるとでも？

「考えたんだけど、隊長さん。ピエール＝イヴはエナタを描いた小石を、服とは逆むきに置いていた。それはファレイーヌに対する、個人的なメッセージだったんじゃない？ あの晩、彼が村長の小屋で待ち合わせをした相手は、ファレイーヌだったのかも。不躾なことをたずねて悪いけど、たしかにひと晩じゅう、奥さんといっしょに寝ていたの？」

隊長さんはローテーブルに置かれたグラスのひとつに透明なテープを貼りつけ、力いっぱい握りしめた。

「よくわかってるじゃないか。そいつは不躾な質問だって」

そんなはぐらかしで、わたしが引っこむとでも？

「でも答えてもらわなくちゃ。捜査に必要不可欠なんだから。それからもうひとつ、同じエナタが描かれた第二の小石は、マルティーヌのベッドに置かれていたけど、彼女はその事件となにか関係があるの？」

「見当もつかないな。さあ、手伝ってくれ。捜査のやり方を教えてやろう。まずは手がかりを集め、それから仮説を立てる。絶対に順番を逆にしてはいけない」

やれやれ。憲兵隊長さんからは、これ以上なにも引き出せそうもない。わたしは大きすぎる透明な手袋をつかんで、わざと驚いたように言った。

「指紋を採取するのは、タヒチの専門家にまかせるべきなんじゃない？　とっくに着いててもいいはずなのに。パペーテから、カヌーにでも乗ってくるのかな？」

ヤンは部屋のほとんどいたるところから、十個ほどの指紋を丹念に採取した。わたしは鏡と本から、ほんの一、二個採っただけだったけれど。セロハンテープを使うっていうのは、たしかに効果的なやり方ね。それは認めなくちゃ。指紋はくっきりと残っていた。まるで指紋の主が、自分からインクに指を押しあてたみたいに。

わたしはこれ見よがしに手袋をはずした。

「これくらいで、充分じゃない？　さあ、いよいよ決定的瞬間ね」

ヤンはよくわからないというような顔で、じっとわたしを見た。じゃあ、教えてあげる。考えがあるの。

「ここに入ってきて、死体を発見したとき、なにも触るなって隊長さんはみんなに言った。だからここには、ティティーヌと彼女を殺した犯人の指紋しか残っていないはずだよね。そうでしょ？」

隊長さんは力なくうなずいた。わたしの推理には文句のつけようがないはずだ。

わたしは黒い粉の入ったボウルにいきなり指を突っこむと、今度は白い紙に力いっぱい押しつけた。

「わたしの指紋はこれ。さあ、較べてみて」

ヤンは愉快そうにベッドに近寄り、十五枚ほどの紙を並べた。そこにはバンガローから採取した指紋が、貼りつけられている。

「ほら見て、マイマ」と彼は説明を始めた。「指紋は二種類、二種類だけだ。ひとつはマルティーヌの私物から採ったもの。彼女のブラシ、歯磨きチューブ、本、靴から。つまりこれは、マルティーヌの指紋に違いない。もう一種類の指紋は五つある。グラスやスーツケースに隠してあった財布、棚のうえのパソコン、携帯電話、引き出しの取っ手から見つかったもので、どれも同じだ。犯行のあった晩、ここにいた人物の指紋だと思って間違いない」

ヤンは五枚の紙と、わたしが差し出した紙を較べた。

「これでひとつ、確証が得られた。その人物はきみじゃない」

わたしは最悪の危機を切り抜けたみたいに大袈裟に安堵のため息をつくと、こう応じた。

「さあ、今度は隊長さんの番」

ヤンはちょっと顔をしかめたが、すぐに右手の手袋を脱いだ。指を粉に突っこみ、紙に押しあてる。わたしはそれを、部屋から採った指紋と較べた。

「よかった、隊長さんでもないみたい。じゃあ、続ける？」

驚いたでしょ！

憲兵隊長が目を丸くしている前で、わたしは紙ナプキンでくるんだライターをポケットから取り出した。

「これはママのライター。テーブルのうえから拝借してきたの」

わたしは憲兵隊長に意見を求めるまでもなく、ジッポーのライターに筆で粉をまぶし、うえからセロハンテープを押しつけて、手近な白い紙に貼った。

「いっしょに見てみる？」

手にした紙が震えているのを気づかれないよう、わたしはリラックスしている風を装った。カウントしてみせる余力さえあった。

「じゃあ、一、二の三」

二人はいっせいに身を乗り出し、黒い曲線が描く絵柄に目をやった。それはマルケサスのタトゥーに、見紛うほどよく似ていた。検分の結果は明らかだったけれど、それでもしばらくじっと、それぞれの紙を見較べ続けた。

「これも違うな」とヤンは言った。「きみのお母さんは、お酒を出されて断るようなタイプじゃない。あの晩、マルティーヌといっしょに飲んだのは彼女ではなかったってわけだ」

だめだめ、そんな憲兵隊仕込みのユーモアに反応するとでも？　わたしはそっけなく言い返した。

「今度はそっちの番。奥さんの私物を、なにか持ってないの？」

ヤンはこの攻撃に、不意を衝かれたらしい。

「ああ……いや……なにも」

「だったら隣のバンガローなんだから、探してきてよ」

隊長さんは壁によりかかったまま、動こうとしなかった。わたしが初めて奥さんのことを持ち出したときも、彼は重圧に押しつぶされそうになっていた。そして今またその重みで、体が麻痺してしまったらしい。頼みの綱だとでもいうように、彼は腕時計を見た。

「そうするつもりさ。あともう少ししたら……」

わたしは隊長さんに近寄った。彼がこんなに動揺しているのを見て、こっちまで気づまりだった。

「オーケー、隊長さん。あわてなくたって、ただの確認なんだから。警察の主任警部がベルギーの老ブロガーを、タトゥーを彫る針で嬉々として刺し殺したなんて、わたしだって思ってないって」

わたしは憲兵隊長の手首をつかみ、時間を確かめた。

「正午だから、そろそろ昼食のラッパが鳴るころね。ねえ、うまい計略があるんだけど。あと片づけのとき、みんなが使ったナイフかフォーク、スプーンを手に入れるの。そうすれば、一発で犯人がわかるってわけ。なんなら、一軒ずつバンガローに忍びこんでもいいし。ポエとモアナが見せてくれたけど、屋根に穴があいてるの。タコノキの葉っぱと天窓のあいだに。そこからなかに入れるんじゃないかな」

するとヤンはわたしの手を取り、やけに重々しい声でこう言った。

「これは遊びじゃないんだ、マイマ。何者かがマルティーヌを殺した。われわれといっしょに食事をし、眠り、話をしている何者かが」

わたしは彼の手からするりとすり抜けた。前世では、ウナギだったのかもね。

ベッドの右上の壁に貼られた付箋に目をやる。今度は『オルリー』の歌詞だった。

そして彼は、階段のむこうに姿を消す
そして彼女は口をあけたまま、十字架にかけられた心でそこに留まる
叫びもせず、言葉も発せず
彼女はその死を知っている
今しがた、すれ違ったばかりだから

思わず体が震えた。ブレルの歌はどれも愛を、恋人を語っている。そのなかに浸って生きようとしたティティーヌのひたむきさは感動的だ。わたしは涙をこらえ、ヤンをふり返った。ここは正々堂々と勝負しよう。

「隊長さん、ひとつ打ち明け話をしてもいいかな？」

「……………」

「今度はわたしが告白する番でしょ。さっきポエとモアナから、うまく聞き出したんだけど」

「それで？」

「あの二人、みんなが思ってるよりずっと抜け目ないから。話を聞いて、ようやくわかったの（わたしはちょっと焦らさずにはいられなかった）。エナタのタトゥーを逆むきに彫ったとき、どういう意味になるかが」

海に流すわたしの瓶　第十二章

わたしは玄武岩の石板のうえに立った。じっと動かずに。それは供犠(くぎ)のための石だ。生贄(いけにえ)はそこにひざまずき、隣にある死刑台の石に首を差し出す。数世紀のあいだに首を切り落とされた何百人ものマルケサス人の血を浴びて、石はまだ赤く染まっていた。わたしがかけている首飾りの赤い種子は、血塗られた土地から採れたものなのでは？

タトゥー彫師は脇にいる。わたしより頭ひとつぶん、背が高い。樹齢百年にもなろうかというバンヤンジュの巨木の枝は、男の腕や首に絡みつかんばかりだ。まるで彼が凶行に至るのを、押さえようとしているかのように。

自然はこの聖地(メ・アエ)を再び制し、その秘められた聖性を取り戻させた。まわりにはもう誰もいない。バンヤンジュのつるがすばやくひらいてわたしたちを通したあと、また閉じてしまったみたいに。わたしはその場に立ちすくみ、震えていた。マルケサスの死霊トゥパパ・ウだけに許されたタブーの地を、これ以上一歩も進む勇気はなかった。わかっている。ここは女たちには禁じられている。あえて冒瀆(ぼうとく)しようとするならば、死をもって罰せられるだろう。

それは何十年も前、一世紀も昔のことだ。わたしは気持ちを静めようと、頭のなかで数を数えた。タトゥー彫師の曾祖父は、女たち、赤子たちの血を神に捧げたかもしれない。しかしその曾孫は、もうそんなものを受け継いではいないはずだ。そもそもわたしは、ちっとも女らしくない。エロイーズと違って花柄のワンピースも着ていないし、マリ＝アンブルと違って体にぴったりのタンクトップやスカートも身につけていない。はいているのはカーキ色のショートパンツ。捜査官か探検家ってところね。これなら、男と間違われるかもしれないわ。

貿易風に吹かれて、両脚がココ椰子の葉っぱみたいに揺れたけれど、はっきり言ってさっきほどあわててはいなかった。数分前、タトゥー彫師の男――名前はマヌアリイというそうだ――が店のドアや窓を閉め、奥の部屋にわたしを押しやったときは、パニック寸前だったけど。

「ついてきて」男はようやく口をひらいた。「いっしょに散歩しながら、質問に答えるくらいの時間はあるから。どのみち、今日は予約をすべてキャンセルしなければならなかったんだ。タトゥーを彫る針が、昨日、半分ほど盗まれてしまったんでね。盗もうと思えば、誰でも盗むことができたろう。ここではいつも、鍵なんかかけないから」

盗まれた？　昨日？　それじゃあ、マルティーヌを殺した犯人は、針を盗みにこの店へやって来たってこと？

マヌアリイは裏口からわたしを外に出した。そこから古いテイヴィテテ墓地まで、まっすぐ道が延びている。彼は前に立って歩きながら、言葉少なに話した。わたしは口から出まかせを並べ立てた。仕事は旅行記を専門とする作家で、これまでニュージーランドやアイスランド、ソマリランドを巡り歩いてきたなどと。どれもこれも、行ったことのない国ばかりだったけれど……

「どこもマルケサス諸島とよく似てるわ」とわたしは、自信たっぷりな口調で言った。「美しいと同時に恐ろしげで、天国と地獄がひとつになったみたいなところだった。ええ、そう、マヌアリイさん、果実のことみたいに死を語り、井戸みたいに海を眺め、冬はないけれど夏でもない。わかるかしら、わたしの言いたいこと」

　要するに《恐るべき太陽》ね。

「わかるとも」マヌアリイはぼそっとつぶやいた。

あなたには、びっくりだわ。彼もまた、美しいと同時に恐ろしいこの景色を体現している。白い歯とビーチバレーの選手みたいな肩幅。アフターシェーブローションを一リットル振りかけたよりも、ふんぷんと力(マナ)を発散させて。

　古い墓地の道を三メートルも行かないうちに、男は脇に逸れるよううながし、まっすぐ森にむかった。まずは大きな頭をした、単眼の彫像(ティキ)の前を通りすぎた。知恵をあらわすと思しき像は、ひとつだけの大きな目でじろじろとわたしを眺めた。知恵の力(マナ)に脳味噌を刺激される間もなく、マヌアリイは先へ進むよう合図した。

　わたしたちは立ったりかがんだりしながら、ようやく聖地(メ・アエ)にたどり着いた。石を敷き詰めたテラスにのぼると、タトゥー彫師は雄弁の力(マナ)に触れたみたいに、突然滔々(とうとう)と話し始めた。

「マルケサス諸島ではあらゆる石が、先祖の手によって刻まれている。石はどれも、禁忌(タプ)の場所の古い境界線を示している。石はみな山から切り出され、家を建てる礎石、聖なる石板パエパエとなる。観光客たちはただの石だと思って、よじのぼったり避けて通ったりしているが、みなそれぞれに来歴がある」

　本当だろうかと思いながら、わたしは苔に覆われた丸い石に腰かけた。そしていかにも旅行記専門の作家らしく、せっせとメモを取った。だからだろう、彼は自信たっぷりに数字を並べ立てた。嘘は半分しかついていないわ。わたしは本当に本を書いている。そうした細かな数字も、《海に流すわたしの瓶》のなかで生かされるはずだ。

「いいかい」とマヌアリイは説明を続けた。「一八〇〇年ごろ、船乗りたちがマルケサス諸島を発見したとき、そこには十万人の人々が住んでいた。それぞれの谷に何百人もの司祭、戦士、農民、彫刻家、ダンサーがいて、それぞれの部族に聖地（メ・アエ）が、それぞれの家に礎石（パエパエ）があった。ところが一世紀後、マルケサス諸島の人口はたった二千人になっていた……」

　テレビの衛星生中継でマイクをむけられたかのように、タトゥー彫師は熱心に語り続けた。

「わかったかな。一世紀に及ぶ植民地化によって、人口のたった二パーセントしか生き残れなかった。彼らは海沿いのわずかな村に、押しこめられるように暮らしている。まさしく民族の抹殺だ。マルケサスの文化は、きれいさっぱり失われかけてしまった……それは最初の外国人がやって来て、マルケサス諸島が誇る二つの宝、鯨と白檀の木を略奪したところから始まった。そこには、現地民の恐ろしい大量虐殺が伴った。以前は知られていなかった病気も広まった。結核、ハンセン病、天然痘、梅毒……けれども、とりわけ大きかったのは、フランス人の役人や司祭がのさばったことだ。おかげでマルケサスの人々は、生きがいを失ってしまった。歌ったり踊ったりするのは禁止。自分たちの言葉で話してもいけない。果実の首飾りをさげるのも、川で水浴びするのも、ココナッツやサフランなどの香料を体に塗るのも、タトゥーを入れるのも、死者を祭るのも、すべて禁じられた……ほかのフランスの植民地だって、行政当局と聖職者がここまで徹底してひとつの文化を破壊した例はない。しかもそれは、ポリネシア文明でもっとも古い文化、世界でもっとも豊かな文化のひとつだった。ニュージーランドやハワイ、イースター島、サモア諸島の住民も、もとはといえばここから発したのだし、タトゥーの風習、ハカのダンス、カヌーの技術が生まれたのもここからだった……」

なんだかマヌアリイに哀れを催してきた。無口なタトゥー彫師は興奮気味のガイドに変身し、息も切れ切れだ。わたしはペンをかざし、彼が息をついた隙を狙って口を挟んだ。

「ワォ、じゃあ、みんなここが最初ってこと？　サーフィンもビキニも？」

マヌアリイは大笑いした。もう、なにも怖くない。これって罠？　彼は力（マナ）が浸透してくるかのように、長々と石に手をあてた。

「マルケサス文化の再生を見るには、一九八〇年代を待たねばならなかった。そのときになって、ようやく住民が戻ってきた。ダンスや歌がまた始まり、マルケサス語を話し、タトゥーを入れ、祭りが催され、観光客を迎え入れるようになった。今ではマルケサスの人口も一万に達し、そのうち二千人はヒバオア島に住んでいる。それでもまだ、ヨーロッパ人が初めてやって来たころの、十分の一だがね。彼らが発見した島の面影は、なにも残っていない。

すべて自然に返ってしまった……ひとつひとつの山、ひとつひとつの谷に、禁忌の場所、聖なる石があった。それは地中深くに埋められた希少な鉱石、忘れられた力の源なんだ。ほら、映画の『アバター』に出てくる衛星パンドラの神エイワ、あれを思い浮かべてみればいい。そうすれば、力をイメージできるだろう。純粋なエネルギーだ。観光客は、その百分の一にも触れられない。ぜひ本に書くんだな。今、何に腰かけているか見るがいい」

わたしはぴょんと立ちあがった。

苔むした石に描かれた引っ掻き傷のような模様を、マヌアリイは指さした。注意深く目を凝らすと、それは鳥の絵だった。

「岩石画さ。島には何千とある。こつさえつかめば、いくらでも見つかる」

岩石画ですって？　つまり、タトゥーを入れた石ってことね。いい展開になってきたわ。わたしは興奮気味のガイドに、用心深く話をふった。

「タトゥーの技術は、本当にマルケサスの人たちが作り出したものなの？」

タトゥー彫師は白い歯を見せて微笑んだ。

「たしかにわれわれよりもっと前、先史時代から人類はタトゥーを入れていた。新石器時代にね。しかしタツという言葉を作ったのは、われわれマルケサス人だ。世界中ほかのどこを探しても、これほど洗練されたデザインはなかっただろうよ……一八六〇年、タトゥーが全面禁止されるまではね。ようやく復活したのは、一九七〇年になってからだった。タトゥーを入れた最後の人々がいなくなるとともに、伝統的なモチーフはすべて失われてしまったかもしれない。一世紀ものあいだ、みんなそう思っていた。ところがそこに、奇妙な本が見つかった。本のタイトルは『マルケサス諸島の人々とその芸術』。書いたのは、カール・フォン・デン・シュタイネンというドイツ人だ。彼は一八九七年、マルケサス諸島に滞在したとき、すべての島々、すべての谷で、数百のシンボルを調査し、デッサンしたり写真に残したりした。その後のことは、きみも知ってのとおりだ。マルケサスのタトゥーは九〇年代、爆発的なブームとなった。マルケサスのモチーフは世界でもっとも知られたタトゥーとなり、今ではいたるところでロゴとして使われている」

「感謝するわ(ダンケ・シェーン)、シュタイネンさん」

ユーモアのつもりだったけど、ぜんぜん受けなかった……

頭がおかしくなったのかと言わんばかりに、マヌアリイはわたしをじっと見つめた。

「はたして、そうだろうか。最後の先祖とともに、すべてが失われたほうがよかったのかもしれない。タトゥーは都会のラッパーがつける目印でもなければ、トライアスロン選手のTシャツやサーフボード、バスケットシューズを目立たせるマークでもない。それは神聖で聖的な行為、社会的な儀式だ。タトゥーとは、力(マナ)なんだ。おれが提供しているのもそうした神聖な経験で、単なるバカンスの思い出じゃない……」

マヌアリイはようやく言葉を切ると、あらためてわたしのむき出しの太腿、むき出しの腕、首、頬を見つめた……多少なりとも女らしいところがわたしの体にあるとしても、彼の目がそれに惹かれているようには思えない。これからぞんぶんに彫り物ができる、まっさらな皮膚としか見ていないのだ。

「試してみたいかい？」

何を言ってるの、ドクター・ハウス。今日は店じまいしたんでしょ。それに行政当局がタトゥーを禁止したのは、人身御供と結びついていたからでは？　わたしはさりげなく腕時計を見た。そろそろ正午になる。《恐るべき太陽》荘に戻って、お昼にしなくては。さもないと週末まで、ヤンに外出禁止を言い渡されてしまう。それにパペーテの警察官も、もう着いているだろうし……残念だわ、タトゥー彫師といっしょにポポイでも食べながら、ゆっくり話をしたいところだけど、ここはさっさと片づけねば。わたしはホロホロ鳥みたいにくっくっと笑いながら答えた。

「悪くないわね。このシンボルなんか好きよ。エナタっていうんでしょ」

マヌアリイは即座に反応した。

「エナタだけでは、大した意味はない。タトゥーというのは物語、アルファベットなんだ。中国語の表意文字みたいにね。エナタはひとつの文字、ひとつの音(おん)にすぎない。いっしょに並んでいるものと結びついて、初めて意味を持つんだ。それがどこに、どのように置かれているかに従って……」

わたしはいっきに攻撃を仕掛けた。

「逆むきのエナタなんかどうかしら」

饒舌(じょうぜつ)なガイドの燃える目は、たちまち凶暴な仮面と化した。抑制された暴力の仮面、獲物を追う狩人の仮面。あとは手に槍を持ち、豚の歯の首飾りが胸で揺れていれば完璧だ。

美しいと同時に恐ろしい。

何を言ってるの、わたし。

「あまりいい考えとは思わないな。逆むきのエナタにははっきりとした意味がある。それが示すのは……敵だ」

い、い、敵ですって？

どんな？

さっぱりわけがわからない。十五区のレイプ魔メタニ・クアキに襲われ、絞め殺された二人が、どうして彼の敵だったっていうの？　なにかもっと別の意味があるに違いない。ピエール＝イヴは不気味な親指小僧よろしく、小石を残していった。そこに描かれた逆むきのエナタの意味を、彼は見抜いていたんだ。

つまらない小細工をして！

正午五分前。

タトゥー彫師にもっとしゃべらせようにも、じっくり攻めている時間はない。

「タトゥーで思い出したけど、ここで数年前にエナタのタトゥーを入れたことのある友人がいるの。彫師の名前はたしか（わたしは思い出しているふりをした）……メタニ……そう、メタニ・クアキだったわ。もしかして、お知り合いじゃない？」

わたしはいささかためらいがちに、この名前を口にした。メタニ・クアキ。そしてすぐに、言いすぎたとわかった。

マヌアリイは彼を知っている。しかしこれ以上、話してはくれないだろう。

タツのほかにも、ここで生まれた言葉があった。それは禁忌（タブ）だ。

ドジを踏んだ。私立探偵失格ね。初めての単独捜査はさんざんだった。ごめんなさい。

《海に流すわたしの瓶》のこの章は、でかでかとしたクエスチョン・マークで終わることになりそうだ。

マヌアリイは早くも引き返し始めている。丁重な態度は崩さないが、きっぱりとした足どりで。彼は形のいいお尻をしていた。そこにタトゥーが入っているかどうか、わたしが知ることはないだろう。

少なくとも、昼食には間に合いそうだ。

マイマの日記　無線封止

「警察は何してるの？」

「とっくに着いててもいいころなのに」

「どうなってるの。ティティーヌの死体が見つかって、五時間以上になるのよ」

タナエの手料理が並ぶ食卓でどんな会話が交わされたのかは、ひと言で表せる。みんなの話題はひとつだけ。どうしてまだパペーテのタヒチ司法情報局から警察官がやって来ないのか？　午後一時に到着した最後の便に、制服姿の乗客はひとりもいなかった。

正直、わたしもびっくりだった。みんな、不満たらたらだ。ママなんか、その最たるものだ。

「ヤン、なにか聞いてないの？　パペーテに電話したんでしょ？　いつごろ着くって言ってた？」

隊長さんはちょっと口ごもってから、こう答えた。

「もちろん、ずっとせっついてるんだが。最後に聞いたところでは、警察のエアバスコーポレートジェット三一八は、ガンビエ諸島のマンガレバ島にむかったそうだ。自分の家族を人質にして、立てこもっている男がいるとかで。七十代の老婦人が殺された事件より、そっちが優先ってわけなんだろう。彼女はどうせもう、生き返らないんだから」

ママは空を見あげ、首をひねったり体を伸ばしたりした。大きくあいた胸もとを神様に見せつけ、願い事を叶えさせようとでもいうように。エロイーズは紙ナプキンに、蜘蛛の巣の絵を描いている。クレムが椅子を引いて、腰かけた。彼女は息を切らしながら、遅れてやって来た。ファレイーヌも、クレムといっしょに到着した。ヤンはなにも言わなかった。タナエや二人の娘を含め、食卓を囲んだ者たちはみんな、クレムとファレイーヌがいっしょにいたと思ったはずだ。ヤンの言いつけを守り、ひとりにならなかったと。でもそうじゃないと、わたしにはわかっていた。

原稿を書きにいってたの、とクレムは言った。だけど本当は、村まで足を延ばして、事件について調べてまわったのかも。小説のネタ集めだって、言い張るだろうけど。用心したから大丈夫、と彼女はつけ加えた。そうでしょうとも。クレムと話す暇はなかった。ただちょっと、共犯者めいた笑みを交わし、万事快調って合図し合っただけ。ファレイーヌ主任警部も、静かな場所で気持ちを落ち着かせようとしただけだと弁解した。もしかしたら、PYFから拝借した『男たちの土地、女たちの殺人者』の原稿を何度も読み返し、そこに新たな手がかりを探していたのでは？

謎、無線封止、そしてココナッツ。

警察の到着が遅れている理由をヤンが説明すると、食卓の会話はほとんど途絶えた。青い背びれをした緑の魚マヒマヒのカレーをまわすあいだも、誰ひとり言葉を発しなかった。みんな料理にもほとんど手をつけなかったけれど、タナエは無理に勧めなかった。

毒をあおって死ぬ前の、最後の食事って雰囲気ね。

わたしはわざと乱暴に椅子を押し、なんでもないようなふりをして立ちあがった。そしてライスサラダのボウルをつかんで、キッチンに運ぶ途中、クレムとヤンをもう一度ちらりと見やった。

さっきママがパペーテのタヒチ司法情報局についてたずねたとき、ヤンはやけに返答をためらった。

いったい何をたくらんでるの、隊長さん？

ヤン

ヤンはマイマがキッチンに姿を消すまで、じっと目で追った。彼女の計画はわかっている。食事が終わったら、ナイフやフォーク、スプーンを回収して、くっきりとついた全員の指紋を手に入れようというのだ。

犯人は、食卓を囲んだなかのひとりに違いない。

マイマはそう信じている。

あの子は粘り強くて果敢で、なにも恐れない。マイマが最後に発した質問のことを、ヤンはあらためて考えた。たしかにあれは、ずいぶん不躾な質問だった。**たしかにひと晩じゅう、奥さんといっしょに寝ていたの？** ヤンはそれになにも答えなかった。マイマにはいろいろ話しすぎたようだ。

そう、彼は昨日の晩、ファレイーヌといっしょにいた。しかし彼女は午前二時ごろ、例の原稿を読むためテラスに出た。ヤンはしばらくようすを見ていたが、やがて眠ってしまった。目を覚ましたとき、ファレイーヌはベッドにいた。けれども、村長の小屋でピエール＝イヴ・フランソワと会っている時間はあったはずだ……ヤンは頭のなかで、さまざまな可能性を検討した。そうすればするほど、同じひとつの結論に達した。逆むきのエナタが描かれた小石、あれはファレイーヌにむけたメッセージにほかならない。ゲーム？　挑戦？　それとも脅迫？　ピエール＝イヴとファレイーヌは、あの原稿のことで争っていた。エナタには、彼ら二人だけに通じる意味が隠されていたのでは？

よくよく考えれば、話は単純だ。ファレイーヌはピエール＝イヴから原稿を盗んだ。彼女が詰め寄り、緊張が高まる。作家は真夜中、密かに会って話し合おうと持ちかける。そして漁師のカマイが、二人の言い争いを立ち聞きした。《きみは真実を知ったほうがいい。だから教えてやる》というピエール＝イヴの言葉を。彼は事件のことを言ったのだろうか？　それとも、自分が盗作した小説のこと？　そのあと、何が起きたのか？

マイマがフルーツの籠を持ってキッチンから戻ってきた。彼女は早足でマエヴァホールを通り抜ける途中、マルティーヌの高級黒真珠の前で歩を緩めた。二十万パシフィックフランにもなるペンダントは、ブレルの写真といっしょに壁にかかったままだった。貝殻の首飾りみたいに、無造作に釘に引っかけて。手を伸ばせば届くところにお宝があるというのに、重苦しい雰囲気のなかでは誰も気にしていなかった。奇妙なことだが……このもうひとつのピースは、パズルにどうはまるのだろう？

フルーツの評判も、マヒマヒやパパイヤポエといい勝負だった。ヤンはマイマのお手並みを観察した。若い捜査助手は皿から料理を取るよう、せっせと会食者たちに勧めている。すると相手もフォークの先でつつき、ちょっとかじるくらいはした。

けれどもそれ以上、食べる気はなさそうだ。

エロイーズは紙ナプキンに絵を描いていた。巨大な火山の麓に、小さな人影がいくつか。彼女のペンは苛立たしげに、いきなり火山を爆発させた。ヤンからは、彼女の横顔しか見えなかった。むき出しの耳に飾ったティアレの花が、その横顔を彩っている。大急ぎで結ったのだろう、丸いシニョンからはみ出たほつれ毛が、やさしく花に触れた。薄い色をした目にも一、二本、髪の毛がうるさげにかかり、彼女は瞼をそっと伏せた。

いっぽうクレムは目を大きく見ひらき、ぼんやり大洋を眺めていた。書きかけの小説のことを考えているのだろうか？　彼女も美人だ、とヤンは思った。短く切った髪は、元気いっぱいだが臆病なトガリネズミのようだ。スポーツ好きらしい引き締まった体を、サファリックでカムフラージュしている。それにしても彼女は本を書くことに、どうしてあんなに固執するのだろう。ヤンはその陰に、なにか強迫的なものがあるような気がしてならなかった。エロイーズよりはうまく隠しているけれど、それだけにもっと危険なものが。

「ママ、デザートは食べないの？」とマイマはせっついた。

マリ＝アンブルはなにも答えず、携帯電話の画面をじっと見つめている。ファレイーヌは籠からパイナップルをつかんだ。

ヤンはじっと妻を見つめた。マイマの予言が、脳裏にこびりついて離れない。

あなたの奥さんが、リストの次に来るんだから。

犯人はマルティィーヌのベッドに、ファレイーヌの遺言を置いていった。だから妻が、次の犠牲者だというのか？　あのときヤンはその紙をたたんで、ポケットにしまったのだった。

憲兵隊長は無意識のうちにポケットを探った。

ファレイーヌの遺言がそこにあるのを確かめるためではなく、別のもう一枚の紙を確認するために。それは村長の小屋の引き出しから見つけたものだった。ほかのみんなが外に出たあと、ファレイーヌにも気づかれないうちに、ヤンはひとりで読んだ。

ひとりで、何度も読み返した。妻の筆跡なのは、ひと目でわかった。誰に宛てたものなのかも、一目瞭然だ。

薄汚い作家さん、

この島で、二人いっしょに調査をするのだと思ってたわ。

わたしは小説の書き方を習いに来たんじゃない。小説なら、すでにひとつ書いてるし。

二十四時間の猶予をあげるから、ちゃんと説明してちょうだい。あなたの、というかむしろわたしの原稿だけど、それは今、わたしが持っている。

いずれにせよ、結末を書くのはわたしよ。

盗作の現行犯で捕らえたピエール＝イヴ・フランソワ宛の脅迫状。彼はこれにどう答えたのだろう？　妻がどんな女かは、よく知っている。ファレイーヌ主任警部は獲物を逃すようなタイプじゃない。マイマの予言が、脳裏にいつまでもこだました。

あなたの奥さんが、リストの次に来るんだから。

ヤンはファレイーヌに目をやった。彼女はてきぱきとパイナップルを切っている。ほとんど外科医のような細心さで、フルーツを八つに分けた。ファレイーヌが次の犠牲者になるなんて、とても想像できない。妻は何事も偶然にまかせない。どんなミスも犯さないし、決してあきらめることもない。決してだ。オードレイ・ルモニエとレティティア・シアラ殺しを未解決のまま終わらせることなど、彼女にはできっこない。凶行を続けるかもしれない男が自由に歩きまわっているなんて、とうてい受け入れられないはずだ。ファレイーヌはあの事件に執着するあまり、それをもとにして小説まで書きあげた。なんとしてでも捜査に決着をつけ、盗まれた原稿を取り戻すために、パリから一万五千キロ離れたヒバオア島まで、遠路はるばるやって来たんだ。

あなたの奥さんが、リストの次に来るんだから。

でもそのリストを作ったのが、ファレイーヌ自身だったなら話は別だ。

いずれにせよ、結末を書くのはわたしよ。

ヤンは妻の厳しい表情を見つめた。歳のわりにしわがよっているけれど、その一本一本が深い知性を示している。ほんのわずかな証拠も見逃すまいとする目は、治療器具にもなれば人殺しの道具にもなるレーザーのようだ。そこには力がみなぎっている。

自分にはないその力を、ヤンは賞賛しながらも、いつしか嫌悪するようになった……

食卓を囲むみんなが何を考えているか、ヤンにはわかっていた。ファレイーヌ主任警部だって犯人かもしれないと、みんな思っているはずだ。

もしまだ彼女を愛しているとして、おれにはそんなふうに考えられるだろうか？

そもそもおれは、まだ彼女を愛してるのか？

あなたの奥さんが、リストの次に来るんだから。

ヤンはファレイーヌの青い瞳、額のしわ、ほとんど目立たない胸の膨らみに長々と目をやった。

ああ、おれはまだ妻を愛している。少なくとも、守ってやろうと思うくらいには。

たとえ彼女が犯人だとしても。彼女が犯人かもしれないからこそ。

妻を守るため、おれがこの手で捜査を進めねばならない。

妻を守るため、パペーテの警察に知らせてはならない。

マイマの日記　厄介払い

ドン！

ママは携帯電話をテーブルに置いた。っていうか、落としたって感じ。静寂を破り、みんなの目を覚まさせるために。おかげで全員が、はっと瞑想から抜け出した。

お得意のおふざけをしてみせるときのママは、なかなか捨てたもんじゃない。

「さてと」ママは攻撃を開始した。「わたしの勘違いでなければ、タヒチの警察はパペーテを発ったらすぐに、ひと言連絡をくれるはずよね。それからさらに四時間、彼らが着くのをただ待ってなくちゃならない。さあ、何をしましょうか？　トランプ大会？　ビンゴの集い？　それとも修道女みたいに各自部屋にこもって書き物をしたり、アッシジのフランチェスコならぬ聖ピエール＝イヴ・フランソワに祈りを捧げるとか？　でもわたしには、もうひとつ別のアイディアがあるわ」

みんなの目がママに集まった。ヤンだけはまだ、ファレイーヌ主任警部をじっと眺めていたけれど。アンバーのショーは悪くない。

「さっき四駆を一台、予約したの。トヨタ・タコマよ。プアマウまで、ちょっと足を延ばそうと思って。気分転換になるわ。島でもっとも美しいビーチと、もっともすばらしい遺跡を見ないなんて、もったいないでしょ。いっしょに来たい人はどうぞ……」

ママはそう言って、コロソル風味のビールをぐいっと空けた。そして誰にも口を挟む間を与えず、こう続けた。

「片道一時間ってところね。午後六時には戻って、セルヴァーヌ・アスティーヌのご機嫌うかがいをしなくてはならないから、ぐずぐずしてられないわよ」

みんな、いっせいに立ちあがった。どうやら全員、乗り気らしい。いっきに雰囲気が和んだ。思いがけない貿易風が、《恐るべき太陽》荘のテラスを吹き抜けたかのように。

お見事、ママ。

「そのままでいいわ」とタナエが言った。「あと片づけはわたしたちがするから」

ポエとモアナは皿を重ね始めたけれど、わたしはもっとすばやかった。柳の籠と紙ナプキン。さあ、四本のフォークを籠に入れなくちゃ。アトリエ参加者それぞれのフォークを。ママのフォークも、それに……

そのときママの手が、わたしの腕をつかんだ。

「あなたは抜きよ」

何の冗談？

わたしは抵抗しようとした。昼食のあと片づけに、どうしても加わりたいかのように。けれどママは、わたしをテーブルから一メートルも引き離した。

「ちょっとだけ、おとなしく聞いててね。数は勘定できるでしょ。アトリエ参加者が四人、その夫がひとり。そうなると、タコママにあなたの席が残ってないわ（ポエとモアナがナイフやフォークを流しに入れる、ガチャガチャという音が聞こえてくる)。あなただって、同じ年ごろの女の子といっしょにいたほうがいいでしょ。《恐るべき太陽》荘から出ないって、約束してくれるわね?」

わたしはすぐに抵抗をやめた。平手打ちを喰らうより屈辱的だったけど。

わかったから、ママ、なんだって約束する。恥ずかしいやらくやしいやらで、涙があふれてくるけれど、おとなしくするって約束する。タナエといっしょにいるって約束する。遠くへ行かないって約束する。本を読んでる、真珠や貝殻に糸を通している、パンノキの実をむいてる、にわとりの羽をむしってるって約束する。なんでもかんでも約束する。ママはほら、もう行かなくちゃ。小型トラックのうしろにビールのパックを積んで、島のむこう端に酔っぱらいに行って。

約束するって、ママが望むことはなんでも。

「もう、放して。手を放して」

テーブルはすっかり片づいていた。

奇妙なことだけど、嘘じゃない。テーブルのうえがこんなにすばやく空っぽになるなんて、あとにも先にも初めてだった。

＊

ママは手首を放したけれど、わたしは拳を握りしめたまま動かなかった。屈辱感でいっぱいだった。

よくわかった。わたしはよちよち歩きの赤ん坊にすぎないって。ママのおかげで、嫌というほど思い知らされた。なのに発作的に強権を振るったと思ったら、もうわたしのことなんかどうでもいいみたい。ママは体をくねらせながら、テラスを歩きまわった。

「タコマは三十分後にここに来るから」彼女はくすくす笑いながら言った。「冷蔵庫からヒナノビールを取り出す時間は充分にあるわ。水着を忘れないでね」

わたしは歯を食いしばってママを見つめた。口輪をはめないでもいいようにしつけられた犬みたいに。

ママが石の階段を小走りにおり、わたしたちのバンガロー《ファツヒバ》へむかうのを目で追った。脚はむき出しで、お尻はソニア・リキエルのタイトスカートに包まれている。なんだか急に、ママが哀れに思えてきた。そんなにおしゃれして、誰の気を引こうっていうの？

このまま引っこんでるわけにはいかない。ポエとモアナがキッチンで食器を洗う音がする。ヤンに話さなくちゃ。計画は失敗だって説明するんだ。みんなのナイフやフォークを手に入れることはできなかったって。だけどわたしには、プランBがある。だってみんなは、島のむこう端へ行ってしまうんだから。わたしを除いたみんなは。その機に乗じて、調べられる。

心配しないで、隊長さん。なんの危険もないから。ちょっとあちこち捜索するだけ。《恐るべき太陽》荘からは出ないし。そんな話を隊長さんにして、いったん現状をまとめておこう。わたしはあなたの助手なんだから、信頼して。そう思いながらマエヴァホールに入った。

ヤンはすでにそこにいた。でも、わたしを待っていたのではない。

彼はエロイーズと、なにやら熱心に話しこんでいる。褐色の髪の美人さんは、受付のうえに飾ったゴーギャンの複製画『アレアレア』に釘づけだ。隊長さんはこの絵に、初めて気づいたみたい。この三日、十分に一回は前を通ってたっていうのに、赤い犬と緑の木々が、にわかにすばらしく思えてきたの？

彼にも哀れを催した。奥さんの主任警部の前では献身的な夫を演じ、落書き姫の前では愚鈍な騎士を演じるんだから。

わたしはテラスに引き返した。くやしすぎる。思わず、**クレム、クレム**って叫んじゃった。せめて彼女と話をして、どこまで調査が進んでるのか、村でなにか見つかったのかたずねたかったけど……彼女も手が空いていなかった。クレムは《恐るべき太陽》荘の野原で、ファレイーヌ主任警部と議論の真っ最中だ。そのまわりでは、洗濯物をかける紐のあいだで、大型ポニーのミリ、フェティア、アヴァエ・ヌイが草を食んでいる。二人とも、干してあった服を取りこみ終えるところらしい。

しかたないので、そのまま歩き続けた。クレムがひとりになるまで、忍耐強く待つしかない。たしかに、我慢するのは得意じゃないけれど。それにいろんな新事実が、頭のなかでごちゃごちゃに混ざり出してる。十五区のレイプ魔に殺されたオードレイとレティティア。PYFが盗作した原稿。逆むきのエナタ。それにヤンがゴーギャンの絵に、突然興味を示し始めたこと。それらすべてについて、できたらファレイーヌ・モルサン主任警部とも話し合いたいくらいだ。

海に流すわたしの瓶　第十三章

水着を忘れないでね。

　きっとマリ＝アンブルは、水着も各種とりそろえているのだろう。彼女がスーツケースを三つも引っぱってマルケサス諸島にやって来たのを、この目で見たもの。わたしなんか水着よりペンをたくさん持って来たのに……なにもワードローブをいっぱいにする必要なんかない。南国なんだから、上半身裸だって暮らせる。とはいえ、ここではものがからっと乾くことは決してない。ヒバオア島では、いつでもみんな、じめついている。服も、肌も、空気も。

　わたしはキュロットとTシャツ、ショートパンツをはずし終えた。ポニーの目が、無関心そうにそれを眺めている。逆にマイマの目は、いっときも待てないとでも言いたげだった。

　少女が母親と言い争ったあと、**クレム**、**クレム**と叫ぶのが聞こえた。

　ちょっと待ってて……

　わたしは脇の紐に広げて干してあるタナエのシーツに、ひととおり手をあてた。やっと乾いたわ。三枚のビキニもはずし終えると、タナエの手伝いをする、せっかくのチャンスもおしまいだ。なにしろマルケサスの子ネズミが、あそこで今か今かと……。

　わたしは彼女を呼んだ。

「ねえ、マイマ。手伝ってちょうだい」

少女は願ってもないとばかりに、野原を駆けおりてきた。わたしは彼女に白いシーツを差し出した。それぞれがシーツの両端を持ち、互いに三歩離れて、落とさないようにぱたぱたと揺する。ポニーのミリとフェティアは恐れをなし、二十メートルもむこうへ走って逃げた。わたしとマイマはまた近づいて、つかんでいたシーツの端と端を合わせた。そうやって、シーツを半分、また半分とたたんでいくのだ。

マイマはあいかわらずふくれっ面をしていた。言いたいことが、頭のなかには次々と浮かぶのに、それが口から出ないらしい。わたしが手を貸して、堤防にひびを入れてやらないと、留まり留まってあふれ出てしまう。

「しばらく話してなかったわね、マイマ。ヤン隊長の助手になったから、彼と捜査してるほうがいいってわけ？」

マイマはぽつりと答えただけだった。

「助手じゃなくって見習いよ。さもなきゃ、せいぜい研修生ね。なにもやらせてもらえないんだから……今朝だって、村長の小屋を見に行けなかったし。今日の午後も、置いてきぼりじゃない」

「今日のことは、隊長さんのせいじゃない。あなたのお母さんが、だめだって言ってるのよ」

「お母さん？　はっきり言っておくけど、あの人はお母さんじゃないから」

わたしは八つにたたんだシーツを、洗濯物籠のなかに入れ、次のシーツをつかんだ。マイマはにわか作りの幽霊のように、一瞬その下に姿を消した。

「だけど、あなたがいいと思えばママなんでしょ。便利よね、養い親制度(ファアファム)っていうのは。ママがもう嫌になったら、取り換えればいいんだし」

マイマはやけに強くシーツを引っぱった。わたしは片方の端を放してしまい、あわててつかみなおした。ポニーの糞のうえに、危うくシーツが落ちるところだった。

「でもそれは、どっちの側からもあるの。ここでは、親が子どもを取り換えるほうが多いんじゃないかな」

「どういうこと?」わたしは静かにたずねた。

「子どもが非行に走ったとか、子どもが多すぎるとか、お金が足りないとか、そんな理由で親が子どもを別の島に送り……」

「あなたのことを話して、マイマ」

「わたしのこと?」

「そう、あなたのこと……あなたのパパのことや……ママのこと。っていうか、二人のママのことを」

わたしはまた、シーツをたたみ始めた。二人の手が触れる。昔のダンスみたいに、顔もほとんどくっつかんばかりだ。三歩進んで二歩下がるってやつね。

あんまり自慢できたことじゃない。

けれど母親について、マイマに話して欲しかった。

マリ=アンブル愛用の香水、エルメスのヴァンキャトル・フォーブルが、村長の小屋に漂っていたことを思い出した。間違いない、彼女はピエール＝イヴの愛人だった。黒真珠について、タトゥーについて、もっと聞き出さなくては。

「前にも話したじゃない」マイマは身がまえた。「ほかにどんなことを聞きたいの？」

わたしは三枚目のシーツを手に取った。これで最後だ。

「島のこと。ほかの島の……」

わたしたちはまた、シーツたたみのダンスを踊った。今度はさっきよりゆっくりと。ポニーのアヴァエ・ヌイはもう慣れたのか、綱が伸びるだけ近づいてきた。耳を立てて、話を聞いている。

「タヒチのことは、あんまり覚えてないんだよね。まだ八歳だったし、数か月しかいなかったから。ママオっていったかな、貧民街みたいなところのアパートで暮らしてた。太平洋っていうより、パリ郊外みたいな感じ。そのあと、ボラボラ島に引っ越して。飛行機で三十分くらいだけど……あの何年間かは、すばらしかった。想像もつかないだろうな、礁湖に囲まれた環礁（モツ）に着陸するなんて。まわりは一面、青緑色で」

マイマは太平洋の灰色の波を見まわし、黒いビーチに目をとめた。

「そこであなたのお父さんは、マリ＝アンブルと知り合ったの？（わたしは慎重に話を進めた）どんなふうに出会ったのかしら？」

「宮殿でって言ったらいいかな。柱のうえにたった九十もの豪華水上ヴィラが連なる、セントレジス・リゾート。一泊十万パシフィックフランもするんだから」

「お父さんはそのころからもう、大金持ちだったのね?」

マイマはぷっと吹き出した。

「まさか。パパは砂をかき集めてたの」

「砂を?」

「そう、砂を。それがパパの仕事。夜中のうちに平底船で礁湖の底から砂を掘り出し、それをホテルのビーチに撒いて、日の出の前にきれいに整える……観光客たちが楽園で目覚める前に。絵葉書を信じちゃだめ。ボラボラには天然のビーチがあるホテルなんて、一軒もないんだから。もともとは、岩だらけの浜だった。砂粒は全部、人が運んできたもの。毎日、海がそれを流し去ってしまうと、パパみたいな人たちがまた運んでくるってわけ……」

わたしはマイマの話をじっくり考えてみた。自然のままに残された夢の国なんて、どこにもないんだ。みんな景色に外科手術を施して、美しさを保っている。わたしはアツオナの黒い浜を眺めた。いつかあの砂を白くする方法だって、発明されるかもしれない。

「美しい宿泊客がビーチの整備係と恋に落ちたって、二人はわたしに言ってた」とマイマは続けた。「パパが黒真珠に関心を持ったのも、ボラボラ島にいたころだった。砂よりお金になるだろうって……アンバーは文無し男にいつまでも恋しているようなタイプじゃないし。そこで今度は、ツアモツ諸島の環礁へむかった。太平洋の黒真珠は、九割がそこで養殖されているの。約二年間、ファカラバ環礁で暮らしたわ。長さ四十キロ、幅は百メートルもない周遊コースが続いている。それがファカ。道は一本、一本きり。それを自転車で、百回は走ったな。顔や背中に風を受けて。村の教会がゼロキロ地点。食料品店は六キロ地点、うちは七・三キロ、ビーチは九キロだった。人口は千人にも満たないし、子どもはひとりもいなかった。環状に続く、平らな楽園……海面が二メートルも高くなったら、ファカともさよならね。言うまでもなく、アンバーは飽き飽きしてた。することと言ったら、鮫の観察に来たアメリカ人ダイバーたちをもの欲しげに眺めるくらい……でもって、次はみんなしてファヒネ島に移った。タヒチから二百キロもない、れっきとした島だったな。パパはあいかわらず、真珠の養殖でひと山あてようともくろんでた……今度は、それが思った以上にうまくいったってわけ」

マイマの声には奇妙な昂りが感じられた。わたしがさげている赤い種子の首飾りに、視線がじっと注がれている。ペンションの客に配る安物で、彼女の父親が養殖している高級真珠とは較べものにならない。

「お父さんは今、どこにいるの？」

マイマは答えなかった。

彼女が何を感じているのか、わかるような気がした。捨てられたって、思っているのだ。ポリネシアの子どもたちには皆いつか、捨てられたと感じる日が来る。十歳になると故郷の島を離れてもっと大きな学校に行き、新しい家庭で暮らして、新たな両親を愛するようになる。家には新しい子どもが生まれ、彼らは代わりに出ていかされるのだ。

「お父さんはあなたをとても愛しているはずよ。あなたとお母さん、新しいお母さんが、今の暮らしをできるようにって、必死に働いたんでしょ。お父さんはきっと今も、一生懸命働いて……」

マイマはゆっくり時間をかけて、アヴァエ・ヌイの長いたてがみを撫でた。ミリとフェティアもやって来て、かまってくれとねだった。

「本当を言うと、島の子どもたちはジャック・ブレルがあんまり好きじゃないんだ」

今、わたしに打ち明けた話とどんな関係があるのか、よくわからなかった。ともかく、続きを待とう。

「だってブレルの歌を、学校で覚えさせられるんだもの。けれど彼は、ひとついいことを言ってた。父親は何をしていたのかをたずねられたとき、《親父は金（キン）を探す山師だった》って答えたの」

なるほど。

「あなたのお父さんと同じようにってわけね、マイマ」

「ええ、だけどブレルはそのあと、こうつけ加えてる。《でも困ったことに、親父は金を見つけてしまったんだ》って。うまい答えでしょ」

ミリ、フェティア、アヴァエ・ヌイはびっくりしたみたいに突然早足で逃げ出し、たたんだシーツを危うく踏みつけそうになった。タコマのクラクションが、小道から鳴り響いた。

「出発するわよ！」とマリ＝アンブルが叫んだ。

そういや、まだなにもカバンに詰めていなかった。タオルも日焼け止めクリームも。洗濯物の紐からはずしたばかりのビキニが、三枚あるだけだ。

「もう行かなくちゃ、マイマ」

「話をする時間もないんだね」

「時間なら今夜、いくらでもあるわ」

タナエがポエとモアナを引き連れ、テラスに姿をあらわした。マイマは頼まれもしないのに、たたんだシーツを集めた。タナエといっしょにいるのよ。わかった？　約束よ」

「おとなしくしててね。従順な若い女の子を、見事に演じている。

「約束する」とマイマはふり返らずに答えた。

わたしは四駆のほうへ遠ざかった。ヤンとほかのアトリエ参加者たちは、もう集まっている。


約束する。

マイマが嘘をついているのはわかってた。

おとなしくしてるって約束してくれたことだけじゃない……

わたしはマイマから聞いた話、彼女がこれまで送ってきた人生を、早送りで思い返した。

そして確信した。マイマは真実を語っていない。

マイマの日記　憂鬱(フィウ)

トヨタ・タコマはクレムやママ、ほかのみんなを乗せ、傻い砂埃を残して砂利道のむこうに消えた。たちまちわたしは、この世でひとりぼっちにされたような気になった。それが今のわたしの気分。ここではフィウって呼ばれてて、戦いをあきらめたり、外へ出る希望を失ったりしたときに、ポリネシア人なら誰でも感じる憂鬱のこと。せめて旅行することすら叶わず、ほかの大陸から何千キロも離れた地で一生を終えるのだと悟ったときに感じる憂鬱だ。

タナエはそれを受け入れた。ポエとモアナも受け入れるだろう。

でも、わたしは嫌！

四駆が出発してまだ五分もたたないうちに、わたしがそわそわと歩きまわるのを、タナエはじっと見ていた。

「だけどほら、マイマ、昔はもっとひどくて……」

ポエとモアナはキッチンの掃除を終え、ソファにすわってアメリカの連続ミステリドラマを観ている。

「孤独だったわ」とタナエは続けた。「孤立、この世にひとりきりだという思い。テレビがマルケサス諸島で観られるようになったのは、ようやく一九八八年になってからなのよ。想像できる？　それまでは、外の世界から入ってくる情報はなにもなかった。その十年ほど前から、テレ・ヴィレッジって呼ばれるものもあるにはあったわ。テレビニュースのビデオを船で運んでくるんだけど、着くのは三か月遅れだった」

いいえ、タナエ、想像できない。ポエやモアナだって、たぶん無理でしょうね。それでも想像力を駆使してみるなら、インターネットも衛星放送もない時代、マルケサスの人々に見られないものを見せるには、それがよりよい方法だったんだろうと思う。

テレビでは二台のバイクが、ショッピングセンターで銃撃戦を始めた。ポエとモアナはそれを、食い入るように眺めている。二人は四つの手でひとつのリモコンを握っていた。

わたしはもぞもぞと、ためらいがちにたずねた。

「タナエ、バンガローに戻っててていい？」

女主人は疑り深げにわたしを見た。

「ペンションを出ないって約束する？　さもないと、今度こそ……」

つまりは、大成功ってこと。

「約束する。わたしだって、馬鹿じゃないよ」

＊

約束する、タナエって頭のなかで繰り返した。約束する、ペンションを出ないって。

キッチンから拝借してきたビニール手袋が、ポケットの奥にまだあるかどうか指先で確かめ、一番目のバンガローを眺める。

《ヌクヒバ》。

ヤン憲兵隊長とファレイーヌ主任警部のバンガローだ。

ティティーヌのバンガローを家探しする必要はない。それにわたしとママのバンガローも。ライターについたママの指紋は、もう調べたのだから。残るバンガローは三つ。《ヌクヒバ》、エロイーズの《ウアフカ》、クレムの《タファアタ》だ。

鍵がなくたって、なかに入るのは難しくないとわかってた。タコノキの屋根と梁のあいだに隙間が見えた。バンガローの正面をよじのぼり、木組みの下をすり抜け、梁にぶらさがってなかに飛びおりるなんて、わたしには朝飯前。どっちかっていうと、難しいのはのぼるほうだ。椅子に乗らないと、梁に手が届かない。忍びこんだ痕跡を残さざるを得ないけど、ポエかモアナかタナエが掃除に来たんだって、ファレイーヌもクレムもエロイーズも思うだろう。

わたしはしばらく耳を澄ました。マエヴァホールのテレビから発せられる銃声や、窓辺に置いたサラダボウルに近寄ろうとする雌鶏を追い払うタナエの罵声が聞こえる。それからキヤットウーマンのような身軽な動きでバンガローの正面をよじのぼり、通気口からもぐりこんだ。タコノキの尖った葉でお腹にちょっと傷がついたけれど、大したことない。頑丈な木の梁のうえを這い、チンパンジーみたいにぶらさがって、ベッドと机のあいだに着地する。

ここはヤンとファレイーヌのバンガローだ。

ヤンは怒るだろうな。これを知ったらヤンは怒るだろう。でも、こうするしかなかった。全員の指紋を、ティティーヌのバンガローから採取した指紋と較べなくちゃいけないんだから。例外はなし。わたしだってママの指紋を思いきってテストしたんだから、ヤンも奥さんの指紋を確かめるべきだ。

わたしはできるだけ音を立てずに、バンガローのなかを移動した。手袋をはめてビニール袋をひらく。間違いがないよう、アトリエ参加者たちのいちばん私的な品を拝借していくつもりでいた。歯磨きのチューブとか、歯ブラシ、香水瓶、口紅とか。

浴室に入って、すぐにほっとした。これなら、間違えようがないもの。ヤンのものは左に並んでいる。剃刀、シェービングフォーム、アフターシェーブローション。ファレイーヌのものは右側。きちんと住みわけてる。

ビニール袋に収穫品を入れると、主室に戻った。戸棚の扉をあけたくなる誘惑に、抗うことができなかった。部屋の作りは、わたしのバンガローと同じだ。

棚もしっかり住みわけができていた。それぞれが、自分の側を使っている。ヤンの服は左、ファレイーヌの服は右。床もそうだ。ヤンのバスケットシューズやサンダルは左、ファレイーヌのサンダルやバスケットシューズは右。

ふり返ってベッドを見ると、これもそれぞれの側を使いわけていた。二つの枕。ヤンのモータースポーツ雑誌。ファレイーヌのクロスワード集。

ワオ、隊長さんのプライベートを覗いてたら、動揺してきちゃった。夫婦ってみんな、いつかこうなるの？　もうなにも分け合うものはない、もうなにも混ぜこぜにはしたくないってこと？　恋人たちはみんな、こんな気持ちになっちゃうの？　いっしょに暮らしていくんなら、お互い干渉し合わず、波風立てないようにしようって。

だけど、わたしは違う。隊長さんと主任警部を分かつ見えない境界線なんか、平気で飛び越えてやる。

まずは右側から攻めることにして、棚に積んである主任警部の服を持ちあげた。それで充分。すぐに原稿が見つかった。隠すまでもないってわけね。ゴムで止めた赤いボール紙のファイルが、シャツの下から覗いてる。

表紙にタイトルが書かれていた。

『男たちの土地、女たちの殺人者』

お見事！　わたしは大興奮してファイルをつかみ、引っぱった。ファイルはやけにするっと抜けた。しかも妙に平らで……

クソッ！

わたしはゴムをはずした。赤いファイルは空っぽだった。なかには一枚の紙も入っていない。

クソッ！

ああ、くやしい！　服の下にファイルを戻しながら、あれこれ仮説を立ててみた。何者かがわたしの前に、原稿を盗みに来たのだろうか？　ＰＹＦのところへ持っていくために？　それともピエール＝イヴ・フランソワが、自分で盗んだとか？　いや、何があるかわからない、誰も信用できないからって、ファレイーヌが肌身離さず持ち歩いているのかもしれない。そのほうが、ありえるかな。用心深い主任警部のことだから。

わたしはなおもしばらくぐずぐずしながら、すべてごちゃ混ぜにしたい衝動と戦った。服、歯ブラシ、香水、モカシン靴、靴下、眼鏡。それから椅子にのぼって梁に手をかけ、また通気口にもぐりこんだ。《恐るべき太陽》荘は、再び静寂に包まれていた。なんの物音も、テラスまで漏れ聞こえてこない。虫の羽音も、馬のいななきも、鳥のさえずりも。テレビの警官たちすら、みんな殺し合ってしまったかのようだ。

お次のバンガローは《ウアフカ》ね。

勝手知ったる手順をたどり、一分もかからずエロイーズのバンガローに入った。バンガローのなかは、どれもすべて同じように設（しつら）えられていた。同じベッド、同じ戸棚、同じシャワー、同じトイレ。でもわたしには、まったく異なっているように思えた。まずは部屋に漂っている香りからして違う。

捜索を始める前に、少しずつ重くのしかかってくる罪悪感を、まずはふり払った。こんな空き巣みたいな真似をするのには、誰にも文句のつけようがないれっきとした理由があるんだと、頭のなかで何度も繰り返しながら。これにはわけがあるんだ。わたしは殺人犯の正体を暴こうとしている。警察だって、同じことをするはずだ。その手助けをしているだけなんだ。わたしは二枚目のビニール袋のなかに、できるだけすばやくものを詰めこんだ。歯磨きチューブ、歯ブラシ、髪をとくブラシ、ヘアピン。

これで充分だ。

大体のところは……

戸棚をあける誘惑にも勝てなかった。五人のアトリエ参加者のなかで、もっとも謎めいた女のことがもっとよくわかる手がかりが見つかるだろうと期待して。

けれどもエロイーズのワードローブは、なにも教えてくれなかった。

ほとんど、なにも……

棚には衣類が並んでいた。ふんわりとしたワンピース、色とりどりのパレオ、エスニック風のスカート、スパンデックスのトップス。かわいい女の子が着れば、セクシーにも見えるだろう。服の山からあてずっぽうに選んだだけだって、うまく思わせることができるなら。スーツケースのサイドポケットにあった下着や、レースのベビードールも同じじゃない？男はこういうのに、興奮しちゃうんだろうな、きっと。

エロイーズは本性を隠してるの？　昼間はふさぎの虫、夜は自由奔放な女ってわけ？

わたしはすべてを頭のなかに刻みつけ、別の棚に置いてある絵の道具に移った。グワッシュのチューブ、パステル、油性色鉛筆、絵筆（それを一本、バーントシェンナの絵具チューブといっしょにビニール袋に入れた)。ベッドに近づくと、ナイトテーブルのうえに本が一冊だけ置いてあった。

『屈従の町から遠く離れて』ピエール＝イヴ・フランソワ著、セルヴァーヌ・アスティーヌ出版刊。

そういやこれって、ＰＹＦのいちばん有名な作品だったんじゃないかな。たしか、賞もたくさん獲ったはず。もしかしたら、ひとつだけだったかもしれない。でも、なにか大きな賞だった。本のページはよれていた。プールの底に落っこちたってほどじゃないけど、ぼろぼろになるまで何百回もめくっては読み返したのだろう。

わたしは気になってベッドに腰かけ、本をひらいた。手垢で汚れたページ、アンダーラインを引いた文。一段落まるまる、囲ってあるところもある。わたしはでっぷりと太ったピエール＝イヴのことを、ちらりと思い浮かべずにはいられなかった。猪並みの食欲や、退屈な先生みたいな長広舌のことを……それでもエロイーズのような美人や、フランスはもちろん世界中、何千何万もの若い女たちが、あの男が作り出す言葉のシンフォニーに酔って何時間もいく晩もすごしているんだ。

エロイーズが初めてピエール＝イヴ・フランソワとじかに対面したときのことを想像してにやつきながら、ぱらぱら本をめくっていると、ふと指が止まった。

栞が挟まっている。百二十三ページに。

わたしは目を落とした。よく見るとはそれは栞ではなく、写真だった。二人の子どもの写真だ。六歳と八歳くらいだろうか。男の子と女の子。髪を整え、きれいな服を着て、おとなしそうだ。おとなしすぎるくらいかな。絵に描いたようないい子たち、って言葉がぴったりだ。現実の子どもって感じが、あんまりしないくらい。わたしは写真のうえに少し身を乗り出し、納得がいった。そうか、これは教室で撮った写真らしい。二人は学校の机に腰かけ、黒板の前でポーズをとっているんだ。やけにわざとらしい笑みも、それで説明がつく。

写真を裏返してみる。

あなたたちがいなくて、とてもさみしいわ。

愛してる。

とても愛してる。

そんな言葉を読んだら、急に背筋がぞくっとした。

わたしはすぐに写真をおもてにむけた。いつまでもこの少年と少女を見つめていたら、消えてしまうような気がした。そう、ホラー映画のように。やけに青白い顔、真っ白な手は、なんていうか……生きた子どもではなく、まるで幽霊みたいだ。

あなたたちがいなくて、とてもさみしいわ。

二人はもう、死んでるのだろうか。わたしはさっさと写真をページのあいだに戻し、本を枕のうえに置いた。そしてベッドのシーツを整え、部屋の真ん中に椅子を残してバンガロー《ウアフカ》をあとにした。

同じ正面、同じ屋根、同じ穴、同じ梁。

＊

バンガロー《タフアタ》。

クレムの部屋だ。

罪悪感を払いのけるのは、ますます大変になってきた。オーケー。ヤンはクレムを容疑者リストの筆頭に掲げてるけれど、わたしはいちばん下に置いている。だって彼女は友達だもの。直接頼んだってよかった。クレムなら紙切れの端に、いくらでも指紋を押してくれただろう。彼女の私生活を漁りに来る必要なんか、なかったんだ。わたしは三枚目のビニール袋に、三つ目の歯磨きチューブやほとんど空のペットボトル、コップ、アスピリンの容器を機械的に詰めこんだ。

ついでに戸棚のなかを覗かずにはいられなかった。扉が大きくあいてたから。クレムの戸棚は、もうぐちゃぐちゃだった。いつか彼女が誰かと暮らすようになったら、ひと悶着起きるのは覚悟しなくちゃね……

ちょっと、わたしみたい。身につまされちゃうな、クレム。

棚は何十冊もの本でいっぱいだった。これじゃあクレムのスーツケースは、一トンにもなったんじゃないか。せめてレースのショーツや、ふんわりしたスカートの一、二枚くらいあってもよさそうなものだけど、そんなものは皆無だった。実用本位の服だけ。サハラ砂漠遠征を終えた外国人部隊兵士から、フリマアプリで買ったんじゃないかって思うくらい。

わたしは本のタイトルにさっと目を通した。古典作品が何冊か、ＰＹＦの本は大量にある。それに詩集や類語辞典、押韻辞典、ノートが十冊ほど。ノートの背に、タイトルが書いてあった。

子ども時代の短編、その他のおとぎ話、一九九六～二〇〇六
青春時代の中編と詩、二〇〇七～二〇一二
映画、連続ドラマ、漫画のシナリオ、第一集
映画、連続ドラマ、漫画のシナリオ、第二集
完成または未完成の長編、第一集、第二集、第三集、二〇一三～……

わたしは目を見張った。全部読もうとしたら、何時間、何日もかかるだろう……理性がじゃましなければ、そうしたかったくらいだ。

急いで椅子を部屋の真ん中に持ってきた。さっさと屋根から外に出て、テレビを観ているポエとモアナのところへ行こう。何事もなかったかのように、しれっとした顔で。とそのとき、二つあるナイトテーブルのひとつに目が止まった。わずかに引き出しがあいてる。

良心が咎めた。嘘じゃない。良心が咎めたけれど、やっぱり好奇心には勝てなかった。わたしは椅子を置き、引き出しの取っ手を引いた。なかにあったのは、またしても写真だった。わたしは手袋をはめた手で、それをつかんだ。写っているのが誰だか、今度はすぐわかった。ティティーヌだ。

今よりずっと若いティティーヌ。三十歳くらいだろうか、写真はベルギーのどこかで撮ったらしい。とっても寒そうで、白いニット帽をかぶり、頬が蒼ざめている。若いころのティティーヌは、想像してたほど美人じゃなかった。ちょっとずんぐりして丸顔。胸も丸まるとしているけれど、笑顔は最高だ。漫画『スマーフ』に出てくるスマーフェットみたいな笑顔と、きらきら輝く目は、カメラマンにむけられている。ティティーヌがもう一度会いたいと願った男だろうか？　決して再会できなかった恋人？

これまた、未知数が多すぎる方程式。

光沢紙をつまんだ指に、わたしは力をこめた。

どうしてクレムが、ティティーヌが若いときの写真を持ってるの？

あの二人のあいだに、どんな秘められた結びつきがあるのだろうか？　マルティーヌは七十歳になっていたはずだけれど、クレムは三十をちょっと越えたくらいだ。

母娘とか？

ありえないことじゃないけれど、そうとは思えない。二人がぜんぜん似てないのは、ひと目で明らかだ。

どんな細かな点も見逃すまいと、わたしは写真を凝視した。すると新たにもうひとつ、奇妙な確信が芽生えてきた。いや、馬鹿げてる。そんなはずないと、いくら自分に言い聞かせても無駄だった。

この写真は四十年近く前に、どこかベルギーの町の広場で撮られたものだ。

四十年前、わたしはまだ生まれていない。ベルギーには、足を踏み入れたこともない……

なのにわたしには、この顔を見たことがあるという確信があった。

三十歳のころのティティーヌの顔を！

海に流すわたしの瓶　第十四章

「さあ、突撃！」とマリ＝アンブルはタコマのなかで叫んだ。

ヤンは島に一本だけ通っている舗道を離れ、プアマウにむかう小道に入ったところだった。あと二十キロ。でこぼこ道を四十五分。

静かに運転を続けるヤンのうしろに、わたしはすわっていた。まわりの女たちは興奮状態にあったけれど、彼はひとり、どっしりと構えている。そんな力強さに、わたしは思わず感心した。マリ＝アンブルは早くも、三本めのビールを空けた。空瓶が小型トラックの後部で転がり、がたんと車が揺れるたびに危うく割れそうになった。エロイーズはどうしても助手席に乗りたがった。あたりに見えるものすべて、カメラに収めたいからと。バナナ園。太平洋の彼方に突き出た火山の尖峰(せんぽう)。野生の馬。カリビア松にびっしりと囲まれた熱帯のジャングル。それにしても、こんな荘厳な景色によく浸りきれるものだ。海と山のにらみ合いが、大昔から続くだけ。三百六十度ぐるりと、人が住む気配はどこにもない。それをたった一平方センチもないカメラのレンズを通して眺めたって、面白くないだろうに。

エロイーズはときおりファインダーから目をあげ、ルームミラーに横顔をむけた。わたしを嘲るかのように。そしてこう言うかのように。

ほら、わたしはファレイーヌがつくべき女王の座にすわっている。わかったでしょ、クレム。

彼女は明らかに、わたしの反応をうかがっている。こっちはそんなこと、どうだってかまわないのよ。ほかに心配事がたくさんあって、焼きもちなんか焼いている場合じゃないんだから。そもそも、どうしてわたしが嫉妬すると思ってるの？

わたしは、車に乗っているひとりひとりの顔を確かめた。みんな海に顔をむけ、もの思いに沈んでいた。青い水平線には眠った鯨のように、モホタニ島が浮かんでいる。わたしたちは、ティティーヌが殺された事件のほうが気にかかっている。海に流す瓶のなかにひとりだけ、女たちと閉じこめられた男の脇で、日のあたる場所を占めることよりも。たとえその男が、いくらセクシーだとしても。

わたしは景色にもみんなの顔にも、集中しきれなかった。さっきペンションのシーツをたたみながらマイマと交わした会話が、何度も脳裏によみがえった。彼女はいつになく胸の内を明かしてくれたけれど、ここ数日の出来事について話し合う暇はなかった。彼女の調査は、どこまで進んでいるのだろう？　わたしたちが《恐るべき太陽》荘を留守にしているあいだに、きっとみんなのことを思うぞんぶん調べまわるに違いない。だからって、腹を立てる気にはなれない。わたしたちは二人とも、似たもの同士。真実を追い求める二匹の子ネズミ……でも、わたしたちのあいだにはヤンがいる。三角関係と同じ。探偵が三人もいるミステリなんて、話がややこしくなるだけ。

ジグザグ道、急な下り坂、険しいのぼり坂。ブルドーザーが脇に停まっているところを見ると、そのうちちょっとずつでも舗装されるのかも。ココ椰子林の脇を抜け、ぽつぽつとたつわずかな家の前を通りすぎる。どの家にも、ココ椰子の種を広げる物干し場がついていた。ココ椰子の種は、ヒバオア島の貴重な産物だ。エロイーズはココ椰子の白い胚乳を干してある黒い大きなテラスを、せっせと写真に撮っていた。乾燥したココナッツの種はタヒチの香水工場に運ばれ、ティアレの花と混ぜて高級オイルができる。それがモノイオイルだ。

「さあ、そろそろだわ。戦艦バウンティじゃないんだから、反乱はなしよ」マリ＝アンブルが古い映画に引っかけて言った。

ココ椰子やバナナ、グレープフルーツの林が、大きな緑の舌状に海岸まで広がっている。木々は敵の上陸を迎え撃つ兵士のようだった。いちばん前の木が倒れても、うしろの木がすぐに代わりをする。

最初の浜が見えてきた。モッウア海岸だ。最初の村もある。今度は景色の美しさに、ほかのことなどなにも考えられなくなった。カヌーが三艘、ココ椰子の木に渡したハンモックが二つ、ブランコがひとつ。そのまわりを、四人の子どもが走りまわっている。わたしは他人の家に入りこんだような、奇妙な感覚に襲われた。きれいに刈った緑の芝生、膝ほどの高さの石垣、いたるところに咲き乱れる花壇。プルメリアのトンネルの下に、ハイビスカスが舞い散っている。ここではどの村も、まるで公園のようだ。それを手入れすることが、マルケサスの人々の誇りなんだろう。木の板と鉄板でできた家の内装など、どうでもいい。そこはただ、寝るためだけの場所なんだから。大事なのは戸外だ。

あっという間に村を抜け、目もくらむような下り坂、険しいのぼり坂、近づく道もない入り江を望むビューポイントがさらに続く。明るい午後の陽光を受けて、すべての色が澄み渡った。山羊の群れが狭い岩棚をよけて、わたしたちの行く手をふさいだ。ヤンは車のスピードを落とし、断崖の下を指さした。海辺に沿って続く椰子の茂みに、家が点々と連なっている。

「プアマウ村だ」

さらに数キロ走ったあと、彼は白い小さな教会の前に駐車した。マリ＝アンブルは真っ先にタコマから降りた。

「プアマウ」と金持ち女は繰り返した。「島でいちばん美しいのは、ここじゃないかしら」

彼女はしばらく黙って、木々のあいだから覗く人気(ひとけ)のない広々としたビーチを堪能した。遥か彼方に亀の形をしたファトゥフク島が、甲羅から頭を突き出している。子どもたちの笑い声が聞こえた。マリ＝アンブルはエロイーズをふり返った。

「ほら、ゴーギャンが死んだあと、残された妻はここに戻って暮らしたのよね。彼女はまだ十四歳で、すでに子どももいた。彼女の子孫はみんな、ここに住んでいる。この村には、天才の遺伝子を受け継いだ子どもがいっぱいいるってわけ」

彼女は小さな児童公園に目をとめた。錆びた滑り台、バンヤンジュの枝に引っかけたタイヤ。

「店へ行くにも一時間かかる辺鄙(へんぴ)な村に、天才の小さな子孫たちが暮らしてるのよ」とマリ＝アンブルは続けた。「タヒチまではさらに飛行機で四時間、パリまではさらに二十四時間。彼らは生涯、絵筆を見ることもなければ、美術館の前に並ぶ行列を目にすることもない。ましてや、曾お祖父(ひいじい)ちゃんの絵なんか、一枚も見やしないんだわ」

エロイーズは無言だった。わたしたちは全員、小型トラックから降りた。マリ＝アンブルはヒナノビールの瓶を手に、待ちきれないとでもいうようにビーチを眺めている。わたしは反対側の谷をふり返った。プアマウ湾はイポナ遺跡のある場所として、どんなガイドブックにも出てくる。太平洋でもっとも大きな遺跡のひとつが、目の前に広がっている。

わたしはさらに近づいた。解説のパネルが、あっちにもこっちにも立っている。神秘の遺跡。不気味な彫像(ティキ)も、《恐るべき太陽》荘の周囲に立つ五体の像に較べれば穏やかだ。全面的に修復された聖地(メ・アエ)を、五人いっしょにしばらく歩きまわった。わたしはこの地の歴史に思いを馳せた。生と死を司る神官や巫女(タフ・ア)が何世紀にもわたり、ここで儀式を執りおこなってきたのだ。歌や踊り、処刑や誕生の儀式を。マルティーヌを殺した犯人にも、その力(マナ)があったのだろうか？　巫女(タフ・ア)の力(マナ)が？

じっと押し黙った石は、みなを圧倒した。目玉が飛び出た、奇妙な女の彫像(ティキ)の前で、わたしはしばらく動けなかった。寝そべったかっこうは、出産中の妊婦をあらわしているらしい。赤い彫像(ティキ)の足もとには、二メートル六十センチもある巨人像が立っていた。ポリネシア最大だ。それは先祖の動物的な力を発散している。わたしも力(マナ)を感じ始めたのだろうか？　わたしの力(マナ)を……

「ホー、ホー！」

魔法はいっぺんで解けた。

「ホー、ホー」とアンブルはまた叫ぶと、石垣から身を乗り出した。「日がな一日、ここにいるわけにはいかないわ。未開の村で浮かれるのも悪くないけれど。さあ、海に入りましょう。喉が渇いて腹ぺこでも、まずは裸にならなくちゃ」

マリ＝アンブルは、海辺に並べたピクニックテーブルにむかって走り出した。沈みかけた太陽が、ココ椰子の木を影絵に変えた。人気（ひとけ）のない浜に打ち寄せる白い波は、脚や腕、腹に噛みつこうとする歯のようだ。波は幅数メートルにもなる舌さながら、涎にまみれて浜をなめ、沸き立つ泡は鋭い牙を思わせた。

マリ＝アンブルはうしろをふり返った。さあ、どうするの、と言わんばかりに。彼女はわたしたちの目に、不安の色を読み取った。たしかにきれいな海だけど、ちょっと危なそうだ。

「ほらほら、一時間も車で走ってきたのに、ここで尻込みはないでしょ」

彼女は景気づけに、ダークラム《ノアノア》の一リットル瓶を木のテーブルに置き、グラスにたっぷり四分の一注いだ。ヤンは海のようすをうかがいながら、砂のうえを裸足ですたすたと歩いていった。

「心配いらないわ」アンブルは憲兵隊長の黒い人影を見つめ、つけ加えた。「ちゃんとビーチの監視員がついてきてるから。じゃあ、行くわよ、みんな」

マリ＝アンブルはグラスをいっきに空けると、リーバイスのTシャツをぱっと頭上に放り投げ、次にはスカートが砂のうえに落ちた。アンブルはビキニ姿になった。マルケサスの女たちには、これでも痩せぎすに見えるだろう。けれどもヨーロッパでは、バストもウエストもヒップも肉がつきすぎだ。ぽっちゃりとした金満家のブロンド女は勝負どころを心得、切り札を使いこなした。今度はラムをごくごくと口飲みすると、彼女はビキニのトップをはずして放り投げた。

「さあ！」と彼女は言って、海に飛びこんだ。

わたしたち三人のなかで、エロイーズだけが誘いに乗った。

彼女はおずおずと服を脱ぎ、テーブルのうえでそれをたたんだ。服の下は、ギャザーの入ったチューブトップの水着だった。

「ワォ」マリ＝アンブルは嫉妬しているようすもなく言った。「すてきじゃない、女ゴーギャンさん」

エロイーズは顔を赤らめた。正直に認めなくてはね。くやしいけれど、エロイーズは本当に美人だ。ほっそりした体、丸いお尻、かわいらしい胸。あいかわらず海岸の監視員役を続けるヤンの前を、彼女は通りすぎた。エロイーズが波間に呑みこまれるまで、ヤンはじっと目で追った。

夕闇であたりが黒く塗りつぶされる前に、太陽は湾を鮮やかな色に染めあげた。ココ椰子のエメラルド色、海のサファイアブルー……

「ほら」アンブルがまた姿をあらわした。こんがりと日焼けした肌に、胸だけ白く水着の跡が残っている。「いらっしゃいよ、クレムもファレイーヌも。いい子ぶってないで」

そういえば二人とも、まだイポナ遺跡の解説パネルの前にいたのだった。わたしたちは視線を交わし、《いい子》同士の連帯を一瞬、確かめ合った。とはいえ正直、解説はもうすっかり読み尽くしていた。わたしなんか、フランス語と英語で二度も読んだ。誘いに乗るしかなさそうだ。

わたしは服を脱いだ。そしてサファリシャツやショートパンツ、赤い種子の首飾りを、マリ＝アンブルの服の脇にごちゃごちゃに積み重ねた。

彼女たちはわたしを鼓舞し、じっと見つめて値踏みして……きっぱりと判定を下した。二人の目には、嫉妬のかけらもなかった。くやしいけど、どうでもいいわ。わたしは海に入った。海水浴なんて、何年もしていなかった。最初の波が、最後の不安を流し去った。

こんなに温かい水のなかで、泳いだことがあっただろうか？　プールで泳いだのは、高校時代に遡る。そのときの動きが、無意識に戻ってきた。わたしは頭から水に潜り、また水面に浮かびあがった。目を閉じては、またひらく。夕日がまぶしい。わたしは大洋のなかで目を洗った。生まれ変わったみたいに気持ちがよかった。水のなかより外のほうがひやっとして、海から出る気になれなかった。

そんなふうにして、どれくらい浸かっていただろう？

やけに分別臭くなったマリ＝アンブルの声が聞こえた。

「悪いけど、もう帰らないと。セルヴァーヌ・アスティーヌが起き抜け早々に、ペンションに電話してくるはずだから。てことは、こっちは日没のころってわけ。最後の一杯を飲む暇が欲しかったら、ほどほどにしといたほうがいいわ」

彼女はさっさとあがって服を着た。見ればエロイーズも、もう岸に戻っている。わたしは最後まで水のなかにいた。ヤンは水平線や波を眺め、わたしの監視を続けた。少し流されたせいで、タコマの屋根はほとんど見えなかった。ヤンはわたしを追って海岸を歩いてくる。

ここで、まだ何してるの？　やさしい憲兵隊長なら、エロイーズにタオルを持っていくのだと思ってた。

わたしはぷかぷかと海面に浮かんで、山やココ椰子の林を下から見あげた。

ヤンがわたしに微笑んだ。遠くから、みんなの笑い声が聞こえる。遺跡の近くだろう。アンブルが彫像（ティキ）のうえに、濡れた水着を広げなければいいけど。

ヤンは黙ってゆっくり服を脱いだ。ショートパンツ、そしてTシャツ。そのあいだにも、わたしを目で追っている。わたしが波にさらわれないか、じっと見張っているかのように。彼はちっぽけな海パンだけという姿で、しばらくわたしの前に立った。適度に引き締まった体。やたらに鍛えまくるタイプではないが、トレーニングは続けている。わたしは思わず視線を下にずらし、見てはいけないものを見てしまった。

合成ゴム製海パンの股間が膨らんでる。

焦って水を飲んじゃったわ。太平洋のしょっぱい水を、口いっぱいに。ヤンはなにも言わずに近づいてきた。もう踝まで、水に浸かっている。水着の膨らみしか目に入らない。最初の波がそこに押し寄せた。

うしろにいる女たちは、彼のお尻を見ようと移動しただろうか？　いいえ、きゃあきゃあ言う声は聞こえない。

ヤンは近づいてくる。水は恥骨の高さまで達していた。波が彼を押し流し、連れ去ろうとする。

どういうこと？　もう、わけがわからない。

ヤンはエロイーズのことを気にかけてるんだと思ってた。

海に入る前、彼はわたしと目が合うと、やけにじろじろとにらみつけてきた。そうか、わたしを容疑者リストの先頭に置いてるのね。危険な殺人鬼だと、思いこんでいるんだ。

波はわたしを守れるほど強くはなかった。ヤンはテープカットをするみたいに掻き分けてくる。

あと一メートル。彼はあいかわらず、ひと言も発しない。

何をしようっていうの？　おまえが犯人だって言うつもり？　めちゃくちゃに殴りつけ、絞め殺したい？

ヤンは動かない。

波が背中に打ちつける。どんな大波でもかまわない。わたしを連れ去ってくれるなら、身をゆだねるわ。

でも、その暇はなかった。

ヤンは一歩、前に進んだ。彼の上半身が、胸に押しつけられる。彼の性器が腹に密着する。

わたしの体は凍りつき、反応できなかった。

ヤンはゆっくり顔を傾け、わたしの唇に口を重ねた。そしてしばらく、じっと動かなかった。

わたしは平手打ちを喰らわせた。

ヤンは一歩、退いた。わたしをじっと見つめていたが、やがて立ち去った。

誰も見ていなかった。たぶん、そのはずだ。

マイマの日記　デジャ・ヴュ

わたしはタナエの腕を引っぱった。

「来て！」

「もう夜になるわ」とタナエは言い返した。「《恐るべき太陽》荘から出ないって、お母さんと約束したでしょ」

「あなたといっしょなら、かまわないでしょ。いっしょに来て」

タナエはため息をついて、雑巾を持った手を止めると、磨いていたクルミ材のミニ彫像（テイキ）を置いた。さっきヤンから、タナエにメールがあった。こっちに戻るまで、まだあと十五分はかかりそうだって。いつなんどき、セルヴァーヌ・アスティーヌから電話があるかわからない。いざとなったら彼女をなだめすかして待たせておくのが、タナエの任務らしい。

「ここにいなくちゃならないの、マイマ。だって……」

ああ、いらいらする。ちゃんと話を聞いて！　わたしは体をよじってポケットから写真を取り出し、女主人の鼻先に突きつけた。

「これが誰か、わかるでしょ？」

タナエは雑巾を宙に掲げたまま、黙ってぽかんと口をあけている。

もしかして、わかってない？　だからわたしは、はっきり言ってあげた。

「ティティーヌだよ。三十歳のころのティティーヌ。ほら、この顔、見覚えがあるよね？」

タナエはついうっかり、ワックスまみれの雑巾を口にあてた。

「ええ……そうかもしれないけど……」

これでもう、いっしょに来るのを拒むことはできないはずだ。

「さあ、来て。見せたいものがあるの。すぐ近くだから」

セルヴァーヌ・アスティーヌ

「もしもし、楽園のみんな、もう寝ちゃったの?」

「いいえ」と、おずおずとした声が答える。

「あら、誰?」

「ポエです」

「ポー?」

「タナエの娘です。《恐るべき太陽》荘のオーナーの」

「あなたはまだ寝てなかったの? そっちの島じゃ、雌鶏の声とともに寝て、雄鶏の声とともに起きるんだと思ってたけど。わたしの雄鶏は、サムスンギャラクシーS10っていって、朝の五時から鳴きだすのよね。だから、さあ、ドリームチームを出して」

「誰もいないんです、マダム」

「…………」

「姉のモアナが隣にいるだけで」

「…………」

「…………」

「じゃあ、みんな戻ってきたら、折り返し電話してちょうだい。大至急よ。ムルロア環礁みたいに、わたしがヒバオア島を吹き飛ばしてしまわないうちにね」

マイマの日記　凝灰岩のモデル

「どう？」

わたしはタナエの目の前にもう一度写真をかざし、繰り返した。

「どう、これってティティーヌでしょ？」

わたしたちはペンションを出ると、港にむかって数百メートル歩いた。それぞれ、手に懐中電灯を持って。

「たしかに……気になるわね、とてもよく似ていて」《恐るべき太陽》荘の女主人は答えた。ちゃんと聞いてよ、まったくもう。

わたしは苛立って、声を荒らげた。

「似てるんじゃなくて、本人だよ。彼女なの！　よく見て、この目、口、顔の形。間違いない。これはティティーヌだって。若いころの彼女」

タナエはまた、しばらくじっと考えこんだ。タハウク港のうえを微風が吹き抜け、港に舫いだカツオ漁船のひたひたいう音が下から聞こえた。ときおり通る車はヘッドライトしか見えなかったけれど、つかの間土手を赤く染めると、村のほうへ走り去った。

二つの懐中電灯に照らされ、石像はまぶしそうだ。

「あなたの言うとおりね」タナエはようやく認めた。「これは彼女だわ。マルティーヌがモデルだったみたい」

懐中電灯は微かに揺れていたけれど、灰色の影像は冷たい目で、じっとわたしたちを見つめている。まだ美しい自分の姿を留めようと、死ぬ四十年前に刻ませた納骨所の石碑のようだ。

石の花は死者にたむけた冠だ。

でも、それで疑問が解けたわけじゃない。

二か月前に作られたこの影像が、どうして四十年以上前のマルティーヌの顔をしているのか？　クレムはナイトテーブルの引き出しに、マルティーヌの若いころの写真を持っていた。そしてクレムは、この影像の前を何度も通ったはずだ。だったら彼女も、影像の顔に気づいたのでは……

海に流すわたしの瓶　第十五章

《恐るべき太陽》荘に到着するや、マリ＝アンブルはテラスに置いてあるノートパソコンに駆けよって電源を入れ、スカイプにつないだ。たしかにセルヴァーヌ・アスティーヌとは、今夜話そうと約束していたけれど、どうしてそんなにあわてているのかよくわからなかった。またひとつ、ちょっとした謎が……アンブルはラムの瓶を半分も空けたのだから、帰りはぐうぐう寝ているものと思っていたけれど、むしろいつも以上に興奮して、もっとスピードをあげるよう、ずっとヤンをせっついていた。四駆のヘッドライトではよく見えない、どんな障害物があるかわからないのに。石や轍を踏み越えるたび、車は大きく揺れた。

マリ＝アンブルはエロイーズをどかせ、自分が助手席についた。誰も文句は言わなかった。もちろん、わたしもだ。ヤンの隣にすわったら、気づまりでしかたなかっただろう。ルームミラーに映る彼の視線を感じただけでも、ひやっとするのに。目が合ったりしたら、さっきのことを考えずにはいられない。

彼の裸体。重ね合わされた唇。平手打ち。

どうして？　みんなの前ではいつも、行儀のいい夫なのに。

そのヤンが、わたしに欲望を感じたなんて言える？　情熱を掻き立てるためなら、エロイーズがいるでしょ。わたしよりずっと美人のエロイーズが。どうせ彼女の頭のなかは、あのことでいっぱいだわ……

「もしもし」とセルヴァーヌ・アスティーヌの声がした。マリ＝アンブルが《通話》をクリックするなり、間髪をいれずだった。

一瞬で、女社長の顔がディスプレイにあらわれた。半島みたいな鼻が、画面から数ミリのところまで近づいている。口紅もアイシャドウもなし。脇にはコーヒーカップがひとつ。背景に見えるのはブルジョワのアパルトマンらしい、ぴかぴかに磨いたはめ木の床と天井の繰形装飾だった。

「どお、元気？」セルヴァーヌ・アスティーヌは、はやる気持ちを抑えて言った。「あんまり疲れすぎないようにね。一日が長すぎて、退屈してるんじゃないの？　ペンションの女の子が言ってたわよ。みんな海水浴に出かけたって。けっこうだこと。わたしなんか、まだシャワーも浴びてないのに。ともかく万事快調ってわけね？　そっちのようすを聞かせてもらえると、とっても嬉しいんだけど。だってわたしはお人よしだから、てっきりメールや絵葉書、ポエムの山が押し寄せるものと思ってたのよ。言葉があふれ出て、書かずにいられないだろうって。わたしみたいに暖房に頼ってばかりで、九月からショールとニット帽を取り出すようなお馬鹿さんをくやしがらせようって。ところが、まったく音沙汰なし。フェイスブックにもインスタグラムにもツイッターにも、なにひとつ書いてないじゃない……きちんと釈明してもらいたいわね、ベルギーのおばちゃんには」

ヤンが嫌な役を引き受けた。

「彼女は亡くなりました」

「まあ……」

鼻が引っこみ、セルヴァーヌはコーヒーを飲んだ。鼻がまた前に乗り出し、画面にくっつかんばかりになる。

「正直言って、あの歳で……こんな大旅行はね」

「いえ、殺されたんです」とヤンは訂正した。「昨晩、刺し殺されたんですよ」

「まあ……」

わたしはヤンの落ち着きように、あらためて感心した。車を運転していたときも、わたしにキスしたときも、同じように悠然としてた。田舎町の憲兵隊長が、こんな図太い神経をしていたなんて、思ってもみなかった。

「今、タヒチ司法情報局の到着を待ってます。とりあえず、わたしが代わりを務めていますが……」

「なるほど、憲兵（クリユシヨ）さん、そういうことなの。でもわたしが読みたいのは、検死報告書じゃないわ……ピエール＝イヴを出してちょうだい」

「………」

すると今度は、マリ＝アンブルが口を挟んだ。

「どこにいるのか、わからないのよ。昨晩、どこに隠れていたのかはわかったけど……そのあと、行方知れずで」

どうやらセルヴァーヌは、爆発寸前のようだ。アップで映し出された大きな鼻は、まるで犬の鼻づらのようだった。それがディスプレイのむこうにいる者たちの臭いを、くんくん嗅ごうとしている。それでも彼女はなんとか自分を抑え、静かにコーヒーを置いてこうたずねた。

「知ってる？　メルヴィルがどんなことを書いているか」

彼女は質問が効果を発揮するよう、少し間を置いてから続けた。

「ハーマン・メルヴィルは最初のヒット作を、マルケサス諸島で書いたの。『タイピー』といって、生前、唯一のヒット作だったけど。彼はそこで、こう言ってるわ。本当の食人種、それは島民じゃなく島そのものだ。なぜなら島は、人の魂を喰らうのだからって。そこんところを、よく考えてね。でもって、ベストセラーを産み落としてちょうだい。それに較べたらジャック・ロンドンもスティーヴンソンもピエール・ロティも、旅行ガイドみたいなもんだって思えるような傑作を。かくれんぼする作家、島を歩きまわる殺人鬼なんて、願ってもないネタじゃない。ほんとについてるわ、そうでしょ」

わたしたちはみんな呆気に取られ、顔を見合わせた。

「嫌ね、もう、そんな顔して。もっと近くで合宿をしてるのなら、わたしだってさっさとみんなを引き返させるわよ。でもそこじゃあ、そうもいかないわ。だから残りの日数を、せいぜい有効に使うことね。そして、書きなさい。それから、アンブル、経費のことだけど、ペンションのオーナーがマルティーヌ・ヴァン・ガルの宿泊費を、一週間ぶんまるまる請求しないよう確かめといてね。ずいぶんと高くついてるんだから。あんなにあれば、ゴンクール賞選考委員の半分を買収できるわ」

ひと言なにか言ってやろうかとためらっている間に、マリ＝アンブルに先を越された。おかげで、いっきに酔いが醒めた。

「そろそろ、はっきりさせといたほうがよさそうね。あなたはこの創作アトリエに、まったく身銭を切ってないでしょ、セルヴァーヌ。費用は全部、わたしが出してるのよ。飛行機代も、宿泊費も、食費も……」

「わかってるわよ」と女社長は遮った。「どうしてもって、ピエール＝イヴが言ったのよ。遥かマルケサス諸島で、創作アトリエをひらきたい。自分の飛行機代も出してくれなくていいからって。それなら、断る理由はないでしょ。美人で金持ちのポリネシア人支援者（メセナ）を見つけたのが自慢だったんでしょ。さもなきゃ、わざわざヒバオア島まで何しに行ったの？」

びっくり仰天だわ。

ほかのみんなと同じく、わたしもマリ＝アンブルに目をむけた。またしても一枚、仮面がはがれ落ちた。創作アトリエの費用を出していたのが、彼女だったなんて！　わたしはすばやく頭を働かせた。ピエール＝イヴ・フランソワは、十五区のマルケサス人タトゥー彫師事件から想を得た作品の原稿を仕上げるため、ヒバオア島へやって来た。でもセルヴァーヌ・アスティーヌは、それを知らないみたいだ。出版社の女社長を説得するため、彼はマリ＝アンブルにこの企画のスポンサーになってもらった……マリ＝アンブルが、ピエール＝イヴの愛人だからってこと？　ほかに説明のつけようがない。さもなければ、マリ＝アンブルはそのタトゥー彫師となにか関係があって、ピエール＝イヴを罠にかけようとしたのかも。彼だけじゃない、多少なりとも事件に関わる人たちみんなを罠にかけようとしたのでは？

マリ＝アンブルは言い返そうとしたけれど、セルヴァーヌはその暇を与えなかった。

「飛行機代で思い出したけど、わたしがすべて立て替えてるのよ。だから、忘れずに代金を送ってちょうだい。大急ぎでね。ブレルじゃあるまいし、のんびり双発機なんかで運んでたんじゃ間に合わないから（セルヴァーヌはそこで、突然またにこやかな笑顔を見せた）。お金のことでは、あなたがたの手をちょっとわずらわせないと……あなたがたのうち誰が、今夜ピエール＝イヴと寝るのか知らないけど、版元の社長さんからだと言って熱いキスを送っといて。それから、書きかけの原稿をなんとかするように伝えてね」

ヤンはまだなにか言いたそうなそぶりをした。ほかにもあれこれたずねたいのだろう。マルティーヌのことはもちろん、ＰＹＦや、セルヴァーヌが知らないらしいタトゥー彫師事件のことなどを。ところがまさにそのとき、画面に灰色の毛玉が飛びこんできた。猫かプードルか、はたまたウサギか、はっきり判別はつかない。するとセルヴァーヌは、誰もが思ってもみなかったほど甘ったるい声をあげた。叫ぶというより哀願だ。あらあら、気をつけてね。ほら、キーボードにあんよをのせちゃだめよ。

次の瞬間、ぷつんと交信は途絶えた。

マイマの日記　影像（テイキ）を作ったのは誰？

タナエといっしょに《恐るべき太陽》荘へ引き返す道々、わたしは彼女を質問攻めにした。

花を持った影像（テイキ）を作ったのは誰か？

それに、ほかの四体の影像（テイキ）は？

あなたは知ってるはず。島の全員と知り合いなんだから。みんな、親戚みたいなものでしょ。

タナエはすべて否定した。なにも知らない。影像（テイキ）の話だって、それまで聞いたこともなかったのに、ある朝キノコが生えるみたいに忽然（こつぜん）とあらわれたの、と。マルティーヌにも、前に会ったことは一度もない。三日前、ほかのアトリエ参加者たちとジャック・ブレル空港に降り立ったときが初対面だと。

よく言うよ！

信じられない、そんな話。信じられるわけないよ、タナエ。

トヨタ・タコマがペンションの小道に停まっているのが見えた。じゃあ、みんな戻ってきて、あのクレージーな女社長とテレビ電話で話し中ね。ここはひとつ、よく考えてみなくちゃ。そう思ってわたしはのろのろと歩いた。花を持ったあの影像（テイキ）は、マルティーヌとマルケサス諸島のあいだに、前からなにかつながりがあったことを示している。十五区の殺人者を追っていたファレイーヌと同じように。マルケサス人と結婚したママと同じように。残るはエロイーズとクレムだけど……クレムもマルティーヌと関わりがあったみたい。だって、彼女の若いころの写真を持ってたんだから。

じゃあ、どんな関わり？

母娘だとか？　ヤンの話を思い出してみよう。マルケサス諸島に戻った殺人犯。正体不明の恋人。被害者のオードレイとレティティア。レティティア・シアラの両親のことも、ヤンはちらりと話してた。父親はすでに亡くなったけど、母親はまだ存命らしい。オードレイ・ルモニエの親友のことも言ってた。レティティアの母親は今、七十歳くらいだろう……オードレイの友達は、三十歳くらいで……

それがマルティーヌとクレムだったとしたら？　結びつきはそこ？

じゃあ、エロイーズはどう関わっているのだろう？　いつも描いている二人の子どもと、関係がある？　ヒバオア島に来てまで喪に服しているらしい、あの二人の子どもと。父親はいないんだろうか？

頭のどこかで警告灯が灯った。

パパという、そのひと言。

わたしはそれを、貿易風の彼方に吹き飛ばした。今は泣いてるときじゃない。

すべてを打ち明けられる相手は、ひとりだけ。

クレムだ。

海に流すわたしの瓶　第十六章

マリ＝アンブルは夕食に添えるパイナップルワインをひと瓶、取り出した。ほかの宿泊客と同じく、わたしも彼女の一挙手一投足を追っていた。マイマもわたしの脇に立って、母親をぼんやり見つめている。

「だから何だっていうの？」と金持ち女は、むきになったように言った。「ええそう、全部わたしが払うのよ。飛行機代も宿泊費も食費も、生のマグロ、伊勢エビ、パパイヤジャム、ピスタチオの代金も。それがPYFと出版社社長の取り決め。文句はないでしょ。アルコールもつけてあげるわ」

彼女は栓抜きを取りに行った。

わたしはこう言ってやりたかった。**誰も文句はないわ、マリ＝アンブル。誰も。でも、先に教えて欲しかったわね……**

ポン！

マリ＝アンブルはボトルのコルク栓を抜き、黄色いワインでわたしたちのグラスを満たした。

「さあ、乾杯よ。マルケサス諸島に」

彼女はマイマのグラスにも少し注ごうとしたけれど、娘はいらないと言った。エロイーズも断った。

わたしはアルコールをめったに飲まないけれど、ちょっと試してみることにした。劇的な出来事が、次々に起きたせいだろうか？　人はこうやってアルコール依存症になるのだろうか？　波瀾万丈の人生が、どんどん続いていくあいだに？

わたしたちはしんみりとお酒を飲んだ。アルコールと愛と死。それだけが、鬱々とした人々を結びつけるってこと？

タナエはポエとモアナに手伝わせて、料理を運んできた。わたしたちはみんな、テーブルについた。マイマはわたしの隣、ヤンはエロイーズの隣にすわった。みんなが何を思っているか、わたしにはわかっていた。

かわいそうなファレイーヌ！　テーブルの端っこに黙ってすわり、パイナップルワインのグラスを前に、デンマークカラーの携帯電話をいじっている。二十年も前に遡るレイプ殺人事件のことで、ずっと頭がいっぱいだ。嫉妬のあまり頭には、プアマウ村の山羊みたいに角が生えてくるかもしれない。美人のエロイーズを前にしたら、哀れなファレイーヌはものの数じゃない。みんなそう思っているんだ。

わたしはヤンがしたキスのこと、しょっぱい海水を浴びた筋肉のことを考えた。膨らんだ股間をお腹に押しあてられたこと、大波よりも激しい平手打ちを喰らわせたことを考えた。

みんな、思い違いをしている。

昨日からわたしに注がれる、ヤンのじっとりした視線を脳裏に浮かべた。欲望と疑いが入り混じった視線を。そうか、わかった。ヤンはエロイーズ相手にお芝居を演じているんだ。みんなの目を欺くために。わたしの嫉妬心を掻き立てるために。わたしは十歳の誕生日からズボンしかはいてない、冒険好きの作家志望者だ。いくら望んでも、どうせ日の目を見ることのない《海に流すわたしの瓶》に取り憑かれている。だけどヤンが求めているのは、わたしなんだから。わたしに較べたら、花柄のワンピースの歌姫(ディーヴァ)然としたエロイーズなんか、ものの数じゃないわ。

食事の途中から、雨が降り始めた。耳をつんざくような激しい驟雨。テラスのプラスチックの屋根に叩きつける雨、鉄板を打つみたいにバナナの木の葉に弾ける雨だった。明日の朝、すべてが収まったあとでも、花や実が枝についたままでいるだろうかと不安になるほどだ。熱帯の雨が静まり、じとじと降り続ける霧雨に変わるまで、しばらくずっと話もできなかった。

それでもタナエは、みんなが黙りこくっているなかで、ただ雨の音を聞いているつもりはないらしい。わずかに交わされる会話は、殺人事件のこと、行方のわからないピエール＝イヴやパペーテの警察のことばかりだった。警察は明日の朝まで到着しない。少なくともヤンはそう言った。たとえ連続殺人犯が島民の半分を殺したって、警官は太陽がのぼるまで腰をあげないだろう。なにしろジャック・ブレル空港は、夜間照明の設備がないからって。

「ところで、ドライブはどうだったの？　プアマウ湾は？　イポナ遺跡や巨大彫像(ティキ)は？」

タナエは少なくともこの二年、行ったことがないそうだ。

「それで、ご感想は？」

みんな口々に、すばらしかったと答えた。ともかくわたしは、心からそう言った。ほかのみんなも、同じだと思う。あんな楽園を前にして、無感動ではいられない。けれどもタナエは、疑わしそうだった。

「だってほら、ここではいつでもココ椰子ばっかり見ているから、観光客がこの景色をそんなにもの珍しく感じるのだろうかって、不思議な気がしてくるのよね。それにポリネシアに来てこっちへ足を延ばす観光客の半数は、マルケサス諸島にがっかりするらしいし。ここには礁湖もなければ、豪華ホテルもレストランもないし。インターネットすらろくに通じない。いるのはタトゥーを入れた現地人の群れだけで」

タナエは黒板にさっと目をやった。**死ぬまでにわたしがしたいのは……**

「だけどあとの半分は、ここを離れたくなくなるみたい。マルケサス諸島は、大嫌いになるか、ずっといたくなるかの二択。うんざりか、うっとりかなの。最後の地上の楽園だって思う者もいれば、ポリネシアの悪魔ティアポロの呪われた庭だとしか見なさない者もいる」

たしかに、そのとおりかも。

黒板には、客の二人にひとりがこう書いている。

死ぬまでにわたしがしたいのは……

いつかまたここに来ること。

ずっとここで暮らすこと。
この地に埋葬されること。

「ブレルみたいに」とエロイーズがおずおずと言った。「ゴーギャンみたいに」

アンブルはすでに飲み干して注ぎなおしたグラスを宙に掲げ、二人の有名人のために乾杯をした。わたしたちも彼女に続き、まだ一杯目が残っているグラスを軽く合わせた。タナエも気がなさそうに、わたしたちに従った。

「そうね、じゃあ、ポールとジャックに乾杯。マルケサス島にいるのは、この地に骨を埋(うず)めに来た外国人だけじゃないってみんな言うでしょうけど。マルケサス人のなかにも、注目すべき人物がたくさんいるわ。生きている人のなかにも死んだ人にもね。でもまあ、愚痴はよしましょ。殉教者を海に投げこむべきじゃないわね」

ポエとモアナ、それにマイマはキッチンまで何度も往復して冷めた料理を片づけ、フルーツを運んできた。娘たちは母親の長広舌を、そらで覚えているようだ。きっとタナエは三日に一度、新しい客が来るたびに披露しているのだろう。

「ここでは、やらねばならないことが山ほどあるの」と《恐るべき太陽》荘の女主人は続けた。「礎石(パエパエ)のうえにマルケサスの村を再建し、道を整備して博物館を建てる……そのためには、忘れられた群島にならないようにしないと……ユネスコにも忘れられたら、もう終わりだわ。お金も必要よね。フランスからパペーテまで流れてくるわずかなお金は、みんなそこで止まってしまう。だからフェヌア（原注 仏領ポリネシアの通称）が独立を求めるなら、それもけっこう。

けれどもわたしたちは、フランス領に留まるわ。そうすればタヒチを経由しないで、直接パリからの支援を得られるでしょうから……（タナエはパイナップルワインをひと口飲むと、こう言い添えた）つまりわたしは、根に持つタイプじゃないってこと」

わたしは思いきってたずねた。

「どうして？　フランスにどんな恨みがあるっていうの？」

まずいことをたずねたと、すぐに後悔した。きっとタナエはのっぺり顔のタトゥー彫師マヌアリイと同じように、大演説を始めるだろう。共和主義とキリスト教がいっしょになって、何世紀ものあいだマルケサスの文化を破壊し尽くした話をするに違いない。ところがタナエは、ひと言こう答えただけだった。

「ムルロア環礁よ」

空気がさっと冷たくなった。

わたしは不器用ながら、なんとか雰囲気を和らげようとした。

「だけど核実験には、補償金が出たんでしょ。フランスから支払われた何百万フランも、タヒチに吸い取られてしまったってこと？」

タナエは甘口ワインを、もうひと口飲んだ。彼女の発する言葉は、雨粒さながらゆっくりとわたしたちのうえに降り注いだ。じっとりと濡れた宿命のように。

「お金の問題じゃない。どこの谷でも男たちや、ときには家族みんながマルケサスを離れ、ムルロア環礁へ出稼ぎに行っていた。三十年間に、二百回もの核実験が行われた場所に。わたしの夫もそうだった。名前はツマタイ。ポリネシア語で風っていう意味よ。モアナが四歳にもならないころ、夫は四十七歳で肺癌で死んだ。生涯、煙草なんか一本も吸わなかったのに。そんなマルケサス人が、ほかに何十人もいたわ。なのにフランス共和国は、ひたすら口をつぐんでいる」

わたしときたら、とんだヘマをしたものだ。けれどもタナエは腹を立てるふうもなく、わたしといっしょにまた乾杯をした。

「今になってわかったことだけど、労働者や住民たちが浴びた放射能のレベルは、常軌を逸していたの。原因不明の癌患者数は、数千人に及んだ。でも軍によって、すべて防衛上の機密扱いにされた。今でもそうよ。だからなにも語られず、忘れられている。そういうこと……何年か寿命が縮んだからって、大したことじゃないって思ってるマルケサス人もいるわ。この百五十年間でどれだけの人が死んでいったか、何十ものダンスやハカが忘れ去られ、何百ものタトゥーのモチーフが永遠に失われ、何千もの岩石画、平石、彫像が見捨てられたかに較べれば、そんなものの数じゃないって……ひとつの文化が犠牲にされた。けれどもそれを気遣うには、美しきフランス精神は遥か遠くにありすぎる。危うく死に絶えるところだったけれど、わたしたちは自分なりのやり方で、少しずつ再生している。大型ホテルや大規模クルージングと、全力で戦ってるわ。すべて失った者の強みね。奪われるものは、もうなにもないんだから。残りはすべて隠せばいい。見つけたければ、丁寧に頼みなさい」

細かな雨粒が、つる棚の屋根に降り続けている。タナエが何を言いたいのか、よくわかった。わたしも戦闘服姿でヒバオア島に降り立ったとき、びっくりしたから。島の案内板がどこにも見あたらない。ハイキングコースを示す地図もなければ、標識を立てた小道も、説明書きのある遺跡もない。目当てのものが見つからなければ、たずねればいいとマルケサス人は言う。いちばんたしかなのは、ガイドを雇うことだと。それが秘密を守るやり方ってこと？　観光客がただで秘密を盗んでいかないための方策？　その両方かしら。

ポン！

マリ＝アンブルがパイナップルワインのボトルを、もう一本あけた。

エロイーズを除いて、みんなグラスを差し出した。タナエもだ。

アルコールと愛と死。

エロイーズとあともうひとり、もちろんマイマも別。わが小さき打ち明け話の相手は、ポポイのボウルを腕に抱えたまま、マエヴァホールでぐずぐずしている。最初は、《死ぬまでにわたしがしたいのは……》のボードを、また読み返しているのかと思ったけれど、そうではなかった。脇の写真に見入っていたのだ。ブレルとマドリーが小型帆船アスコイ号の前で撮った写真と、そこにぶらさげたマルティーヌの真珠に。

マイマは子ネズミみたいに震えている。わたしは目を離すことができなかった。手がゆっくりと下に降り、サラダボウルがひっくり返っても、マイマは気づかなかった。ココナッツミルクにまみれた裸足の足に、白いポポイがポニーの糞みたいにぽたぽたと落ちた。マイマはそこで、突然叫んだ。

「マルティーヌの真珠じゃない！」

わたしはびっくりして飛びあがった。タナエは立って惨状を眺めると、床用雑巾を取りに、黙ってキッチンへむかった。マイマは、前を通りすぎようとするタナエを遮った。

「これはマルティーヌの真珠じゃない」

「馬鹿なこと言わないで」とタナエはそっけなく答えた。「ここには泥棒なんかいないわ」

奇妙な受け答えだ、と思わずにはいられなかった。泥棒はいなくても……殺人犯はいるのだから。夜中に惨たらしく刺し殺され、ベッドに横たわったマルティーヌの死体が、また脳裏によみがえった。

マイマはまだ訴え続けている。その目は涙をいっぱいに溜め、彼女が見つめている黒真珠のように輝いていた。彼女は空のボウルをがたんと机に置いた。

「マルティーヌの真珠はトップクラスだったけど、これはカテゴリーBか、もしかしたらCかも。ほら、真珠層に不純物があるでしょ。それにへこみも。ここ、ここ、あとここにも。今朝、手に取ったときには、なかったの」

マイマはわたしたちのテーブルをふり返り、母親の目に助けを求めた。しかしマリ＝アンブルはグラスを手にしたまま、なにも言わなかった。わたしはマイマに笑いかけようとした。そして馬鹿みたいに、赤い種子の首飾りに手をやった。トップクラスでもなければ、カテゴリーBでもCでもないけれど。プアマウ湾から戻ってきてから、ゆっくり言葉を交わす暇はなかったが、彼女はティティーヌのことでなにかつかんだらしい。その話をしたがっているのは間違いない。でもタナエがモップと床用雑巾を手に戻ってきて、ぐいぐいとマイマを押しやった。マルケサスの少女は、まるでポポイがコンクリートブロックと化したかのように、裸足の足を数センチしか動かさなかった。自分を迂回してモップをかけるタナエの肩に、マイマは手をかけた。

「わたしの目がどうかしたんじゃない。真珠はすり替えられたんだ。亡くなった人の宝石は、禁忌(タプ)だと思ってたけど」

マイマの手が、女主人の肩で震えた。タナエは少女を押しのけようとした。

「通しなさい。そこを空けて」

それでもマイマは手を離そうとせず、一歩さがっただけだった。ねばつく床に脚をふんばり、ずるずる押されながらもタナエにしがみついている。

タナエのワンピースがずれて、肩が露わになった。

わたしは、わたしたちはみんな、そこで初めて目にした。タナエの肩甲骨のうえに、小さなタトゥーがあるのを。

みんなが見覚えのあるタトゥー。

エナタが彫られていた。逆むきで。

マイマの日記　一、二、三

　タナエのタトゥーについて、誰ひとり、なにも言わなかった。よくよく考えれば、べつに驚くようなことじゃないし。エナタはマルケサスでもっともありふれたモチーフのひとつなんだから。

　けれどもわたしは、偶然の一致をそう簡単に受け入れることができなかった……この件について、ぜひともクレムと話してみなくちゃ……あのタトゥーについて、ティティーヌについて。みんな、わたしがおかしなことを口走り出したと思ってるだろうけど、マルティーヌの真珠、ひと財産に値する本物の真珠がすり替えられたのは間違いない。それからクレムに、どうしてティティーヌの古い写真をナイトテーブルのなかに入れていたのかもたずねないと。クレムは花を持った彫像（ティキ）の前を通ったとき、石像が何十年も昔の若かりしマルティーヌにそっくりだと気づいたはずだ。

　でもその前に、わたしの戦利品を取り急ぎ隊長さんと山分けしよう。今日の午後、手に入れてきた歯ブラシや歯磨きチューブ、グラス、瓶。明日の日の出までに犯人の名前を知りたければ、まずはそれが先決だ。

　ところが、みんなが食卓を立って食器を片づけたり、読書したり書き物をしたり横になったりする前に、ヤンはきっぱりした口調でこう言い渡した。波に流される島の舵棒をまだ自分が握っていると、みんなに思わせようとしているかのように。

「今夜はみんな、ひとりにならないほうがいいだろう」

ちょっと考えればわかることだけど、このアドバイスがあてはまるのはエロイーズとクレムだけだ。だってわたしはママと同じバンガローで寝るんだし、ヤンはファレイーヌと寝るのだから。クレムとエロイーズはしばらく顔を見合わせていたけれど、やがて憲兵隊長の指示は理屈に合わないと、二人とも気づいたらしい。犯人は誰であってもおかしくない。だったら二人で寝るほうが、しっかりドアに鍵をかけてひとりで寝るより危ないはずだ。たしかにそのとおりだと、ヤンもしぶしぶ認めた。

「できるだけ安全にっていうなら」とママが、マエヴァホールから出てきて言った。「なるべくみんな、テラスにいるようにしたらいいんじゃない？　地元の特産品で、なんとかがんばって。パイナップルとかココナッツとか」

ママは冷蔵庫から取り出したばかりのピニャ・コラーダ（訳注　パイナップルジュースとココナッツミルクを使ったカクテル）のボトルをテーブルに置いた。つる棚の下にいた人たちはママを除いて誰も、すぐまた飲みたいとは思っていないようだ。だからといって、真っ暗ななかをバンガローに戻るのも気が進まないらしい。クレムでさえも。

ありがとう、ママ。願ってもない機会じゃない。

わたしはそっとヤンの袖を引っぱった。

「いっしょに来て。見せたいものがあるの」

よかった、隊長さんはすべてお見通しだとでもいうように、なにもたずねなかった。わたしたちは雨で滑りやすくなっている階段をそろそろとおり、ヤンとファレイーヌのバンガロー《ヌクヒバ》にむかった。わたしは色褪せた空に、ちらりと目をやった。隊長さんはドアをあけ、さっさとなかに入った。わたしはタコノキの屋根の下に立ち、ドアを閉めようとする彼の手を押さえた。

「ちょっと待って」

水滴が木の葉のあいだを伝って落ちる音をぬって、テラスから会話の続きが聞こえてくる。わたしは耳をそばだてた。ファレイーヌ主任警部の声がした。少なくとも隊長の奥さんが議論を続けているうちは、バンガローのなかでゆっくり捜査会議を続けられる。主任警部がずけずけたずねる声が、湿った闇にこだました。

「タナエ、旦那さんのツマタイはどこに埋葬されているの？」

夜の闇に雨が降り注ぐ音しか、もう聞こえなかった。そういえばタナエは、前にこう言っていた。マルケサス諸島にやって来る外国人観光客は、みんな墓地を訪れたがるって。しかもこの島にある二つの墓だけを。だからって、主任警部はどうしてそんなおかしなことを訊くんだろう？

「テイヴィテテ墓地よ」とタナエは答えた。ファレイーヌの質問は、なにも驚くにあたらないかのように。

テイヴィテテ墓地？　それなら知ってる。村から街道を二キロほど行って、森の斜面をよじのぼったところにある古い墓地だ。ガイドブックにはのっているけれど、まわりを森に囲まれた、観光客もめったに行かない辺鄙な場所で、なんだか幽霊でも出てきそうな気がしたっけ。

ファレイーヌ主任警部は、まだひとりでしゃべっている。夫の憲兵隊長がいないので、気が軽くなったのだろう。タヒチ司法情報局がいっこうにやって来ないのには呆れるけど、最初から期待していなかったわ、実は黙って独自に調べていたのよ、と彼女は打ち明けた。

わたしはさらに耳をそばだてた。主任警部は急に声のトーンを下げた。彼女が誰に話しているのか、まだテラスにいるのは誰なのか、もう知る由もなかった。ところどころとらえそこねた言葉もあったけれど、なんとか最後だけははっきり聞き取った。

「犯人がどこに隠れているのか、わかったわ。あとは決め手の証拠をつかむだけ」

わたしは唖然としながら、頭のなかで繰り返した。

犯人がどこに隠れているのか、わかったわ。

ファレイーヌ主任警部は、どっちの犯人のことを言ってるのだろう？　マルティーヌを殺した犯人？　まさかそんな。状況から見て、犯人は《恐るべき太陽》荘の一員だ。なのに犯人の正体がわかったような口ぶりを、あんなに軽々しくするはずがない。だとすれば、レイプ殺人犯メタニ・クアキのほうだ。ファレイーヌはその男を追って、ここまでやって来たのだから。でも彼女は、ほとんどペンションから出なかったのに、どうやってメタニ・クアキの居所を突きとめたんだろう？

会話の続きに耳を澄ましたけれど、何を言っているのかわからない途切れ途切れの言葉が聞こえるだけ。それも、やがて遠のいた。

少し待ってから、あきらめてバンガロー《ヌクヒバ》に入った。

ヤンがわたしの背後でドアを閉めた。

＊

わたしは自慢げにビニール袋を三つ、ファレイーヌとヤンのベッドに置いた。

「どう、隊長さん。あなたの助手は今日の午後、ただ遊んでたわけじゃないんだから。隊長さんが四羽の雌鶏を引き連れ、島のむこう側で雄鶏役を演じているあいだにね」

ヤンは三つの透明なビニール袋をしげしげと眺め、すぐにファレイーヌの歯磨きチューブ、歯ブラシ、口紅、香水が入っているのに気づいた。彼は型どおりに抗議をした。

「このバンガローまで捜索することはないだろうが。おれに頼めばいいんだから」

こっちだって、ちゃんと防衛線は固めてある。

「決まったやり方に従わなくちゃ。全員、同じ条件で調べること。心配しないで、部屋を荒らしたりしてないから。どこもかしこも、よく片づいてるんだね、隊長さんのところって。それぞれが自分の側に……」

「オーケー、もういい」と隊長さんは苛立ったように言った。「つまり三つの袋には、それぞれファレイーヌとクレム、エロイーズの私物が入っているんだな」

「そういうこと。あとは指紋を較べてみるだけ。だけどその前に、よかったらいろいろ報告しておきたいんだけど。ここらでひとつ、現状分析といきましょう」

わたしはポケットから手帳を取り出した。テラスで主任警部が言った、《犯人がどこに隠れているのか、わかったわ。あとは決め手の証拠をつかむだけ》という言葉が、気になってしかたなかったから。ヤンが近づいてくる。

「もし間違ってたら、途中で言ってね。まず解決しなければならない問題は二つ」

わたしは白紙の一ページ目にすばやくこう書いた。

1．PYFはどこにいるのか？

2．マルティーヌを殺したのは誰か？

ページをめくり、大声で推論を続ける。

「今ある手がかりを三つの線に分けてみましょう。**タトゥー、黒真珠、それに彫像（テイキ）。**まずは彫像（テイキ）から」

わたしは新たにわかった事柄を、手短に語った。五体の彫像（テイキ）のひとつ、港にむかう街道沿いに立っている、花を持った彫像（テイキ）はマルティーヌの顔をモデルにしていたこと。今のマルティーヌではなく、四十年前のマルティーヌ、クレムの持ち物に隠してあった写真の顔だ。

ヤンはひゅうっと口を鳴らしただけだった。何を考えているのか、わかってる。クレムは隠し事をしてるって、言いたいんだ。ヤンは最初から、クレムを疑っていたから。

「そこでまた、新たな疑問が浮かんでくるよね、隊長さん」

次のページをめくる。

3．五体の彫像（テイキ）を彫ったのは誰か？
4．どうしてそれをペンションのまわりに置いたのか？
5．どうして彫像（テイキ）のひとつは、マルティーヌがモデルになっているのか？
6．クレムとマルティーヌのあいだには、どんな関係があるのか？
7．五体の彫像（テイキ）は何をあらわしているのか？

わたしは私立探偵専門学校の入試で口頭試問を受けるみたいに、ぴんと背筋を伸ばした。

「最後の点について」わたしは息を詰めて言った。「ひとつ考えがあるの」

隊長さんはおやおやと言わんばかりの顔で、ベッドに腰かけた。

「聞きたいな。どうやら、幸先がよさそうだ」

「五人の創作アトリエ参加者、五体の彫像（テイキ）、五つの力（マナ）。それぞれの彫像（テイキ）は、参加者ひとりひとりを特徴づける力（マナ）をあらわしている。マルティーヌはやさしさと感受性の彫像（テイキ）に結びついている。どう、ぴったりでしょ」

「続けて……」

「さしずめママはお金と成功の彫像ね。冠をかぶって、宝石を身につけているやつ。あなたの奥さんは知性の彫像。大きな頭をした、単眼の彫像」

「そりゃ嬉しいな」

どういたしまして、隊長さん。

本題はこれから……では、続けましょう。

「残る彫像はあと二つ。才能の力と死の力……残るはクレムとエロイーズ。じゃあ、どっちがどっち？」

「おれの考えはわかってるはずだ」

「まあね……でも、別の説もありうるんじゃないかな。五体の彫像は、同じひとつの力をあらわしているのかもしれない。完璧な女になるために持つべき力を。悪人が絶対的権力を手にするために、いろんな力を身につけようとするみたいに」

ヤンは感心したようにわたしを見つめた。口には出さなくても彼に誉められたと感じて、わたしは初めて胸がどきどきした。そして急いで先を続けた。

またページをめくる。

「黒真珠の件に入りましょう」

8. どうしてマルティーヌは、ダイヤモンドほどの価値があるトップクラスの真珠を、首

からさげていたのか？

9. 怪しげな庭師のピト（わたしはピトを線で消し、チャーリーと書き変えた）は禁忌（タブー）の場所に入って、マルティーヌから真珠を盗んだのか？

10. 誰がその真珠を再び盗んだのか？　というか、それがマエヴァホールにさがっているあいだに、誰が安物の真珠とすり替えたのか？

わたしは鉛筆の先をなめた。セクシーな女性って、よくそんなふうにするじゃない？「よかったら」ヤンはわたしのロリータ風ポーズには関心なさそうに、さりげなく口を挟んだ。「十一番目の疑問点をつけ加えたいんだが」

彼はペンを取り、ほとんど読めないような文字ですばやく書いた。

11. 黒真珠の盗難とマリ＝アンブルのあいだには、どんな関係があるのか？

わたしはにっこりして鉛筆を取り、《マリ＝アンブル》のあとにもうひとつ名前を書き加えた。

とマイマ

となるよね、論理的に考えて。そうでしょ、隊長さん？　ちゃんと説明しましょうか。「黒真珠のことなら、わたしだって少なくともママと同じくらい詳しいもの。だから、特別待遇は無用。わたしも関係しているかもしれない。そう考えてみないと。ほかにはもうない？　だったらタトゥーの話に移りましょう」

隊長さんはうなずいた。わたしはページをめくり、もう少し小さな字で書き始めた。

12. 十五区のレイプ殺人犯で、タトゥー彫師のメタニ・クアキはどこに行ったのか？　彼は今まだ、ヒバオア島にいるのか？

13. クアキの恋人だった女とは誰か？

ヤンもその気になってきて、わたしに続きを書きとらせた。

14. 殺された二人の体には、逆むきのエナタが彫られていた。それは何を意味するのか？それはどんな敵を示しているのか？

よし、ピンポン・ゲームといきましょう。わたしは書き続けた。

15. PYFはこの連続殺人事件の真実を解明し、小説を完成させるためにヒバオア島にや

って来た。彼は真実を見つけられたのか？

今度はヤンの番だ。

16．それはＰＹＦの服のうえと、ティティーヌの部屋にあった小石と関係があるのか？

では、わたしの番。

17．ＰＹＦは村長の小屋でいっしょにいた女に、その話を明かしたのか？　いっしょにいた女は誰か？

ヤンは少し間を置いてから続けた。

18．タナエも同じタトゥーを入れていた。これは偶然か？

さえてる！　わたしは嬉しくなった。

19．マルティーヌとクレムは、被害者の家族だったのか？

ヤンの番。

20. 答えはＰＹＦの原稿にあるのか？　原稿はどこに行ってしまったのか？

そういや目の前の戸棚に、空っぽの赤いファイルがあったっけ。シャツの下に隠してあったファイルだ。それが最後の疑問点ってわけね。わたしは立ちあがって、窓まで歩いた。

「そこは奥さんに訊いてみたら？」

わたしは雨を払いのけるかのように、手の甲で窓ガラスを拭い、思わず嬉しげな声を漏らした。

「ああ、だめ、遅すぎたみたい」

ヤンの耳にもその音は届いた。なにかを打ちつけるような激しい物音が、何度も繰り返される。どんどんスピードをあげて。つる棚の屋根に落ちる水滴にしては、やけによく響く音だ。

隊長さんは動く影を窓越しに見る間もなく、バンガロー《ヌクヒバ》のドアを大きくあけ放った。

それはハンマーの音でもない。蹄（ひづめ）の音だ。

馬が駆足（ギャロップ）で走る音。

降りしきる雨のなか、ペンションの入口に立つ街灯の下で、わたしは驚きの声をあげた。なんとファレイーヌが大型ポニーのアヴァエ・ヌイにまたがり、走り去っていくのが見えた。

＊

ヤンはしばらく闇を見つめていた。そして携帯電話を確かめた。ファレイーヌがなにかメッセージを残してないかと思ったのだろう。

わたしはわざと冗談めかして言った。

「あーあ、憲兵隊長のくせして、奥さんにはぜんぜん威厳がないんだね」

隊長さんは一心に考えこんでいるようだ。わたしはからかうというより彼を慰めたくて、さらに続けた。

「隊長さんも聞いたよね。ファレイーヌは、犯人の隠れ場所がわかったと言ってた。決め手の証拠を見つけに行ったんだよ。あなたたちって、いつもそう。憲兵と警察官で張り合ってるんでしょ。どっちが先に悪者を捕まえるかって」

けれどもヤンは、にこりともしなかった。よほど心配なのか、雨が降り続く夕闇をじっと見つめている。

「仲直りするべきじゃない？」わたしは彼をなだめようと、やさしい声で言った。

ヤンはようやく答えた。

「そうとも、おれが間違ってたんだ。でも……」

彼は途中で言葉を濁した。二つの人影が階段をおり、闇を抜けてわたしたちの前にやって来た。数メートルのところまで近づいて、ようやくクレムとエロイーズだとわかった。エロイーズは、わたしのことなど目に入っていないようだ。タナエが客に貸すエア・タヒチ・ヌイの傘をさして、雨をしのいでいる。クレムは逆に雨なんか、ものともしてないようだった。髪はまさしくカラスの濡れ羽色だ。彼女は歩を緩め、わたしに微笑みかけた。二人は数メートル先で別れ、それぞれのバンガローへむかった。

あの二人も、隊長さんの言うことは聞かないみたい……

クレムが姿を消す前に、わたしは叫んだ。

「あとで会いに行くから。約束だよ」

彼女に聞こえたかどうかはわからない。ヤンはまた携帯電話に目をやった。奥さんから、事情を説明するメールが届いてるかもしれないと思ったのだろう。けれどもすぐ、苛立たしげに電話をポケットにしまった。

「まあいい、さっさと片づけよう。指紋に取りかかるぞ」

ヤンはわたしの背後で、バンガロー《ヌクヒバ》のドアをばたんと閉めると、ベッドに置いた三つの透明なビニール袋を目で示した。それぞれ、ラベルが貼ってある。**ファレイーヌ、クレム、エロイーズ**。

「間違えてないだろうね？」

そんなドジじゃないよ。

わたしはきっぱりとうなずいた。

「大丈夫。それに、もっといいものもあるんだから」

わたしは紙ナプキンで包んだスプーンを三本、勝ち誇ったようにポケットから取り出した。

「今度は先を越されなかったよ。食事のあと、すぐに回収したの。みんなのようすもじっと目で追ってたから、ついている指紋は百パーセント間違いなし」

隊長さんは呆気に取られ、しばらく声もなかった。今晩、わたしがテラスで披露した手品には、まったく気づいていなかったらしい。わたしはこの機に乗じて言った。

「じゃあ、奥さんのファレイーヌから始めましょう」

ヤンは異を唱えることなく、必要な用具を取り出した。黒い粉、白い紙、筆、セロハンテープ。それから今朝、マルティーヌの部屋で採取した指紋を注意深く広げた。マルティーヌの指紋。彼女といっしょにいた正体不明の人物の指紋。わたしはゴム手袋をはめた。

「きっと大丈夫だよ」わたしはスプーン、ブラシ、歯磨きチューブを手渡しながら言った（先を続けるのは少しためらったけれど、思いきって言うことにした。ぐずぐず考えているのは、もうたくさんだ）。「隊長さんが心配する気持ちは、よくわかる。ＰＹＦと喧嘩して怒りに駆られた奥さんが、彼を誘拐したんじゃないか。それを知ったティティーヌの口を、永久にふさいだんじゃないか。そう思っているんだ。すべてが明らかになるまで、奥さんを守らなくては。だから隊長さんがタヒチの警察に電話してなかったとしても、べつに驚かないな。どう、違う?」ヤンは黙ったままだったけれど、その目には新たな賞賛の光が読み取れた。「でも、安心して。わたしは奥さんが犯人だなんて、これっぽっちも思ってないから。考えてもみて、主任警部が犯人のわけないじゃない。映画だったら、撃ったのは悪徳警官だったなんていう結末もありだけど」

隊長さんは無言だった。《黙ってろ、マイマ》も、《ありがとう》もなしで、検査の準備に集中している。

黒い粉、筆、セロハンテープ、白い紙。

わたしたちはそれぞれの検査物に、何度も作業を繰り返した。見ればヤンの手は、検査のあいだ絶えず震えていた。ああは言ったけれど、正直わたしもどきどきものだった。

二人とも不安を抑えて、採取した指紋に目を落とした。さあ、較べてみよう。

選択の余地はない。真実を知らなくては……

結果は疑いようがなかった。

指紋は一致しない。ファレイーヌ主任警部は事件の晩、マルティーヌの部屋にはいなかった。

イエース!

ヤンが長い安堵のため息を漏らすのが聞こえた。おれはなんて馬鹿なことを考えたんだと、思っているに違いない。妻がティティーヌの部屋にいて、彼女の喉に針を突き刺したかもしれないなんて、よくまあちらりとでも考えたものだって。

明日の朝いちばんで、タヒチ司法情報局に忘れずに電話をしなくちゃね。きっとそれまでに、犯人の正体がわかるだろうけど。

わたしはほとんどうきうきしたような声で、沈黙を破った。

「最終候補者は二人ね。わたしたち二人の指紋も、ママと奥さんの指紋も、犯人のものと一致しなかったんだから、残るはエロイーズとクレムだけ。だけどわたしは、やっぱりエロイーズに賭ける。あんな写真を見ちゃったから、なおさら。ナイトテーブルのうえの本に挟んであった、ちっちゃな二人の幽霊の写真。で、隊長さんは？　まだ意見を変えてないの？　クレムが殺人犯だって？　捜査官の勘は間違いないっていうの？」

ヤンはクレムとエロイーズ、どちらに分があるか推し測ってるみたいに、しばらく考えこんでいたけれど、反論はしなかった。

「そう、勘だとも。きみの言うとおり。じゃあ、どちらから始める？」

「二人いっぺんに」

それ以上言わなくても、話は決まった。いっぽうにエロイーズの持ち物、もういっぽうにクレムの持ち物を並べ、指紋の採取に取りかかる。

わたしたちは黒い粉の跡がついた透明なセロハンテープを、黙っててきぱきと二枚の白い紙に押しあてた。

一枚の紙にはエロイーズ、もう一枚にはクレマンスと書きこむ。

わたしは静かに言った。

「同時に見ましょう」

わたしたちはいっせいに身を乗り出した。
一、
二、
三。

海に流すわたしの瓶　第十七章

椰子の葉に雨粒が弾け、川となって茎を伝い、雨樋のない屋根から流れ落ちるみたいに地面に降り注ぐのを、わたしは眺めていた。まるで大洪水だ。ジャングルは熱いシャワーを浴び続け、一夜にして一メートルも成長したかのようだ。こうして熱帯の雨の下にいても、わたしの剛毛がそんなに勢いよく伸びる心配はなさそうだけど。

頭をうしろにのけぞらせると、顔のうえに水が流れた。雨に濡れた襟首の毛が、うなじに密着する。綿毛みたいに短い、ごわごわとした毛が。わたしはそれを手で撫でつけた。温かい雨が肌を濡らす感じが好きだ。服が腕や太腿、胸に張りつく感じが好き。つる棚を出るとき、タナエはわたしとエロイーズにエア・タヒチ・ヌイの傘をさしていくように言った。

ありがとう、タナエ。でも、わたしはいらない。

ヤンとマイマが、バンガロー《ヌクヒバ》の前にいるのが見えた。マイマが呼ぶ声も聞こえる。雨音に紛れて、何を言っているのかはっきりとはわからないけれど。わたしは立ち止まらなかった。

あとで、あとで時間ができたらね。あの二人には、好きなように調べさせておこう。ヤンとマイマがなにをたくらんでいるのかはわかってる……夕食の前、バンガローに入ったときぴんときた。部屋の真ん中、木の天窓の下に椅子が置いてあった。わざわざ椅子を動かしにやって来る者など、いるはずがない。ドアには鍵がかかっていた。合鍵を持っているのは、タナエと二人の娘だけだ。ポエとモアナが浴室の備品を補充しに来たのだとしても、どうして椅子を動かしたりするだろう？　たぶん、何者かが屋根から侵入して、わたしの歯ブラシや香水、歯磨きチューブを盗んでいったんだ……

わたしだって馬鹿じゃない。盗みの犯人は署名を残してるもの。

屋根からバンガローに忍びこめるほど、身軽でほっそりしているのは誰か？　なんの価値もない私物の日用品を手に入れようとするのは誰か？　もちろん、子ネズミのマイマだ。わたしの指紋と、マルティーヌの部屋から見つかった指紋を較べるつもりなんだ。村長の小屋からも指紋を採取する暇がヤンにあったなら、それとも較べるのだろう。ヤンの悪賢い捜査助手は、みんなの指紋を手に入れる任務を担い、今日の午後を利用してバンガローの家探しをしたんだ。

わたしは雨のなかを歩き続けた。天から降り注ぐ水は、わたしの額、わたしの考え、わたしの思いを洗い流した。

上出来よ、マルケサスのちっちゃな性悪女ちゃん。わたしに言ってくれれば、あんなものいくらでもあげたのに。ずらりと並べ、よりどりみどりで。なんなら五本の指全部に黒い粉をつけて、直接指紋を採らせてあげたってよかったくらいだ。

まったく問題ない。だってわたしは昨晩、マルティーヌの部屋に足を踏み入れたりしていないんだから。そもそも彼女の死体が見つかるまで、あのバンガローには一度も入ったことがないし、今朝はヤンの指示に従って、なににも触れていない。仰せのとおりにしたわよ、隊長さん。

雨は勢いを増した。まるで、聞き分けの悪い生徒みたいに。いくら雨が好きだからって、さすがにどこかへ避難しなくては。書かなくてはならない小説《海に流すわたしの瓶》があるのだから。

でもきっと今ごろ、バンガロー《ヌクヒバ》ではヤンとマイマが雨に濡れることもなく、検査結果を目にしていることだろう。いくら無実とはいえ、あの二人に疑われていたかと思うとちょっと気分が悪かった。

少なくともあなたは疑っていないわよね、読者さん。そう言って。

わたしを信じている、わたしを信頼しているって。そうよね。ミステリ小説にあるみたいな、荒唐無稽な話を想像しないで欲しい。語り手は妄想に取り憑かれ、現実を見失っているとかなんとか。

覚えているでしょ、ピエール＝イヴ・フランソワが立てた第一の規則。語り手は決して嘘をついてはいけない。語り手がしてもいいのは《言い落とし》、つまりわざと事実の一部を言わないでおくことだけ。あるいは出来事を伝えるのを、少しのあいだ先に延ばすことだけだ。

例えば《雨は勢いを増した。さすがにどこかへ避難しなくては》とわたしが書いたとき、あなただってわかっているはずだ。わたしは雨に濡れながら書いているのではない、わたしはその二つを同時にはできないと。まずは体験があり、それからしかるべきときに、紙と鉛筆を用意して、過去の出来事や心の動きを物語るのだ。けれども、決して嘘をついてはいけない。夢や幻想、妄想を現実であるかのように見せかけてはいけない。

それが守らねばならない大原則だ。さもないと、読者を裏切ることになる。だから信じて欲しい、わたしはあなたを裏切っていないと。マルティーヌを殺してもいないし、PYFを誘拐してもいない。愛や性生活の話まで、この日記でいっぺんにさらけ出しはしないけど、それはかまわないわよね……心に疚(やま)しいことはなにもない。誓って、わたしはあなたが追っている犯人ではない。

髪に溜まった水がぽたぽたと背中に流れ出し、腰のくびれあたりまで伝っていった。そんな野性味が好きだ。この土地もそう、野性味にあふれている。ブレルやゴーギャンの気持ちがわかるような気がした。ここは一生を終えるにふさわしい、美しいところだ。

犯人もそう考えたのだろうか？　ここで殺人を犯すほうが、罪は軽いって。天国に近いマルケサスで人を殺すほうが。

誰がそんな常軌を逸したことを？

いったい誰が？

《恐るべき太陽》荘の宿泊客みんなの指紋を手に入れたのなら、今ごろヤンとマイマは突きとめているはずだ。マルティーヌの部屋にいた人物、つまり彼女を殺した人物の正体を。

だとしたら、二人の身に危険が迫っているのでは？

わたしは雨が降るのを眺め続けている。とても大粒の雨なので、蚊も逃げ出すくらいだ。今は同時進行で書いている。プアマウの浜辺で、ヤンがキスしてきたのを思い出す。濡れた海パンがお腹に押しつけられたことも。それが欲望ではち切れそうになっているのを、わたしは感じ取った。

笑っちゃうわ。指先で、首飾りの赤い種子を弄ぶ。

わたしの愛と性生活。

それはこの殺人事件より、もっと複雑にもつれている。

マイマの日記　ありえない！

一、
二、
三。

わたしと隊長さんの目は、いっぽうの紙からもういっぽうの紙へ、マルティーヌの部屋から採取した正体不明の指紋から、エロイーズとクレムの指紋へと移動した。疑問の余地はない。二つの指紋は同じだ。

これでわかった。マルティーヌが殺された晩、彼女の部屋にいたのは誰なのか。マルティーヌは誰のためにドアをあけ、誰のためにグラスを出したのか。マルティーヌが刺し殺される前、最後に話をした訪問客とは誰だったのか。

この訪問客はバンガローのいたるところに、指紋を残していった。

それはクレムの指紋だった！

そんな、信じられない。わたしはベッドに腰かけた。指紋を写した紙が、目の前で涙にかすみ、ごちゃごちゃに混ざり合った。どこで間違えたんだろう？　どうして騙されたの？

わたしはたしかにバンガロー《タフアタ》の浴室から、歯磨きチューブやコップ、ミネラルウォーターのボトル、アスピリンの容器を手あたり次第に持ってきた。それがクレム以外の誰かの持ち物だなんて、ありえない。それに、彼女のスプーンについていた指紋とも一致するし。あのスプーンは、クレムがポポイを食べ終えたあとすぐに回収したものだ。

誰も彼女のスプーンに手を触れてない。絶対だ。

段取りにミスはないはず。だったらこれは、やっぱりクレムの指紋なんだ。

ドアや引き出し、戸棚、ティティーヌの私物から見つかったのと、瓜二つの指紋は。

ヤンは立ちあがって、数センチのセロハンテープで黒く汚れた白い紙をビニール袋にしまった。勝ち誇ったような表情は、少しも見せてない。

こちらから負けを認めなくては。

わたしはベッドにすわったまま、隊長さんに声をかけた。

「実を言うと、昨日からずっと思ってたんだ。隊長さんがクレムを嫌うのは、彼女のことが本当は好きだからなんだって。でも、クレムのような女性は、あなたみたいな憲兵隊員を相手にしてくれない。つまり男に縛られない女を前にした、マッチョ野郎の嫉妬なんだろうって。だけど、違ったみたい。あなたの言うとおりだった。初めからクレムは、わたしをいいように操ってたんだ……子ども扱いして……信じられない……これからどうするの？」

ヤンは証拠物件を収めたビニール袋を厳重に閉じ、マッチの火でロウソクを溶かして、即席の封印をした。

「タヒチ司法情報局に知らせよう」と憲兵隊長は、浮かない声で答えた。「すぐに来てもらわないと。なんなら松明（たいまつ）で、飛行場を照らしてもいい。警察が到着するまで、クレムから一歩も離れないようにしなくては」

わたしは蒼ざめた。

「司法情報局に知らせる？　じゃあ、本当にまだ……」

ちょうどそのとき、ヤンの携帯電話が鳴った。

彼はあわてて応答ボタンを押した。着信音で、相手が誰かわかったんだ。**ノルウェーのバンド、アーハの**『**テイク・オン・ミー**』。

つまりファレイーヌからってわけね。

「もしもし、ファレイーヌか？」

受話器のむこうから、彼女の声が響いた。何を言ってるのか、わたしにも全部聞こえるくらいに。

「ヤン、ヤン。切らないで。よく聞いて……ごめんなさい。謝るわ。でも、ほら、わたし、なにもしないではいられなかった。自分なりに調べて……ようやく、すべてわかったの。考えたら、難しいことじゃない。どうして何年間もずっと、気づかなかったんだろうって思うくらい。メタニ・クアキの足跡をつかんだ。いえ、足跡なんてもんじゃない、彼自身を見つけたのよ。この、すぐ近くで。すぐに来て、ヤン。テイヴィテテ墓地で待ってるから。アツオナ村を抜けて、谷を一キロほどのぼったところよ。待ってるわ」

息を切らせたような声だった。その背後から、雨の音も聞こえた。ヤンはもっといろいろたずねたかっただろうけど、ファレイーヌはすぐに電話を切ってしまった。

「行かないと」ヤンはひと言、そう言った。

わたしが立ちもしないうちに、彼は証拠品の紙を収めたビニール袋をつかんだ。

「マイマ、ここにひとりでいてはいけない。タナエとポエ、モアナのところへ行け。彼女たちといっしょにいるんだ」

わたしが異を唱える暇もなく、ヤンは外に飛び出していった。隊長さんの指先に、マリ＝アンブルが借りたタコマ四駆のキーが光っているのが見えた。不安でげっそりとした彼の顔に、雨が叩きつける。

妻を助けに駆けつける男の姿を、わたしは目で追った。愛の言葉も花も贈れない、心を捧げることすら叶わない女。

それでもヤンは彼女のために、命を投げ出そうとしている。

ヤン

風に舞いあがる雨は、滝というより波のようだった。砂利道に停めたタコマに着く前に、ヤンのTシャツは雨でびしょ濡れになった。街灯の弱々しい光に照らされたテラスの脇を走り抜けながら、彼は下方の野原にちらりと目をやらずにはおれなかった。さっき妻が大型ポニーのアヴァエ・ヌイに乗って、走り去るのが見えたあたりに。雨に濡れた闇のなかを、影が動きまわっている。二つのきゃしゃな影は、ポエとモアナだろう。ポニーの姿も、一頭だけ見える。

でも、ぐずぐずしている暇はない。こんな大雨のなかで、あの二人が何をしているのか、考えている暇はなかった。ヤンは小型トラックのドアをあけるリモコンを操作し、車のなかに駆けこんだ。

ヘッドライトが雨の筋を掻き分け、ワイパーは小さな水流を押しのける。ヤンはシートベルトをはめる手間も惜しんで、車を発進させた。フロントガラスがたちまち蒸気で曇り、アツオナ村へ下る道はほとんど見えなくなった。彼は手の甲で苛立たしげにガラスを拭ったが、ますます見えづらくなっただけだ。曇りガラスの檻に閉じこめられたような気がした。サイドウィンドウの自動開閉ボタンを押し、アクセルを踏みこむ。

まあ、しかたない。

雨水が突風にあおられ、車内に吹きこんだ。Tシャツがぱたぱたとはためき、肌に打ちつける。それでもヤンは頭を前に突き出し、大雨を顔面に浴びながら、曇ったフロントガラスやドアの窓ガラスに隠れた目印を見つけようと必死に目を凝らした。

やがて車はアツオナ村に入った。

谷沿いに立ち並ぶ家に遮られて、風は少し和らいだ。ワイパーはいつものリズムで軽快さを取り戻し、雨粒の軍団を倒しては意気揚々と引きあげていく。タトゥーの店と憲兵隊詰所跡を過ぎると、ヤンは急ハンドルを切った。

タイヤが水たまりのうえを、何メートルかスリップした。谷の舗道は、つかの間の小川に変じていた。ヤンは逆ハンドルを切った。タイヤはワイパーと力を合わせ、熱帯の驟雨に立ちむかった。坂はますます険しくなった。道が狭まるにつれ、バナナの木の影が頭上に重くのしかかってくる。泥だらけの小道に点々と続く水たまりは、どこに深い穴が隠れているかわからない。道の両側から伸びる木々の枝は、引きちぎられないよう互いにきつく絡み合っていた。おかげでヤンは、しばらく雨をしのぐことができた。さっきよりは少し見通しがよくなったけれど、まだ安心はできない。目の前にあらわれた道は傾斜がきつく、車では通れそうもない。ここまで来て、立ち往生か。

ヤンが真っ先にしたのは、走行距離を確かめることだった。《恐るべき太陽》荘を出てから、一キロ半走った。高低差を抜きにしても、あと五百メートル近く残っている。ためらっている暇はない。彼はサイドウィンドウを閉めもしなかった。どうせ明日になれば、シートもなにも乾いてしまう。執念深い雨が、またすべてを水浸しにするけれど。ヘッドライトが、前方を百メートル先まで照らしていた。スポットライト代わりになれば、少しはましだ。残りの道は、携帯電話のライトを頼りに乗り切ろう。

何歩か歩くと、サンダルはたちまち泥にまみれ、ずっしりと重くなった。それでも足もとに目をやると、水浸しの土に馬の蹄鉄（ていてつ）の跡がくっきりと見てとれた。少なくとも、道は間違っていない。誰かにたずねるまでもないだろう。一本道なのだから。

《恐るべき太陽》荘の坂より緩やかな坂道をのぼって、五分ほど歩いただろうか、空地が見えた。携帯電話のライトで照らすと、木の古い標示板があった。

テイヴィテテ墓地

「ファレイーヌ」とヤンは叫んだ。「ファレイーヌ」

光線のなかに、奇怪な場所が浮かびあがった。血の色をした凝灰岩の墓石を、赤く光る小さな彫像（ティキ）が見守っている。石にはそれぞれ、奇妙なモチーフが刻まれていた。まるでタトゥーを入れたマルケサス人が、そのまま石と化したかのように。染みだらけの十字架が、雨に揺れていた。雨粒の一滴一滴から、また新たな錆が浮かびあがってくる。

「ファレイーヌ、ファレイーヌ」

ヤンはふり返ってほかを捜し、山からここまで転がり落ちてきた岩と区別がつかない墓石を迂回した。巨木の幹が、目の前で雨に浸食されていく。

「ファレイーヌ、おれだ、ヤンだ」

真南へ二キロ下ったあたりに、アツオナ村の明かりが見えた。あそこには自然の猛威と牙から守られ、家でテレビを観ているマルケサス人もいるのだ、とヤンは思った。

自然は今、ヤンにその憂さを晴らしている。水が背中を流れ落ち、ズボンにまで入りこんで彼をびしょ濡れにした。風に吹かれた雨粒は、銃弾さながら憲兵隊長の顔に真横から叩きつけた。

「ファレ……」

そのとき、馬のいななきが聞こえた。ヤンはライトを左側、森の少し奥にむけた。ポニーのアヴァエ・ヌイが、おとなしく待っていた。大きなバンヤンジュの木陰でなんとか風雨をしのぎながら、足もとの湿った草を食んでいる。ヤンは悪い予感で叫び出しそうになるのを抑えながら、大型ポニーに近づいた。

すべてが、いっきに脳裏によみがえった。マイマの声。バンガロー《ウアポウ》の、マルティーヌのベッドにあった遺言。

あなたの奥さんが、リストの次に来るんだから。

ファレイーヌがピエール＝イヴ・フランソワに送った脅迫状。

いずれにせよ、結末を書くのはわたしよ。

さっき耳にした、ファレイーヌの最後の言葉。

メタニ・クアキの足跡をつかんだ。いえ、足跡なんてもんじゃない、彼自身を見つけたのよ。

携帯電話のライトが闇を探り、マンゴーやグレープフルーツの木を照らした。バンヤンジュのつるがたれさがるカーテンのむこうに、タコノキと竹の葉が壁を作っている。とても細かく整然と組み合わされているのは、人の手で枝や根を整えてあるからだろう。

小屋だ。

ヤンは真っ先にそう考えた。木の葉の陰に、小屋が隠されている。ファレイーヌはあそこに避難したのだろうか？　だとしたら、どうしておれの呼びかけに答えないんだ？

彼は墓石をまたぎ、赤い彫像（ティキ）に遠慮会釈なくよりかかった。彫像（ティキ）から感じ取れるのは、恐怖の力（マナ）だけだった。熱帯の雨を、ノルウェーの雨より冷たく凍らせる恐怖だ。

はたしてそれは緑の小屋だった。ポニーがバンヤンジュから二メートルほど離れると、そのむこうにタコノキの葉で作ったドアが見えた。ヤンの心臓は、飛び出さんばかりに高鳴った。

「ファレイーヌ」と彼は声を限りに叫んだ。

返事はない。

憲兵隊長は泥水のなかに両足を突っこみ、立ち止まった。木々の根元にできた茶色い水たまりからは、ごつごつした石がいくつも突き出ている。古い墓地の陰気な名残りだろう。濡れた携帯電話が、手から滑り落ちかけた。彼はバンヤンジュのつるにつかまって、バランスを取りなおした。もう、あれこれ考えている暇はない。

ヤンはねばつく黄土色の泥から右足を抜き出し、一歩前に踏み出して力いっぱいドアを叩いた。

ひらいたドアのむこうに暗闇が広がっていた。ヤンが行動に出る前に、勢いよく風が吹きこんだ。

木の枝で編んだ小屋に、鳥が巣を作ったのだろうか？　憲兵隊長はとっさにそう思った。おれが来たのに驚いて、いっせいに飛び立ったんだ。何十枚もの白い羽根が舞いあがり……

そして彼は気づいた。

いや、紙だ。何百枚もありそうな紙が突風にあおられ、あたりを飛びまわっている。墓石を覆ったり、彫像（ティキ）の頭を飾ったり、泥に浸かったり、十字架に引っかかったり、あるいはすでに遠くアツオナ村や太平洋のほうへと消えようとしていた。ヤンは濡れた体に張りついた一枚を剥がし、さっと目を通した。それが何の紙なのか、もうわかっていたけれど。

二〇〇一年六月二十九日の夜、ラカナル通りでなにか不審な音を聞いた者は、誰ひとりいなかった。そしてオードレイ・ルモニエの死体が見つかるには、翌朝六時二十七分まで待たねばならなかった。すなわち……

原稿だ。

『男たちの土地、女たちの殺人者』

言葉のためにひとが死んでたまるか、とヤンは頭のなかで怒鳴った。こんな小説、くそ喰らえだ。大事なのは人間。生きている人間だ。

彼は小屋のなかを照らした。

もし足が白い紙の絨毯（じゅうたん）を踏みつけず、赤土の泥のうえをつるりと滑っていたら、ヤンはひっくり返っていたかもしれない。

けれども彼は、よろめくだけですんだ。

体がある。人の体が、小屋に横たわっている。

ヤンにはすぐに死んでいるとわかった。

関節がはずれた人形のようなかっこう、風に漂う臭い。

死体だ。

ヤンは笑うべきか泣くべきかわからなかった。天に感謝すべきか、天を呪うべきか。

携帯電話のライトが照らし出したのは、ピエール＝イヴ・フランソワの死体だった。

重くて運びきれず、捨てていかれた袋みたいに小屋の隅で体を丸め、そのまま動かなくなった死体。

ピエール＝イヴ・フランソワはもう動かない。死んでから長いことたつようだ。皮膚はぞっとするほど真っ白だった。それが目のくらむ光に照らされ、さらに青白く見えた。穴のあいた管みたいに、深紅の血が点々と固まりついた首筋だけは、ほかより赤かったけれど。

「ファレイーヌ？」とヤンはもう一度叫んでみた。

しかし喉から出てきたのは、か細い声だけだった。

妻はここにいない。

憲兵隊長は前に身を乗り出した。なににも触れないように気をつけ、観察するだけにしなければ。紫色の血腫のせいで、右のこめかみが歪んでいる。腕の下にも、紙が一枚挟まっていた。一枚だけそんなところにあるのは、飛び散った原稿とは別に誰かが置いたのだろう。死体を見つけた者が、いっしょに気づいて読むようにと。

ヤンは携帯電話を注意深く持ち替え、右手で紙切れの隅を引っぱった。

目を下にむけたちょうどその瞬間、携帯電話が短い着信音を発した。

メッセージだ。それはすぐに表示された。読む前は、てっきりファレイーヌからのメッセージだと思った。

ここまでおまえは、ひとりでうまく切り抜けてきた。

続けろ。警察は呼ぶな。

奥さんと無事、再会したければ。

ファレイーヌの携帯電話から、誰でも送ることのできるメッセージだ。

ヤンは倒れかけたボウリングのピンみたいに、何秒間かぐらぐらと揺れたあと、バンヤンジュの幹によりかかった。木の節や尖った枝が背中に食いこむ痛みで、不安や恐怖、怒りが和らいだ。犯人をひっとらえて、正義の鉄槌(てっつい)を下してやりたいが、ともかくここは落ち着かねば。メッセージがさっと消え、待ち受け画面に戻った。それでもライトの光は、手に持ったままの白い紙を照らし続けている。
そこに書かれた文が、嫌でもヤンの目に入った。
数行の文章。それは新たな遺言だった。

海に流すわたしの瓶　第四部

マリ＝アンブル・ランタナが遺す言葉

死ぬまでにわたしがしたいのは

最後まで美しいままでいること。萎れてしまわない女、哀れまれない女、皮肉っぽく昔の写真を見られない女のひとりでいること。

捨てられない女のひとりでいること。

死ぬまでにわたしがしたいのは

*愛してる*って男性から言われること。*きみが欲しい*とか*きみは世界一美しい*とかじゃなく、ただ*愛してる*と。

死ぬまでにわたしがしたいのは

タヒチを離れること。

死ぬまでにわたしがしたいのは

すてきなおばあちゃんとして、健康に老いること。さもなければ、なにか不穏な兆候が見え始めたらすぐに自殺すること。どちらかいっぽうよ、中間はなし。

死ぬまでにわたしがしたいのは
自らの罪をすべて告白すること。

死ぬまでにわたしがしたいのは
才能ある男のものになること（でもこの文章は、あなたひとりにむけて書かれたものなのだから、この願いはもう叶えられてるわ……ひと晩に、何回も）。あなたのミューズとなり、あなたの小説にインスピレーションを与えること。あなたの淫らな告白をずっと秘密にしておくこと。あなたより長生きして、それを出版すること。嫉妬する女たちの頭を、妄想でいっぱいにさせること。あなたの言葉によって、後世まで語り継がれる女になること。そうよ、わたしの詩人さん。

死ぬまでにわたしがしたいのは
本当の母親になること。

死ぬまでにわたしがしたいのは
本当の自分になること。

海に流すわたしの瓶　第十八章

ヤンが《恐るべき太陽》荘に電話をかけてくるなり、わたしたちは真夜中だというのに、みんなして駆けつけた。

いや、タナエ、そんな悠長なことはしてられない。そう、みんなを起こすんだ。ヤンは雨のなか、テイヴィテテ墓地でわたしたちを待っていた。

タナエが次々にバンガローのドアを叩く音で、わたしは目を覚ました。

「起きて、クレム！」

何があったのか、さっぱりわからないまま。

「起きて、エロイーズ！」

タナエの説明は、とうてい信じられない。とりとめのない、切れ切れの言葉が続いた。

古い墓地で、ＰＹＦの死体が見つかったのよ。

ヤンがもうあっちにいるわ。夜中に出かけたの。ファレイーヌも墓地へ行って、そのあとの行方がわからないらしいわ。

タナエはわたしたち全員を、おんぼろのトヨタ・ハイラックスに詰めこんだ。三人のアトリエ参加者、三人の少女、そして彼女自身。みんな、悪夢を見る思いで、黙って従った。友人宅でのパーティーのあと、真夜中、両親に起こされ、夢うつつのなか車まで連れていかれる子どものような気持ちだった。

わたしはまだ半分まどろみながら、昨晩のことを思い出そうとした。降りしきる雨のなか、わたしは体の芯まで濡れて、椰子のあいだをバンガローまで歩いた。早く横になりたかったけれど、その前にマイマを待っていた。あの子と話さなくては。ティティーヌのことやなにかについて、わたしがまだ打ち明けられずにいることすべてについて。でも、マイマは来なかった。タナエや二人の娘といっしょに、いつまでもテレビを観ている。突然、誰とも話したくなくなったかのように。仲良しの友達クレムとも、ママとも。どうして？　なにか吹きこまれたのだろうか？　なにか見つけたの？

タナエは墓地の五メートル手前で車を停めた。窓があけっぱなしになったレンタカーのタコマが、道をふさいでいる。

雨はだいぶ収まり、霧雨になっていた。雨粒は突風にあおられ、いつまでも地面まで落ちてこないかと思うほどだ。温かい細かな雫に顔面を洗われ、わたしたちはすっかり目を覚ました。そして泥の滑り台と化した小道を、転ばないよう気をつけながらのぼっていった。墓地に着くと、ヤンの弱々しいライトがわたしたちを誘導した。トロール船のうしろに控えるフリゲート艦隊さながら、大量の紙切れが闇に舞っている。プリントアウトした原稿の束が、風で飛び散ったんだ。わたしはとっさにそう思った。

ピエール＝イヴが……死んだですって？

これは……未刊の原稿？

この原稿のために、殺されたってこと？

わたしたちはひとりひとり、バンヤンジュの下にあるタコノキの小屋に入った。霊廟（れいびょう）の前でいらいらと順番を待つような気分だった。わたしとタナエは、マイマ、ポエ、モアナを死体に近づけないようにした。この子たちを葬列に加えるわけにはいかない。わたしたちはみんな、すぐに外へ出た。遥か南の彼方、タフアタ島のほうから、空が明らみ始めた。暗闇のなかではほとんど気づかないくらいの光だけれど、わたしはそれにすがった。

夜が明けようとしている。影がぼやける。心霊スポットのような雰囲気、供犠の石、しかめ面の彫像（ティキ）、軋む十字架。それもやがて、陽光に照らされたただの空地になるだろう。元気いっぱいの観光客なら、ここまで足を延ばして写真に撮るかもしれない。

たとえ死者が死者のままでいようとも。

たとえピエール＝イヴが目を覚まさずとも。

わたしは無意識に、首飾りの赤い種子を触った。これは幸福のお守りらしい。たぶんロザリオをつまぐるようにしながら、もっと熱心に祈り続けないといけないのだろう。わたしは鉄の十字架によりかかった。腰とうなじ、両肩くらいは支えられたけれど、それで精一杯だった。わたしは磔刑（たっけい）に処されるには、背が高すぎるようだ。

わたしは泣いていた。

真夜中に叩き起こされて、あわてててパンツとセーターに着替える暇しかなかった。セーターはぶ厚くて、汗をかくほどだった。濡れたバスローブをまとっているような気がする。わたしの涙で濡れたバスローブを。

ピエール＝イヴが死んでしまうなんて。てっきり彼はゲームをしているんだと思ってた。どこかに隠れてるんだ、村長の小屋で謎の女と言い争った晩のあと、別の隠れ家を見つけたんだろうと。なにもかも、初めから彼が仕組んだことなのだろうと思っていた。マルティーヌが殺されたのだって、本当は殺人事件ではないのかもしれないと思っていた。彼女は不治の病に侵され、殺人パーティーの死体役を引き受けたのかもしれない。ピエール＝イヴがわたしたちに課したこの調査は、彼が構想した複雑な物語にすぎないのだと。

わたしは茂った梢を抜けて射す朝日を待ちわびた。目覚めたばかりの森には、すでに朝の香りが立ちこめている。濡れた地面は白檀とナツメグの匂いがした。

あなたたちに、打ち明けなければならないことがある。今がそのタイミングだろう。打ち明けるのは気が重いし、きっとみんな、わたしに腹を立てるでしょうけど。だけど、約束はちゃんと守るわ。あなたたちに嘘はついてない……ただ、言わなかったことがあるだけ。

それはわたしの秘密。彼とわたし以外、誰も知らない秘密。

わたしはピエール＝イヴの愛人だった。

わかったわね。そういうこと。

ほかにはなにも知らない。彼の愛人は、わたしひとりきりなのかどうかもわからない。誰が彼を殺したのか、誰がマルティーヌを殺したのか、誰がファレイーヌを誘拐したのかも知らない。

わかっているのはただ、胸を引き裂かれるような苦しみだけ。

わたしには、彼を愛する暇もなかった。

ピエール＝イヴが、殺されたなんて。

もちろん、彼が才能にあふれた有名作家でなかったら、関係を持ったりしなかったけど。もちろん、愛していたのはわたしのほうで、彼じゃない。わたしはでっぷり太った天才作家と、ベッドをともにするのを受け入れた。彼はわたしの美しさにあやかり、わたしは彼の才能にあやかりたいと思っていたのかもしれない。わたしのささやかな小説を輝かせるために、《海に流すわたしの瓶》を輝かせるために。わたしたちは愛し合う代わりに、互いを誉め合った。

わたしたちはたまにしか会えなかったし、会うのもほんの短い時間だった。それでも二人の関係は、ずっと続くだろうと思っていた。少なくともわたしは、関係を続けるためならなんでもするつもりだった。

相手がすばらしいと思えなくなったら、愛も終わる。けれどわたしにとって、彼はいつまでもすばらしい男だった。

霧雨のなかで震える七つの人影を、わたしはじっと見ていた。アトリエ参加者が二人、憲兵隊員、少女、ペンションの女主人と二人の娘。そのうちのひとりが、ピエール＝イヴを殺した犯人に違いない。

でも、誰が？　あなたなら、誰にいくら賭ける？

わたしは彼の愛人だった。そう告白したからには、きっとわたしも容疑者リストの上位に駆けあがったことでしょうね。さあ、正直に言って。喜んでわたしに、大金を賭けるつもりだって。

急ぎなさい。容疑者リストが狭まるにつれ、配当金も少なくなるから。

犯人以外は全員、死ぬことになるのだろうか？

怖い。それも告白しておくわ。

テイヴィテテ墓地に声が響いた。じっとりとした霧雨にくるまれた、弱々しい、ささやくような声だった。司祭を呼んで、小屋を禁忌（タブ）の場所にしなければ、とタナエがつぶやいた。髪をポニーテールにしたエロイーズは、タヒチの警察に電話しなければと小さな声で言った。夜中だからって、気にすることはない。タヒチの警察が電話に出なければ、ツアモツ諸島だろうがハワイだろうがイースター島だろうが、どこでもいいから電話をしよう。なぜかわからないけれど、ヤンはまだぐずぐずしている。

エロイーズは三歩進んで、火焔樹の下に避難した大型ポニーのアヴァエ・ヌイを撫でた。

わたしは十字架によりかかったまま、黙っていた。錆びた十字架の茶色い跡がセーターについて、悪魔を信奉する新興宗教の印みたいだろう。

わたしの背中にマイマが見ているのは、そんな十字架の跡だろうか?

昨晩からずっと、マイマはわたしに近づかない。まるでわたしを避けているみたいに。まるで……わたしを怖がっているみたいに。

マイマはポエとモアナに守られ、タナエの腕に避難した。

べつに嫉妬しているわけじゃない。

ただちょっと、困惑しただけ。それってこの状況にそぐわない、場違いなふるまいなのでは。

こんなときに逃げこむべきは、むしろ母親の腕のなかだろうに。

マイマの日記　本当の

日がのぼった。

雨はあがった。

空は洗いざらしたかのようだ。乾いた雲が前よりいっそう白く、水平線に広がっている。わたしは土手のうえで、ヤンの隣にすわっていた。カツオ漁船が何艘か、タハウク港を出てタフアタ島にむかっていく。馬が数頭、干潮の浜を走っていた。太陽の逆光で目がくらみ、わたしにはその黒い影しか見えなかった。まるで映画の背景のようだ。野生の馬が駆けるさまをスローモーションで撮影するカメラのように、わたしの目はロングショットでそれをゆっくりと追っていった。

浜辺は閑散としていた。サッカー場は空っぽで、ジャック・ブレル記念館は静まり返っている。波だけが疲れ知らずの墓掘り人のように、黒い小石を運んでいく。

火球は姿をあらわすなり、早くもハナケエ岩礁の陰に隠れようとしていた。赤い陽光に照らされたハナケエ岩礁は、まるで目覚めた火山のようだ。わたしは目をあげ、熱帯の空を切り裂く傷痕がわずかでも残っていないか、雲のあいだを探した。

「もう朝だ。今度こそタヒチの警察は、遅れずに着くはずだよね」

わたしは空っぽの空を、あいかわらずじっと見つめていた。するとヤンが、無表情な声で答えた。

「警察はやって来ないんだ、マイマ。電話はかけてない」

えっと叫び声が漏れるのをわたしは抑えた。

朝日がのぼるとともに、悪夢は終わるだろうと信じていた。女たちはみんな、タナエといっしょに《恐るべき太陽》荘に戻った。ヤンは助手――そう彼は言ってくれた――といっしょにアツオナの浜に残って捜査会議を始めると主張した。ママは初め、反対した。殺人犯が歩きまわっていて危険だと。だけど、結局受け入れることにした。たぶん、村はもっとも安全な場所だろうし。クレムも浮かない顔をしているのは、わたしが昨晩から避けているから？　さもなければ、彼女もわたしを守りたいと思っているから？　クレムを告発する指紋を、わたしはまだ信じられないでいる。彼女が犯人だなんて、なおさら信じられない。

警察はやって来ない？

わたしは思ってることをすべて、ヤンの顔面に叩きつけてやりたかった。**あなたはブルース・ウィリスじゃないんだよ、隊長さん。あなたひとりで、地球を救えるわけじゃない。警察の助けが必要だよ。奥さんのことを考えて。ファレイーヌは今ごろ……**とそのとき、ヤンはわたしの目の前に携帯電話を突き出し、青い液晶画面に表示されたメールを読むようながした。

ここまでおまえは、ひとりでうまく切り抜けてきた。

続けろ。警察は呼ぶな。

奥さんと無事、再会したければ。

今度はわたしも、叫び声を抑えられなかった。

「汚いやつ！」

わたしはメッセージを一語一句読み返した。送信時刻は昨日の午後十一時二十九分。送信者は……

「これって、奥さんの携帯から送られたの？」

ヤンはうなずいた。わたしは数秒間、黙って頭を働かせた。今の状況から、導き出される結論はこうだ。こんな脅迫に屈せず、もっと早急に助けを呼ぶべきだった。犯人は時間稼ぎをしようとしている、それは明らかだ。

「マイマ」とヤンは静かに言った。「きみにもうひとつ、読んでもらわねばならないものがある。墓地で見つけたんだ。犯人が残していったんだろう」

隊長さんは、昨夜の雨でまだ濡れているジーンズのポケットから紙切れを一枚取り出し、インクがにじまないよう注意して広げた。

わたしは身を乗り出した。

マリ＝アンブル・ランタナが遺す言葉
死ぬまでにわたしがしたいのは
紙は濡れて膨らみ、文字は少しにじんでいたけれど、まだ充分に読み取れる。わたしは黙ってゆっくりと読んだ。

死ぬまでにわたしがしたいのは
最後まで美しいままでいること。萎れてしまわない女、哀れまれない女、皮肉っぽく昔の写真を見られない女のひとりでいること。
捨てられない女のひとりでいること。
自らの罪をすべて告白すること。
才能ある男のものになること（でもこの文章は、あなたひとりにむけて書かれたものなのだから、この願いはもう叶えられてるわ……ひと晩に、何回も）。

手の先で紙が震えた。わかってる、ヤンがこっちを見てるって。わたしは体をよじって、苛立たしげに笑った。不自然なほど微かな笑い声だった。

「これって、ママの遺言？　じゃあママは、ＰＹＦと寝てたってこと？　あのデブの豚野郎と。ママはあいつのミューズになりたかったの？」

まさか、よく言うよ！　お金だよ、あいつのお金。ママの関心はそれだけ。あいつのお金とあいつのケツ！　愛人役を志願したのは、どうせママだけじゃないはず。あいつは愛の言葉だって、コピペしてるんだ。ヒバオア島のカサノヴァ野郎が。

わたしはヤンをふり返って、怒りをぶつけた。

「ほかに何人いるの？　もしかして、全員？　クレムもエロイーズも、ファレイーヌだって、わかりゃしないよね？　あいつは愛人をみんな島に連れてきて、殺し合いをさせたんだ」

隊長さんはわたしの手に手を重ねた。とてもさりげなく。目頭に溜まった涙は重すぎて、ごまかしようがなかった。

「ご……ごめんなさい。奥さんのことをそんなふうに言うなんて、最低だよね。ファレイーヌはまだ……」

わたしは涙に曇った目で、濡れたページの先を読み続けた。

死ぬまでにわたしがしたいのは
本当の母親になること。

紙を持つ手が引きつった。ヤンはわたしが紙を丸めて黒い波間に放り投げる前に、すっと指のあいだから抜き取った。

ハナケエ岩礁のまわりで、小島が涙にかすんでいる。わたしは大声で繰り返した。

「**本当の母親になること。**そうだよね、わたしは本当の娘じゃないんだから。そういうこと？（わたしは息を詰まらせ、海にむかってわめいた）ママに何がわかるの？　勝手にすればいい。聞こえてる？　そう、勝手にすれば。だってママはリストの次に来たんだから」

わたしは小石を手のひらで握りしめた。ヤンはなにも言わず、目でたずねた。

怒りと悪意で、つい余計なことを言ってしまった。

「連続テレビドラマを観てないの？　それが犯人の手口、やり口（モウダス・オペランディ）じゃない。習わなかった？　まずは遺言……そのあとに死……ティティーヌがそうだった。あなたの奥さんもそう！」

わたしは水に石を投げた。

「ファレイーヌは死んでない！」とヤンが言い返した。

石は少しも水を切らずに沈んだ。

「なんにもわかってないくせに。最初から犯人に操られてたじゃない。あなたが警察を呼ばないよう、わたしたちが殺し合いを始めるよう、犯人は冷静にことを進めてた。『そして誰もいなくなった』みたいに」

わたしは新たな小石を拾った。

「犯人はわかってるじゃないか、マイマ」とヤンは静かに反論した。「犯人はクレマンスだ……おれは彼女を見張ってる。徹底的に調べてでも、尻尾をつかんでやるさ。こっちが優位に立っているうちに、追いつめてやる。われわれが犯人を突きとめたことに、むこうがまだ気づいてないうちに」

ずいぶん自信たっぷりのごようすね、隊長さん……

「あなたはそう思ってても……気をつけたほうがいいよ。『そして誰もいなくなった』の犯人は、指紋を残すほどドジじゃなかったもの。死んだふりをして……」

わたしはまた石を投げようとした。けれどもヤンは、あいているほうの手でわたしの腕を押さえた。

「マルティーヌは死んだんだ、マイマ。本当に死んだ。ピエール＝イヴ・フランソワもだ。それは間違いない。やつは死んだふりをしてるんじゃない。死体はもう硬直していた。かちかちだったよ。あれは昨夜殺されたんじゃない。一昨日の晩、村長の小屋で殺されたんだ」

わたしはすばやく頭を働かせた。腕がさらにこわばる。

「一昨日？　村長の小屋で？　でも、ピエール＝イヴといっしょにいたのはママだった。理屈から言って、そうなるよね。ピエール＝イヴと寝てたのは、ママなんだから。つまり、ママが彼を殺した。そのほうが、まだよかったよ。犯人がママなら、クレムだっていうよりまし」

隊長さんはわたしの手首を、いっそう強く締めつけた。わたしの手は、握った小石が砕けそうなほど引きつった。

「そんなふうに考えちゃいけない。マリ＝アンブルは実の母親じゃないかもしれないが、きみを愛してる。きみのことを思い、きみを気にかけ、誇りに思ってる。彼女は……」

「遺言にわたしのことなんか、なにも書いてないじゃない。わたしのことも、パパのことも、まったく書いてない」

わたしはヤンの手をふり払い、立ちあがった。けれどあわてたせいで、濡れた砂利のうえで足を滑らせてしまった。手から小石が滑り落ち、悪態が口をついて出た。そしてわたしは、また立ちあがった。

「お腹がすいた。朝食にしようっと」

ヤンも立ちあがった。彼の影に驚いて、岩場に群がっていた黒い蟹が逃げ出した。

「クレムと二人っきりにならないと約束してくれ」

「クレムに怪しまれないで見張っていたいんでしょ？　わたしが話しかけなかったら、かえって警戒するんじゃないかな。ともかく、あなたの推理は穴だらけだよ。どうやってクレムが村長の小屋に行ったたっていうの？　それにテイヴィテテ墓地にも」

「そうだな」ヤンはうなずいた。「じゃあ、これまでどおり、きみはクレムと話せばいい。だが《恐るべき太陽》荘のなかで、誰か別の大人がそばにいるようにするんだ。それはともかく、きみの疑問にも一理あるな。ファレイーヌが電話をかけてきてから、おれがテイヴィテテ墓地に到着するまで、ほんの数分だった。そのとき犯人が《恐るべき太陽》荘で眠ってたとしたら、どうやっておれより先に墓地へ行けたんだろう？」

わたしたちはペンションへむかう坂にさしかかった。嵐の一夜が過ぎ去ったあとだけに、椰子の木に覆われた崖は鮮やかな緑色に輝いていた。コントラストを強調した写真のような、非現実的な光景だった。

「簡単だよ」わたしは鼻にかけるでもない、さりげない口調で言った。

「えっ、簡単？」

わたしはまっすぐ前を見て、息切れひとつせずに話し続けた。

「《恐るべき太陽》荘にはポニーが三頭いるでしょ。ファレイーヌはそのうちの一頭、アヴァエ・ヌイに乗っていった。あなたが雨のなかを四駆で出かけたとき、よく見ればフェティア一頭しか残ってないって気づいたはず。言ったでしょ、簡単だって。犯人は奥さんを追いかけるのに、三頭目のポニー、ミリに乗っていったんだよ」

海に流すわたしの瓶　第十九章

《恐るべき太陽》荘の小道にマイマが姿をあらわすのを見て、わたしはほっとした。ヤンも二歩うしろからついてくる。山道のゴールライン直前で失速した、マラソンランナーみたいに。

わたしたちはみんな、テラスの食卓についていた。タナエと二人の娘は朝食の皿を抱え、マエヴァホールを抜けてキッチンとつる棚のあいだを行ったり来たりしている。どうせ誰も、料理にはろくすっぽ口をつけないだろうけど。わたしはコーヒーだけにしておこう。みんな、食事のことなんかどうでもよかった。ときおり誰かが、空を見あげた。どうして警察はなかなかやって来ないいんだ、とでもいうように。けれども、ヤンにもう一度確かめる気力は残っていなかった。彼が昨夜、説明したところによると、ピエール＝イヴはマルティーヌと同じ晩に殺されたらしい。ファレイーヌは行方不明だ。タヒチ司法情報局の飛行機は、夜明けとともにヒバオア島に到着すると、ヤンは断言していた。

もう、夜が明けたわ。

なのに警官隊はやって来ず、殺人犯だけがうろついてる。

わたしはマイマに笑いかけた。隣の席を空けておいたのに、マイマはわたしを見もしないでテーブルの端に腰かけ、フィリフィリにかぶりついた。

みんな、自分のコーヒーカップを、奇妙な鏡みたいにじっと見つめている。空っぽのカップもあれば、黒く光るカップもある。涙を誘うブレルの歌は、流れていなかった。さすがにタナエも日ごろの朝食みたいに、CDをかける気持ちにはなれなかったのだろう。重苦しい沈黙を破るのは、雄鶏のオスカルとガストンがあげるもの欲しげな鳴き声の哀歌だけだった。

わたしはあきらめずに、マイマの視線をとらえようとした。

こんなときだというのに、マイマはできるだけ平静を装っていた。人の死を目の前にするという深刻な出来事に、十代の女の子が初めて直面したのだ。マイマがどういう子か、よくわかっている。彼女が目を曇らせているのは、いつになく真剣になにか考えているからだけじゃない。このつらい出来事に、大人びた同情をしているからだけじゃない。わたしはそこに、怒りと恐怖を見てとった。

わたしに対する怒りと恐怖を。

どうして？

朝食はたちまち片づけられた。ガストンと雌鶏たちがテラスのテーブルによじのぼっても、誰も追い払おうとはしなかった。モアナとポエが散らかったままにしたココナッツのフリッターや、バナナプディングの残りかすを、にわとりがせっせとつつき始める。わたしたちはみんな立ちあがり、ばらばらに散らばったものの、遠くへ行く者は誰もいなかった。もっともヤンだけは携帯電話を手に、ペンションの小道をタナエの家のほうへ歩いていったけれど。B級ホラー映画のように、みんな互いに警戒し合っている。頭の悪いほかの女たちと同じで、わたしもいずれ殺される役まわりなのでは？

でも、わたしがいちばん心配しているのは、自分のことではない。

「マイマは？」

マイマはひとりだけ、テーブルに残っていた。パン屑をつまんで、小さく丸めている。わたしはその隣に腰かけ、肩に手をかけた。

マイマは手を払いのけなかった。わたしが触っただけで身がすくむとでもいうように、ただ体を震わせているだけで。

「マイマ……なにか話したいこと、打ち明けたいことがあったら……なんでもいいから、わたしに言ってね」

マイマはわたしの助けを拒まなかった。重苦しい沈黙のなかに、ただこもっているだけで。

それがわたしを苛立たせた。

「ヤンね。あの憲兵隊長が、あなたの頭にあることないこと吹きこんだのね？　誰も信用するな、わたしのこともって？　特に、わたしをって？　わたしが犯人だって、信じこませたの？　彼があなたを助手だなんて言ってるのは、そんな話を丸飲みさせるためなんだわ」

ちょっと大声を出しすぎたようだ。タナエがこっちをふり返った。姿は見えないけれど、ほかの人たちがマエヴァホールで話す声が聞こえる。マイマは答えなかった。この子のことはよくわかってる。きっと涙をこらえているんだろう。わたしが彼女の信頼に背いたかのように。

どうして？　指紋でも調べたのだろうか？　まさかわたしの指紋が、ティティーヌの殺害現場から見つかったっていうの？

わけがわからない、この島でいったい何が起きているか。ピエール＝イヴとマルティーヌは殺され、ファレイーヌは行方不明。タトゥーや彫像(ティキ)、原稿といったほかの手がかりも、何がどう結びつくのやら。たしかにヤンはマイマと二人きりで、長い時間をすごしている。それに昨晩、彼は犯行現場のテイヴィテテ墓地へ真っ先に着いた。もしかして、彼は奥さんを厄介払いしたあと、あそこにピエール＝イヴの死体を置いたのではないか？　ヤンが模範的な夫でないのを、わたしはよく知ってるし、彼が呼んだはずの警官は、いっこうに来る気配がない……

「マイマ、あんまり憲兵隊長とばっかりいないほうがいいわ」

マイマは初めてわたしの目をじっと見つめた。

「ヤンは捜査のプロだよ。プロがひとりくらいいなくちゃ」

「ひとりじゃ足りなさそうね。できれば、ほかの島からも来て欲しいところだわ。何が言いたいのかわかるでしょ。あの男、信用できないもの」

「自分はみんなから信用されてるっていうわけ？」

わたしは手痛い大打撃を喰らった。エロイーズがマエヴァホールから出てきて、わたししたちのうしろを通りすぎた。白い紙とオイルパステルを腕に抱え、丸く結った髪に黒鉛筆を挿している。わたしたちの話が聞こえただろうか？

わたしは唾を飲みこみ、もっと小声で話した。ほとんど、ささやくように。

「誰だってみんな、秘密はあるものよ、マイマ。大人はみんな、秘密を持ってるの」

そう、ピエール＝イヴの腕のなかで奪われた時間、ティティーヌに対する口にできない負い目。そうした秘密のひとつひとつを、わたしは海に流す瓶のなかに封じこめたつもりだった。

マイマはさらに声を張りあげた。

「そう言うご当人は、ほかの人よりたくさん秘密を抱えているんじゃないの？」

「そうかもしれない。だからって、人を殺したりしないわ」

マイマはわたしを信じている。信じているとわかってる。信じてくれなくては困る。本当の殺人鬼が、あたりをうろついているのだから。わたしにばかり疑いをむけていたら、いつなんどき犯人の餌食になるかわからない。真の危険は、どこからやって来るともわからないのだから。

「わたしは誰も殺してないわ、マイマ。誓って、嘘じゃない。あなたを守りたいのよ」

ええ、そうよ、マイマ、誓ってあなたを守ってあげる。だけど、急いで行動を起こさなければ。よく考え、すべての手がかり、すべての疑問をいちから見なおし、再検討して、誰が嘘をつき、お芝居をしているのかを突きとめなくては。わたしたちの命を順番に奪おうとしている怪物の正体を暴かなくては。

マイマは立ちあがって、マエヴァホールにむかった。ポエとモアナがつけたテレビの音楽番組から、Ｋポップが微かに聞こえてくる。マイマは黒板の前で歩を緩めた。

死ぬまでにわたしがしたいのは……

少なくとも七人の子どもを持ち、二十人の孫、五十人の曾孫、百人の玄孫（やしやご）を持って……

百人の玄孫のうち少なくともひとりの顔を見たい。

きっとマイマは、憲兵隊長の腕に飛びこむつもりなんだろう。わたしはヤンがあの子を利用しているような気がした。でも、何のために？　犯人は彼なのでは？　彼は狡猾（こうかつ）な頭で策を巡らし、みんながヒバオア島に到着したときからなにもかもたくらんでいたのではないか？　あるいは彼もわたしと同じように、蜘蛛の巣から逃れようとしている犠牲者にすぎないのだろうか？　わたしはもう一度、今度はもっと大きな声で繰り返した。

「あなたを守りたいのよ、マイマ」

けれども彼女は立ち止まりもせず、ただふり返ってこう叫んだだけだった。

「ほっといて。ママじゃないんだから！」

ヤン

「セルヴァーヌ・アスティーヌ？」

「…………」

「こちら、ヤン・モロー。ヒバオア島の創作アトリエ参加者のひとり、ファレイーヌ・モルサンの夫です」

「ああ、憲兵さんね。オーケー、ちょっと待って」

女社長の背後から、がやがやと話し声が聞こえた。首都は今、午後七時。パリ流カクテルパーティーの真っ最中に、じゃましてしまったのだろうか。雑音が徐々に小さくなる。ヤンは誰にも話が聞こえないようテラスから充分離れ、タナエの家（ファレ）の前で立ち止まった。

「憲兵（クリュショ）さん？　聞こえてる？　ごめんなさい、こっちはどん詰まりの地なのよ。あなたのところより悪いかもね。ウーシュ地方なんて呼ばれてるけど。ル・ブレーとラ・ピショティエールのあいだを列車で走ってるところ。嘘じゃないわ、そんな名前の駅が、本当にあるのよ。ほかの出版社が手を出さないうちに、天才作家と契約の交渉をしようってわけ。うちの査読委員会が原稿を読んで、最高点を出したんだから。ただわたしとしちゃ、アンリ四世高校の先生で、ソルボンヌとリュクサンブール公園のあいだにでも住んでて欲しかったけど。類まれなる才能を持つ文学界のキリアン・エムバペ（訳注　フランスの有名サッカー選手）が、マニー＝ル＝デゼールなんてど田舎の郵便配達人だなんて、想定外もいいとこだわ」

電波の状態が悪いのか、セルヴァーヌ・アスティーヌの辛辣な言葉は列車の騒音にかき消され、切れ切れにしか聞こえなかった。どうやら彼女は、車両の連結部に避難したらしい。ヤンは手っ取り早く話を進めることにした。

「アスティーヌさん、五人のアトリエ参加者がどうやって選ばれたのか、知りたいのですが」

「こっちは、PYFが見つかったのかどうか知りたいわね」

そう来たか。かすり傷どころじゃない、腹に力いっぱいパンチを喰らったようなもんだ。

どうしたもんだろう。ヤンはためらった。ピエール＝イヴ・フランソワは殺された、殴り倒され、タトゥーを彫る針で頸動脈を切られたのだと言ったら、たちまちフランスじゅうのマスコミがこのニュースで持ちきりになる。マルティーヌ・ヴァン・ガルの死は、四万人のブログ購読者を除けばさして話題にならないだろう。しかしPYFが死んだとなれば、ジョニーとドルメッソンほどではないにせよ（訳注　ロックスターのジョニー・アリディと作家のジャン・ドルメッソンは、同じ日に亡くなって大きなニュースとなった）、出版界に激震が走るに違いない。いや、その影響はもっと大きいはずだ。ヤンは携帯電話に届いたメッセージの文面を思い出した。**警察は呼ぶな。奥さんと無事、再会したければ。**もう少し、時間を稼がなくては。少なくとも、あと数時間。

「PYFの行方はわかりません。手がかりなしです」

セルヴァーヌ・アスティーヌはヤンの返答を、ただ黙って聞いていた。列車がサント＝ゴビュルジュ駅に入る音が聞こえる。さらにしばらく沈黙が続いたあと、列車がスピードを落とすにつれ、女社長の声は少し聞きやすくなった。

「じゃあ、そちらの質問に答えるわね、ナヴァロ（訳注　元FBI捜査官で、心理学の著書も多数ある）。わたしがマルケサス旅行の大盤振る舞いをした七人のなかに、犯罪捜査官が二名もいるのよ。あなたと、あなたの奥さん。七分の二なんて、すごい確率じゃない。作家の行方とベルギー老女殺しの犯人を突きとめるには、それで充分でしょ？　おまけに地元の捜査班も着いていることでしょうし。彼らはなにかつかんだの？」

ヤンはタナエの家の白壁(ファレ)によりかかり、もごもごと説明した。言葉がところどころ途切れるのは、回線のせいではなかった。

「地元の警察から……事件をまかされたんです。わたしと妻とで捜査にあたるようになって……わたしたちはすでに……その……いくつもの仮説を立てていて」

列車がまた走り出し、女社長は声を張りあげた。

「よく聞きなさい、コロンボ。奥さんにも言っといて。余計なことをしなくていいから、早くPYFを見つけるようにって。彼は抜け目のない男だと思うけど、正直、黄色い部屋の謎（訳注　ガストン・ルルーの古典的密室ミステリ）を思いつくような想像力は持ち合わせていないんだから」

ヤンも負けじと、きっぱり言い返した。

「最初の質問に戻りますよ、アスティーヌさん。創作アトリエ参加希望者は、志望動機書を出さねばならなかったんですよね。自筆の、独創的な志望動機書を。三万通も応募があったそうですが、どのように選んだんです？　選考委員会があったんですか？」

受話器のむこうから女社長の笑い声が聞こえ、やがて大声が響いた。

「あらまあ、マルロー（訳注　フランスの刑事ドラマ『女性警官マルロー』の主人公）、信じられる？　牛がずらっと歩いてるわ。本物の牛よ。もちろん、鉄条網に囲まれた牧草地のなかだけど、つないでもないの」

ヤンは食い下がった。

「ピエール＝イヴ・フランソワは選考委員のひとりだったんですか？　彼がすべての志望動機書を読んで……」

「ＰＹＦはなにも読んじゃいないわ」女社長はきっぱりと言った。「ぐちゃぐちゃの字で書かれた三万二千通もの志望動機書を解読している暇が、彼にあると思うの？　会社の研修生が、前もってふるいにかけておいたわよ。応募原稿のなかから、特に優れているものを残して。女が八名、男が二名。あとはその十名から、ＰＹＦが五名を選ぶだけ」

ヤンは唇を噛んだ。では《恐るべき太陽》荘に集まったアトリエ参加者は全員、文学的な才能ありと認められて公正に選ばれたのか……ファレイーヌを除いて。

列車はまた停まったようだ。メルルロー駅というアナウンスが聞こえる。

「そうなるはずだったのよ」とセルヴァーヌは続けた。「なのにＰＹＦは、十名のうちひとりしか残さないって言い張ったの。どうなってるの、この列車。停まってばかりじゃない」

ヤンの心臓は激しく高鳴った。十人のうち、ひとりだけ？　だとすると、すべてが変わってくる。ヒバオア島に招待された五名のアトリエ参加者のうち、文才ありと認められて残されたのはひとりきりなのだから。もちろんそれは、ファレイーヌではない。彼女は盗作を訴えると脅して、ピエール＝イヴ・フランソワからこの旅行を勝ち得た。それはヤンがよく知っている。マリ＝アンブルはピエール＝イヴ・フランソワと寝たうえ、参加者の滞在費をすべて持つことでアトリエに加わった。ティティーヌはＳＮＳでの影響力を買われた……残るは例によって、クレムとエロイーズ……

「もしもし、聞いてるの？　セルピコ（訳注　ニューヨーク市警麻薬課の刑事。伝記が映画化もされた）。こっちはまるで動かないわ。リンゴの木でも数えてろっていうの。延々続く田舎の景色なんて、もううんざり。ちっぽけな村ごとに停まるのよ。まあいいわ。奥さんの主任警部も含めて、ピエール＝イヴがどんな基準で参加者を選んだのか、わたしに訊かないでちょうだい。彼にしかわからないことなんだから。ミステリを書こうなんていう気まぐれを起こしたわけもね。わたしに言わせれば、あんまりいい思いつきじゃないわね……彼の本領は心理小説、とりわけ女性心理の機微を描くところにあるんだから」

ノナン＝ル＝パン駅。

「名前はわかりますか？」とヤンはたずねた。「十名の候補者のなかからひとりだけ、ＰＹＦが選んだのは誰か？　才能で選ばれ、ここにやって来たのは誰か？」

「今ここで、そんなことたずねられてもね。レ・パチュールとサン＝サンフォリアン＝デ＝ブリュイエールのあいだよ……そもそも、見つかるとは思えないわ。三万二千通の志望動機書は、さっさと処分しちゃったし」

ヤンは《恐るべき太陽》荘の小道の砂利を、いまいましげに蹴った。

「わかりました。どうも。もし、わかったら……」

「どういたしまして、ポワロ。もう切らなくちゃ。マニー＝ル＝デゼールで降りるから。万一、ピエール＝イヴが見つからなくても、彼の原稿だけは捜し出してちょうだい。それに、アトリエ参加者たちの原稿も。殺された人気ブロガー、行方不明のベストセラー作家、タトゥーを入れた人喰い人種の島、ドジな憲兵隊員……とくればＰＹＦの作品であろうがなかろうが、ヒット間違いなしだわ！」

マイマの日記　タトゥーを入れた悪魔

「それで？」

「セルヴァーヌ・アスティーヌ。ＰＹＦの本を出してる出版社の社長だ」

「誰に電話してたの？」

「なにも。収穫なし」

わたしはヤンのあとをついてまわった。隊長さんは電話をかけ終えると、まっすぐマエヴァホールにむかい、勝手にパソコンを使い始めた。ワイヤレスルータのそばに設置されたパソコンは、《恐るべき太陽》荘でインターネットにつながる唯一の機器だった。

隊長さんときたらネットには通じても、だんだん話が通じなくなってきたみたい。少なくとも、わたしとはだめ。犯人は誰か、もうわかったんだから、ガキンチョの女の子と無駄にする時間はないとでもいうように。わたしを説き伏せたつもりなのね。

犯人はクレマンスだ。

何分か前、聞きたくもないのに聞かされた忠告が脳裏によみがえり、がたがたと音を立てた。

あんまり憲兵隊長とばっかりいないほうがいいわ。あの男、信用できないもの。

じゃあ、クレムを信用すべきだってこと？

結局、どっちもどっちって感じ。たしかにヤンはティティーヌのバンガローから採取した指紋をクレムの指紋とすり替え、彼女に罪を着せようとしているのかもしれない。わたしは誰を信じればいい？　二人のうちどちらかが、嘘をついている。ひとりだけ、わたしが信頼できる人がいるとすれば、それは結局……ママ？わたしが背後に突っ立って、なにも言わずに考えているのが、ヤンには苛立たしいらしい。彼はディスプレイから目を離さず、ぶつぶつとつぶやいた。

「ほかに訊きたいことは？」

「ええ……どうなったの？　誰か見た人は？」

「何の話だ？」隊長はびっくりしたようにふり返った。

彼は期待するように目を輝かせた。隊長さんときたら、どうしてすぐにぴんとこないんだろう。わたしは呆れながら、質問しなおした。

「ミリをだよ。三頭目の大型ポニーの」

目の輝きは、灯るが早いかすぐに消え去った。

「ああ、逃げた馬のことか。厩舎に戻ってきたさ。今は仲間のフェティアやアヴァエ・ヌイといっしょに、野原を駆けまわっている」

わざとピントはずれの答えをして、わたしをからかってるんだ。

「そんなのわかってる。昨晩の話をしてるの」

ヤンは疲れたけれどがんばろうとでもいうように、こめかみをさすりながら悲しげに微笑んだ。さまざまな考えが、脳裏に渦巻いているのだろう。収拾がつかなくなるくらい、たくさんの考えが。

「なるほど、マイマ。考えてみると、きみの言うとおりだ、犯人はミリに乗って、墓地へ行ったんだろう。おれがタコマで出発し、墓地からタナエに電話して、《恐るべき太陽》荘のみんなを起こすよう言うまでのあいだに、またミリに乗ってここへ引き返した。だとすれば、誰にも可能性はある……ポエとモアナがシャワーを終えて着替えたら、たずねてみよう。あの二人は夜のあいだ、雨のなかを野原に出てたはずだから」

隊長さんはそう言って椅子をディスプレイにむけると、またキーボードを操作し始めた。

「何を検索してるの？」

今度はヤンも、ズバリと答えた。

「メタニ・クアキさ。ファレイーヌが昨日、最後に、電話でやつのことを言ってたんだ。この近くで見つけたって。ファレイーヌは捜査を続けていた。そして確固たる手がかりをつかんだんだ」

ディスプレイにずらりと言葉が並んだ。ヤンは検索エンジンで、あらゆる組み合わせを試している。

メタニ・クアキ　ヒバオア島　タトゥー彫師　アツオナ　レイプ殺人　絞殺　シリアルキラー　オードレイ・ルモニエ　レティティア・シアラ　エナタ　マルケサス　十五区

ヤンの肩越しに、しばらく結果を眺めた。隊長はわたしを追い払わなかった。わたしがいることなんか、忘れているみたいに。いずれにせよ、目ぼしい結果はなにも得られなかった。二十年前の二重殺人について、同じ記事が繰り返し出てくるだけで、メタニ・クアキがどうなったかはどこにも触れられていなかった。

ヤンはひとりで苛ついている。

「でも、ファレイーヌはなにか見つけたんだ。ここで、すぐ近くで。クアキはどこかこのあたりにいる。間違いない」

隊長はまだディスプレイを見つめていたけれど、ほとんどわたしにむかって話しかけているような感じがした。

「きっと名前を変えたんだろう。やつは今、どんな仮面をかぶっているのか、どうすれば突きとめられるんだ？　歳が六十代だということ以外、なにもわからないのに」

ヤンは検索ワードを《マルケサス諸島》と《タトゥー》の二語だけに絞って、もう一度調べた。何百もの結果が、ずらりと表示される。彼はフェイスブックのページだけを選んでひらき、ヒバオア島に住む女たちのプロフィールをざっと眺めた。ページに入るとじっくり写真を眺め、関連する書き込みに目を通す。こうして彼はタトゥーを入れた何十人ものマルケサス人をひとりひとり検分し、肌に描かれた模様になにか手がかりはないかを追い続けた。

黒いアラベスク模様に覆われた肩や背中、太腿、お尻の写真が次々に映し出されるのを、わたしはしばらく眺めていた。それからキッチンのほうへ、ゆっくりと遠ざかった。

＊

《恐るべき太陽》荘の女主人はキッチンテーブルの前に腰かけ、書類の山を広げていた。フランス共和国や仏領ポリネシアの検印が押された郵便物が、ごちゃごちゃにまざっている。請求書や見積書、予約の申込書だ。

わたしは最初の質問をどう切り出そうか迷いながら、じっと待った。

タナエはマルケサス伝統の長いワンピースを着て、珍しく眼鏡を鼻にちょこんとかけていた。顔をあげずともわたしの存在を感じ取っているのだろう、彼女は先手を打っていきなりこう言った。

「ひとつアドバイスするわね。ペンションなんか、絶対に始めちゃだめ。お客さんとおしゃべりするより、書類書きにずっと時間を取られるんだから」

しかたない、あたって砕けろだ。

「ねえタナエ、メタニ・クアキの話、聞いたことある？」

タナエは顔をあげた。眼鏡が鼻先に引っかかっている。のっけたまま、きょときょとせわしなく動く目は、窓ガラスの内側に閉じこめられた蚊のようだ。

「いいえ、ぜんぜん」

「タナエ？」

「なにか用？」

ためらいがあった。間違いない。タナエは躊躇した。ほんの一瞬だけど、間があきすぎていた。それだけでも、さらに問い詰める気力を奮い起こすに充分だった。

「ねえタナエ、肩に彫ったエナタなんだけど、あれはあなたにとって何をあらわしてるの？」

女主人ははっと固まりついた。ショーツの色でも訊かれたみたいに困惑し、ペンも眼鏡も鼻も、宙で止まってる。突破口がひらけたらしい、とすぐにわかった。だったらそこからもぐりこんでやる。昨晩、タナエのタトゥーがたまたま露わになったとき、きっとファレイーヌも同じ間隙に飛びこんだんだろう。あのエナタを見たとたん、主任警部はすべてを察したんだ。

わたしは必死に頭を働かせたけれど、間に合わなかった。ぱちぱちと脳味噌がはぜる音にかき消され、背後に迫る足音に気づかなかった……

キッチンに入りこむ微かな陽光を、人影が遮った。

ふり返ったときには、もう遅すぎた。

悪魔だ。悪魔が戻ってきて、目の前に立っている。

ヤン

　ヤンはいいかげんうんざりしていた。ふっくらしたお尻に入れた亀のタトゥー、茶色い乳房に巻きついた黒い蛇のタトゥー、平らな腹のうえで丸まったヤモリのタトゥーに、匿名の愛好家たちが絶賛やからかいのコメント、いかがわしいコメントを寄せている。そのなかにメタニ・クアキが隠れていたとしても、どうやって見つけ出せばいいんだ？　ファレイーヌはどう突きとめたのか？　ヤンはなにもかもが疑わしく思えてきた。よくよく考えてみると、メタニ・クアキがシリアルキラーだっていうのも、本当にたしかなのだろうか？　ファレイーヌはそうだと確信していたけれど、タトゥー彫師は自白していない。嫌疑の根拠は、クアキに襲われたというジェニフェル・カラデックの証言だけだ。彼女のことは、その後みんな忘れているけれど……

　ふと思い立って、ヤンはネットからひととき目を離した。そういえばマイマといっしょに、疑問点をリストアップしたことがあった。タトゥー、彫像(ティキ)、黒真珠という三つの謎にまつわる疑問点を。

　ヤンはとりあえずキーワードを二つ、二本の人さし指ですばやく入力した。

黒真珠　マリ＝アンブル・ランタナ

　検索ボタンをクリックすると、ほんの数秒で結果が表示された。

《マリ＝アンブル》を含むサイトは見つからなかった。

けれども、《黒真珠》と《ランタナ》という言葉を含むサイトは十件ほどヒットした。

憲兵隊長は信じられない思いでネットの記事を読んだ。すべてがそこに、目の前に書かれている。クリックするだけでよかったのに、今まで誰も確かめようとしなかった。引き裂かれたカーテンの陰から生々しい真実が顔を出すように、今や明々白々だ。

創作アトリエが始まったときから、セルヴァーヌ・アスティーヌも含めてみんな騙されていたんだ。

マイマの日記　吸血鬼たちのトラック

悪魔は白髪まじりの口ひげに巻き毛、そして杖をついていた。

チャーリーだ！

わたしは飛びあがった。

あいつがここで何してんの？

タナエはわたしの驚きに乗じてペンを置き、細紐を結びつけた眼鏡をはずしてペンダントのように、豊満な胸のうえにさげた。ずり落ちかけたワンピースの肩のあたりを引っぱりあげ、入ってきた男に微笑みかける。

「どう？　手伝いは見つかった？」

「ああ」とチャーリーは答えた。「タトゥー彫師のマヌアリイが手伝ってくれる。指物師のノアが黒いバンを貸してくれる。霊柩車代わりにはもってこいだ」

タナエはうなずき、わたしをふり返った。わたしはマエヴァホールとブレルの写真のほうへ、豹のようにぴょんと飛びのいた。

「ピエール＝イヴの遺体はピトに頼んだわ」と女主人は言った。「警察が到着するまでは地下室に運んで、マルティーヌの遺体の脇に寝かせておきましょう。司祭にも、来てくれるように言っとくから」

「いい迷惑だろうに」とチャーリーは奇妙な口調でたずねた。

彼の声を聞いたのは初めてだ。それは黒人歌手の声みたいに重々しく響いた。

ここはもう一段、警戒レベルをあげなくては。声に騙されちゃだめ。

「せっかく墓地で死んだんだから」とタトゥーに身を包んだマルケサス人は言った。「そこでそのまま埋葬したほうがいいのでは」

なにか裏の意味があるのか、単に庭師兼墓掘り人らしい現実的な意見なのか、わたしは判断をつけかねた。

ともかく、自分の考えに集中しよう。

タナエのタトゥー。

逆むきのエナタ。

クアキの犠牲者オードレイやレティティアのタトゥーと同じエナタ。

敵のシンボル。

ファレイーヌ主任警部は昨日、真相をつかんだ。彼女はヤンにそう言ったし、テラスでもそう話していた。雨音に遮られてよく聞き取れなかった言葉を、思い出してみよう。**犯人がどこに隠れているのか、わかったわ。あとは決め手の証拠をつかむだけ。**ファレイーヌはその直前、タナエにこんな質問もしていた。今までじっくり検討してる暇がなかったけれど、よくよく考えると奇妙な質問だ。**タナエ、旦那さんのツマタイはどこに埋葬されているの？**だなんて。

テイヴィテテ墓地よ、とタナエは答えた。ファレイーヌはそれを聞いてすべてを悟り、すぐさまアヴァエ・ヌイに乗って、雨のなかを墓地にむかった。

逆むきのエナタ。

タナエ、旦那さんのツマタイはどこに埋葬されているの？

ようやく、すべてわかったの。ファレイーヌは電話でヤンにそう叫んだ。**考えたら、難しいことじゃない**って。

何がわかったの、ファレイーヌ？　わたしもあなたと同じだけの手がかりをつかんでる。だったらわたしにも突きとめられるはず。頭の切れは劣らないもの……

チャーリーは《恐るべき太陽》荘の小道に消えた。タナエはわたしがさっき最後にたずねた、タトゥーの意味のことなど忘れてしまったみたいに、また書類のチェックやサインに戻った。

でも、間違いない。しらばっくれているんだ。タナエはメタニ・クアキの名を知っている。

メタニ・クアキ。敵。エナタの彫師。

わたしはいきなり、叫び声を漏らした。危うくその場で、即興のハカダンスを踊り出すところだった。

わかった！

あなたの言うとおりだね、主任警部さん。なにも難しいことじゃない。手がかりはすべて、目の前にあった。子どもだってわかること。そうだ、こんなこと、子どもだってわかる。

　わたしの叫び声を聞いて、タナエは妙に思っただろう。彼女がまた目をあげ、眼鏡をかけなおす前に、わたしはキッチンを飛び出した。

＊

　わたしはアツオナまでいっきに走り、裸足で村を駆け抜けた。サンダルなんか、さっさと投げ捨ててしまった。そんなものはいてたら、転びそうだったから。昨日、ファレイーヌがしたみたいに、馬に乗ってくればよかった……まあ、いいか。テイヴィテテ墓地まで、どうせたった二キロだ。十五分もあれば着く。ゴーギャン・ショップの前に停まってる小型トラックの前を通りすぎた。津波に追われているみたいに走るわたしを、マルケサスの男たちはあっけらかんとしたようすで眺めた。

　《二人戦死者記念碑》をすぎ、土手を横ぎって急カーブを曲がった。椰子の木の下は、なるべく全速力で走り抜けた。いつなんどき実がひとつ、落っこちてくるかもしれないから。鮫に食われるより椰子の実にあたって死ぬ人のほうが多いっていう話は、小さいときからさんざん聞かされてきたから。そのあとさらにスピードをあげ、長い直線コースに入った。

　ちらりと右に目をやり、彫師の店《タ・トゥ》があいているかどうか確かめた。庭には人(ひと)気(け)がなく、鎧戸も閉まっていて、誰もいないようだ。わたしはのぼり坂になってもスピードを緩めず、走り続けた。心臓の鼓動がますます激しくなり、地面を蹴る脚はどんどんと重くなった。ペースを落とすまいとしたけれど、胸が痛んで止まらざるを得なかった。

息を整えるため、ほんの一、二秒だけ。

そのときになって、初めて気づいた。今、この狭い舗道にいるのはわたしひとりきりだと。少し先はもう、森に入る小道になっている。墓地に行くことは、誰にも言ってこなかった。だって、誰も信用できないから。

引き返したほうが賢明なのはわかってる。テイヴィテテ墓地へ行くなら、誰かといっしょのほうがいい。下に見える村に戻ったほうがいい。あそこなら商店主や住民もいるし、車も走っている。ゴーギャン・ショップの前に停まっている車もあったし、ブレルの墓を見に行く車、《二人戦死者記念碑》の先を曲がって……

すると数百メートル下から車が一台、まっすぐこっちにむかってくるのが見えた！

でも、道の先にあるのはジャングルに続く坂だけだ。そんな行き止まりの道で、何をするつもりなんだろう？　もしかして……

あれこれ考えている暇はない。わたしは全速力で走り始めた。

くちなしの花を蹴散らしながら、土手を疾走する。白い花びらが、裸足の足のまわりに雪のように舞い散った。車に追いつかれる前に、道の突きあたりまで行かなければ。そうすれば、誰にも捕まらない。背後からエンジンの唸り声が聞こえた。野獣の息づかいはどんどんとスピードをあげながら、近づいてくる。リードはあと数秒ほど。それでは鉄の怪物から逃げきれない。

そこではっと気づいた。脇に飛びおりればいいんだ。バナナの木のあいだに羊歯の枝が伸びて、森はぶ厚い壁をなしている。だけど、舗道にいたら……車に追いつかれる直前に、わたしはさっと身をひるがえして木々のあいだに飛びこんだ。

森に入れば逃げられる。

すぐに立ちあがり、森の奥へと進んだ。助かった。わたしは野生動物だ。捕まりっこない。わたしは……

ああ、やっちゃった！

足につるが絡まっているのに気づかず、羊歯のなかにばたんと倒れてしまった。これじゃあジャングルに入ったこともない、ドジな都会っ子と変わらない。必死に起きあがろうとしたけれど、絡まった枝がさらに足首を締めつけた。

車のドアがあく音がする。黒い脚が四本見えた。わたしは焦って涙ぐみながら、懇願するように目をあげた。

涙に曇った目で最後に見たのは、道路の真ん中に停まった黒いバンだった。迷子になった少女を捕まえてまわる吸血鬼たちの、檻のついたバンの色だ。捕らえられた少女は、二度と見つかることはない。

第二十章

海に流すわたしの瓶

わたしは村の真ん中に置かれたベンチに、ひとり腰かけた。ゴーギャンの《喜びの家》が、正面に見える。《恐るべき太陽》荘から離れていて、ほかのアトリエ参加者たちは近くにいないけれど、すぐうしろでは庭師の男が芝刈り機で芝を刈っている。画家の記念館から家へとむかう観光客もわずかながら見えるし、木の家具を磨いている家政婦もいる。

数分前、つる棚の下でマイマと交わした会話を、わたしは思い出していた。あの子の態度がなぜか急に変わったことや、彼女のかさにかかったような言葉のことも。**自分はみんなから信用されてるっていうわけ？　そう言うご当人は、ほかの人よりたくさん秘密を抱えているんじゃないの？**

マイマの目を見てわかった。そうか、ヤンがわたしを犯人だと名指ししたんだ。誰かを犯人に仕立てなければならなくて、わたしにその役が振られたってわけね。欲求不満男の、けちな復讐ってわけ？　彼みたいなのっぺりしたハンサムより、腹の出た作家と寝るほうがいいと、わたしが思っているとわかったから？

ヤンは証拠を捏造(ねつぞう)したか、自分に都合のいいように捻じ曲げて解釈したかしたんだろう。わたしはじっくり考えてみた。彼はきっと犯行現場から指紋を採取し、それにものを言わせたんだ。そうやって昨晩、いかにも科学的な風を装って、憲兵お得意の手品をして見せた。

マイマの態度が変わったのは、ちょうどそのときからだ。

ほっといて。ママじゃないんだから。

いいえ、マイマ。あなたを放っておくわけにはいかないわ。

ママであろうがなかろうが、あなたに責任があるもの……

ヤンに疑われたからって、そんなことはどうでもいい。なにも恐れちゃいないわ。警察の前でも、あなたの前でも、申しひらきはできる。だってわたしはすべてを、海に流す瓶に詰めこんだのだから。

村の真ん中まで降りてきたのは、そうした無言の告発から逃れるためだった。ここなら安全だ。《恐るべき太陽》荘にいると、四六時中見張られ、つきまとわれているような気がする。わたしの一挙手一投足はティアレの花びら一枚ぶんも見逃すなって、ヤンに命令でもされているんだろうか。刑事が順番に尾行するみたいに、次々うしろからついてきて。

ブレル記念館の格納庫から、歌声とピアノの音が聞こえてくる。ジャック・ブレルの『ひとり』。二十年前からアツオナ村の真ん中に、彼の歌が毎日流れる。同じ歌手の楽曲しか流さない、地方ラジオ局ってところね。貿易風が音量を調整してくれるけど。

今朝は中くらい。

ぼくたちは二人だ、恋人よ。愛は歌い、笑っている
けれども一日が終わるとき、倦怠のシーツにくるまり

ぼくたちはまたひとりになる

わたしは書くために村までやって来た。小説の続きを書くため、浮き輪にしがみつくように、《海に流すわたしの瓶》にすがるために。だけど、気が変わったわ。読むことにしよう。ピエール＝イヴに対する最後のたむけとして、彼の最高傑作『屈従の町から遠く離れて』を読もう。

読書に浸っているほうがいい。もうあれこれ調べまわる気力は残っていない。タトゥーのことも、彫像や黒真珠のことも考えたくない。パズルのピースを並べるのはうんざりだ。警察を待つのが精一杯。パペーテから来る本物の警察を。彼らを乗せた飛行機がようやくヒバオア島に着陸すれば、いずれみんなにも知れ渡るはずだ。いくら最果ての群島だからって、殺人が堂々とまかり通っていいはずはない。

ぼくたちは十人で、生きている人々を死をもって守る
けれども彼らの灰で、悔恨の杭に打ちつけられ
ぼくたちはまたひとりになる

ページに没頭し始めたとたん、ピエール＝イヴの言葉に不意打ちされた。ＰＹＦは魔法使いだ。危険な魔法使い。批評家連中の評価がかんばしくないのは知っている。甘ったるいだけのインチキ作家、詐欺師だと思われていることは。でも、彼らは間違っている。このわたしがいい証拠だ。ピエール＝イヴはわたしに、大きな影響を及ぼしている。少なくとも、わたしには。あんちくしょうは、すばらしい作家だ。わたしよりずっとすばらしい。

あら、エロイーズが来たわ。

今度は彼女があとをつける番ってわけ？

九時から正午までが担当なの？　わたしがタフアタ島まで、カヌーで逃げ出そうとしてるって？

褐色の髪の美人はにっこりと笑って手で小さく合図すると、イーゼルを立ててパステルを並べた。そして《喜びの家》の木の壁に彫られた豊満なマルケサスの女に、じっと目を凝らした。彫刻の素朴な横顔は、彼女の繊細そうな横顔と奇妙な対照をなしている。ティアレの花を耳もとに飾り、三つ編みにした髪をブロンズ色の肩にたらしたエロイーズは、わたしになど関心なさそうだ。

無理しなくていいのよ。

二人はしばらくそうしていた。わたしは本を手に、エロイーズはオイルパステルを持って。小説に浸りこんでいても、ときおり彼女がわたしのほうをうかがっているのがわかった。そして彼女が眉をひそめ、花を飾った耳にほつれ毛をかけて、唇を嚙みながら色を塗っているときは、わたしがようすをうかがう番だ。絵のモチーフはあいかわらずだった。横線で消された二人の子ども。《喜びの家》の官能的な壁画とはまるで結びつかない。ゴーギャン自身が、《恋せよ、女たち。さすれば幸福になれる》と題した壁画とは、似ても似つかない。

わたしたちの鬼ごっこは長いこと続いた。まるで距離を縮めようとしている恋人同士みたい、なんてことをふと思った。意外なことに、最初の一歩を踏み出したのはエロイーズのほうだった。けれども彼女の目は、わたしを見てはいなかった。それはわたしが手にした本に、じっとむけられている。

「それ、わたしも読んだわ」

『屈従の町から遠く離れて』

わたしは少し皮肉っぽく答えた。

「そうよね。ヒバオア・アカデミーに入るには、必読書だもの。そうでしょ？」

見事笑顔を引き出せた。わたしはさらに勝負を挑んだ。

「大好きな作品よ。読むのはこれで四回目。文句なしの最高傑作だわ」

エロイーズはそっとうなずいた。薄い色の目は、わたしの膝に置かれた本を一心に見つめている。まるでページのあいだから飛び去っていく目に見えない言葉を、追っているかのように。

「ピエール＝イヴ・フランソワの最高傑作。そのとおりだわ。けれどある意味、最低の作品でもある。というか、いちばん危険な作品。そう思わない？」

そんなこと訊かれても、どう答えたらいいんだろう？　そもそも、エロイーズが答えを求めていたのかどうかもわからない。彼女はすぐに言葉を続けた。

「実は……さっきあなたがマイマと話しているのを聞いて言いたかったんだけど、あの子、わたしのバンガローを家探ししたのよ。部屋の真ん中に、椅子が置きっぱなしになってたの。そこから梁によじのぼり、屋根の下をすり抜けたのね。きっと他のバンガローにも忍びこんでいるわ。だけど、マイマを責めようとは思わない。誰にも秘密はあるでしょ？　あの子はよかれと思ってやっているだけ。事件を調べている、探偵ごっこをしてるのよ。もちろん、もう遊びじゃなくなってるけど。でも、わたしはあの子が好きよ。どことなく……」

エロイーズはわたしの本から目をそらし、自分の絵に視線を戻した。

灰色をした、二人の子どもに。

混沌とした灰色。

二つの不気味な子どもの姿が、オイルパステルの暗く荒々しいタッチで描かれている。

ブレルの名曲がそれをメランコリーで彩る。

沈黙。

ぼくたちは百人で、仲のいい友達同士、ダンスホールで踊る
けれども最後のランプのもと、最初の悲しみが訪れ
ぼくたちはまたひとりになる

わたしが読書に戻ると、エロイーズは再びゴーギャンの壁画をじっと眺め始めた。そして突然、大声で読みあげた。

恋せよ、女たち。さすれば幸福になれる。

「言うは易しよね」とエロイーズは言った。「こんな言葉、芸術家はたやすく吐き出せる。ひねり出して、刻みこんで。彼らが去っても言葉は残る。芸術家にとっては、遊びみたいなものなんでしょう。自分がそこにいなくなったときのため、足跡を残す方法なんだわ。なのに、わたしたちはそれを信じてしまう」

　エロイーズは今まで誰にも、こんなにしゃべったことがない。少なくとも、わたしの知る限り。どうして、今日に限って？　どうして、わたしに？　わたしと友達になりたいから？

　わたしが……この小説を読んでいるから？

「その本だけど」エロイーズはボヘミアン風の三つ編みを、首に巻きついた柔らかな小動物みたいに撫でながら言った。「ピエール＝イヴがわたしたちのナイトテーブルに置いておいたのよね。愛の讃歌、高みを目指さなければ挫折に終わった人生、手に入れた星々、逃してはならない流星。よく書けてる本っていうのは、鏡みたいなもの。わたしたちの人生を映し出す鏡。よりよい人生、挫折をしなければ得ることのできた人生の鏡。ピエール＝イヴの作品はどれも、とてもよく書けている。彼は女を語る術を知っている。女の立場を描く術、女たちに語りかける術を心得ている。女たちをもっとうまく騙すために」

　エロイーズは最後のひと言をきっぱりとした口調で発しながら、白いカンバスに黒い切り傷を走らせた。

「どうしてそんなことを言うの？」

エロイーズの目が再び本に吸い寄せられ、それからわたしのほうを見た。

「わたしたちは二人とも、似たもの同士なんじゃない？　ピエール＝イヴは偽りの約束で、わたしたちの心をずたずたにした。彼のせいで、わたしたちはすべてを失ってしまったんだわ。なのにあなたもわたしも、彼を恨んではいない。それは彼のせいではないから。それは鏡のせいじゃない……鏡に姿を映してみるように、誰に強いられたわけじゃないもの」

わたしは昂る感情を、セコイヤの森のなかに抑えこもうとした。じゃあピエール＝イヴは、あなたの心をずたずたにしたの？　そういうこと？　愛人がまたひとり！　そう思わせたいのね？　わたしより魅力的な愛人がいたんだって。

ＰＹＦの誓いが、脳裏によみがえった。あれは愛を交わしたあと、決まってあのあとだった。きみはぼくのいちばん大切な宝物だ。秘密の恋人だ。きみが夢見る《海に流すわたしの瓶》は、もっともすばらしいものになるだろう。きみはぼくの、たった一冊のバイブル、人生という苦悩の迷路から抜け出る唯一の出口なんだ……あいつは愛人たちみんなに、同じことを言っていたのだろうか？

喉が渇いた。わたしは突然、喉が渇いてきた。エロイーズの告白を予期していたかのように、ヒナノビールを二本、持ってきていた。

「あなたも飲む？」

エロイーズが飲まないのは知っている。わたしは一本の栓を抜いた。昨日から、今朝から、飲みたいのをずっと我慢してきた。アルコール依存症っていうのは、こんなふうに始まるのかしら。男に依存する代わりってこと？

「いいえ、けっこう」とエロイーズは静かに答えた。

彼女は何に依存しているんだろう？　その小さな黒い二人の幽霊に？

ぼくたちは百万人で、目の前の百万人を笑う
けれど二百万人が笑っても、鏡のなかで
ぼくたちはまたひとりになる

わたしはビールの瓶を口に運びながら、言葉を続けた。

「違うわ、エロイーズ。そうじゃない。わたしたちは鏡を覗くよう強いられているのよ。そんなふうに、プログラムされてるの。わたしたちは完璧にならなくちゃいけない。ピエール＝イヴがわたしたちを集めたのは、そのためだった。そう思わない？　五人のファンを集めて、理想的な女を作りあげようとしたのだって。いかにも彼の考えそうなことよね。わたしたちはみんな、われこそが理想の女だって信じてた。選ばれた恋人、お気に入り、特権者なんだって。違う？　あなただって、そう感じていたはずよ。彼はわたしのために、わたしひとりのために書いているって」

エロイーズはこくりとうなずいた。

彼女はまた無口な女に、わたしは饒舌な女に戻った。

「でも実際のところ、わたしたちは皆、彼にとって完璧たりえなかった。あらゆる長所を兼ね備えている女は、誰ひとりいなかったの。ピエール＝イヴはさまざまな個性を持つ女たちをひとつにして、理想の女を作りあげようとしたのよ。高質な合金を作るみたいに、秘密の薬を調合するみたいに」

「彫像（ティキ）のようにね」とエロイーズはつぶやいた。

彼女が何を言いたいのか、ぴんときた。わたしはごくりともうひと口、ビールを飲んだ。

「そのとおり、彫像（ティキ）みたいに！　五体の彫像（ティキ）を作らせたのは、彼に違いないわ。自分の意図を、あらかじめわたしたちに知らせておくために。すべての特質を備えている女はひとりもいない。あらゆる力（マナ）を持っている女はいないんだって。けれども彼は、全部手に入れたかった。エゴイストの彼は……そしてわたしたちも皆、彼にすべてを与えられると思ってた。なんてうぬぼれ屋なのかしら、わたしたち……」

ぼくたちは二人、ともに老いる。すぎゆく時に抗って
けれど朽ちた骸（むくろ）が笑いながらやって来るのを見たとき
ぼくたちはまたひとりになる

エロイーズは三つ編みの髪を指で苛立たしげに弄びながら、口もとまで持っていき軽く嚙んだ。本当はもっとうえまで持ちあげ、潤んだ目を拭いたいのだろう。けれど、ためらっている。すすり泣きをこらえているのだ。

「ピエール＝イヴはわたしたちを騙したってこと？　彼の本は欺瞞だらけだって思うの？　あらゆる本は欺瞞に満ちているって？　ピエール＝イヴは勝手な幻想から、わたしたちをここに集めたっていうの？　彼なりのやり方で、わたしたちみんなを手に入れるために」

「男はみんな、そんな幻想を抱いているものよ」

そのとき、タイヤが軋む音がした。

わたしたちは、二人同時にふり返った。まずは思いきり吹かしたエンジン音が聞こえ、そのあと少しうえを抜ける村の街道に奇妙な黒いバンが見えた。

車は猛スピードで走り去った。

マイマの日記　鳥のハカダンス

ヤンが起きあがる手助けをしてくれた。足首に絡みついたつるを苦労してほどいているあいだに、彼は道の端に腰かけた。その脇に停まっている黒いバンにも、わたしは注意を怠らなかった。

「やれやれ」と隊長さんは言った。「目の前の谷に住む人喰い族に追いかけられてたら、礎石（パェパェ）のうえで生贄にされちまってたところだぞ」

わたしはむっとしながら、最後のつるをむしり取った。バンの近くにチャーリーの姿があった。街道の先、テイヴィテテ墓地に続くぬかるんだ小道を、足を引きながらのぼっていく。少し若めの男がいっしょにいた。細身の黒いジーンズをはいて、白いシャツを着た、なかなかハンサムな男だ。あれがタトゥー彫師のマヌアリイ？　庭師のピトを手伝って、ＰＹＦの遺体を《恐るべき太陽》荘の家（ファレ）の地下室に運ぶようタナエが頼んだっていう。じゃあ、彼らはそのために来たんだ。わたしを捕まえるためじゃなく。彼らはそう言っていた……でも、ヤンが来なかったら、どうなっていたかわからない。彼らを寄こしたのはタナエだけれど、彼女は嘘をついている。墓地に何が隠されているのか、タナエは知られたくないんだ。ところがファレイーヌは、昨日それを見つけてしまった。

朝日がさんさんと降り注ぎ、まだ濡れているアスファルトが湯気を立てて乾き始めた。わたしはヤンが差し出した手をつかみ、裸足でアスファルトのうえに立った。

「よくわたしを見つけたね」

「きみが姿を消したもんだから、すぐにタナエが知らせてくれたんだ」

「それで、あとを追いかけてきたの？」

「あたりまえだろ？　ひとりでヒバオア島を歩きまわらせておくわけにいかないじゃないか。どんな相手に出くわすともわからない。ピトやマヌアリイみたいに無害な連中ならいいがね」

二人はもう、森の奥へと続く小道に姿を消していた。彼らは証拠隠滅の任務を託され、タナエに送りこまれたとか？　彼らはわたしを轢き殺そうとしたんじゃない、走っているわたしを避けようとしただけだって、隊長さんは信じているけれど。

ほんと、むかつく。今朝からずっと、みんながわたしを守ってあげなくちゃって思ってるみたいで。《ほっといて。パパじゃないんだから》って、ヤンに怒鳴ってやりたいのを必死でこらえた。その代わり拳を握りしめ、道を指さすだけにした。

「オーケー、隊長さん。よかった、来てくれて。じゃあ、いっしょに墓地まで行ってくれる？」

「その前に、急いでやるべきことがあるんじゃないか」

なにもわかってないのね。わたしはヤンの手を取った。

「ヤン、わたしわかったの！　逆むきのエナタが何を意味するか、わかったの。答えはすぐそこにあったんだよ」

わたしは彼の腕を引っぱった。なんだか、ものわかりの悪い大人に宝物を見せようとしている子どもになったような気分だった。

「あとにしよう、マイマ」

あとにしよう？　まだわたしの手をきつく握りしめ、早くも道路に引き戻そうとしているヤンの手首に、噛みついてやりたいくらいだった。助手に出し抜かれて、嫉妬してるの？　昨日は昨日で、奥さんに後れを取ったし……

「話さなくてはいけないことがある」とヤンは続けた。「きみは嘘をついていたな、マイマ。初めからずっと、嘘をついていたんだ」

わたしはいっきに力が抜けた。それでも言葉だけはまだ、戦意を失っていなかった。

「何の話？　何を……」

「二〇一七年五月二十日、ファアヒネ真珠養殖場（パール・ファーム）。そう言えばわかるだろ？」

わたしはもう、ひと言もなかった。言葉まで白旗をあげてしまった。道々、黙ったままじっと考えこみ、失ったものの重みを量っていた。村に入ったところで、わたしは心を決めた。あらいざらい打ち明けよう。どのみち隊長さんは、すべてお見通しなんだから。

《タ・トゥ》の店をすぎたところで右に曲がった。コプラの詰まった南京袋を積んだ小型トラックが、脇を通りすぎていく。二〇〇三年、マルケサス諸島芸術フェスティバルの折に改修された村の大きな広場（トファ）で、わたしたちは立ち止まった。刈りこんだ芝生、赤い石の階段席、入口を守るピンク色の大きな彫像（ティキ）。そのせいで、なんだか宇宙人のためのサッカースタジアムのようだった。

初めてここに入ったのが、大昔のような気がする。わたしはたしか小学二年生で、七歳だった。学校のお祭りで村人たちを前に、ここで鳥のハカダンスを踊った。パパもママも見に来ていた。もちろん、前のママのことだけれど。

今でもあのハカを踊れるだろう。マルケサスの女は、誰ひとりあの振り付けを忘れない。大きくなっても、ひとはなにも忘れない。もう踊りたいとは思わないけれど。わたしが今、望んでいることだって、いつかは過去のものになる。笑うこと、走ること、なにも気にしないこと、特にお金なんかにこだわらないこと、裸足で歩くこと。わたしもいつかは、今のママみたいになる。朝、わたしを起こしたとき、ママが気にすることと言ったら、靴の色とそれに合ったペディキュアのことだけ。

わたしは目に涙を溜め、隊長さんのほうを見た。

「途中で話を遮らないでね、ヤン。お願い、遮らないで。初めから話すことにするから。ママ、というのはマリ＝アンブルのことだけど、そこはわかってるよね。みんな、マリ＝アンブルのことを、お馬鹿さんだと思ってるでしょうね。ボラボラ島の高級リゾートで、筋肉むきむきの若いポリネシア人をはべらせてくつろいでる、大金持ちのよそ者女（ポパア）だって。やたらとお酒を飲んでは煙草をふかし、気前よく金をばら撒く外国人女。ガイドやスキューバダイビングのインストラクターにつけこまれてるお人よしだって……でも、みんな間違ってる。マリ＝アンブルは反対側の人間なの。つまり、騙す側の人間。

話を最初に戻すね。もっとも重要なところに。隊長さんも、もうわかってるよね。マリ＝アンブルはお金なんか持ってない。一文無しなんだよ。銀行口座には、千パシフィックフランだってありはしない。みんな、でたらめ。ブランドの服も、ディオールのバッグも、カルティエのサングラスも、エレスの水着も、全部パペーテの古着屋で買った偽物。セルヴァーヌ・アスティーヌにした約束だっておんなじ。飛行機のチケット代も、《恐るべき太陽》荘に七名が一週間滞在する費用も、ママは払う気なんかさらさらない。誰にも言うなって釘を刺されたから、黙っていたの。しかたないでしょ。

わたしが聞いたところでは、ママはピエール＝イヴ・フランソワとネットで知り合ったらしい。彼がまだフランスにいて、マルケサス諸島のことを調べていたころに。次回作のために、いろいろネタを集めてたんだよね。ママにとっては渡りに船だった。ＰＹＦのほうもじゃないかな。ママがフェイスブックのスライドショーで公開している水着姿の写真でも、きっと見たんでしょうね。ママは彼の本にイカレちゃってる熱烈なファンだというふれこみでアタックして、費用は全額持つから次回作の舞台ヒバオア島で創作アトリエをひらこうと持ちかけた。趣味と実益を兼ねたいい方法じゃないかって。

ＰＹＦはこの計画に乗るよう、出版社の社長を説得した。たやすいことだよね。だって出版社側の懐は、ぜんぜん痛まないんだから。ひとたびここに着いたら、大金持ちの独身作家をたらしこもうっていうのが、ママの策略だったんじゃないかな。正直言って、けっこう熱が入ってたと思う。今まで本をひらいてるところなんか見たこともないママが、アトリエ参加者の一行がジャック・ブレル空港に降り立つ何週間も前から、せっせと読み始めてたもの。消化不良を起こすくらいに」

「で、きみのパパは？」ヤンは遠慮がちにたずねた。「パパも一枚噛んでるのか？」

パパのこと？　そこまで話さなきゃいけない？

わたしは目の前の広場（トファ）を眺めた。黄土色の地面や、ピンク色の彫像（ティキ）に守られた壇を。そういえばパパやママだけじゃなく、全校生徒の親が集まった前で踊ったことがあったっけ。わたしはタパと呼ばれる樹皮布で作った白い民族衣装を着てた。パパがわたしのために森へ行って、桑の木の幹から剝がしてきたんだ。

目の前に霧がかかってきた。わたしはうつむいて、隊長さんの埃だらけのサンダルを長々と眺めた。

「新聞を読んでるなら、パパのことはもう知ってるでしょ……今はタヒチの共同住宅に住んでるわ。ヌウタニア刑務所の五平方メートルの部屋にね。パパが結んだ賃貸契約は、まだ九年間残ってる。マリ＝アンブルはひとつだけ、少なくともひとつだけは嘘をついてなかった。パパはたしかに黒真珠の養殖で財をなしたんだもの。巨万の財を。一億パシフィックフランくらいになるかな。パパがそれを手にしていたのは、きっかり十七日間だけだったけど。

パパの計画は、間違いなくすばらしいものだった。そのころわたしたちはファイエっていう、住民が五十人にも満たない小さな村に住んでた。わたしは毎日橋の下で、青い目の珍しいウナギに餌をやっていた。観光客が面白がって見に来て、チップをはずんでくれるの。でもパパは、もっと大きな野心を持っていた。なんとしても、手っ取り早く大金をつかまなくちゃって思ってたの。ビーチの砂掻き男がこれからもずっと、美しきアンブルからうっとりと眺めてもらえるようにって。

村からほんの一キロも行かないところにある礁湖の真ん中にファヒネ・パール・ファームっていう、島で唯一の真珠養殖場があった。観光客を連れていくには、カヌーに乗ってほんの三分ほど。天国みたいなすばらしい景色に加え、真珠貝の核入れや螺鈿の選別について、丁寧に説明もしてくれる。お客さんだって、財布の紐を緩めるってものよね……

こうしてパパの頭に、計画が芽生えた。水上ファームには総額一億以上の真珠がある。なのにひとりの見張りも、ひとつの警報器も、一台の監視カメラもない。誰でも目出し帽と模造ピストルを買って舟を借り、真珠をいただきに行くことができる。パパは二〇一七年五月二十日、日が暮れるとその計画を実行した。すべてうまくいった。パパは何億もの価値がある戦利品をカバンに詰めこみ、一発の銃撃も喰らうことなく引きあげていった。けれどもパパは、ひとつ大事なことを忘れていた。パパの天才的な計画からすれば、取るに足らない、ささいな事柄だろうけど。

ファヒネは島なの。縦十キロ、横五キロのちっぽけな島。小さな空港と小舟が数艘あるだけ。島を抜け出る手段はほかにない。だから警察は盗賊を追いかけまわす代わりに、島に出入りする人の荷物を入念に検査するようになった。九・一一のあとのＪＦＫ空港並みの厳しさでね。パパは進退窮まった。真珠を首にさげて一個ずつ持ち出しでもしない限り、手はない。

　それでもパパは、いちかばちかでやってみた。真珠を歯磨きチューブやシャンプーの容器、ひげ剃りムースのスプレー缶に詰めこんで、税関をすり抜けようとしたの。もちろん、大失敗。そんな小細工、警察は初めっからお見通しだもの。パパは最後の一個まで、真珠をすべて取り返された。マリ＝アンブルが首にさげてた、たったひと粒の真珠まで。だから彼女はヒバオア島に来るとき、そこらの市場で買ったカテゴリーＣの安物でごまかすことにしたの。さいわい警察は、ママとわたしの無実を認めてくれた……本当にそうだったし。パパは大物ぶって、ひとりでちゃちな計画を実行した」

　隊長さんも広場（トファ）の隅に腰かけた。

「じゃあマルティーヌの真珠、マエヴァホールの壁にさげてあったあのトップクラスの真珠は、きみのママが盗んだのか？」

「もちろんよ。うっかり偽物だって言ってしまったあと、すぐにぴんときた。ママは前からずっと、高級な黒真珠を身につけたいと思ってたから。パパがあんな窃盗事件を引き起こしたのも、ママを喜ばせたかったからでしょうね。警察は騙されてたの。ママはなかなかのワルなんだから」

「彼女のことを恨んでるのか？」

　そこが大問題なんだ……

　わたしは立ちあがり、広場（トファ）の奥へ数メートル歩いた。短く刈った草のうえで、ハカダンスのステップを踏んでみる。マルケサス諸島一美しいハカの動き、世界一美しいハカの動きを、今でもすべて繰り返すことができる。くるりとまわって飛び跳ね、小首を優雅にかしげて、肩にとまった見えない小鳥にじっと視線を注ぐ身ぶりをすることができる。

大問題だけど、ヤンは返事を待っている。

答えようがないの、隊長さん。こんなふうにしか。

「さあ……どちらとも言えないかな。パパが刑務所に入れられたとき、マリ＝アンブルはわたしを厄介払いすることもできた。本当の母親のところに送り返すとか。むこうはもうわたしの話なんか、聞きたくもないだろうけども。さもなきゃ、ツアモツ諸島かオーストラル諸島、ガンビエ諸島の親戚に預けるとか。けれどマリ＝アンブルは、わたしを手もとに置いておいた。わたしを愛しているからだろうって……自分では思ってた。でも、わたしが必要だったの。新たな男を引っかける計画のためにね。かわいいマルケサス人の女の子。ヒバオア島でデブのピエール＝イヴ・フランソワを引きつけるには理想的じゃない」

ヤンも立ちあがり、広場(トファ)を歩いた。彼の目は、わたしの肩にとまっている見えない小鳥にじっと注がれているかのようだった。

「そんなこと言うもんじゃない、マイマ。きみだってよくわかってるだろうが……」

ありがとう、隊長さん。だけどわたしは、見捨てられた女の子を助けてくれる王子さまを信じる歳じゃない。

「マリ＝アンブルは遺言に、わたしのことをなにも書いてなかった。ひと言も。マリ＝アンブルが望んでいるのは、本当の母親になること……まるでわたしなんか、初めからいないみたいに。ああ、馬鹿馬鹿しい。ママが二人いるのに、どっちもわたしを必要としてないんだから」

ヤンはまた、なにか反論しようとしたけれど、わたしはさっと離れて広場（トファ）で飛び跳ねた。身軽で気楽な七歳のときのように。

笑って両手を動かし、見えない小鳥を飛び立たせる。

「心配しないで。島ではそれが普通なんだから。だってほら、わたしは子どもを産める歳なんだよ。あんな女、こちらから願い下げ。いいじゃない、それがわたしの復讐。さあ、こっちへ来て」

わたしは広場（トファ）の入口を守っているしかめっ面の彫像（ティキ）を手すり代わりに、凝灰岩の段をのぼって村の目抜き通りに戻った。

「わたしの話はこれくらいにして、例のエナタの秘密を知りたくない？」

ヤンは数メートルうしろからついてきた。わたしはソクレド銀行の駐車場を囲む黒い石垣にひょいとよじのぼった。

「なんにも難しくないって、隊長さん。十六歳の女の子にもわかったんだから。逆むきのエナタは……」

「敵を意味する」

じゃあ、助けてあげる。

「ヒントを出すね。メタニ・クアキには恋人がいたけれど、破局してしまった。精神科医の報告書によれば、それが犯行の引き金になったらしい。メタニ・クアキは別れた恋人に対する欲望を、被害者に転移させていたんだろうって。その恋人は、名前も行方もわからないけれど、もしかしたら……」

ヤンは目を輝かせた。

「その女も同じタトゥーを入れているかもしれないって？」

「エナタよ、エ・ナ・タ！」

わたしは草のうえに飛びおり、茶色い地面に爪先で文字を書いた。

エ・ナ・タ。

ヤンはわけがわからないという顔で、こっちを見つめている。これで本当に憲兵隊長なの？　わたしはもう一度言った。

「逆むきってことは？　子どもでもわかるじゃない」

わたしは裸足の指でエとナを消した。

残るはタだけ。

それから消した文字を、逆の順に書き足す。

ナとエを。

「なんてこった」とヤンはつぶやいた。「そういうことか。初めから目の前にあったんだ」

やっとわかったのね！

わたしは七歳の子どもの口ぶりを真似て、たどたどしくその文字を読んだ。

「タ・ナ・エ」

＊

わたしとヤンは《恐るべき太陽》荘へむかう道を、ゆっくりと歩いた。問題の核心が、ひとつ明らかになった。

メタニ・クアキの別れた恋人は、タナエだったんだ。

ほどけたばかりの糸を、わたしたちはすべてたぐりよせようとした。

たしかタナエはパリのホテルマン養成学校で学び、マルケサス諸島に戻ってきたのだった。その数か月後、メタニ・クアキは最初の犯行に及んだのだろう。だとすれば、タナエ自身は事件と無関係だ。けれどもクアキは服役ののち、ヒバオア島に帰ってきた。タナエはすでに結婚し、ポエとモアナも生まれていた。タナエはクアキを守ろうとしただろうか？　彼の過去を知っていたのか？　彼が名前を変えて姿をくらます手伝いをしたのか？

その答えは、テイヴィテテ墓地に隠されているのでは？　タナエの夫ツマタイが埋葬されている墓地に。メタニ・クアキは今、六十代になっているはずだ。それは毎日、そこここですれ違う、にこやかで無気力そうなマルケサス人のひとりなのか？　ピエール＝イヴ・フランソワを殺したのは、彼だろうか？　作家が真実に近づきすぎたから？　正体を暴かれそうになったから？　そのあとファレイーヌも？　初めはマルティーヌも？　だとしたら、正直者のタナエは犯人を知りながら、どうして黙っていたんだろう？

「隊長さん！　隊長さん！」

か細い声が二つ、必死にヤンを呼びとめた。**隊長さん！　隊長さん！**　ミリとフェティア、アヴァエ・ヌイがおとなしく草を食んでいる牧草地を、ちょうど横ぎっているときだった。

わたしがふり返る間もなく、タナエの二人の娘が大型ポニーのうしろからあらわれた。モアナはたてがみを梳くブラシの紐を、長靴をはいたポエは熊手を手にしていた。

ヤンは牧草地を囲む鉄条網に近づいた。

「昨晩のことなんですけど」とモアナはブラシをふりながら叫んだ。「話を聞きたいって言ってましたよね」

「そうなんだ」とヤンは答えた。「できるだけ早くと思ってたんだが、あれからちょっとばかり急展開が続いて」

ちょっとばかりって……婉曲表現ってわけね、隊長さん。

モアナは警戒するような目でわたしを見たけれど、むこうへ行ってちょうだいとまでは言わなかった。権威は尊重しなくちゃ。わたしは二歳下だけど、正式な捜査助手なんだから。

「昨晩、雨のなかを外に出てみると、ちょうど主任警部さんがアヴァエ・ヌイに乗って、大急ぎで出ていく音が聞こえました。それで馬をなだめようとしました。あたりは暗く、風が吹いてました」

「牧草地に着くと」とモアナが続けた。「大変なことになってました。今度はミリが走り去るのが、かろうじて見えました。何者かがロープを解き、鞍をつけて乗っていったんです」

「誰だったんだ、それは？　確かめる間はあったのか？」

　ポエが熊手をふりあげ、言葉を継いだ。

「ええ、あたりは暗かったけれど、間違いありません」

「それに」とモアナはつけ加えた。「一時間後に戻ってきましたから。柵を押しあけると、ミリを牧草地に放し、携帯電話のライトをつけました。わたしとポエが納屋の裏で雨宿りをしているのには、気がつかなかったはずです」

　わたしも鉄条網に歩み寄った。

「じゃあ、見てわかったんだな？」ヤンはじれったそうにたずねた。

「ええ」とモアナは答えた。「それは主任警部さんの携帯電話でした。白い十字のついた赤い携帯電話」

　余計な口出しをしちゃいけないとわかっていたけれど、思わずこう言っていた。

「馬鹿ね。隊長さんは、携帯電話を手にしてたのが誰か、わかったのかって訊いてるの」

　ポエとモアナは四つの黒い目をわたしにむけた。

「妻のファレイーヌのあと、ミリに乗っていった人物」とヤンは忍耐強く続けた。「その一時間後、おれが墓地で作家の死体を見つけたころ、ポニーをペンションに連れ帰った人物は誰なんだ？」

ポエとモアナは頭が疑問でいっぱいらしい。できれば二人を、両手で揺さぶりたいくらいだった。わたしはそれを必死でこらえながら、声高にたずねた。

「馬に乗っていったのも、馬を連れ帰ったのも、ファレイーヌの携帯電話を盗んだのも、全部同じ人物だったの？」

「二人に話させろ」ヤンがわたしをなだめた。

彼女たちを知って以来、四本の手がシンクロせずに動くのを見たのはこれが初めてだ。ポエは熊手に、モアナはミリのたてがみにしがみついた。ポニーはいったい何事だろうと、近づいてきたところだった。

「ええ」とようやくポエが答えた。「同じ人でした」

「わたしたちは二人とも、それが誰かわかりました。けれど、誰にも言ってません。ママにもです。隊長さんに、真っ先に話したほうがいいと思ったので」

ポエは熊手をそっけなく地面に刺した。やけに荒々しい手つきだったので、ミリはそそくさと逃げ出した。いっしょになってあとずさりしたわたしは、ポエが最後に発した言葉に凍りついた。

「クレムでした。昨晩、ミリに乗っていき、また戻ってきたのは。それに、奥さんの携帯電話を持っていたのも」

第二十一章　海に流すわたしの瓶

「クレム！　クレム！」

すべてが急展開をし始めた。

わたしにはそれが感じられる。

まるで足の下で、火山が目覚めようとしているかのように。さもなければ逆に、珊瑚に囲まれた青い穴だけを残して大海原の底に沈もうとしているかのように。雲たちが示し合わせて、山に襲いかかろうとしているかのように。マルケサスの朝を包む穏やかな日々が、空前絶後のパニックに襲われようとしているかのように。

「クレム！　クレム！」

エロイーズといっしょにゴーギャン記念館から《恐るべき太陽》荘に戻ったあと、マイマの声が聞こえたような気がした。なんだか、助けを呼んでいるような声だ。

「クレム！　ママ！　タナエ！」

いいえ、違う。わたしは夢を見ているんだ。頭のなかで、恐怖と現実が入り混じっている。マイマを守ってあげたいのに、あの子は知らんぷり。いや、敵意を露わにすることさえある。かわいい子ネズミが、この腕に飛びこんでくればいいのに。けれども聞こえるのは、あの子の足音と、憲兵隊長の足音だけ。それもたちまち遠ざかった。二つの人影がつる棚の下を走っていくのが、かろうじて見えただけだった。まるで天変地異から逃れるみたいに。あるいは、わたしから逃れるみたいに。

「ポエ、モアナ！」

今度こそ、夢じゃない。タナエの声が、苛立たしげに二人の娘を呼んでいる。きっとそこらをほっつき歩いているからだろう。

わたしは馬鹿みたいに、思わず空を見あげた。ようやく警察が到着したのかと思った。だからこんな大騒ぎをしているのだろうと。タヒチ司法情報局の警官たちを十人ほど乗せた飛行機が、ようやく着陸したんだ。あと十五分もすれば、ここにやって来る。

一瞬、わたしは安堵を感じた。悪夢は終わったんだ。

でも、違った。地平線に、あいかわらず警官の姿はない。

わたしは恐ろしくなった。

はっきり言わなくちゃ。怖いわ。

わたしはマイマのところへ行こうとした。あの子はマエヴァホールに腰を落ち着けている。ヤンがそのまわりを番犬よろしく、うろうろ歩いていた。マイマはわたしと話したがらなかった。またしてもわたしのことを、最低の大嘘つきだとばかりににらみつけた。いや、もっとはっきり言うなら、殺人犯だと言わんばかりに。

誰かにそう吹きこまれたから？　誰かがあの子に、そう信じこませようとしたの？

だけど、わたしじゃないわ、マイマ。誓ってわたしじゃない。誰も殺してなんかいない。

誰に聞いたか知らないけど、全部でっちあげよ。

わたしを信じて。みんなも、わたしを信じて。

マイマを守らなくては。それがまずは第一だ。

ここ数日来、初めてわたしはひとりになった。わたしを除くほかのペンション客はみんな、秘密の部屋に招かれているんじゃないか、そんな感じだった。人々が避けて通る疫病患者になったような、いずれ隔離され、拘束衣を着せられるような気がした。

わたしは気が触れてしまったのだろうか？

わたしがそう思うように、誰かがしむけているのか？

刻々と処刑のときが迫っている死刑囚の気分だ。まだあと少し、自由なときは残されている……見張られたなかでの自由だけれど。

逃亡をくわだてるべきだろうか？

どうしてわたしがそんなことを？　逃げたりしたら、罪を認めるようなものだ……犯してもいない罪を認めるような。

エロイーズはマエヴァホールのソファに腰かけ、絵を描いている。タナエはキッチンで忙しく働き、ヤンとマイマは受付のパソコンの前に陣取っている。それでもわたしは、閉じこもっていたくなかった。歩かなくちゃ。

外に出ても、あまり遠くへは行けない。《恐るべき太陽》荘の真上にあるバナナ園にむかって、ぶらぶらと歩き始める。摘み取る寸前の、熟れた果実の香りを嗅ぎたかった。

孤独な身代わりの山羊。

ひとりきりの。

少なくとも、わたしはそう思った……

背後に足音が聞こえる。

わたしは焦ってふり返った。するとそこには、わたしの微笑みを映し出す不安そうな笑顔があった。

最後に残った犯人候補二人の出会い。

マリ＝アンブルとクレム。

彼女とわたし。

わたしはまだ警戒していた。芝居のなかの人物になったような気がする。シャドウゲームの人物、仮面ゲームの人物になったような。わたしの正体を知っているのは自分ひとり。

ずんずん近づいてくる。

「あなたと話したかったの。でも、もっと別の場所で」

わたしはさらに、警戒を強めた。彼女は初めから犯人候補リストの筆頭だった。きっとピエール＝イヴの愛人だったのだろう。彼が殺された晩、村長の小屋で言い争っていたのは、わたしではなくこの女だ。わたしは最初から、そう確信していた。体が震え出す。翌朝、小屋には香水の匂いが漂っていた。エルメスのヴァンキャトル・フォーブル。その意味は、彼女にもわかったはずだ。ここを離れるべきじゃない。《恐るべき太陽》荘の近くにいなくては。少しでも危険を感じたら、大声をあげればいい。

「何の用？」

「マイマを守りたいのよ。あなたといっしょに。あなたの助けがいるの。憲兵隊長といっしょにいたら危険だわ。あの男、怪しげよ。あれこれたくらんでて」

ええ、そうね。大賛成だわ。ヤンがつまらない隠し立てをしなければ、タヒチの警察がとっくにやって来てたはずだ。そもそも彼が憲兵隊員だというのも、本人と奥さんが言っているだけで証拠はなにもない。ファレイーヌが主任警部だというのも、本当かどうかわからない。あの二人は警察官と憲兵隊員という名目で主導権を握り、みんなに、そしてマイマにも影響を及ぼしてきた……自分たちだけは疑われず、証拠を好きに操作できる。ヤンは奥さんが目を離すとすぐ、ほかの女に色目を使うし。

わたしたちはいつの間にか、《恐るべき太陽》荘から何十メートルも離れたバナナ園まで来ていた。わたしは動揺を抑えてたずねた。

「で、どういう申し出？」

「みんなに内緒で手を組みましょう」

だめよ、と心の声が厳かに言った。危険すぎる。わたしを操っているのは、この女かもしれない。ヤンは実直な憲兵隊長で、悪賢い殺人犯は彼に偽の証拠をつかませたのかも。

「真っ先にやるべきは、タヒチの司法情報局に知らせることね」とわたしは言った。「ヤンを信頼して仲介役をまかせるのをやめて、わたしたち自身で連絡するのよ」

「それはいい考えだけど、今すぐ電話しても、警察がここに到着するまでに四時間はかかるわ。その前に行動しなければ」

たしかにそのとおりだ。でも、警戒は解くべきでない。わたしたちは《恐るべき太陽》荘から目を離さないようにしながら、さらに歩き続けた。申し合わせたわけでもないのに、気づくと冠をかぶった彫像(ティキ)の前に出た。指輪、イヤリング、ネックレスをした、美の彫像(ティキ)だった。これはマリ＝アンブルの彫像(ティキ)だって、誰もが認めている。

そりゃ、そうよね……

彼女は石像の前で立ち止まり、誰にも見られてないかをきょろきょろと確かめると、あわてたような声でこう言った。

「急いで行動に移さなくちゃ。さっきポエとモアナが話してたけど、あの二人は昨晩、納屋の裏に隠れていたんですって。そしたら何者かがもう一頭のポニーに乗り、どこかへ出かけてまた戻ってきた。わたしはエロイーズとマエヴァホールにいて、全部聞いてしまったの。あの二人、憲兵隊長にしか話さないつもりらしいけど、きっともうそうしているわ」

わたしは心底ほっとした。《恐るべき太陽》荘に信頼できる人間が二人いるとすれば、それはポエとモアナだ。なにもうしろ暗いことのない二人。彼女たちなら、嘘をつく理由もないわ。あの二人が犯人を目撃して、その正体を明かしたなら……わたしの無実は完全に証明されたことになる。今夜は枕を高くして眠れるわ。わたしはこっそり馬に乗ったりしてないし、そもそも馬なんて、生まれてから一度も乗ったことがない。

「それって、わたしじゃないわ」とわたしは言った。

「わたしでもない」とむこうも断言する。「あなたのことは信じてる。まずは信頼し合わないと。あなたを信頼するのには、ちゃんとした理由もあるし」

彼女は冠をかぶった彫像（ティキ）によりかかり、笑みを貼りつけた顔をわたしにむけた。石像のマリ＝アンブルと同じ笑みだ。そして彼女はこう続けた。

「実は……あなたに見せたいものがあって」

彫像（ティキ）はまだわたしたちを見つめていた。追いつめられた者同士が手を結ぼうとしているのを、無言で眺めている。彼女はショートパンツのポケットを探った。そのあいだにも、話し続けている。

「マルティーヌの死体が見つかってから、もう二十四時間以上がたつっていうのに、正式な捜査はまだまったく始まっていない。しっかり目をあけて見なくちゃ。明らかでしょ。自称憲兵隊長と自称主任警部は、時間稼ぎをしてる。『そして誰もいなくなった』っていう小説、覚えてる？　犯人は死者に紛れこんでるのよ。もちろん、彼らは筋書きを大幅に変えているけれど。ファレイーヌは好きなときに好きなところで犯行に及ぶことができるよう、行方不明のふりをしているのかも。おそらくすべては、殺人鬼のタトゥー彫師事件と結びついているんでしょう。ピエール＝イヴはその事件をもとに、小説を書こうとしていたし。テイヴィテテ墓地に散らばっていたのは、きっとその原稿でしょう。ファレイーヌは事件の捜査をしていたっていう話だけど、もしかしたら彼女は警官なんかじゃないのかもしれない。ヤンとファレイーヌは、真実が知られないようにしているんだわ。ほら、これを見て……」

握りしめた手がゆっくりとひらかれる。

「ヤンのカバンに入っているのを、三十分ほど前に見つけたの。ホールにカバンが置きっぱなしになっていたので……そっと調べたら」

手のひらにのっている携帯電話には、見覚えがあった。赤いボディに、白い大きな十字が描かれている。間違いない。ファレイーヌの携帯電話だ。

なにがなんだか、わからなくなった。たしかファレイーヌはテイヴィテテ墓地でヤンを待っているあいだに、ピエール＝イヴ殺しの犯人に捕まったはずだ。そのとき携帯も、いっしょに持ち去られた。

だとしたら、今その携帯を手にしている者が犯人だということになる。

つまりヤンか、あるいは……

「聞こえた？」

彼女は突然凍りつき、声を潜めた。

「どうしたの？」

「息が聞こえたのよ。すぐ近くで。彫像（テイキ）のうしろだわ」

わたしは自分の息を潜めて、森の物音に耳を澄ませた。なにも聞こえない。頭に響く幻聴だけ。それはマイマの声をしていた。助けを求めるマイマの声。**クレム！　ママ！**

「あそこよ」突然、彼女が叫んだ。

薄暗がりのなかでなにかが動いたような気がした。わたしは必死に声をあげた。

「別々になっちゃだめよ」

けれども彼女は、あわてて走り始めていた。そして《恐るべき太陽》荘とは反対側の、バナナ園の枝のあいだに姿を消した。

こうなったら、やるべきことはひとつ。

わたしはペンションにむかって走り出した。できるだけ早く、あそこに戻らなくては。わたしを犯人に仕立てようというなら、勝手にするがいいわ。でも、わたしは無実だ。それを証明する時間はある。

喉のうえで首飾りが揺れた。幸福をもたらす首飾りが。

死ぬわけにはいかない。

マイマのために。最後にちらりとそう思った。あとはもう、顔や脚を引っ掻く枝と葉のあいだを駆け抜けるだけだ。

マイマのために。

ヤン

エロイーズは必死にヤンのあとを追ったけれど、彼の歩みが速すぎてとてもついていけなかった。そもそもヤンは歩くというより、ほとんど走っていた。目の前に立ちふさがる羊歯やつる植物を鉈（マチエーテ）でばさばさと切り裂きながら、岩から岩へ飛び移っていく。岩石画や聖なる石を砕いていないか、ろくすっぽ確かめもしなかった。エロイーズは憲兵隊長を見失わないよう、彼がたどったルートをひたすら進み続けた。

ほんの五分前、二人は銃声を聞いた。

その乾いた爆音は、ペンションから数百メートルのぼった森のあたりで発せられたらしい。

みんな、いっせいにテラスに集まった。タナエはキッチンから飛び出し、ポエとモアナは野原から駆け足でやって来る。マエヴァホールにいたエロイーズは読書を中断し、マイマはMP3プレイヤーのイヤホンをはずした。ヤンは携帯電話を持ったままやって来た。

いないのはクレムとマリ＝アンブルだけだ。

「ペンションのこんなすぐ近くで狩りをするマルケサス人はいないわ」とタナエが言った。

ポエとモアナは母親にしがみついた。

ヤンは銃声がした方角を見つめた。真北のあたりだ。

「行ってみる」

彼はマイマに、ついてくるなと命じた。タナエや二人の娘といっしょにいろと。マイマが大きな不安そうな目で懇願しても、無駄だった。

でもタナエはエナタの逆、敵っていう意味よ。

「ここにいるのがいちばん安全なんだ」それでも憲兵隊長は、きっぱりとそう言った。

コプラを切り裂く鉈（マチエーテ）が、キッチンにさがっている。ヤンは武器代わりにそれを取ってきた。エロイーズが彼のあとを追いかけて言った。

「わたしも行くわ。誰もひとりになってはいけないはずよ。絶対に」

ヤンはなにも答えなかった。いいとも、だめだとも言わない。

そして外に出ていった。


ヤンは森を走り続け、最初の彫像（ティキ）の前に来た。大きな頭をし、肩にフクロウをのせた彫像（ティキ）。けれど無言で立っている単眼の証人に、訊問している暇はなかった。銃声はもっとうえの、数十メートル先から聞こえてきた。そのあたりは傾斜が緩く、三段のテラス状になった昔の聖地跡（メ・アエ）が残っている。羊歯に覆われた火山岩の敷石が、無造作に並んでいるだけだが。そこには二十本指の彫像（ティキ）が二つ立っていた。羽根ペンを握っている芸術の彫像（ティキ）と、小鳥を絞め殺している死の彫像（ティキ）だ。

バンヤンジュのつるがカーテンのようにたれさがり、聖地（メ・アエ）を隠していた。憲兵隊長が最後のカーテンを切り払うと、自然に侵食された祭壇の光景が目の前にひらけた。明かりはといえば、梢から射すわずかな光だけ。薄暗く、じめじめとして、まるで緑の舞台がそこまで続いているかのようだ。

ヒバオア芝居の舞台が。

憲兵隊長は最初の二つのテラスを二歩で駆けのぼり、三つ目のうえで凍りついた。

それが見えた。二体の灰色の彫像（ティキ）に見守られ、その足もとに横たわっている。

二つの死体。

今回、犯人は、首にタトゥーの針を突き立てる暇がなかったらしい。もっと確実だが、ありふれた殺害方法でよしとした。

銃を二発、撃つだけで。

一発はファレイーヌの胸に命中し、心臓を貫いた。

もう一発はマリ＝アンブルの背中にあたって、肺に穴をあけた。

流れ出た鮮血は、聖地（メ・アエ）の灰色の石を赤く染めた。何世紀も前から血を味わっていなかった石が、長年の渇きを癒そうと新たな生贄を求めたかのように。

エロイーズがヤンに追いつき、脇に立った。ほどけた髪から覗く耳にティアレの花が飾られている。彼女は怯えたように、ファレイーヌとマリ＝アンブルの死体を見つめていたが、やがてよろりとよろけた。黙っているが、逃げ出したいのを必死にこらえているのだろう。喉もとに酸っぱいものがこみあげたが、吐き気を我慢した。そして思わず、ヤンの手をつかんだ。

ヤンは手の先に、だらりと鉈（マチエーテ）をつかんでいた。

マリ＝アンブルの背中からひとすじの血がタイルにゆっくりと流れ落ち、岩の溝に注いでいる。それは生贄の血が流れやすいよう、マルケサスの司祭が巧みに刻んだ目に見えない水路なのだろう。

「二人とも……二人とも、殺されたばかりなの？」とエロイーズがたずねた。

「マリ＝アンブルはそうだが……ファレイーヌは死後、何時間もたっている。どうやら……昨夜のうちに殺されたらしい」

エロイーズは主任警部の真っ青な顔と、心臓のあたりにこびりついている黒い血のかたまりをまじまじと見つめた。それから、重々しく死体を見守る二体の彫像（ティキ）に視線を移した。彼女は右側の彫像（ティキ）に目を奪われた。まるでこの場面に、サディスティックな喜びでも感じているかのようだ。二十本の石の指が、小鳥の骨を砕く音が聞こえる。聖像の足から首まで波打つ蛇の冷たい鱗の感触が、はっきりと伝わってくる。

エロイーズはこの彫像（ティキ）の力（マナ）を感じた。死の力（マナ）を。

鉈（マチエーテ）の柄を握るヤンの手が引きつった。

ファレイーヌとマリ＝アンブルは、二人とも死に値する罪を犯したのか？

全員が罪を贖（あがな）うまで、血は流れ続けるのだろうか？

ヤンは一歩前に進んだ。エロイーズは彼の手を握ったまま、あとに従った。こうして二人は呪われた恋人たちのように、生贄の祭壇に近づいた。エロイーズの脳裏に、そんなイメージが浮かんだ。

緑の大聖堂（カテドラル）、マングースとココ椰子のステンドグラス、禁忌（タブー）になった命。死だけがそれを清めることができる。あらゆる罪をすすがれた死だけが。

エロイーズは、ナタンとローラのことを考えた。

あの子たちはいつか、わたしを許してくれるだろうか？


ヤンはエロイーズの手を離した。

そしてひざまずいた。まるで祈るように、マルケサスの神々に懇願するように。まるで彼もまた、死の力（マナ）に浸っているかのように。鉈（マチエーテ）の刃が石に触れる。そうやって研いだあと、宙を切り肉を断とうというのか？

ヤンは灰色の石に、そっと鉈（マチエーテ）を置いた。

「見ろ、これ」

紙切れが一枚、マリ＝アンブルの血まみれの胸の下に挟んである。

エロイーズはしゃがんだ。

危うく倒れそうだった。

彼女は死に抗った。血にも耐えた。けれどもインクを前にして、ついに音をあげた。

彼女は足もとに吐いた。

ヤンは少し離れて紙切れに手を伸ばし、血が染みていない隅をつまんで引っぱり出した。エロイーズはTシャツの裾を口までまくりあげ、ゲロで汚れた唇を拭った。ハンカチは持っていなかったし、Tシャツは半袖だったから。へそとブラジャーがまる見えになったけれど、そんなことかまっていられない。ヤンも彼女には目もくれず、手書きの文字を一心に見つめている。

エロイーズが書いた文字。

ヤンが手にしているのは、彼女の遺言だった。

海に流すわたしの瓶　第五部

エロイーズ・ロンゴが遺す言葉

死ぬまでにわたしがしたいのは、道は一本だけなのか、それとも何本もあるのかを知ること。わたしたちの運命は、すでに何者かによって書かれているのか、それとも運命は変えうるのか。戦う価値はあるのか、あきらめずに立ち向かうべきなのかを知ること。すべてを捨てるべきなのか、別の人生はあるのか、追い求め続ければ、隠された宝のように、いつか見つけることができるのかを知ること。

死ぬまでにわたしがしたいのは、それは単に意思や気力の問題なのか、それともすべては罠にすぎないのかを知ること。どこへ行こうと、わが身の悲惨はついてまわるのかを知ること。世界の果てへ旅立とうが、別の惑星に降り立とうが、人は同じ家を建て、同じ監獄にとらわれるものなのか。なぜなら監獄は、わたしたちの頭のなかにあるのだから。よその世界なんていう考えは、わたしたちをおびき寄せる餌にすぎないのだから。

死ぬまでにわたしがしたいのは、丘のむこう、海の彼方に、何があるのか知ること。わたしを待っている男、わたしが待っている男がいるのか。愛はそんなふうに始まるのか、わたしにとってこの世で唯一の男とは、宝くじを当てるようなものなのかを知ること。けれど宝くじが当たるには、くじを買わねばならない。何枚も何枚も買い、必死になって願をかけ、皮膚がすりむけ血だらけになって泣き叫びながら、それでもひたすら買い続けねばならない。当たりくじを引くまで。

死ぬまでにわたしがしたいのは、頭から離れない小さな声が、蛇のようにしゅうしゅうとささやきかけてくるとき、真実を言っているのか知ること。さあ、書け、書くんだ。おまえには才能がある。描くこと、創り出すこと、想像すること。それがおまえの人生なんだ。でもそのためには、すべてをあきらめねばならない。あらゆる危険を冒さねばならない。偉大な芸術家は、ものごとを中途半端にしたりしない。ゴーギャンしかり、ブレルしかり、彼らはすべてを捨てた。女、子ども、友人。彼らは若くして死んでいった。永遠を手に入れる代償として。

死ぬまでにわたしがしたいのは、こんな狂気じみた考えを吹きこむのが悪魔なのかどうか知ること。ひとりのゴーギャンが生まれる陰で、いったい何人の忘れられた芸術家が報われない一生を送ったことだろう。彼らは子どもたちに呪われながらも、無名や凡庸と無縁の人生を夢見続けたのだ。

死ぬまでにわたしがしたいのは

すべてを捨てるに値する男を愛すること。

死ぬまでにわたしがしたいのは
わたしを裁くことなく、ありのままのわたしを受け入れてくれる男を見つけること。自分勝手な男を愛せる女のように、わたしを愛せる男を見つけること。

死ぬまでにわたしがしたいのは
ナタンとローラにいつか許してもらうこと。

海に流すわたしの瓶　第二十二章

わたしは今、ほかのみんなといっしょにマエヴァホールにこもっている。

全員で七人。

ドアを閉めて鎧戸を閉ざし、一歩も外へ出ない。それでも建てつけの悪い竹組の隙間から陽光が射しこんで、部屋はぼんやりと明るかった。家で息を潜めるようにすごす、猛暑の日々のようだ。

全員で七人。

男はヤンひとり、あとの六人は女。

そのうちマイマ、ポエ、モアナの三人は十代。

彼女たちの世話をするのは、経験豊かなタナエ。

残りは二名のアトリエ参加者。

二名はむかい合って、ソファに腰かけている。

エロイーズとクレマンス。

彼女とわたし。

核戦争のあとに生き残った最後の人類のように、ひとかたまりになった七人のうち、少なくともひとりの手は血に汚れている。そして残り全員を亡き者にしようとしている。

それは誰？

わたしは息を切らせて《恐るべき太陽》荘に戻ると、テラスにすわりこんだ。まだ恐怖で震えが止まらなかった。とても動けない、と思っていた。

けれどもヤンは、わたしたちに選択の余地を与えなかった。さあ、立って、安全な場所へ移動するんだ。

彼の命令は明快だった。わたしたちの誰も、もう外へ出てはならない。全員、ホールに立てこもって、救助を待つのだ。

隊長さんだって、それに従わなくては。

わたしたち五人のアトリエ参加者たちのうち、三人は殺された。

次は誰だ？

わたしだろうか？

わたしはベージュ色の擦り切れたビロードのソファにすわり、首飾りの赤い種子を無意識にまさぐった。首飾りは今までわたしを守ってくれた。どうして、わたしを？　どうしてマルティーヌやファレイーヌ、マリ＝アンブルは雷に打たれ、わたしは無事だったのか？　わたしはマイマに目をやった。彼女は部屋の反対側の隅で椅子に腰かけ、ぼんやり宙を見つめている。母親が殺されたことをヤンに知らされてからというもの、ただじっと黙りこくっている。

いた。誰のほうも見ようとせずに。暗い目を投げかけることもない。誰にも。

マイマは何を感じているのだろう？　わたしは無性に書きたかった。すべてを書き留めたい。《海に流すわたしの瓶》を、口までいっぱいにしたい。たとえ全員が死ぬ運命にあるとしても、わたしが次に殺されるのだとしても、あるいは犯人に仕立てあげられて打ち倒されるのだとしても、このノートは残る。すべてがそこに書かれている。すべての真実が。

あなたはそれを裏づけてくれるだろうか？　証言してくれる？　あなたはわたしの希望、最後の希望だ。

ヤンは両手を背中で組んで、刑務所の看守よろしく話し始めた。彼の声は冷たい石のように無表情で、まるでロボット警官の声みたいだった。マリ＝アンブルの死体は温かく、流れ出た血はまだ固まっていなかった、と彼は言った。おそらく、殺されたばかりだったのだろう。だから銃声がしたとき《恐るべき太陽》荘にいた者は皆、犯人ではないことになると。みんながはっきりわかるように、彼はこうつけ加えた。

「つまりマリ＝アンブルを殺した犯人は、マイマやポエ、モアナではないし、タナエでもない。それに、エロイーズでも」

一瞬、みんなの目が、わたしにむけられたような気がした。視線は部屋のなかをちらちらと行き交い続けた。稲妻が空を切り裂き始める前から、早くも嵐に怯える虫たちのように。お互い誰もあからさまに見はしないが、ようすを探り合っている。そういえば、子どもの遊びにこんなのがあった。丸く輪になってすわった子どもたちの身ぶりから、オニの正体を見破る遊びが。

大丈夫、誰もわたしを見ていない。

わかったでしょ、ヤン。心配しなくても、メッセージはちゃんと伝わったわ。

五人のアトリエ参加者のうち、三名は死んだ。四人目には鉄のアリバイがある……わざわざ指ささなくたって、誰が犯人かは一目瞭然だ……

それでもヤンの言葉に、わたしはどきっとした。彼は部屋のなかを、ぐるぐる歩き続けている。彼の声は金属のように冷たかったけれど、安易な妥協はしないつもりらしい。

「四つの事件のうち一、二件だけなら、ほとんどみんな無実が証明されている。しかし犯人をひとり、確実に名指しできるだけの決定的な証拠はなにもない……おおまかな方向を指し示す状況証拠や証言があるだけで」

ヤンの視線が、ちらりとわたしにむけられた。あるいは、そんなふうに感じただけかもしれない。状況証拠や証言というのがどんなものなのか、知っているのは彼ひとりだ。それとも、彼とマイマだけ？　それぞれのバンガローから、指紋を採取したとか？　ポエとモアナから、話を聞いたとか？

そんなはずない、と叫びたかった。わたしはマルティーヌのバンガロー《ウアポウ》に入ったことなんかないし、生まれてこのかた馬に乗ったこともない。

「ひとつ、告白しておかねばならないが」と憲兵隊長は、わたしをじっと見たまま話し出した。ようやく少し感情のこもった声になった。何を話すつもりか知らないが、彼には高くつくかもしれない。

「実はずっと」とヤンは続けた。「妻を疑っていたんだ。ファレイーヌ・モルサン主任警部を。なぜって……妻はピエール＝イヴ・フランソワと深刻なトラブルを抱えていたんでね。そんなわけでマルティーヌが殺されたあとも、警察に通報しなかった」

マエヴァホールでは、もう誰も口をきく者はいなかった。憲兵隊長は、独楽の真似事をやめている。重々しく響く彼の声は、ますます困惑の色を濃くした。

「ピエール＝イヴの死体が見つかったあと、脅迫メールが届いた。警察に知らせたら、妻の命はないと。およそ十二時間前のことだ。実際のところ、妻はすでに殺されていたんだが。わたしはそこで……重大な判断ミスを犯した」

ヤンはゆっくりと話した。言葉のひとつひとつが、ずっしりと重いかのように。

「今度こそ、連絡したよ」憲兵隊長はきっぱりと言った。「あと四時間もしないうちに、到着するだろう。パペーテのタヒチ＝ファアア空港を飛び立ったところだ」

ヤンは神妙な面持ちだった。今にも泣き出しそうだ。無理もない、奥さんを亡くしたばかりなんだから。でも……そう簡単に信頼していいものか？　真実を語っていると、どうして言いきれるだろう？　さんざんわたしたちに、嘘をついたあとなのに。警官が本当にやって来るのか、どうしたら確信が持てるっていうの？

「それまでは、全員ここにこもっていよう」

マイマの日記　チャーリー

「ポエ、モアナ、手伝ってちょうだい」

わたしはなにも頼まれない。

ポエとモアナは暇つぶしにしていたビンゴの升目に黄色いチップを置いたまま、立ちあがってキッチンにいる母親のもとへ行った。

わたしには、もう誰も、なにも求めない。ヤンでさえも。わたしは全部拒絶した。彼が戻って、こう告げてからずっと。

きみのママが殺された。聖地（メ・アエ）で。

わたしは誰にも触れられたくなかった。話しかけられるのも嫌。叱ったり、慰めたり、哀れんだり、教えたり、たずねたり、諭したり、どれもこれもされたくない。

わたしは疫病神だ。愛してくれる人は、みんな死んでしまう。

最初のママはどこかへ行ってしまった。二番目のママは銃で撃ち殺された。三番目のママになってくれそうだったクレムは、わたしを裏切った。

彼女はわたしに嘘をついた。ほかのみんなと同じように。この島では、みんな嘘ばかりつく。石でさえも、石像や沈黙さえも。

マエヴァホールですごす朝は、長々と続いた。悲劇の最終幕のように、無言で。聞こえてくるのは、ポエとモアナがささやくビンゴの数字だけ。理解できない。マルケサスの人たちって、この馬鹿げたゲームが大好きなんだよね。

頭を使わなくても、勝てるからだろうか？

なにも考えないのが、いちばんいいんだろうか？

目を閉じたかったけれど、瞼が言うことを聞かない。目は勝手に眺めている。すべてを。

クレムとエロイーズは部屋のむこう端で、むかい合ってソファに腰かけている。エロイーズはデッサン帳にマルケサスのタトゥー模様に似たシンボルを殴り描きし、クレムは本棚から見つけ出した薄っぺらい旅行ガイドを一心に読んでいた。わたしにはわかってる。彼女は小説の続きを書きたくて、うずうずしているんだ。彼女の秘密が隠された小説、わたしたちの思いをかすめ取って書かれた小説を。でも彼女は、ふんぎりがつかないのだろう。みんなの前では無理。けれど、今ひとりになるわけにはいかない。

わたしの目はキッチンにむいた。ひらいたドアのむこうに、せっせと昼食の支度をするタナエの姿が見えた。薄紫色のアイリスをあしらったワンピースが、肩を覆っている。タトゥーは隠れたままだ。彼女の過去と同じように。

もう、なにも考えるなって？　そうはいかない。わたしには、最後の使命（ミッション）がある。ママの復讐をしなければ。

ヤンは《もうすぐ警察が到着する。それまでは、全員ここにこもっていよう》なんて偉そうなことを言っておいて、自分はマエヴァホールから出ていった。どこに行くのかわからない。どうしてわたしたちをタナエといっしょにして、姿を消してしまうの？　メタニ・クアキの恋人は彼女だったっていう証拠があるのに。彼女は初めから、クアキの共犯者だったかもしれないのに。

考えれば考えるほど、真実の糸をつかんでいるという確信は強まった。それですべて、説明がつく。クアキはピトと名前を変え、庭師としてここで働きながら、ペンション客を殺しているのだ。タナエは彼に手を貸している。彼にバンガローの合鍵を渡し、娘たちには嘘をつくよう命じた。バンガローの清掃に乗じて歯磨きチューブや歯ブラシといった日用品をすり替え、宿泊客の指紋が入れ替わるようにしむけたのだろう。

このペンションは罠なんだ。バルザックの小説にある《赤い宿屋》だ。でも、こんな地の果てにあるので、誰にも怪しまれない。証拠はその名前……《恐るべき太陽》荘という名前だけで。

ヤンは出ていく前、しばらくタナエと話していた。二人はキッチンに入ると、ドアを閉ざした。

何を話していたんだろう？

隊長さん、まんまと丸めこまれたんじゃないよね。

たしかに宿泊客のため、せっせと働いているタナエを見たら、連続殺人事件に関わっているなんて想像できないけれど。お客を運んで空港からペンションに、ペンションから村へと駆けまわり、そのうえお腹をすかせた十名の客たちに出す料理を、朝、昼、晩と準備している姿を見たら。ペンションの完璧なオーナーにして、ポエとモアナの精力的な母親、マルケサス女性の鑑（かがみ）、愛想のいいもてなしの見本であるタナエ。

ヤンはそれに、ころりとやられてしまったのだろうか？　もしかして……彼も共犯なの？　真実の糸をたぐればたぐるほど、すべてが明白に思えてきた。けれど真実を照らし出す光には、命がかかっている。

タナエがクアキの恋人だったなら、当時パリに住んでいたはずだ。ヤンはそのころからタナエと知り合いだったかもしれないし、レイプ魔タトゥー彫師事件にも関心を抱いていたかもしれない。そもそも彼が憲兵隊長だっていうのも、自分で言っているだけだ。いつもTシャツとショートパンツ姿で、制服を着ているところなんか見たことないし。

「マイマ」

キッチンから声がした。

「マイマ、ちょっと手伝って」

わたしは苦労の連続で小さくしなびた老婆みたいに、重い腰をあげた。

鉛筆を握ったエロイーズも、見るともなくページをめくっているクレムも、まるで動こうとしない。

わたしは足を引きずってキッチンにむかった。タナエが野菜の籠を取り出した。ポエとモアナはすでにエプロンをかけ、ナイフを握って待機している。新たなごちそうを用意しているらしい。**タナエ、誰も食欲なんてないのにと叫びたかった。なんにも食べる気にならない。食事のことなんかあとまわしでいいから、お客が殺されないようにすべきじゃないの。**

「ドアを閉めて、マイマ」

わたしはためらった。

みんないっしょにいるようにと、ヤンに言われている。サロンと受付を兼ねたマエヴァホールで、タヒチ司法情報局の警察官が到着するまで待機していたほうがいいって。ヤンが嘘をついていなければ、たしかにそれがいちばんもっともなやり方だ。みんなが常に監視し合っていれば、犯人も手が出せないはずだ。

「ドアを閉めてって言ったでしょ」

ドアを閉めたら、外から音も聞こえなければ、なかのようすもわからない。わたしはエロイーズとクレムに、もう一度ちらりと目をやった。二人とも、じっと考えこんでいる。クレムにとっては、たしかに不利なことばかりだ。ティティーヌの部屋にあった指紋は彼女のだし、昨夜、ポニーのミリに乗っていったのも、マリ＝アンブルが銃殺されたとき、いっしょに森を散歩していたのも彼女だ。そして、髪にティアレの花を飾った美しきエロイーズは、犠牲者リストの次に来ている。彼女の遺言が、殺人現場に残されていたのだから。犯人がしたことに間違いない。クレムの遺言だけが、まだ見つかっていない。

おおまかな方向を指し示す、いくつかの状況証拠や証言があるだけで、とヤンは出ていく前に言っていた。でもクレムが犯人のはずないと、頭のなかで小さな声がささやき続けている。なにかほかに、説明がつかないだろうか。タナエがメタニ・クアキに操られ、緻密な罠を張ったとか。ポエとモアナも、そこに加担していたのかも。

　わたしは姉妹がサツマイモの皮をむくようすを眺めた。まるでピアノを連弾するみたいに、見事な指さばきだ。だめだめ、あの二人を疑うなんて馬鹿げてる！　真実を受け入れたくないばっかりに、ありもしない出来事を想像しているんだ。単純で愚かしい真実を直視できなくて。やっぱり犯人はクレム。四日前に知り合った、よそ者（ポパ・ア）の女なんだ。証拠はそろっている。あとはみんな、スパイもののアニメを見すぎた女の子の妄想にすぎない。ここは黙って、大人たちの言うとおりにするべきなんだろう。わたしも大人になりたければ。殺されたくなければ。

「わかったよ、タナエ」

　わたしはドアを閉めた。これで音も聞こえなければ、なかのようすもわからなくなった。

　わたしは何を恐れているんだろう？　タナエはもうひとりのママみたいなもの、ポエとモアナは姉みたいなものなのに。

　すべては一瞬の出来事だった。

　大きな人影が、ぬっとあらわれるのが見えた。清掃道具をしまう戸棚の陰に、隠れていたんだ。

チャーリーだ。

叫び声をあげようと思った瞬間、毛むくじゃらの手に口をふさがれ、息が詰まった。手足をばたばたと動かして大暴れすれば、キッチンは大混乱に陥る。エロイーズやクレム、それにヤンだって、何事だろうと気づくはずだ……けれどもチャーリーは荷袋かなにかみたいに、無造作にわたしをつかんだ。そして手足を押さえつけ、ひょいと持ちあげた。

力の限り抵抗すれば、チャーリーのほうが先に手を緩めるだろう。ちらりとそう思った。わたしをおとなしくさせるには、殺すほかなくなるだろうと……

殺すですって、と思ったのが最後だった。

背後でタナエがチャーリーの杖を拾い、大きくふりあげるのを見る暇はもうなかった。

第二十三章　海に流すわたしの瓶

「マイマ？」

キッチンのドアが、ばたんと閉まる音が聞こえた。みんないっしょにいるようにって、ヤンに言われてたのに。ドアのむこうから、なにか物音も聞こえた。

「マイマ？」

返事はない。

マイマが沈黙に閉じこもっているのは、見ていてつらかった。泣き叫んだり、わたしたちを罵ったりするならまだましなのに。でも、こんなふうに黙りこくっているのは耐えきれない。助けを求めてくれればいいのに。母親が生きていたときは、恋しいと思っていなかったのだろう。母親に頼ることなど、まったくなかった。けれど今は、誰でもいいから、頼れる相手を見つけ、こう声をかけてちょうだい。**お願い、助けて、隊長さん。助けて、クレム。助けて……**

わたしは立つのをためらった。

「マイマ？」

わたしは新たな罠に飛びこもうとしているのではないか？

マエヴァホールは鎧戸もドアも閉まったままで、あいかわらず奇妙な薄暗がりに包まれていた。《恐るべき太陽》荘という名前が、こんなにぴったりだと思えたことはない。太陽は殺人者のように、今にも襲いかかろうとしている。日射しを避けて閉じこもり、すべてを堅く閉ざさなければ。

そんなことしても、どうにもならないのに。わかってるじゃない、殺人犯はなかにいるのだ。

キッチンのドアのむこうから、もうなんの音も聞こえない。

わたしはさっと部屋を見まわした。アスコイ号の前に立つブレルとマドリーの写真に会釈し、入口の脇にさげてある《死ぬまでにわたしがしたいのは》の黒板に目を移して、閉まったままのドアをまた眺める。

妙に静かなのが、かえって怪しい。なにかおかしい。どうしてタナエは娘やマイマといっしょに、キッチンにこもっているんだろう？　どうしてわたしたちを、二人っきりにしておくんだろう？

わたしたちが殺し合いを始めるように？　ひとりだけが生き残るように？

そうすれば、ほかのみんなを殺したのが誰かもわかるってこと？

だけど、それは間違いかもしれない。わたしたちは二人とも、犯人ではないのかも。

わたしはしぶしぶ、キッチンのドアから目をそらした。タナエがマイマに危害を加えるとは、どうしても思えなかった。娘たちの前だったら、なおさらだ。ありえない。

気を散らさないようにしなければ。集中するのよ……自分たちのことに。

ヒバオア島の死闘、決勝に残った二人。

クレムとエロイーズ。

わたしたちはむかい合って、ソファにすわっていた。二人を隔てるのは、ありふれたローテーブルひとつ。背後の壁にそれぞれ、大きな鏡がかけてある。

わたしは目をあげた。

奇妙な目の錯覚から、わたしたち二人は並んでいるように見えた。ひとりはソファに腰かけて、もうひとりは鏡のなかで。二組の双子がほとんど触れ合わんばかりに、むかい合わせになっている。わたしたち二人とも分身の術でアヴァターを作り出し、仮想の敵を手なずけようとしているかのように。

手もとのページから目を離すたび、二人を見較べずにはおれなかった。彼女のほうも同じことをしているのだろうか？

褐色のロングヘアと褐色のショートヘア。

ワンピースとショートパンツ。

女らしい女と男っぽい女。

内にこもった女と開放的な女。

二人とも、見た目は美しい……

生き残った二人。

ほかのみんなを消し去ったのは、この瞬間のためだったのか？　こうしてわたしたちを、一対一で対峙させるため？

それぞれの彫像（テイキ）と、それぞれの力（マナ）。どちらがどちらを与えられたのかは、まだわからない。

才能の力（マナ）……そして死の力（マナ）。

わたしは冊子を置き、首飾りの赤い種子を思わずつまぐった。

わたしの力（マナ）はどちらで、彼女の力（マナ）はどちら？

よく考えてみれば、ピエール＝イヴ・フランソワがわたしたちのために彫像（テイキ）を作らせたのなら、どちらかひとりには才能があると認めていたことになる。そしてもうひとりに残されるのは、落胆と嫉妬、忘却だけ。

嫉妬する女は殺人者で、才能ある女は消されるのか？

これが方程式の、唯一の解なんだろうか？

そんなことはない。わたしがその証拠だ。わたしはどちらでもない。

嫉妬もしていないし、才能にも恵まれてない。

　わたしはまた、隣り合う二つの体を眺めた。鏡が生みだす目の錯覚で、ぴったりと寄り添っているように見える。

この方程式に、ほかの解はありえないのだろうか？

二人とも犯人ではないという可能性は？

だとしたら犯人は誰？

キッチンの閉じたドアのむこうから、また物音がした。なにかを叩くような音。けれど、叫び声らしきものは聞こえない。常識的に考えて、タナエは容疑者リストに入らないだろう。

だったら、殺したのは誰？

するとひとつの名前が、頭に浮かんだ。初めから捜査の糸を、自在に操っていた人物。わたしを誘惑しようとした、わたしたちみんなの心を捕らえようとした人物。自らが課した規則を、ひとりだけいつも守らずに行動していた人物。

それはヤンだ。

ヤン

ヤンはタナエから鍵を借りようとは思わなかった。彼はしばらくのあいだ、バンガロー《ウアフカ》のドアの前に立ち、屋根と天窓のあいだにあいた隙間を眺めた。子ネズミのマイマなら、あそこから忍びこむのも簡単だろうな。

ヤンはにやりとした。身長百八十センチ、体重八十キロの巨体では、とうてい無理そうだ。まあ、しかたない。彼はトレートル湾とハナケエ岩礁、テメティウ山にちらりと目をやり、ためらわず足を前に突き出した。ドアは一発であいた。やわな仕切り壁もその衝撃で破れ、組んだ細長い竹がたれさがった。ヤンはふとおかしなことを想像した。三匹の子豚の話に出てくる狼みたいだな。子豚が無防備なのにつけこんで、ちゃちな藁の家を吹き飛ばした狼みたいだ。

ヤンはなかに入った。あとで別の捜査官が、ここを調べることになるだろう。しかしそれに備えて、できるだけ目立たないようこっそり捜索をしている余裕はなかった。ことは急を要する。

さっさとけりをつけなければ。

クレマンスのバンガロー《タファアタ》とエロイーズのバンガロー《ウアフカ》、どちらを先にしようか迷ったが、エロイーズのバンガローから取りかかることにした。余計な考えはふり払わねば。けれど部屋にあるもの、漂う香りのひとつひとつが、エロイーズの悩ましい姿を思い起こさせる。ペンションのまわりから摘んできて、白檀の小さな花瓶に生けた花束は、彼女の髪を飾る花、ワンピースの花模様さながらだ。小枝のようにほっそりとした、優美なスタイルにぴったりの、胸もとが詰まったワンピース。そう、彼女は小さな実がなってもたちまち折れてしまいそうな、憂いに満ちた不毛な枝のようだ。

やれやれ。

ヤンはベッドに歩み寄った。苛立たしげにシーツを剝ぎ、丸めて床に投げ捨てると、マットレスを裏返す。しかし、なにもなかった。次は戸棚だ。ワンピース、水着、スカート、シャツ、下着が次々に宙を舞った。そして最後にパレオがゆっくりと着地し、色鮮やかなベールで衣服の山を覆った。なにもない。それなら浴室を攻めよう。化粧クリーム、香水、マスカラ、ファンデーションが、洗面台の流しに散乱する。化粧箱も空にしてみたけれど、目指すものは見つからなかった。

ヤンは急ぎ足で主室に戻り、枕もとに一冊だけあった本をつかんだ。ピエール＝イヴ・フランソワ『屈従の町から遠く離れて』。彼はすばやくページをめくった。今にも本が飛んでいきそうな勢いだった。ページのあいだから写真が一枚、裏返したマットレスのうえに落ちた。おとなしそうな子どもが二人、写っている。六歳と八歳くらい。裏にはこう、走り書きしてあった。

あなたたちがいなくて、とてもさみしいわ。

愛してる。

とても愛してる。

なにかもっと見つかるはずだ。エロイーズはこのバンガローに、ほかの手がかりも残しているに違いない。

愛しているなら、とても愛しているなら、写真一枚では足りないだろう。

第二十四章　海に流すわたしの瓶

キッチンのドアがあいた。マイマが姿をあらわすものと、わたしは思っていた。きっと彼女は大きな明るい声で、こんなふうに言うだろうと。**どこへ行ったの、隊長さん？　話があるの、クレム！**　って。

わたしはひらいたドアをじっと見つめた。

けれどもあらわれたのは、タナエひとりだった。むっつりとした顔をしている。わたしは《恐るべき太陽》荘に来てからずっと、忙しく立ち働くタナエしか見てこなかった。日々の生活に流されないよう、てきぱきと櫂を操る元気な女のひとりだ。手にはいつも懐中電灯を持ち、足のあいだを箒で掃いている。口もとには笑みを絶やさず、みんなに声がけも怠らない。**死ぬまでにわたしがしたいのは、ただゆっくり休むこと**なんて書き残しそうな女のひとり。

ところが今、目の前にいるタナエは、まるで別人のようだった。ポエとモアナが、彼女のうしろに立っている。黙って、凍りついたように。

「ちょっと出かけてくるけど」と女主人は言った。

わたしの聞き間違い？

「ちょっと出かけてくるけど」とタナエは繰り返した。「キッチンに食事の支度ができてるわ。ナイフとフォーク、グラスや皿はどこにあるかわかるでしょ。あとは自分でお願いね」

マイマはどこ？

タナエがポエとモアナにさりげなく合図を送ると、二人は母親のあとについて入口のドアにむかった。《恐るべき太陽》荘の女主人は、いっそう顔を厳しくさせた。そこには三十世代にわたる女戦士から受け継いだ、怒りの力が感じられた。

「娘たちを安全な場所に避難させるつもり。次々に人が殺されるようなところに、もう置いておけない。あとはあなたがた二人っきりだから、殺し合いでもなんでも、お好きにどうぞ。警察が来るまでに、まだ三時間はあるでしょう。隊長さんも、今度こそ嘘はついてないわ。間違いなくタヒチの警察に通報したはずよ」

マイマはどこ？

タナエはドアをあけると、ポエとモアナを先に行かせて自分も外へ出た。あけっぱなしの入口から、陽光が部屋に射しこんだ。朝寝坊してあわてた太陽が大急ぎで駆けつけたみたいに、目の眩む激しい光だった。

タナエが最後に言った言葉が、頭のなかで反響していた。

目を細めて鏡を覗きこむ。わたしたちはもう二人きりだ。二人でむかい合い、隣り合っている。

わたしは赤い種子の首飾りを、息が詰まるほど強く握った。

殺し合いでもなんでも、お好きにどうぞ。

ヤン

ヤンはエロイーズのバンガロー《ウアフカ》の捜索を続けた。もう遠慮などしてはいられない。彼は扉や引き出し、戸棚をあけ、中身を空っぽにした。

頭にあるのはただひとつ。

なんとしてもエロイーズを守らねばならない。服のポケットをひとつひとつ漁り、デッサン帳を一枚一枚めくるに従い、確信は強まった。彼女だけは、まだ救うことができる。残っているのは、彼女ひとり。

ほかのみんなは、守ってやれなかったのだから。自分の妻さえも。

彼は心臓を撃ち抜かれ、聖地（メ・アエ）に横たわるファレイーヌの遺体を思い浮かべた。彼女の最後の言葉が、繰り返し脳裏に聞こえた。**すぐに来て、ヤン。テイヴィテテ墓地で待ってるから。**

できるだけ早く行ったけれど、間に合わなかった。

彼女を救うには、愛が足りなかったのだろうか？

おれときたら、やることなすこと見当違いだった。まずはファレイーヌをいたわらねばならなかったのに。すべて終わったと告げるのは、そのあとでいい。立ち去ってしまった人と、どうしたら別れられるだろう？　この世にもういない人には、愛は冷めたと告げることもできない。

ヤンはさらに念入りに部屋を調べた。本や手帳のページをめくり、服を一枚一枚裏返しにした。クレマンスの有罪を裏づける証拠は、もう充分集まっている。警官たちも到着し次第、同じ結論に達するだろう。けれども、クレマンスに共犯者がいなかったこと、エロイーズに疚しい点はなにひとつないことを証明しなければならない。そのためには、彼女の秘密を把握しなければ。

スーツケースの内ポケットから、手紙が見つかった。破れた縫い目の裏に、隠してあったのだ。何度も手を突っこんで、ようやく紙が指の先に触れた。ヤンは人さし指と親指で、そっとつまんで抜き取った。それはたたんで白い封筒にしまった、長い手紙だった。

ナタン・ロンゴ様、ローラ・ロンゴ様
プティ=ボワ通り二十九番
78260　アシェール

出されなかった手紙らしい。

マルケサス諸島、アツオナの黒い浜辺にて

愛する子どもたち、

いつか、わたしのことを許してくれるでしょうか？　あなたたちのママを、いつか許してくれる？　ママについて、まだなにか覚えているかしら？　もちろん、なにも覚えていないでしょうね。あなたたちをお腹のなかで育て、授乳をし、何年ものあいだ体を洗ったり食べ物をあげたり服を着せたりし、あなたたちのうしろでおもちゃを片づけた人のことなど、もっと覚えていないでしょう。あなたたちのパパが帰ってきたとき、にこやかに気持ちよく迎えられるよう、家のなかをいつもきれいに整頓していた人のことも。

けれどあなたたちは、毎晩ベッドでお話を読んでくれたママのことは、覚えているかもしれません。よくないテレビ番組をなるべくあなたたちに見せないようにし、手に本を持たせたママ、あなたたちに生き生きとしたすばらしい未来を託したママのことは。わたしはあのお話が大好きでした。あなたたちも好きになって、読んだり書いたりしてくれるかしら。

愛する子どもたち、あなたたちは今、あれらの本を恨んでいるでしょうね。きっとパパが、あなたたちが本のことをどう思っているか、わかっています。繰り返し言っていることでしょう。

本があなたたちからママを取りあげたんだって。たしかにそのとおりです。

わたしはこれまでずっと、たくさんの本を読んできました。あなたたちの年ごろから、いえ、もっと前から、何千冊と読んできたはずです。でも、『屈従の町から遠く離れて』ほど心に残った本は、ほかにありませんでした。この本がとりわけ優れているからでも、ピエール＝イヴ・フランソワがとりわけ才能ある作家だからでもありません。批評家たちはみな言いたい放題、露骨にけなしています。けれどもこの本は、人生のある瞬間、間違いなくわたしに語りかけてきたのです。そうしてわたしの心に、小さな裂け目を生じさせました。本は危険なものだということを、そのときまだ知らなかったのです。

この本が語っているのは、なにも特別なことではありません。強い意志を持てなかったばかりに、夢叶わず挫折した人生。忍耐のなかで失った時間。苦しみばかりの運命。抑え続けた願望。活躍する夫の陰で耐え忍ぶ妻たち。潰された一生。子育ての束縛。そして芸術や文学について。ただそれが、限りなく繊細に描かれているのです。みんなそのとおりのことばかりだと、わたしは馬鹿みたいに思いこみました。

すると太陽や蝶の絵を描いていた子どものころ、詩作に夢中だった青春時代が胸によみがえりました。なのに大人になった今のわたしは、あなたたちの下着を洗っている。もっと別の人生があったはずなのに。

わたしは家を出ました。一冊の本のために。そう、ひとは一冊の本のために、すべてを捨てることもできるのです。

それが半年前のことでした。とてつもない苦しみに襲われるだろうと覚悟していましたが、わたしはその苦しみを紙に書きつけねばならないのです。この憂鬱を作品にし、心の内をさらけ出してすべてを語らなければならないのです。そうしたら、帰れるかもしれません。

わたしは日夜、書き続けました。何枚も、何枚も。それはわたしにとって、もっとも幸福な時間であるとともに、もっとも不幸な時間でした。つらくてたまらず、頭がしびれるほどでした。でもそれが創造の源なんだと信じていました。読者の激情を掻き立てる、悲劇的なものなのだと……こうして日々がすぎました。インクは乾き、わたしはまた孤独に苛まれ、自由に怯えました。そしてある朝、これまで書いたものをすべて読み返して、わかったのです。

幻想だ。こんな凡庸な文章を、わたしのほかに誰が読みたがるだろう？　わたしが逃げ出してきたありふれた現実より、もっとつまらない文章だ。すると突然、言葉が、残りの人生を蝕む虫としか思えなくなりました。あなたたちはどこかで、笑ったり遊んだり、くだらないテレビ番組を観たりしていることでしょう。人生とはそういうものなのだと、わたしにもわかっていました。

よほど戻ろうかと思ったけれど、あなたたちのパパがそれを望みませんでした。当然だわ、わたしはあなたたちをとても苦しめたのだから。

だからわたしはもっと遠くへ、マルケサス諸島へと旅立ったのです。

いつか、わたしを許してくれるでしょうか、愛する子どもたち？

天才ならば、なんでも許されます。ゴーギャンやブレルの子どもたちは、父親を許しました。なにもかも捨てた父親でさえ、許されるのです。しかしそれは父親の場合だけ、母親は決して許されない。

わたしはすべてを失いました。屈従の町から遠く離れ、妄想にとらわれたまま、この本を何度も何度も読み返しています。気が変になるかと思うくらい。本は銃よりも危険なんです。毒よりももっと、注意深く扱わなければならないのです。作家とは、恐るべきシリアルキラーなんです。

でも、わたしは違う。あなたたちのママは誰も殺してはいません。そんな才能は、わたしにはない……誰も殺せません。あなたたちだって、悲しみのあまり死にはしなかった。明日には、わたしのことを忘れてしまうでしょう。

わたしのせいじゃないと言ったら、信じてくれるでしょうか？　悪いのは本なんだ、作家なんだと言ったら。彼らは魔法使いの弟子みたいなもの。自分で考え出した呪文の暴走を、抑えきれなくなったのです。

わたしの罪は、自分も彼らのようになりたいと思ったこと。

言葉はわたしたちを引き離す。わたしはきっと、最低の母親なのでしょう。だってまだその言葉を使って、あなたたちを取り戻そうとしているのだから。

愛してるわ、ナタン。愛してるわ、ローラ。

紙のママより。

ヤンはバンガロー《ウアフカ》のベッドに腰かけ、じっくり考えてみた。マットレスがベッドの台ごと揺れた。セルヴァーヌ・アスティーヌは、たしかこう言っていた。マルケサス諸島で開催する創作アトリエ参加志望動機書を寄せた三万二千人のうち、才能ありと認められて選ばれたのは、ひとりだけだったと。

それはエロイーズだろうか、それともクレム？

《恐るべき太陽》荘にいた者なら、クレマンスが作家を夢見ていることはみんな知っている。彼女はどこへ行くときもペンと手帳を手離さず、《海に流すわたしの瓶》にすべてを書きつけていた。エロイーズはパステルと水彩画の陰に隠していたけれど、やはり作家を志していたことがこの手紙からもよくわかる。

ならば、選ばれたのは二人のうちどちらだろう？　ピエール＝イヴが才能ありと認めたのはどちら？

そしてもうひとりは、嫉妬から殺人に走ったのか？　期待を裏切られて？

ヤンはナタンとローラに宛てた手紙を読み返した。その言葉には、読書とは縁遠い彼の心をも揺さぶる力があった。選ばれたのはエロイーズだ。ヤンはそう信じたかった。聖地（メ・アエ）にあったエロイーズの遺言が、脳裏によみがえった。

死ぬまでにわたしがしたいのは、
すべてを捨てるに値する男を愛すること。
ありのままのわたしを受け入れてくれる男を見つけること。

おれならそんなふうに愛することができる、とヤンにはわかっていた。自分勝手な男を愛せる女がいるように、かつてファレイーヌを愛したじゃないか……

エロイーズのことだって、そんなふうに愛せるかもしれない。

エロイーズが殺人犯のわけがない。妻を殺した女に恋するなんてありえない。またしても、すべてがクレムの有罪を指し示している。ほかの仮説は、初めから成り立たない。タナエや二人の娘、あの庭師やほかの住民たち、ほかのマルケサス人が、同じひとつの秘密を守るためにみんなぐるになっているなんて。タナエとはエナタやメタニ・クアキについて、じっくりと話をした。彼女はすべてを打ち明け、ヤンはそれを信じた。クレマンスよりも、タナエのことを信頼しようと思った。

でも、もしかして、とんでもない大失敗をしでかしているのでは？

マイマの日記　生涯愛した唯一の男性

殺される。

わたしの前にも、ほかのよそ者（ポパ・ア）たちが殺されたみたいに。わたしもよそ者（ポパ・ア）にされてしまったってこと？　タナエはそう思ってる。さもなきゃ、わたしをチャーリーに手渡したりしないはずだ。

覚えているのは、頭に受けた一撃のことだけ。気がついたら、小型トラックの後部座席に横たわっていた。縛られてはいない。ただシートに、長々と伸びていただけ。

運転しているのはチャーリーだった。村とは反対側の港か飛行場か、あるいはロータリーのほうにむかっているらしい。彼は昨日、そこから森に姿を消した。きっとそのあたりに、隠れ家があるんだろう。きっと禁忌（タブ）の場所で、好奇心旺盛すぎる女たちを生贄に捧げているんだ。昔の事件に首を突っこんでくる女たち、島に隠れ住むレイプ魔タトゥー彫師たちの過去をほじくり返す女たちを。だとしたらタナエは、どうしてまだメタニ・クアキをかばっているんだろう？　彼女もあの男を恐れているから？

小型トラックはやがて、花を持った彫像（ティキ）の前を通りすぎた。わたしがあとをつけていった朝、チャーリーはティティーヌの遺体から盗んだ黒真珠のペンダントを、あの彫像（ティキ）の首にかけたのだった。

できるだけ、頭をはっきりさせておかなくちゃ。車の行く先を、脳裏に思い描く。わたしの計算が正しければ、港にむかうカーブにあと少しでさしかかるはずだ。チャンスはそこしかない。チャーリーがスピードを緩めたら、ドアをあけて飛びおりよう。バナナの木の葉が、衝撃を和らげてくれる。

わたしは小型トラックがカーブに近づくのを待った。

思ったとおり、チャーリーはギヤを落とした。

好機到来。

チャーリーはわたしの思惑を読み取ったかのように、バックミラーでちらりとこちらを見た。

今だ！

チャーリーはスピードをあげる気だ……しかたない。この機を逃したら、もうチャンスはない。わたしは前に身を乗り出し、ドアにしがみついた。早くあけて、飛び出すんだ。

次の瞬間、すべてが急展開した。チャーリーは予想とは真逆の行動に出た。彼は運転席で体を起こし、ブレーキを踏みこんだ。わたしは助手席に、思いきり額をぶつけた。小型トラックは上体を起こして飛び跳ねたあと、道路脇のピスタチオの根のあいだに停まった。

「大丈夫だ」とチャーリーは言った。「おまえはそうとう石頭だからな」

おまけに冗談のひとつも飛ばそうってわけ？

頭をぶちのめされるのは、この十分で二度目だ。だけど額を撫でたり、髪に手をあてたりなんかしてる暇はない。知ってるでしょ、チャーリー。わたしは石頭なだけじゃなく、足腰だって頑丈なんだ。ドアをあけて道路に飛びおりよう。

けれども一歩踏み出す前に、腕をむんずとつかまれた。

チャーリーめ！

彼は歳とは思えないほど機敏に車から降りると、わたしを押さえつけた。でもティアレの花みたいに、黙って摘み取られると思ったら大間違い。わたしは大暴れした。嚙みついたり引っ掻いたりも厭わずに。

「静かにしろ、マイマ」

ああ、やっぱり！

わたしはうめき声をあげながら、手をふりほどこうともがいた。

「さあ、やりなさいよ。わたしを静かにさせたかったら、殴ったらいいでしょ。三度目の正直で。さもなきゃ、さっさと殺したら？　オードレイやレティティアみたいに」

するとチャーリーは突然、指の力を緩め、まるでわたしが魔法の呪文でも唱えたかのように凍りついた。そしてまじまじとこっちを見て、やけに真面目くさった声でたずねた。

「つまり、そういうことか？」

「そういうことって？」

「わたしが、メタニ・クアキだと？」

「じゃあ、誰なの？」

「ピトさ。ピト・ヴァアテテ。《恐るべき太陽》荘の庭師だ」

「馬鹿にしないで。信じられるわけないでしょ」

わたしのきっぱりとした意思が、チャーリーにも伝わったらしい。

「おまえの言うとおり、ただの庭師じゃない。石工もしている。五体の彫像（ティキ）を作ったのはわたしだ」

今度はわたしのほうが、魔法の呪文に直撃を喰らった。かろうじて口から出たのは、こんな馬鹿みたいな質問だった。

「何のために？」

「作家先生に頼まれてね。ピエール＝イヴ・フランソワとやらに。よそ者（ポパ・ア）が思いつきそうなことだ。五人のアトリエ参加者の意欲を高めるためだって言ってたな。ひとりひとりが持っている力（マナ）を、彫像（ティキ）が強めてくれるだろうって。どんな意味を持つ彫像（ティキ）かも、指示されたよ。やさしさ、才能、権威。そんな類のよくあるやつさ。あとはこっちで、自由にモチーフを考えた。冠や蛇、宝石ってね。そして五体の彫像（ティキ）は、《恐るべき太陽》荘のまわりに並べられた（チャーリーは手前の石像をふり返った）。とりわけ丹精込めて彫ったのがこれだ」

わたしは花を持った彫像（ティキ）を見つめた。石でできた二十本の指。わたしの手首をつかむ、チャーリーの五本の指。やがて彼の手からすっと力が抜け、今度は難なくふり払うことができた。

けれども、わたしは動かなかった。

白髪まじりのマルケサス人は、足を引きながら彫像に一歩近寄った。深みのある彼の声は、わたしというより石像に話しかけているかのようだった。

「マルティーヌがやって来るなんて、思ってもみなかった。そんなこと、わかるわけないじゃないか。一万五千キロの距離と四十年以上の歳月が、二人を隔てていたんだから……」

ピト……マルティーヌ……黒真珠……

突然、脳裏にひらめいた。頭を打ったおかげで、神経の働きがよくなったのかな。

わたしはマルティーヌの遺言を思い浮かべた。

死ぬまでにわたしがしたいのは
もう一度、たった一度でいいから、生涯愛した唯一の男性に再会すること。

チャーリーのこと？

「思うにすべての発端は、ヒバオア島という名前だったんだろう」と庭師は続けた。「マルティーヌがセルヴァーヌ・アスティーヌ出版のホームページを目にしたとき、頭にあったのはただそれだけ。創作アトリエもピエール＝イヴ・フランソワも、マルティーヌにはどうでもよかったはずだ。彼女はただ、運命が微笑みかけてくれたのだと思ったに違いない。もしかして、この機会に再会を果たせるかもしれないと。彼女がどんなふうに作家先生を言いくるめ、五人の仲間入りを果たしたのかはわからないが、結局すべてを打ち明けたんじゃないか。たぶんピエール＝イヴ・フランソワはそんな事情を知ったうえで、わたしに彫像の制作を頼んできたのだろう。再会のお膳立てを、面白がっていたのさ。ピエール＝イヴからもマルティーヌからも、話を聞く暇はなかったけれど……」

わたしも彫像に近寄り、まじまじと眺めた。若き日のマルティーヌ。リンゴのようなほっぺと、思わずかじりつきたくなるような胸をしている。

「話して、チャーリー、そもそもの初めから」

マルケサス人はにっこりした。両側の犬歯が抜けている。

「妙な感じだよ、おまえにチャーリーって呼ばれるのは。そもそもの初めから話せって？いやなに、そいつはもっとも美しく、もっとも悲しい物語さ。世界を巡ってみたくてね。そういう若者が、世界中で、毎日何千と繰り返されている。わたしは二十五歳のとき、貨物船の船員になった。あれは三十になる少し前のころだったか、ある晩、ベルギーのゼーブルッヘに寄港した。新たな港に着くたび、言葉もわからない国のバーで一杯やる。それが船乗りの暮らしだ。けれどもベルギーのビールは最高だったし、娘たちもなんだかほかよりかわいく思えた。片言のフランス語が話せるせいかもしれないが。マルティーヌはそんな娘たちのひとりだった。道化師みたいなズボン吊りが、豊満な胸を押さえつけていたっけ。寒い海辺に暮らす娘らしい赤い頰でにっこり笑いかけられると、ほかの港のことなんか、きれいさっぱり忘れてしまうほどだった。ゼーブルッへには一週間いたけれど、そのあいだマルティーヌと毎日愛し合った。わたしは当時から、脚が悪かった。シンガポールで、千五百キロのコンテナに脚を挟まれてしまったんだ。おまけに口ひげをはやして、巻き毛だったもんだから、チャーリー・チャップリンみたいだってマルティーヌも言っていた。でも彼女の目には、わたしがとりわけ奇妙な天使みたいに映っていたんだろう。というのも彼女のアイドル、偉大なるジャック・ブレルが暮らした島から来たっていうんでね。最初はそれで、近づいてきたんじゃないかな。二人で一週間、繰り返しブレルのアルバムを聞いたよ。気がついたら彼の音楽や詞が好きになっていた。二年後、ボルティモアでブレルの死を知ったときは、涙したもんだ。もちろん、マルティーヌのあだ名はティティーヌだった。チャップリンの映画『モダン・タイムス』の曲に乗せてブレルが書いた歌にちなんでね。若くて恋をしているときは、誰だって今の時代（モダン・タイムズ）を生きているんだ。われわれには、四十年前の話だが」

　わたしは前に進み出た。感動で胸がいっぱいだった。見るとしわの寄ったチャーリーの目に、涙が浮かんでいる。

「そのあと……二人は二度と会わなかったの？」

「ティティーヌには婚約者がいた。リエージュの大学で法律を勉強しているんだとか。将来は弁護士だろう。それにひきかえ、こっちはしがない船乗りだ。出航の日、彼女にトップクラスの黒真珠をあげた。わが島の思い出にね」

　チャーリーの手から力が抜けた。今度はわたしのほうが、強く握りしめなければならないくらいだった。わたしはささやくようにたずねた。

「どうして？　愛し合っていたなら、どうして別れたの？」

「えてしてそれは、あとから気づくものなんだ。船がすでに沖へ出ても、また会えるだろう、再会の機会はあると思ってる……だが、結局それは叶わなかった。本当に愛した女性は誰なのか、それは人生の終わりが近づいたときようやくわかるものなんだ。わたしに残されたのは、冬の朝、ブルージュの広場で撮った数枚の写真だけだった」

クレムの部屋にあった写真だ。

「あなたとティティーヌは、ヒバオア島で再会しなかったの？　彼女があんなことになる前に……」

チャーリーはじっと立っているのもつらそうに、空いているほうの手を目の前に立つ石像の肩にかけた。

「作家先生は言ってたよ。これはやさしさの彫像(ティキ)で、その力(マナ)を持っているアトリエ参加者はベルギー人なんだって。でもそれがティティーヌだなんて、知る由もなかったよ。もちろん、ブレルが好きなベルギー女性と聞いて、彼女のことを思い浮かべたさ。だから彼女をモデルにして、この彫像(ティキ)を作ったんだ。昨日、《恐るべき太陽》荘に来て欲しいとタナエから連絡があった。ブーゲンビリアの手入れをするためじゃない。殺されたばかりのよそ者(ポパ・ア)の女を運ぶために」

わたしは喉が詰まって、もう息苦しいほどだった。チャーリーの声は、長いつぶやきにしか聞こえなかった。

「再会したティティーヌは、ベッドに横たわっていた。真っ赤な血にまみれて、昔と変わらない美しい姿で。わたしがあげた黒真珠を胸にさげて。わたしは彼女を運んでいった。王女様を抱きかかえる王子のように。ひとりで、この腕で。それからわたしは、真珠を持って部屋を出た。四十年前と同じように、石像の彼女の首にかけてあげるために」

彼はしわのないマルティーヌの顔を見つめた。わたしの声は、貿易風に吹かれるココ椰子の葉のように揺れていた。

「わたしが……持って帰っちゃったのよね、あのペンダント。てっきりあなたが盗んだのだと思って……今はどこにあるのかわからないけれど……きっとママが盗ったんだ。ごめんなさい。だけど、ママも死んじゃったから」

チャーリーは、ティティーヌの胸のカーブに沿って手を動かした。まるで彼女を生き返らせる力があるとでもいうように。

「謝ることはないさ、マイマ。そんな必要はない。それにある意味、わたしたちは再会を果たしたんだ。わたしたちはジャックとマドリーの墓石からほんの四十メートルのところに、並んで埋葬されるだろう。二人ぶんのスペースがあるのを確かめたよ（彼は石像の顔を、まだ崇めるように見つめている）。ほら、この彫像(ティキ)のおかげで、ティティーヌは若いときのままだ。この四十年間ずっと、われわれの愛もずっと変わらなかった。むしろ、いや増すいっぽうだった。ティティーヌといっしょに永遠の眠りにつけるなら、これ以上の望みはないさ」

チャーリーは黙ってじっと考えこんだ。わたしはなんて馬鹿だったんだろう。なにもわかっていなかった。庭師のピトは殺人犯メタニ・クアキかもしれないと思うなんて……この打ちひしがれた老人は真実を語っている、こんな美しい物語が作り話のわけはないと、頭のなかで小さくささやく声がする。いや、まだ気をつけなければいけないと、注意をうながす声もする。彼の話を真に受けていいの？　ピトが元船乗りの庭師にすぎないとしたら、レイプ殺人犯は誰？　ファレイーヌは殺される前に、このすぐ近くで犯人の足跡を見つけたと言っていた。

またしても、わけがわからなくなってきた。とそのとき、誰かが肩に手をあてた。

チャーリーではない。わたしはびっくりして飛びあがり、長い叫び声をあげた。

老庭師はじっと彫像（ティキ）を見つめたまま動かない。

「あの男に会わせてあげる」と背後でつぶやく声がした。

ふり返ると、タナエがポエとモアナを連れて立っていた。

だめ、追いつけない。次から次へといろんなことが起こって、もう選んでる間もないくらいだ。わたしは口ごもるようにたずねた。

「あの男って？」

「メタニ・クアキよ。わたしの元恋人。何年も前から、警官たちがずっと追い続けていた殺人犯。さあ、いらっしゃい。紹介してあげるから」

海に流すわたしの瓶　第二十五章

わたしは答えなかった。キッチンから聞こえていた物音は、やがてすっかりやんでしまった。

「なにか食べない？」

マエヴァホールを満たす長い静寂を、やがて小さな電子音が破った。

メールが届いたのだ。マイマからだ。

わたしは傍らに置いてあった携帯電話に目をやった。

そっちは大丈夫、クレム？

わたしは無事だから、心配しないで。

マイマ

マイマの姿が見えなくなり、タナエがどこかに出かけてから、わたしはずっと心配していた。だからこのメッセージを見て、安心すべきなんだろう……でも、こんなメール、なんの証拠にもならない。これを送ったのがたしかにマイマだって、どうしたら信用できるの？もしタナエがマイマを連れ去ったのだとしたら、彼女の携帯を使ってわたしたちを騙すことだってできる。

わたしから返信するわけにはいかない。

そっちは大丈夫、クレム？　とマイマはたずねている。あるいはマイマの代わりに、このメールを打った者は。

大丈夫かなんて、わたしにもわからない。マエヴァホールにいる限りは安全なんだろうか？　それとも、殺人者の女が張った蜘蛛の巣に、すでに捕らわれているのか？

食事の支度をする殺人者の女。彼女がトレーに皿をのせる音が聞こえる。

今度こそ、わたしたちは本当に二人きりだ。なんだか、犯人との一騎打ちで終わる映画のなかに迷いこんでしまったような感じだ。正体をあらわした凶悪犯とヒロインとが、ついに対峙する。

こんなとき、普通はヒロインが窮地を脱することになっている。

だからって、安心できるだろうか？

そうはいかないわ。そんなふうに考えるなんて、馬鹿げてる。だって自分で自分にヒロイン役を割りふっているだけだ。マルティーヌもファレイーヌもマリ＝アンブルも、彼女たち自身の物語ではみんなヒロインだった。殺される前までは。

わたしも同じ運命をこうむるのだろうか？　最後の一行を書き終えたあとに殺される？　わたしの物語は、彼女たちより長く続くだろうか？　奇妙な考えが脳裏を巡った。残るヒロインはわたしたち二人だけ。そして残る問題はひとつだけ。二人のうちどちらが、**《終わり》のひと言を書くことになるのか？**

ソファに腰かけて、こうして書いているほうの女か、キッチンで音を立てているほうの女か？

やけにやかましい音。

これは罠だろうか？　彼女は銃を手に、戻ってくるのか？　こんなふうにノートを膝に置き、ただ待っているなんて、わたしは度しがたい愚か者なのでは？　手もなくやられる理想的な犠牲者。武器になるのはペン一本。あるいは《海に流すわたしの瓶》の、砕けたかけらだけ。

ナイフとフォークがかちかちぶつかり合う音が、隣の部屋からまだ聞こえている。

わたしはホールから受付、パソコン、ジャックとマドリーの写真へと視線を移し、最後に黒板を眺めた。

死ぬまでにわたしがしたいのは

最後の食事をともにすること？

それもいい……

わたしたちはソファのあいだに置いたローテーブルに料理を並べた。マグロのタルタルステーキ、ポポイ、ココナッツの丸パン、タロイモのチップ、鮮魚とライチ、パッションフルーツのサラダ。タナエがこれまでにも増して腕によりをかけた料理だ。テーブルには、ティアレの花を生けた小さな花瓶が置いてあった。

目をあげると、鏡に映った自分がまたしてもこちらを見ていた。まるでわたしたちは、四人でテーブルを囲んでいるかのように。だからタナエは、こんなにたくさん料理をこしらえたのか……

テーブルに並んだ十種類もの皿を眺めながら、わたしは心の内で微笑んだ。手をつけたのは、そのうちマグロだけ。二人とも話さない。まるで不機嫌そうにむっつりとしている老夫婦のように。鏡に映った分身も加えれば、二組の老夫婦だ。

映画のクライマックスは延々と続いた。

わたしは生魚をゆっくりと嚙んだ。

マイマのメールが、テーブルのうえでまだ光っている。

そっちは大丈夫、クレム？

だといいけど。

ヤン

ヤンはクレムのバンガロー《タフアタ》も調べたが、なにも見つからなかった。マイマが話していたティティーヌの写真もない。バンガローにはドアを蹴破って入った。エロイーズのバンガローと同じく、ドアは衝撃でまっぷたつに折れた。ヤンは部屋中を引っかきまわした。衣類、スーツケース、本……とりわけ本は山ほどあった。それにクレムが書いた原稿も。ざっと読んでみたところ、詩はなかなか悪くない。小説の冒頭部分も面白かった。クレムは何年ものあいだ、ひたすら書き続けてきたのだろうと、ヤンにはよくわかった。

しかし、ほかにはなにも見つからない。犯行を裏づけるような手がかりは皆無だ。クレムはすべて処分したのだろう。そのこと自体、彼女の有罪を証明しているようなものだ。

ヤンは部屋を歩きまわりながら、エロイーズの手紙とクレムの草稿を頭のなかで較べてみた。エロイーズが子どもたちに宛てた手紙と、クレムが書き散らした物語の断片を。

頭がおかしいのは、二人のうちどちら？

ヤンは憂いに満ちたエロイーズに惹かれるいっぽう、エネルギッシュなクレムにはずっと本能的に警戒心を抱いていた。初めから間違っていたのだろうか？　いや、次々に集まる証拠は、どれもこれもヤンの確信を強めるものばかりだ。マルティーヌのバンガローで見つかった指紋はクレムのものだったし、ポエとモアナも、昨晩クレムがポニーのミリに乗って

《恐るべき太陽》荘を出たあと、ファレイーヌの携帯電話を手に戻ってきたと証言している。

ヤンはバンガローを歩き続けた。ブーゲンビリアがゆっくり揺れるのが、窓から見える。ふと、突拍子もない考えが思い浮かんだ。エロイーズがクレムのバンガローに忍びこみ、歯ブラシや歯磨きチューブ、口紅をすり替えたのではないか？　食事のあとにもマイマが目を離した隙に、手品師よろしくすばやくスプーンをすり替えたのかも。それじゃあ、ポエとモアナの証言は？　さらに突拍子もない考えが、憲兵隊長の脳裏をかすめた。エロイーズは長い髪をしている。やけに長いうえに、髪型も凝っている。みんなの注意を、そこに引きつけるため？　でももしあの髪が、ただのかつらだったとしたら？　かつらを取ると、クレムみたいなショートヘアなのだとしたら？　あとはクレムの服を着れば、夜目遠目には彼女と見分けがつかない。

妄想だ、とヤンは自分に言い返した。ただの妄想だ。

エロイーズが子どもたちに宛てたのは、道に迷った女の絶望の手紙だ。

悪いのは……作家なんだと言ったら。彼らは魔法使いの弟子みたいなもの。自分で考え出した呪文の暴走を、抑えきれなくなったのです。わたしの罪は、自分も彼らのようになりたいと思ったこと。

ヤンは最後の言葉を頭のなかで繰り返した。

わたしの罪は、自分も彼らのようになりたいと思ったこと。

エロイーズはそんなに激しい恨みを、ピエール＝イヴに抱いていたのか？　すべては彼が引き起こしたことか？　彼の本『屈従の町から遠く離れて』こそが真の凶器なのか？

ここはひとつ、よく考えなければ。ともかくまだひとつ、覗いていないバンガローが残っている。

バンガロー《ハツタア》。

ピエール＝イヴ・フランソワのバンガローだ。

マイマの日記　男たちの土地

ハイラックスはアツオナの村を抜けていった。村は穏やかそのものだ。同じような小型トラックが十台ほど、ゴーギャン・ショップの前に停まっている。商売が昼休みに入る前の、かき入れどきってわけね。キャンピングテーブルに黄色い花の首飾りを並べる女たち。迷子になった観光客たちは、バス停に列を作る小学生みたいに、ペンションの主人が迎えに来るのを待っている。

バス通学といっても、タヒチの小学生の話だけれど。ここ、ヒバオア島の小学生は、歩いて学校へ行くから。馬たちはただ食べるだけの生活に飽き飽きしたようすで、村がまた昼休みの眠りにつくまでいっとき活気づくのを眺めていた。

世界の果ての村は、日なたで眠る大きな猫だ。マルケサスの子ネズミを罠にかけようと、突然目覚めてごそごそと動きまわる。

わたしはポエ、モアナといっしょに、四駆の後部座席にいた。助手席のタナエがこっちをふりむき、話し始めた。わたしは携帯電話を太腿のあいだに挟み、クレムとヤンが心配しないようにメールを送った。

タナエはやけにゆっくりとしゃべった。いつもは早口で指示を出したり、猪肉の串焼きを平らげるみたいに、テンポよく話を続けるのに。

「わたしは一年間、フランスで勉強したの」とタナエは説明した。「ヴァテル・ホテルマン養成学校とモンパルナス・ホリデイ・インのあいだを、行ったり来たりの生活だった。二十八歳のころよ。そしてある晩、パリのマルケサス人会が催したパーティーで、メタニ・クアキと会った。集まったのは、十人にも満たなかったけれど……」

チャーリーは黙々と運転をしている。《二人戦死者記念碑》の前をすぎると、車は《タ・トゥ》の店の方角にむかった。

「メタニはタトゥーを彫って生計を立てていたの」とタナエは続けた。「闇の仕事だけど。それでオデッサ通りに小さな安い部屋を借りていた。わたしもそこで彼に会っていたわ。マルケサス料理を作ってあげたりして。メタニは食欲旺盛で……なんでもよく食べた。楽しくやってたのよ。そうやってホームシックを癒していたんだわ」

わたしはタナエが顔を赤らめ、娘たちの視線を避けたのに気づいた。ハイラックスがタトゥー彫師の店に近づくにつれ、胸が高鳴った。まさか、クアキはここに住んでるの？

「だからって、彼を愛していたわけじゃない」とタナエは続けた。「それはむこうも同じだと思ってた。お互い、気晴らしをしているんだと」

四駆は《タ・トゥ》の看板の前を通りすぎ、スピードをあげて舗道を走り続けた。

「タトゥーの腕はよかった。それが彼の力（マナ）だったのね。祖先から受け継いだものだって、嬉しそうによく言ってた。それで面白半分に、逆むきのエナタを彫ってと頼んだの。わたしのマルケサス風の名前に引っかけて。そのときは、このシンボルが何を意味するのか知らなかったけれど。まさか《敵》だなんて。でもメタニは、よく知っていたはずよ」

ハイラックスはスピードを緩めた。数百メートル先に、道の終わりがもう見え始めている。あとは森のなかに、土と小石の急な斜面が続いていくだけだ。

「そうこうするうち」とタナエは言葉を継いだ。「メタニにはどこかおかしいところがあると気づき始めた。実際のところ、彼の力（マナ）は狂気だったのかもしれない。彼の祖先はタトゥー彫師なだけでなく、なにか残虐な行いをしていたのかもしれない。要するにわたしは危険を察知し、逃げ出したってわけ。パリでの研修は、残すところあと数週間だった。わたしはヒバオア行きの飛行機に乗るまでのあいだ、クラスメイトの女の子の部屋にかくまってもらった。それからずっと、彼の噂は聞かなかった。正直、すっかり忘れていたくらい。わたしはヒバオア島でツマタイと出会った。とてもやさしくて、メタニとは正反対の人だったわ。わたしたちは結婚し、ムルロアで軍の副官をしていた特別手当で《恐るべき太陽》荘を買ったのよ。人生がひらけたような気がしたわ」

チャーリーがハイラックスを停めると、わたしたちはみんな車を降りた。もちろん、行先はもうわかっている。テイヴィテテ墓地だ。ファレイーヌもそこを見抜いていたのだ。わたしたち五人は、火焔樹に縁どられた小道をのぼり始めた。ポエとモアナは母親の話に無関心らしく、前をずんずん歩いていく。これまで、さんざん聞かされたのだろう。チャーリーは杖を持ち直し、しんがりを務めた。タナエは足早に進む娘二人と、のろのろとついてくるチャーリーのあいだだった。わたしは彼女に並んで、歩調を合わせた。そのあいだにも、告白は続いた。

「門扉に《恐るべき太陽》荘の看板を掲げてから一か月もしないで、夫のツマタイは肺癌で死んでしまった。ポエは三歳で、モアナは四歳になる前だったわ。その後しばらくしてメタニ・クアキがまたあらわれた。彼はポリネシアの島々を渡り歩いていたの。ペンションをひらいたとき、少し宣伝もしたものだから、それでわたしを見つけ出したみたい。手を貸そうって彼は言ったわ。二人の娘を抱え、女手ひとつで大変だろうからって」

タナエはそこで言葉を切り、まっすぐわたしの目を見つめた。彼女のこんなに毅然とした眼差しは初めてだ。

「女手ひとつで！」とタナエは繰り返した。「何言ってるのよ？　わたしは鼻先でせせら笑ったわ。兄弟が五人、姉妹は三人、いとこにいたっては十五人もいて、みんなヒバオア島に暮らしているんだから。そのなかにはピトみたいに庭の手入れをする者も、アニやノア、ポマレみたいに配管や石積み、電気工事の手伝いをしてくれる者もそろってる。メタニはすごすごと引きさがるしかなかった。これでわかったろうって、わたしは思った」

わたしたちはまた坂をのぼり始めた。火焔樹の合間から射しこむ太陽が、じりじりと暑かった。チャーリーはわたしたちの十メートルほどうしろで、足を引きずっていた。ポエとモアナは十メートル前で、土手に咲いたくちなしやノウゼンカズラの花をのんびり摘んでいる。

「ところがメタニは、何度もまたやって来た。わたしがひとりのときを狙い、まさに夜討ち朝駆けだった。持ちつ持たれつでいこうなんて言って。客を紹介してくれたら、安くタトゥーを入れてやる。よそ者（ポパ・ア）の観光客はみんな、それが目当てで島にやって来るんだから。取り分は半々にしようって彼は言った。あんまりしつこいから、女性客をひとり紹介してやったわ。かわいらしいオーストラリア人で、二メートル近くもあるラガーマンみたいな夫と新婚旅行に来たの。そうしたら何があったのか知らないけど、メタニが店代わりにしていたタアオアの小屋をラガーマンがめちゃめちゃに壊し、翌日夫婦は飛行機に乗って帰ってしまった。五日間の予定で、ペンションを予約していたのに」

森がひらけた。空地の墓地に着いたのね。赤い凝灰岩の墓石のあいだから、ピンク色の小さな彫像（ティキ）がわたしたちを見つめている。何度もじゃまされるのにうんざりしたように、顔をしかめて。

「朝、六時ごろ、メタニが言いわけをしにやって来たけれど、わたしはドアをあけなかった。そして、もっと早くすべきだったことをした。彼の名前をネットで検索したの。何十もヒットしたわ。わたしは目を疑った。ここ、マルケサス諸島では、フランスのニュースをなかなか追いかけられないから。記事をいくつも読んだけれど、十五区のレイプ魔タトゥー彫師の恐怖が繰り返し語られていた。暴行され、絞め殺された被害者二人の写真も見た。決定的な証拠はなく、犯人は捕まらなかったけれど、ほとんどすべての記事がメタニ・クアキを疑っていた。彼は別の暴行未遂事件で、四年の実刑を言い渡されていたのよ」

タナエは突然、歩みを止め、わたしの腕を取った。

「そのとおりなんだって、すぐにわかったわ。二人の若い女を殺したのは彼だということも、またやるだろうということも。心理学者の分析を読んだら、まさかという思いでいっぱいになった。失恋の恨みが犯行の動機だって言うのよ。メタニは恋人に捨てられたばかりだったからって。それが誰なのか、彼は決して明かそうとしなかったけれど……わたしよ。心理学者たちの言う恋人とはわたしのこと。その後もメタニはやって来て、毎朝毎晩ドアを叩いた」

チャーリーがようやくわたしたちに追いついた。ポエとモアナは白と金色の花束に、さらに色を添えようというのか、翡翠（ひすい）色のつる植物や薄紫色の蘭のほうへ遠ざかった。わたしたちは丸い苔むした石をまたぎながら、崩れかけた十字架や墓石のあいだを抜けた。いや、丸石だと思ったのは、忘れ去られた霊廟から抜け出した祖先の頭蓋骨かも。右側には、昨夜ピエール＝イヴ・フランソワの遺体が見つかった小屋のドアがある。

「さらにいろいろ調べてみたら」とタナエは続けた。「メタニ・クアキがフランスから戻ってきて以来、マルケサス諸島では若い女の失踪事件が三件あったそうなの。彼女たちは十八歳から二十歳で、行方はまったくわからないし、手がかりもなかった。たしかに反抗的な若い娘が家出をするのは、ここでは珍しいことではないけれど、彼女たちは三人とも失踪の直前、親の意見に逆らってタトゥーを入れていたっていうじゃない。しかもタトゥー彫師は、通りで女の子に声をかけている行きずりの男で、名前も住所もわからないときてる」

わたしは息を呑んでたずねた。

「そのタトゥーって、逆むきのエナタだったの？」

「そのとおりよ。そうこうするあいだにも、メタニは毎日やって来てノックを続けた。そしてある朝、わたしはドアをあけた」

墓地で立ち止まるものと思っていたら、タナエは話を続けながら、さらに空地の奥へと歩き続けた。

「その朝、ペンションにはひとりの客もいなかった。前の晩、ポエとモアナをハナパオアに住んでいる姉に預け、その帰りに義兄から猟銃を借りた。マエヴァホールのソファには、大きなマルケサス織の布をかけておいた。メタニは警戒するふうもなく、そこに腰かけた。わたしは十五分近くも正面から銃を構えて、彼に罪を告白させた。五件のレイプ殺人事件。オードレイ・ルモニエとレティティア・シアラ。それから残る三人、モオレア、マウピティ、ランジロアのことを。彼が立ちあがろうとした瞬間、わたしは心臓に銃弾を撃ちこんだ」

タナエはそこで歩みを止め、わたしもそれに倣った。チャーリーはわたしたちの前を通りすぎ、杖でバンヤンジュのつるを払って、緑の丸天井の下に道をひらいた。

わたしは幹によりかかった。どう考えたらいいのか、自分でもわからない。目安になるはずのものが、もうみんなぐちゃぐちゃだ。何を話したらいいのだろう？　どんな反応をすべきなの？　拍手喝采？　それとも憤慨？

タナエは一歩近づき、わたしを胸に抱き寄せた。

「よく聞いて、マイマ。この列島はフェヌア・エナタ、男たちの土地って呼ばれているけれど、そんなの間違い。ここでは女がすべてを取り仕切っているの。それを忘れちゃだめ。男に人生を奪われないようにしなさい。わたしたちは王女なんだわ、マイマ。わたしたちは女王。わたしたちはマルケサスの女なのよ。さあ、こっちへいらっしゃい……」

チャーリーが大きく茂った羊歯を杖で払いのけ、わたしたちは薄暗い森の奥へとまたずんずん入りこんでいった。

「あなたが何を考えているか、わかってるわ。メタニを警察に突き出すべきだったって言いたいんでしょ。でも、それでどうなるの？　彼は自白なんか、しなかったでしょうね。せいぜい数年間、刑務所ですごすくらい。彼が釈放されるころ、ポエとモアナは被害者と同じくらいの歳になってるわ。彼はまたやったでしょうね、マイマ。何度でも繰り返すのよ、ああいうやつは。だから、けりをつけなければならなかったの」

タナエとチャーリーは立ち止まった。目の前に平らな石板が置かれている。赤く光る苔がむし、まるで錆びた鉄板のようだった。

「わたしはピトと、義兄のポマレを呼んだ。二人はクアキの死体をマルケサス織の布で包み、ここに埋めた。それでおしまい。彼のことは、もう話題にもならなかった」

わたしは陰気な石板を見つめた。ファレイーヌが何年間もずっと探し続けた殺人犯は、ここに眠っているんだ。裁かれ、死刑に処されて。ファレイーヌは殺される前に、この墓を見つける暇があっただろうか？　そもそも彼女は、誰に殺されたの？

チャーリーでもなければ、クアキでもない。新たな二人の容疑者は、リストから取り除かれた。

残るは誰?

いろんな証拠を突きつけられても、わたしはクレムが犯人だとはどうしても思えなかった。

もちろん、ヤンが犯人だとも思えない。

だったら、誰が?

エロイーズ?

わたしはまた携帯電話をつかんだ。なんとしてでも、彼らに知らせなくちゃ。

チャーリーが平たい灰色の墓石を杖の先でつつき、うっすら残る刻み模様を示した。

逆むきのエナタ。

敵がここに埋まっている。

海に流すわたしの瓶　第二十六章

キッチンで物音がした。

料理をごみ箱に捨て、食器やなにかを流しに放りこんでいるのだろう。音は隣の部屋から聞こえてくるのに、やけに頭に響いた。まるでナイフやフォークを突き立てられたみたいに。けれど頭の痛みも、激しい腹痛に較べればものの数ではなかった。おまけに首飾りの赤い種子が白熱する鉄になったみたいに、喉もひりひりと痛んだ。苦悶のあまりに意識がもうろうとし、目もあけていられないくらいだった。

しかし、瞼を閉じるわけにはいかない。選択の余地はない。

マイマのメールがちらりと見えた。

気をつけて、クレム。

チャーリーは犯人じゃなかった。クアキも、今回の事件とは関係ない。エロイーズに気をつけて。気をつけてね。

携帯電話の画面に浮かんだ言葉が、ゆらゆらと揺らぎ始める。わたしにはもう、電話を手に取る力も残っていなかった。それはテーブルのうえ、マグロとちぎったココナッツパンのあいだに置かれていた。

そういうことなのね。だけど、わかるのが遅すぎたみたい。

頭が割れそうだ。お腹はもう、溶けたポリ袋みたい。怪しげな酸でどろどろに溶けたポリ袋。傷だらけの脳味噌は、何度も繰り返すことしかできなかった。

エロイーズに気をつけて。気をつけてね。

なんて劇的な結末なんだろう。劇的といっても喜劇のほう。

あなたの言うとおりね、マイマ。気をつけるべきだった。殺人者の女はまたしても牙をむいた。わたしは彼女のリストにのった最後のひとりだ。

「大丈夫？」と彼女はサディスティックな笑みを浮かべてたずねた。

あとはひと言も話さず、昼食の残りを両手に抱えてキッチンにむかった。

わかったわ。でも、もう間に合わない。

今度はタトゥーを彫る針も、ナイフや猟銃も使わなかった。

わたしが好んで食べるのは、マグロのタルタルステーキだけ。彼女はそこに毒を混ぜた。

毒が血のなかに広がるのがわかる。はっきりと感じられる。心臓は毒を体じゅうに送る死のポンプだ。それが最後のミッション。わたしはもう、指先を動かすこともできなかった。

あとの経過はわかってる。クラーレかなにかの毒物を、飲まされたんだ。脈拍数がさがり、末端の細胞まで血がまわらずに、筋肉が痙攣（けいれん）し始める。まさに枯れ枝状態だ。毒は火事みたいに灰の山を残して少しずつ広がり、生死に関わる器官に近づいていく。やがて喉がふさがり、肺が最後の息を吐き出す。そして数分後に肺は空っぽになり、心臓は動きを止める。

ヤン

ヤンはピエール＝イヴ・フランソワのバンガロー《ハツタア》のドアを、あけっぱなしにしておいた。捜索に取りかかる前に、携帯電話の画面に映し出されたマイマのメールを読みなおした。

気をつけて、ヤン。
チャーリーは犯人じゃなかった。クアキも、今回の事件とは関係ない。
エロイーズに気をつけて。気をつけてね。

おれのことは心配いらないさ、子ネズミちゃん、と憲兵隊長は、ほっとしながら思った。タナエといっしょなら、マイマは安全だ。

彼は作家のバンガローをふり返った。ほかのバンガローと較べて、いちばんきれいに片づいていた。ナイトテーブルには本一冊、浴室には洗面用具ひとつない。ベッドにも、しわ一本寄っていなかった。衣装棚のなかに服が何着か、きれいにたたんで置いてあるだけだ。

バンガローに誰もいなかった二日間、ポエとモアナが掃除に来ていたからか、作家が失踪を綿密に計画していたからか、それはわからないけれど。たぶん後者だろう、とヤンは思った。ピエール＝イヴ・フランソワは行方をくらますにも、ずいぶんと演出を凝らしていたじゃないか。アツオナの浜にわざとらしく服を重ねておいたり、エナタを描いた丸石をそのうえに置いたりと。アトリエ参加者たちの創作意欲を掻き立てるための、殺人パーティーに着想した仕掛けってわけだ。ピエール＝イヴは村長の小屋に一日、二日身を潜め、こっそり逢引きもするつもりだった。ところが逢引きの相手は、その晩のうちに彼とマルティーヌを殺してしまった。

ヤンは捜索を続けた。引き出しをあけ、マットレスの下を調べる。ピエール＝イヴ・フランソワの私物が見あたらないからといって、べつに驚きはしなかった。衣類や洗面用具なら、村長の小屋から見つかったスーツケースに詰まっていた。本がなくたって、それも驚くにはあたらない。いちばん意外だったのは、メモや原稿の類がどこにもないことだ。学生のレポートが一枚もない教師の部屋みたいじゃないか。

ここはじっくり考えてみなければ。作家は姿を消す前、五人のアトリエ参加者たちにひねりの利いた課題を出した。最初の課題は《海に流すわたしの瓶》と題した小説に、すべてを書き留めておくことだった。もうひとつの課題は、《死ぬまでにわたしがしたいのは》という例の遺言。ピエール＝イヴは参加者たちの原稿を集め、添削するからと約束した。しかしその原稿は、このバンガローにも村長の小屋にも置いてない。マルティーヌの遺言はピエール＝イヴが服といっしょに海岸に残し、ファレイーヌとマリ＝アンブル、エロイーズの遺言は、犯人が親指小僧よろしく新たな死体の下に残していったけれど。

ヤンはトレートル湾のうえに重なる雲を、あけ放った窓越しに眺めた。よく考えると、エロイーズやクレムのバンガローにも、それにマルティーヌやマリ＝アンブルのバンガローにも、課題の原稿らしきものは影も形もなかった。でもピエール＝イヴの指示はよく覚えている。**すべてをメモし、すべてを書きたまえ。きみたちが感じたこと、感じ取ったことを。**ヤンは五人のアトリエ参加者たちが、ピエール＝イヴに言われたとおりせっせと書いているのを何度も目にした。妻のファレイーヌも含めてみんな、白い紙に自分自身を写し取っていた。クレムがいちばん熱心だったけれど、手帳を黒く埋めているのは彼女だけではなかった。

あの原稿はみんな、どこへ行ってしまったのだろう？

そこに手がかりがありそうだ。ヤンはそう確信して、再びバンガロー《ハツタア》を調べ始めた。几帳面そうに片づいていた部屋は、見るも無残なありさまだった。家具がひっくり返り、シーツやタオルが散らばっているが、彼はあきらめなかった。椅子を一メートルずつ移動させてはうえに乗り、棚の奥を徹底的に手さぐりしてみる。そうした作業を何度も繰り返した末、押し殺した叫び声をあげた。

ゴム紐で束ねた紙の束に、指が触れたのだ。

ヤンは紙の束を引きずり出した。うっすらと埃をかぶった束。それが何か、すぐにわかった。

原稿だ。

厚みからして、百枚ほどあるだろうか。

ＰＹＦの署名は入っていない。アトリエ参加者のひとりが、ピエール＝イヴに意見を聞こうと預けたのだろうか？　有名作家ならば、そんな頼みを毎日のように持ちかけられ、うんざりしているに違いない。

ヤンは原稿をローズウッドの机に置き、窓辺に腰かけ題名を読んだ。

『星に導かれて』

導かれて……

主人公は女性らしい。これをピエール＝イヴ・フランソワに託したのは、女なのか？　ピエール＝イヴは、原稿をめくってみただろうか？　わざわざ時間を割いて、これを読んだのか？　毎日の課題を添削するだけで手いっぱいで、あとまわしにしたのでは？

ヤンはゴム紐をはずし、題名のページをめくった。

なんだ、これは！

予想は大はずれだった。ピエール＝イヴ・フランソワはこの原稿をめくり、しっかり目を通していた。添削さえしていた。一行一行、一ページ一ページ、アンダーラインを引いたり、丸で囲んだり、余白にコメントを書きこんだりしている。

偏執的なくらいに。

PYFはこの作業に何時間も、何夜もかけたに違いない。

ヤンは原稿のうえに身を乗り出した。花火のようにまばゆい文章が、目に飛びこんできた。ちりばめられた花、ひとつに束ねられた花。それが書きこまれたコメントと対話を交わし、星座を作っている。ヤンは言葉の銀河に迷いこんだ。

星に導かれて、帆に導かれて

帆船の男、星の男
行きつくのだ、近づきがたい星に

マイマの日記　よそ者(ポパ・ア)はすべて殺せ

「ポエ、モアナ、いっしょにいらっしゃい。パパのお墓に黙禱しましょう」

二人の娘は母親の手を取った。近くで摘んだ色とりどりの花で、大きな花束が二つ作ってあった。三人はテイヴィテテ墓地にむかって引き返し始めた。

わたしはそのまま、エナタを彫った石板の前に立っていた。この下に、レイプ犯が埋まっているんだ。タナエがふり返りもせず、わたしに声をかけた。

「夫はどうしてもこっちに埋葬したかったの。アツオナ墓地より静かだから。むこうは地面の下に二メートルも深く埋まっていても、巡礼者の声が一日中聞こえるでしょ。**すみません、ゴーギャンのお墓、ブレルのお墓はどこですかって**」

母娘のうしろでチャーリーことピトが、杖をついて笑っている。

エナタの石板を眺めるのは、もうこれくらいにしよう。わたしは途方に暮れながら、タナエと娘たちのあとに続いた。

「ファレイーヌ主任警部がいまだにメタニ・クアキ事件を追っていたなんて、思ってもみなかったわ。メタニの恋人をまだ探していることも、そのために夫とここへ来たことも知らなかった。ファレイーヌはとうとう、それがわたしだと気づいた。きっかけはわたしのタトゥーと名前だった。その点はあなたと同じね、マイマ。そのほかのことは、よくわからないけど。いまだに島を歩きまわっている殺人犯は、いったい何者なのかも。でも、ヒバオア島の住民でないことだけはたしかね。ここではみんな、知り合いだもの。断言できるわ。犯人はスーツケースに死を詰めて、この島にやって来た。かつて植民者が梅毒やウランを手にやって来て、何千何万もの島民を殺したみたいに。少なくとも、今回の犯人はよそ者（ポパ・ア）しか殺していないけど」

わたしは思わず、大声をあげそうになった。どういう意味、タナエ？　ヒバオア島生まれじゃなければ、殺されたってかまわないってこと？

ポエとモアナは父親の墓前にひざまずいた。飾りけのない灰色の石板に、鉄の十字架が立っている。娘たちは墓石の下に花をたむけた。

タナエは重々しい表情でわたしを見つめた。

「よそ者（ポパ・ア）同士のいざこざに、首を突っこむことはないわ。わたしたちには、ここで守らなければならない秘密がたくさんあるんだから。自分たちのために、それを守っていかなくては。せいぜい司祭さんに打ち明けるくらいで、紙に書きつけたりするなんてありえない」

タナエは村や浜辺に目をやった。二キロ先あたり、アツオナ村の上方にはペンションも見える。

「そろそろみんなで、殺し合いを終えたころね。あと三時間もしないうちにタヒチの警察官がやって来て、生き残ったひとりを捕まえてくれるわ」

わたしはもう、脚の震えを押さえられなかった。転びかけたわたしは、ピトが差し出した杖につかまってなんとか体勢を立て直した。タナエは唇を嚙んだ。わたしが彼女の言葉にどれほど動揺したか、よくわかっているんだ。

「ああ、ごめんなさい。馬鹿なこと言っちゃって。よそ者の話をしたとき、マリ＝アンブルのことは考えてなかったの。あなたのママを殺した犯人は、必ず罰せられるわ。罪は償われる。でもすべてが終わるまで、あなたを避難させておかなくては。だから無理やり、ここへ連れてきたの。《恐るべき太陽》荘から遠ざけるために。心配しないで。なにもかも説明がつくわ。よそ者たちは必死になって、これまでの出来事を書き留めていたから、あれを読めば真相がわかるかも」

わたしはピトの杖を押し返し、タナエに近づいた。ポエとモアナはまわりの話には無関心そうに、黙禱を続けている。天国から誰か答えてくれたなら、声をかけてね。父なる神のお出ましはさておき、わたしは二人の母親にむかってたずねた。

「どういうこと？　何を読めば真相がわかるって？」

タナエは空に目をあげ、苔むした薄暗い墓所を見まわすと、わたしをふり返った。

「だってほら、彼女たちはそのために来たんだから。スポーツ選手がトレーニングのため、マルケサス諸島へやって来るみたいに。彼女たちは何キロも走る代わりに、なにやらせっせと書いていたけど。彼女たちが備えていたのは、マラソンじゃなく小説だったのね。わたしはＰＹＦが好きだったわ。彼女なら、マルケサス人にもなれたでしょう。心の底に憂鬱を抱えていた。だからこそ、人生の贈り物を貪欲に楽しもうとしたんだわ。おいしい料理、美しい女、愉快な冗談を。なんなら、陽気な憂鬱（フィウ）って言ってもいいわ。アトリエ参加者たちが書いたものを取っておくよう、彼から頼まれていたのよ。マエヴァホールやテラスに置きっぱなしの原稿や、殺された死体のそばにあった原稿。バンガローに残されていた下書きは、ポエとモアナが掃除のときに回収したわ。五人がＰＹＦに提出した《死ぬまでにわたしがしたいのは》という課題の原稿もコピーを取り、みんなまとめてわたしの家（ファレ）に保管してあるの。警察が到着したら、そのぶ厚い束だけを見せるつもりよ。わたしはそんなものに興味ないから、読みもしなかったけど」

　ポエとモアナは母親のワンピースの裾を引っぱった。プリントされたアイリスの花びらが、むしり取られるかと思うほど。

「今行くわ、ツマタイ。今行くから」

　タナエは最後にもう一度、わたしをふり返った。

「夫のところへ行かなくては。だってほら、マイマ、死者を待たせすぎちゃいけないから」

　わたしは挑みかかるように、ピトを見つめた。それから緑の苔に覆われた墓石を飛び越し、羊歯のあいだを裸足で走り抜けた。

「大事なのは死者じゃなくて、生きている人間だよ」

海に流すわたしの瓶　第二十七章

心臓は静かに鼓動を止めようとしている。もう腕の感覚も、脚の感覚もない。次々に故障する機械の部品。そんな感じだろうか。電池の切れかけた頭のなかで、わたしはマイマの最後のメッセージを、壊れたレコードみたいに繰り返した。

気をつけて、クレム。

かすんだ目には、ぼんやりした色合いの区別もつかなかった。渇いた口は閉じたまま、水が欲しいと叫ぶこともできない。喉は二倍に膨れてしまったかのようだ。なのにわずかな唾も飲みこめなかった。

エロイーズに気をつけて。気をつけてね。

なんて馬鹿だったんだろう。もっと警戒すべきだったのに。目が見えない。触ることもできない。感覚がなくなってしまった。頭もほとんど働かなくなっている……音はまだ、なんとか聞こえるわ。残っているのは聴覚だけ。声がする。遠くから聞こえるようだけど、本当はすぐ近くで話しているのだろう。わたしの耳もとで。女の声だ。

「心配しなくていいわ。あとほんの数分で、すべて終わるから」

体じゅうが痛んだ。何千匹という虫に、肝臓や腸や胃をかじられているみたいに。

「クラーレじゃないかって、思っているんでしょ？　心臓を麻痺させる毒薬だろうって？

あたらずとも遠からずね。ココナッツミルクやライムに合うように、マグロのタルタルステーキに振りかけたの。ゴバンノアシっていう木の実から採れる粉を。アツオナの浜で、ピトからやり方を教えてもらって。にっこり笑いかけたら、詳しく説明してくれたわ。使う相手はブダイやネズミじゃないなんて、思いもしないでね。わかったでしょ、わたしにだって、男たちを魅了する力はあるのよ。花を一輪、髪に飾れば、それで一丁あがり。

あなただったら、にわとりやイカより毒に耐えるでしょうけど、そのぶん量を増やしておいた。哀れな心臓がもつのは、せいぜいあと十五分ちょっと。警察が着くまでには、まだたっぷり三時間はあるから、そのあいだにタナエの猟銃を持って、隊長さんのところにゆっくりおじゃまできるわ」

肺はもう音(ね)をあげていた。激痛のあまり、潰れてしまいそうだ。こうなったらさっさと肺が破裂して、すべて終わりになればいい。わたしはそれだけを願った。誰もわたしを助けにはこないだろう。わたしが悶え苦しんでいることなど、誰も知りはしない。

どこにいるの、ヤン？　どこにいるの、マイマ？

エロイーズに気をつけて。気をつけてね。

気をつけて、クレム。

遅すぎたわ、子ネズミちゃん。あなたも騙されてたの。あなたがそれに気づく前に、わたしは死んでいるでしょうけど。

声がどんどん遠くなる。

「もう行くわ。ヤンの始末にかからなくちゃ。さよなら、これでお別れね。もう会うこともないでしょう。ブレルの歌に見送られたい？　それとも、静寂に包まれて死ぬほうがいい？」

わたしは最後の力をふり絞り、長い銃を構えて前に立つぼやけた人影に目を凝らした。体じゅう、痛くてたまらない。せめて声が出せれば。一度だけ、最後に一度だけでいい。痛みをふり払うために。獣のような叫び声を延々とあげながら、死んでいくために。

「静寂を選ぶのね？」と声は楽しげに言った。「賢明だわ。マルケサス人たちのモットーを心得てるじゃない」

わたしが最後に聞いたのは、取り憑かれたような笑い声と、あとに続くひと言だった。

「嘆いても無駄よ」

そしてわたしは意識をなくした。

マイマの日記　死ぬまでに……

わたしは息を切らして、ペンションの小道までやって来た。テイヴィテテ墓地から《恐るべき太陽》荘まで、二十分とかからず駆け抜けた。森を下る泥道では、何度も倒れそうになった。アツオナ村からペンションへ続くのぼり坂では、心臓が破れるかと思った。でも、なんとかもったみたい。

わたしはいったん立ち止まり、門扉に掲げた木の看板によりかかった。《恐るべき太陽》荘。タナエの夫ツマタイが、最後に打ちつけた看板。小道の奥には六棟のバンガローとつる棚、マエヴァホールが見える。タナエの言葉が、脳裏によみがえった。

よそ者（ポパア）同士のいざこざに、首を突っこむことはないわ。そろそろみんなで、殺し合いを終えたころね。

勝手にやらせておけっていうの？

わたしはヤンのこと、クレムのことを思った。

あの二人がいっしょにいるなら、とりあえず大丈夫。

なにも無駄な危険を冒すことはない。探すべきものは、ちゃんとわかってる。

突然、あたりが暗くなり、わたしは思わず目をあげた。テメティウ山にかかる雲のうしろに、太陽が隠れたんだ。マンボウが網にかかるみたいに。明るい緑色だったココ椰子やマンゴー、バナナの木が、一瞬にして青緑色に変わった。嵐の前の、暗い海の色だ。

どうせなら、暗いに越したことはない。わたしはできるだけ音を立てないように、小道を進んだ。ブーゲンビリアの葉の下でも、まだはあはあと荒い呼吸を続けた。だって二キロの道のり、二百メートルの高低差を、いっきに走ったから。

物音ひとつ聞こえず、すべてがただじっとしている。テラスも、マエヴァホールも、六軒のバンガローも。トレートル湾、ハナケエ岩礁、閑散としたアツオナ村の黒い浜辺をすばやく見まわす。わたしは最後の期待をこめ、虚ろな空をちらりと見あげた。あとはなにも考えず、タナエの家(ファレ)にむかった。竹の壁をよじのぼり、彫刻を施した柱にしがみつけば、タコノキの葉をふいた屋根まで簡単にたどり着ける。裸足の足をそっと骨組にかけ、バランスを取りながら移動して、天窓の三十センチ下にあいた口まで滑り降りた。

こんな芸当ができるのは、わたしくらいだ。まだ十六歳で、ウナギみたいに体が柔らかいから、ドアや窓に鍵がかかっていても、バンガローなんか簡単に入れちゃう。昨日もしかたなくそうしたけど、あれはヤンやクレムを助けるためだった。今は、ためらっている場合じゃない。こんなにもたくさんの血が流れ、何人もの人が死んだ。一刻を争うときだ。

わたしは一瞬で梁に飛び移り、家(ファレ)のなかに着地した。墓地からここまで、必死に駆けてきた。石を削って作った墓石と、埋められた死体のことを思い返した。目指す探し物が何かはわかっている。さっきタナエが言っていた原稿だ。クレムと、創作アトリエに参加したほかの四人の物語。この三日間を記録した完璧な日記。そこにはひとりひとりが目にしたもの、思ったこと、気づいたことが書かれている。

見つけるのに手間はかからなかった。原稿はローズウッドの机に置いてあった。全部で百枚くらいだろうか。一枚目に書かれているのは二行だけ。

海に流すわたしの瓶
クレマンス・ノヴェルが遺す言葉

山のうえにかかる雲から、白い太陽が顔を出した。陽光が窓から射しこみ、まばゆい明るさで部屋を照らす。

わたしは原稿の束をつかむと、蚊帳のかかったベッドの隅に腰かけた。日陰はそこだけ。蚊はべつに気にならない。だってよそ者を狙って刺すから。でも蚊帳って、お姫様のベッドにかかる天蓋みたいだ。

レースの空の下では、いつもよりもっとすてきな夢が見られそう。

わたしは原稿をめくった。

蚊帳の下なら夢を解き放っても、どこかに飛び去ってしまわないでしょ？

死ぬまでにわたしがしたいのは……

ヤン

ヤンはピエール＝イヴ・フランソワのバンガローで、棚の最上段から見つかった原稿をぱらぱらと読み返した。

『星に導かれて』

彼はベッドに腰かけた。ドアはブーゲンビリアに縁どられた砂利の小道にむかって、大きくあけ放たれている。小道の下方には野原が、さらに下にはアツオナの村が広がっている。

一枚目の原稿には手書きで何行か、こう書き写してあった。

死ぬまでにわたしがしたいのは、

頭から離れない小さな声が、蛇のようにしゅうしゅうとささやきかけてくるとき、真実を言っているのか知ること。さあ、書け、書くんだ。おまえには才能がある。

ゴーギャンしかり、ブレルしかり、彼らはすべてを捨てた。女、子ども、友人……彼らは若くして死んでいった。永遠を手に入れる代償として……

死ぬまでにわたしがしたいのは、

こんな狂気じみた考えを吹きこむのが悪魔なのかどうか知ること。

ピエール＝イヴ・フランソワは悪魔なのか？

それとも、魅了されたいち読者？

余白に書かれたメモを見れば、一目瞭然だ。ＰＹＦは心奪われている。百十八ページのうち、線で消してある文章はひとつもない。それどころかあちこちにアンダーラインを引いたり、印をつけたりして、熱い賞賛のコメントが添えてあった。

すばらしい！

魅力的！！

お見事！！！

最高！！！！

ピエール＝イヴはずば抜けたレポートを読んだ教師のように、歓喜に打ち震えていた。

ヤンはページをめくりかけて手を止めた。あわてなくてもいい……砂利道から、足音が聞こえた。

ひらいたドアのむこうに、影が見えた。熱帯の太陽が、テラスに投げる影。それがゆっくりと近づいてくる。

いよいよか？

ヤンは原稿を置いた。ベルトに挿しておいたナイフを、指先で触ってみる。武器になりそうなものは、これしかなかった。うまく使えそうもないが、少しは時間を稼げるのでは？

人影は、まだ静かに近づいてくる。まるで箒にまたがった魔女のようだ。縮こまったシルエットから、長い棒が飛び出ている。それが銃だと気づくのに、数秒かかった。おれを殺そうとしているらしい。

いよいよ、真実のときが来たのか？

殺人者が、ついにその素顔を見せる。

最初の事件が起きたときから、さまざまな仮説が頭に浮かんだ。憲兵隊長はそれらを、すばやく反芻した。PYFの演出、マルティーヌの秘密、ファレイーヌの復讐、破産したマリ＝アンブルの痴情絡みの犯行、メタニ・クアキの新たな連続殺人。クアキは、マイマがチャーリーと呼んでいるあの庭師なのかもしれない。タナエが仕掛けた完璧な罠。そして今、すぐ脇のベッドには、謎めいた傑作の原稿がある……その作者の正体は？

あともうひとつ、最後を締めくくる可能性が残っている。初めから、そうに違いないと思っていた。

明白じゃないか。

クレマンスの異常性だ。

信じているのは、おれひとりだとしても。

間違っているのはおれのほうなのか？　マイマが正しいのか？

創作アトリエ参加者のうち、執筆にもっとも意欲を燃やしていたのはエロイーズでは？

彼女はまるで、なにかに取り憑かれているかのようだった。そのあげくに、人を殺したというのか？

足音が近づいてくる。魔女がまたがる鉄の箒が、ドアの前で踊っている。やがて人影があらわれ、ブーゲンビリアを遮った。

銃を突きつけ、顔を露わにして。

ヤンは思わず腕をあげ、あとずさりした。腰に隠したナイフから、手を離してしまった。しびれるような恐怖が、体じゅうを走り抜けた。けれども彼は、不思議と落ち着いていた。ようやく真実がわかるのだ。

もう疑いの余地はない。

目の前でカービン銃を突きつけている女。サファリのショートパンツをはき、短い髪をしている。幻ではない。彼女はほかのみんなを殺したあと、いよいよおれを片づけに来たのか。

憎悪と殺意で歪んだ顔。

いつもは穏やかで、慎重そうなのに。

ヤンは唾を飲みこみ、手を宙にあげたまま作り笑いを浮かべた。余裕しゃくしゃくだというように。

「賭けておけばよかったよ。誰もおれの言うことに、耳を傾けようとしなかった。誰も信じなかった。みんな一杯食わされたってわけか。お見事、クレマンス！」

マイマの日記　海に流すわたしの瓶

わたしは蚊帳を吊ったベッドのうえであぐらをかき、傍らに原稿の束を置いた。題名が書いてある。

海に流すわたしの瓶

初めはクレムの原稿だと思った。彼女がいつも持ち歩いては書いていた小説だろうと……わたしは百枚ほどの原稿を、ぺらぺらとめくり始めた……

すると間違いに気づいた。

まさかこんなこととは、想像もつかないでしょうね。各章にはすべて同じタイトルがついていて、同じ出来事を語っている。登場人物も同じだ……

けれども真実は、火を見るより明らかだった。

《海に流すわたしの瓶》は、五人の異なった語り手によって書かれたのだ!

すべてがここにある。わたしの目の前に。五部構成の物語。創作アトリエ参加者五名が、それぞれ一部を書いて。

ＰＹＦが初めに出した指示が、記憶によみがえった。

課題１。《海に流すわたしの瓶》、そこにすべてを書け。羞恥心も恐れも慎みもかなぐり捨

て、書き終えたら誰にも読ませることなく、そのまま海に流すつもりで。

五人のアトリエ参加者たちは、この課題に取り組んだ。全員がその日の出来事を、こと細かに記録したのだ。こうして五人それぞれの、《海に流すわたしの瓶》が書きあがった。それをひとつにまとめれば、一人称で書かれた五つの物語はひとつながりに見える。ひとりの人物が書いたひとつの物語だと、読者は思いこむだろう。そう、クレムが書いた物語だと……

そして読者は、真実を見逃してしまうだろう。

この物語は五人の証人によって書かれたものだとわかったとき、初めて真実の鍵が得られる。五人のアトリエ参加者たちが、五つの視点からとらえた物語だとわかったときに。

わたしは原稿を五つに分け、ベッドのうえに五つの山を作った。それぞれの山が、ひとりの物語になる。冒頭には念のため、《死ぬまでにわたしがしたいのは……》から始まる遺言を掲げておこう。そうすれば語り手が誰なのか、間違える心配はない。次の遺言があらわれたところで、語り手が交代するってわけ。

第一部は《クレマンスが遺す言葉》から始まる。

第二部は《マルティーヌが遺す言葉》から。彼女の遺言が、アツオナ海岸の丸石の下で見つかった場面だ。

第三部は、《ファレイーヌが遺す言葉》がティティーヌの死体の脇で見つかった場面から。

第四部の始まりは、《マリ＝アンブルが遺す言葉》がテイヴィテテ墓地の小屋で、ＰＹＦの死体の下から見つかったところ。

第五部の始まりは、《エロイーズが遺す言葉》が《恐るべき太陽》荘のうえにある、血にまみれた聖地（メ・アエ）に置かれていたところだ。

わたしは最初の山に身を乗り出した。

海に流すわたしの瓶　第一部

クレマンス・ノヴェルが遺す言葉

死ぬまでにわたしがしたいのは、五つの大陸で四十三の言葉に翻訳される、ベストセラー小説を書くこと。

続きはざっと斜め読みした。この遺言を書きながらも、クレムの頭は疑いでいっぱいだった。

こんなふうに書いたものの、とても読み返す気にはなれない。（……）死ぬまでにわたしがしたいのは……そうだ、ずっとここで暮らすこと。一生涯、ずっと！　パリ行きの飛行機には乗りたくない。

そのあとクレムは風景に譬（たと）えて心の内を吐露し、彼女のたったひとつの望み、生きる理由を語っている。

幻想なんかじゃない、言葉を紡ぎ出すように駆り立てる力も、文章に対するこだわりも、字を読める歳になって以来わたしを引きつける光も。

わたしにとって、生きるとは書くことだ。

小説を、わたしの小説を書くこと。

ページをめくると、クレムの奇妙な前置きがあった。

わたしは決して騙したりしないときっぱり約束しよう。あなたに真実を語ると、インチキはしないと、嘘はつかないと約束しよう。

クレムは真実を語った。決して嘘はつかなかった。ただみんなが思っているのとは違い、彼女の物語はその少し先で終わってしまうけれど。わたしの視線は、彼女の最後の言葉にむかった。

長々とした序章では偉そうなことを言ってしまったが、不安で胸がふさがる思いだ。これもゲームなのかしら？　ピエール＝イヴが考えたゲーム？　彼がわたしたちに何を求めているのか、まったくわからない。彼がわたしたちのことをどう思っているのかも。彼がわたしたちをどうするつもりなのかも。

クレムの物語はそこまで……続きは、残り四人のアトリエ参加者たちのものだ。

海に流すわたしの瓶　第二部

マルティーヌ・ヴァン・ガルが遺す言葉

ティティーヌの日記もほかの四人と同じく、彼女の遺言から始まる。

死ぬまでにわたしがしたいのは……

十四の猫に一匹ずつ、さよならを言うこと……

わたしはティティーヌの願いを、すべて読み返した。サッカーのワールドカップでベルギーが優勝するのを見ること、漫画(ベーデー)作家にノーベル文学賞を獲らせること、本物のヴェニスを見ること。わたしは目に涙を浮かべながらページをめくり、日記の続きを読んだ。

着いたのはわたしが最後だった。(……)けっこう、でもあなたたち、そんなゲームに夢中になる歳じゃないでしょ。ほら見て、こっちはこんなに息を切らしてるのよ。(……)ジャック・ブレルの声に、わたしはいつになく身が震えた。

涙は微笑みに変わった。わたしはティティーヌのユーモアあふれる文章を、ひと言ひと言味わった。途中でクレムに追いこされ、アツオナの浜に最後に着いたときの疲労困憊(こんぱい)ぶり。ベルギー人歌手のブレルに対する愛着。鏡の前で老いを感じた晩の孤独……

暖かい光が、部屋にセピア色の陰を投げかけている。鏡の前を通ると、蜂蜜色に染まったわたしの体が映った。

だからといって、体が美しく見えるには足りなかった。

わたしは自分の体が好きではない。もう好きではない。

さらにページをめくった。夜中に物音が聞こえた場面では、ティティーヌといっしょに体が震えた。彼女は正門を抜ける人影のあとを、少し離れて追っていき、花を持った彫像(ティキ)の前を通った。昔の恋人が、彼女の四十年前の写真をもとに作った石像だ。**そんなはずないっていうのは、わかってる**とティティーヌは書いている。**どうしてこの顔が、過去から浮かびあがってくるの？**

また次のページ。ティティーヌはピエール＝イヴが村長の小屋で、謎の女と争うようすを目撃した。

女が両手をふりあげるのが見えた。なにか細長いものを握っている。棍棒だろうか？（……）それは宙を切ってピエール＝イヴの顔面を直撃した。悲鳴が夜の闇をつんざいた。そしてわたしの叫び声も。（……）顔を見られた？　ピエール＝イヴは殺されたの？　そしてわたしは、始末されるべき目撃者なのか？

そうよ、ティティーヌ。そう、残念ながら……

ティティーヌの物語は、その少し先で終わっている。彼女がバンガローに戻って、波乱に満ちた夜の出来事を書き留めようとしているところまでで。そして彼女は原稿を片づけ、口封じにやって来た女にドアをあけた。

わたしはクレムの原稿の下にティティーヌの原稿を入れ、次の束を膝にのせた。

海に流すわたしの瓶　第三部

ファレイーヌ・モルサンが遺す言葉

ファレイーヌの原稿は前の二人よりぶ厚かった。

死ぬまでにわたしがしたいのは……

北極のオーロラを見ること。（……）子どもを持つこと。（……）第二の人生を、本当の人生を生きること。

主任警部の物語に入る前に、彼女の短い遺言をすべて読んだ。文体は簡潔で、いかにも犯罪捜査のことばかり考えている警察官らしい。

シャワーを浴びていると叫び声が聞こえた。（……）よく眠れなかったから。よく眠れないので、ひと晩じゅう原稿に取り組んでいた。

マルティーヌの死体が、ちょうど見つかったあとだ。わたしはじっくりと主任警部の視点に立ってみた。彼女はピエール＝イヴ・フランソワから取りあげた『男たちの土地、女たちの殺人者』の原稿を、夜を徹して読みこんでいた。自分の作品が盗作された確証を得るために。

ファレイーヌはマルティーヌ殺しの犯人はメタニ・クアキではないかと疑っていたらしい。だから本当はマルティーヌではなく、自分が狙われていたのかもしれないと思ったのだ。そして追うべき手がかりを的確にリストアップしている。タトゥー彫師、彫像（ティキ）の作者、黒真珠養殖業者……村長の小屋に残っていた匂いがママの香水だって気づいたのには、感心したわ。凄腕の女性警官ってところね。単身、メタニ・クアキの行方を追って、村のタトゥー彫師マヌアリイからあれこれ聞き出すところなんか、なかなか図太いところもあるし。

それに本当を言うと、こんなふうにひとりで事件を調べるのを、前からずっと夢見ていた。（……）少女時代の夢は、私立探偵になることだった。（……）どんな窮地も切り抜ける、プロの自信を持って。

ファレイーヌは、逆むきのエナタが何を意味するのかを見抜いた。そして雨のなか、ポニーに乗ってテイヴィテテ墓地へむかい、二度と戻ることはなかった。その場面を読んだときは、胸がどきどきした。

髪に溜まった水がぽたぽたと背中に流れ出し、腰のくびれあたりまで伝っていった。（……）ブレルやゴーギャンの気持ちがわかるような気がした。ここは一生を終えるにふさわしい、美しいところだ。

けれども、ファレイーヌが《海に流すわたしの瓶》に綴った文章のなかでもっとも心揺さぶられたのは、捜査に関したものではない。もっとも胸を打つ言葉、それは彼女が夫との苦い夫婦関係を簡潔な言葉で記した一節だった。ヤンは疑いの目で、妻を見ていた。彼女がピエール＝イヴ・フランソワに復讐をしたのではないかと。ヤンは妻がピエール＝イヴ・フランソワに出した脅しの手紙を、ポケットに隠し持っていた。ヤンはプアマウ湾の浜でいきなり服を脱ぎ、海で泳ぐ妻のもとにやって来た。ファレイーヌは夫にキスをされ、平手打ちを返した。彼らはまだ、愛し合っていたの？　まだ愛し合うことができたの？

みんなの前ではいつも、行儀のいい夫なのに。（……）昨日からわたしに注がれる、ヤン

のじっとりした視線を脳裏に浮かべた。欲望と疑いが入り混じった視線を。(……)わたしに較べたら、花柄のワンピースの歌姫然としたエロイーズなんか、ものの数じゃないわ。

わたしは混乱する頭で、ファレイーヌの物語を締めくくる言葉に目をとめた。

ヤンがキスしてきたのを思い出す。濡れた海パンがお腹に押しつけられたことも。それが欲望ではち切れそうになっているのを、わたしは感じ取った。

主任警部は真実まで、あと一歩のところまで来ていた。

でもわかってる。最悪の事態が待ち受けているのだと。

クレムとティティーヌの物語の下にファレイーヌの物語を入れて、わたしは新たな紙の山をそっと引き寄せた。

海に流すわたしの瓶　第四部

マリ＝アンブル・ランタナが遺す言葉

わたしは必死に視線を下にむけた。目を閉じてはいけない。慣れ親しんだ筆跡の走り書きを、しっかり見なければ。

死ぬまでにわたしがしたいのは

最後まで美しいままでいること。萎れてしまわない女、(……)捨てられない女のひとり

でいること。（……）

本当の母親になること。（……）

本当の自分になること。

ヤンが《恐るべき太陽》荘に電話をかけてくるなり、わたしたちは真夜中だというのに、みんなして駆けつけた。（……）タナエが次々にバンガローのドアを叩く音で、わたしは目を覚ました。


ママの日記の最初の言葉は、涙でぼやけた。

ママは着ている服や宝飾品のことには、ほとんど触れていないでしょ。《ティティーヌに対する口にできない負い目》の黒真珠にも、赤い種子の首飾りにも。空港に降り立った観光客に配る幸運のお守りなんか、大してありがたがってはいなかったんだろう。ほかのみんなは縁起を担いで、思わず触っているけれど……それでもママはピエール＝イヴ・フランソワの死体が見つかった晩だけは、あの首飾りをさげていた。お守りの力を信じたかったのね。

呪われた首飾りの力を。

ママは警戒していた。あらゆるものを、すべての人を。みんなの目には、自分が理想的な犯人に映ると思っていたんだろう。億万長者を見事に演じ、すべてを嘘で塗り固めているうちに、妄想の世界に陥ってしまったんだ。

わたしは先を急がず、一枚のページに長々と留まった。テイヴィテテ墓地の場面だ。一行一行、ゆっくりと読み進める。秘密を告白するときの口調は率直そうだった。

わたしはピエール＝イヴの愛人だった。わかったわね。そういうこと。

率直で、絶望感に満ちた口調。

ピエール＝イヴが、殺されたなんて。わたしには、彼を愛する暇もなかった。（……）彼はわたしの美しさにあやかり、わたしは彼の才能にあやかりたいと思っていたのかもしれない。だから何だっていうの。そんな苦しみはどうでもいい。わたしの気にかかるのは、次のページに書かれた別の痛みのこと。事件の捜査は問題じゃない。問題は、娘と話ができなくなった母親。娘のことで怯える母親、母親を拒絶する娘。

マイマはわたしに近づかない。まるでわたしを避けているみたいに。まるで……わたしを怖がっているみたいに。（……）マイマが逃げこむべきは、母親の腕のなかだろうに。（……）あんまり憲兵隊長とばっかりいないほうがいいわ。（……）あなたを守りたいのよ、マイマ。（……）ほっといて。ママじゃないんだから。

この言葉が、まだ頭のなかに響いている。

ほっといて。ママじゃないんだから。

ママと交わした最後の言葉。

後悔してる。本当に、心から後悔してる。この言葉は、一生頭のなかに響き続けるだろう。

そのあとママが話をした相手はエロイーズだけ。ゴーギャン記念館の前でビールをがぶ飲みしながら、ピエール＝イヴ・フランソワがつき合っているかもしれないほかの女に嫉妬したり、いかにも大金持ちみたいに見せかけて、守らなければならない秘密の心配をしたりしてた。

昨日から、今朝から、飲みたいのをずっと我慢してきた。アルコール依存症っていうのは、こんなふうに始まるのかしら。男に依存する代わりってこと？

ママは警戒していたけれど、《恐るべき太陽》荘のうえにあるバナナ園に、ずんずんと入ってしまった。あまりに遠くまで。

わたしは涙に曇った目で、ママの最後の言葉を読んだ。

死ぬわけにはいかない。マイマのために。最後にちらりとそう思った。あとはもう、顔や脚を引っ掻く枝と葉のあいだを駆け抜けるだけだ。

マイマのために。

わたしは静かな家（ファレ）のなかでつぶやいた。ただ自分のために。ただわたしたち二人のために。いつまでもずっと、わたしたちの秘密を守ってくれる蚊帳の下で。

そう、あなたはわたしのママ。本当のママだ。

ママが書いた物語も、ほかの三つの下にしまった。衣服の山の下に、思い出をしまいこむように。読まねばならない《海に流すわたしの瓶》は、残りひとつだけ。

海に流すわたしの瓶　第五部

エロイーズ・ロンゴが遺す言葉

いちばん薄いのは、まだ書き終えていないから？

死ぬまでにわたしがしたいのは、道は一本だけなのか、それとも何本もあるのかを知ること。

それにいちばんうまく書けている。

わたしは今、ほかのみんなといっしょにマエヴァホールにこもっている。（……）建てつけの悪い竹組の隙間から陽光が射しこんで、部屋は薄明かりに包まれた。家で息を潜めるようにすごす、猛暑の日々のようだ。（……）視線は部屋のなかをちらちらと行き交い続けた。稲妻が空を切り裂き始める前から、早くも嵐に怯える虫たちのように。

選び抜かれた的確な言葉。タナエはクレムとエロイーズの二人を残し、紙に書き留めたその言葉を持ちかえった。わたしはそれを、ほかの物語の下に入れた。

うなじをベッドヘッドにもたせかけ、シーツのうえにそっと重ねた原稿の束を眺めた。

これでひとつの小説ができる。海に流す瓶が一本できる。

五つの物語。五つの彫像（ティキ）。五つの力（マナ）。五人のアトリエ参加者。

それをひとつに合わせるんだ。それぞれがユニークな特徴を持っている。

やさしさ、力強さ、美しさ……

ひとりは才能にあふれ、

あとのひとりは憎しみに満ちている。

ヤン

ヤンは銃を突きつけられ、ベッドに腰かけたまま腕をあげていた。クレマンスはバンガロー《ハツタア》にゆっくりと入ってきたが、銃身の方向は一センチとぶれない。

「一杯食わされたですって?」とクレマンスは言った。「まさか、ヤン。とんでもないわ……その場その場を、なんとかずっとしのいできただけ」

ヤンはうしろに体をずらし、ひらいた手のひらをそっとおろした。右手はシーツのうえに、左手は手稿のうえに。彼は目でクレマンスに挑んだ。

「ずっとおまえを疑っていたんだ。最初からずっと、犯人はおまえだってわかってた」

それに応えるクレマンスの目に、怒りはまったくなかった。ただ果てしない憂愁が感じられるだけで。

「だったらわたしより前から、わかってたってことね。こんなことをするために、島に来たんじゃないんだから。なにも悪夢を体験するために来たんじゃない。夢を追うために来たのよ。わたしの手記を、初めから読み返してみて。ピエール＝イヴが姿を消すまで、わたしはみんなと同じアトリエ参加者のひとりだった。殺人なんかこれっぽっちもたくらんでない、犯罪とは無縁の真面目で意欲に満ちた作家志望者。小説を一冊書きあげなければ生きている意味がないとささやく声が、生まれたときからずっと頭のなかに聞こえていたからといって、それがわたしの罪だっていうの？　言葉だけが永遠なのだとささやく声が。才能のあるなしは、自分で決められるの？　結局初めから、すべては決まっていた。すべてはつながっている。わたしがしたことはすべて……逃れられない運命だった」

ヤンは挑むようにクレマンスをにらみ続けた。広げた手のひらは、ＰＹＦが書き込みを入れた原稿の束にまだ置かれている。

「運命だって？」とヤンは、目いっぱい自信ありげな声で言った。「人を殺すことが？　彼女たちを全員殺すことが？」そこで声は少しためらいがちになった。「エロイーズまでも？」

クレマンスは銃を構えたまま、ちらりと原稿に目を落とした。彼女の声は皮肉の色を帯びた。

「あなたのお気に入りだけは、認めてもいいわ。彼女のことは、前もって殺そうと思ってたかもしれないって。さもなきゃ三日前、ピトから話を聞いたあと、ゴバンノアシの実から毒を採ったりしなかったでしょうから。マエヴァホールにあったマルケサスの植物マニュアルによると、ゴバンノアシの毒は一時間で効果が最大になるそうよ。一時間で、完全に心臓が麻痺してしまうってこと。だからタヒチの司法情報局が気を利かせ、検死医を連れてきたところで、エロイーズの心臓は二時間も前に止まっているでしょうね」

ヤンは不安のあまり、息が詰まるほどだった。おれの心臓まで、止まりそうだ。けれどもエロイーズの心臓とは違って、すぐにまたどきどきと高鳴り出した。憲兵隊長はあわてているようすを見せまいと、必死に胸を落ち着けた。

「四人のライバルを亡き者にし」とヤンは続けた。「おれの口も封じたら、あとは残りの証人を始末するってわけか？　タナエ、ピト、それに娘たち、マイマ、ポエ、モアナも？」

「心配いらないわ。そこも考えてあるから。しかもプランはひとつじゃない」

「どうやらおれは、そのプランに入っていないらしいな」

クレマンスは心底残念そうな顔をして見せた。

「よくわかってるわね。さすがじゃない。あなたにはなんの恨みもないけど、このまま生かしておくわけにはいかないの」

おれは今、大きな危険を冒してる。ヤンは腕時計に目をやりたいのを、必死にこらえた。原稿にあてた手が引きつるのも我慢した。目の前に突きつけられている鉄の銃身をむしり取り、エロイーズを助けに走りたい。おもてに飛び出して、《逃げろ、マイマ、逃げるんだ》と叫びたい。たとえ背中に銃弾を浴びせられようとも。

だが、待たなければ。時間を稼ぐんだ。

「せめて、知る権利くらいはあるだろう……」

「知るって、何を？」

「理解する権利、と言ったほうがいいかな。おれには、わけがわからない」

クレマンスはテーブルクロスを飾る薄紫色のハイビスカスを、ひたすら見つめている。それからため息をつき、こう答えた。

「わけなんて、なにもないのよ。ただの事故なんだから。ここにやって来た最初の日、わた

し は意気揚々とピエール＝イヴに原稿を見せた。試作、梗概、短編、長編の構想を。あちこち線で消したり、隅を折ったりしてくしゃくしゃになった紙の束。つまり、草稿ね……わが人生の草稿。草稿なしで、完璧な人生は望めないわ」

ヤンはなにも言わず、熱心に聞き入る少年のように大きくうなずいて、先をうながすだけにした。

「最初は、万事快調だった。あんなに穏やかな気分、これまでなかったと思うくらい。この世の楽園にいて、毎日執筆したり、マイマと泳いだりしてすごせるんだから。翌朝、ピエール＝イヴが電話でセルヴァーヌ・アスティーヌと話しているのを聞いた。すばらしい、独創的な作品を見つけたって、彼は言っていたわ。もしかして、わたしの作品のこと？　にわかには信じられなかったけれど、新たな人生の扉がひらかれようとしているのかもしれない。心の奥では、ずっとわかっていたんだ。いつかわたしの才能が、認められる日が来るって。ピエール＝イヴから待ち合わせの誘いがあったとき、本気でそう信じるようになった。彼が行方不明になった数時間後、バンガローにメッセージが届いたの。真夜中、みんなが寝静まったら、港のうえの小屋に来るようにって書いてあったけど、さほど驚きはしなかった。これも彼の演出なんだろうと思っただけ。みんなと同じように、わたしも自分なりの仮説をあれこれ立ててたから。

村長の小屋に入って、すぐに気づいたわ。マリ＝アンブルがつけているエルメスの匂いがするって。ピエール＝イヴの愛人なんだ。きっとわたしが来る前に、彼はマリ＝アンブルをここに連れこんだんだ。だけどそんなこと、どうでもよかった。ＰＹＦが彼女と寝ているのは、少なくとも才能を認めたからじゃない。マリ＝アンブルが彼と寝てるのは、少なくともお金のためじゃない。あのときは、そう思ってた。

そのあと、事態は急展開した。ピエール＝イヴが出版社の社長に話していた傑作っていうのは、わたしじゃなくってエロイーズ・ロンゴの作品だった。彼はわたしの原稿を、ろくに読みもせずに突っ返した。前より少し、しわが寄ってたけど、丸めて捨てられなかっただけましってことね。けれども彼は、わたしの人生を投げ捨てた……ほんのわずかなチャンスも残さず、情け容赦なく。

《幻想を抱いてはいけない、クレム》とピエール＝イヴは言ったわ。《時間を無駄にするな。小説が好きなら、いくらでも読むがいい。しかし、書くのはやめておけ。きみの作品を出してくれる出版社は、どこにもないだろう。きみには才能がないんだ。個性もなければ世界観もない》彼は辛辣な教師みたいに、冷たくそう言い放ったわ。それから少し口調を和らげ、申しわけなかったと謝った。だが、真実を告げないわけにいかない、これは客観的な事実なんだとつけ加えた。だから悪く思わないで欲しいと。

わたしは泣いた。それで彼も、心を動かされたんでしょう。あるいはすべて初めから、計画していたのかも。ピエール＝イヴはいつでも、前もってシナリオを書いているから。でも、わたしはそうじゃない。彼は何度も繰り返したわ。真実を認めたほうがいい。たとえそれがどんなに恐ろしく残酷だろうと、知らないよりは知ったほうがいい。もし知りたくなかったのなら、たずねるべきではなかったんだと。彼はそう繰り返しながら、近づいてきた。

彼はわたしの瞼を濡らす涙を拭い、きみには好意を持ってると言った。それから声を低め、わたしの耳に顔を近づけて、力になってあげよう、アドバイスしてあげると続けた。さらにうなじに顔を近づけ、きれいだよ、だから選んだんだと打ち明けた。アトリエ参加希望の応募書類を、何百枚もめくった。志望動機書にはほとんど目を通さなかったけれど、書類の写真だけ見て、きみは好みのタイプだったからと。やがて彼の顔は、わたしの唇まで近づき……

小屋にはマリ＝アンブルの香水が匂っていた。わたしはまず、あいつの顔に唾を吐きかけた。それでも彼はたじろがなかった。それどころかわたしに抱きついて、《落ち着け、落ち着くんだ》と繰り返したわ。わたしの体を思いきり抱きしめ、胸をもんだ。ペニスが股に押しつけられるのを感じた。わかる？　あいつはわたしを、無理やり襲おうとしたのよ。

小屋の壁には、村長の猟銃がかかっていた。わたしは銃身をつかんで、あいつを殴った。銃床を頭に叩きつけたの。彼はばたりと倒れた。即死だったと思うわ。

わたしは叫んだ。

すると闇のなかから、別の叫び声が響いた。わたしの悲鳴がこだましたみたいに。外を見ると、月明かりに照らされ、マルティーヌが逃げ去るのが見えた。彼女はわたしを見たのだろうか？　声を聞き、わたしだとわかっただろうか？

そこからなのよ、ヤン。信じようが信じまいが、そこからなの、わたしがその場しのぎの犯行を重ね始めたのは。だって足もとには、血まみれの死体が転がっているんだから。わたしがこめかみを叩き割ってやった男。わたしの人生を引き裂いた男、わたしが命を奪った男が。そのときはもう、なにも考えていなかった。行動しなくては、生きのびなくては。ＰＹＦのせいで、わたしの夢は破られた。あとは悪夢にすがるしかない。

わたしはひとつひとつ、後始末した。順番に片づけねばならない仕事をリストアップして、終わるごとに線で消していくみたいに。

タナエのハイラックスは、いつも《恐るべき太陽》荘の前に停めてある。キーがさがっているマエヴァホールは、夜もあけっぱなし。わたしは車を拝借して村長の小屋に戻り、ＰＹＦの死体をのせた。隠し場所には心あたりがあった。テイヴィテテ墓地近くにある、バンヤンジュの木の小屋。あんなところを調べようなんて、誰も思わないから。馬鹿なことを考えたものよね。おかげで四駆が通れない急な坂道のうえまで、ＰＹＦの巨体を引きずりあげる羽目になったわ。すべてその場しのぎの思いつきだったっていう、いい証拠じゃないの。ペンションに戻ったときは、くたくただった。

《恐るべき太陽》荘では、みんな眠ってた。ペンションを出るとき、ファレイーヌはテラスでなにか読んでて、わたしの足音に気づいたみたいだったけど、彼女ももうバンガローに引っこんでた。どうやらマルティーヌは、みんなにふれまわったりしなかったらしい。このチャンスを生かさなくては。わたしはマルティーヌのバンガローを訪ねた。ちょっと話をしようと言って。これがまた、失敗のもとだった。村長の小屋にいたのがわたしだと、彼女は気づいていなかったらしい。けれども真夜中、わたしがのこのこやって来たのを見て、ぴんときたんでしょう。少なくとも、ＰＹＦを殴り倒したのがわたしだって察したでしょうね。でも、わたしに殺されるとまでは思わなかった。そんなこと、本のなかだけの出来事だって考えている人だもの。わたしには選択の余地がなかった。彼女か、それともわたしかだったのよ。

だからベッドのクッションで、窒息死させた。あれはもう、人生最悪のときだったわ。だってほら、ティティーヌのことはわりと好きだったし。なんとか切り抜ける算段をしながら、彼女のために小声でブレルの歌を歌ってあげたくらい。『ジョジョ』とか、『フェルナン』や『ジェフ』とか。あのときばかりは、悪知恵が働いたわ。マルティーヌのバンガロー《ウアポウ》に、誰か別のアトリエ参加者の遺言を残しておこうって思いついたの。ＰＹＦは全員の課題を、村長の小屋に持っていってたから。それにタトゥーの模様を描いた小石も置いておこう。ＰＹＦがあの朝やったのと同じように、逆むきのエナタを描いた小石を。そうすればみんな、マルティーヌ殺しにＰＹＦが絡んでいると思うはずだ。彼はまだ生きているんだろうって。そうやって偽の手がかりを撒き散らし、時間稼ぎをしよう。

時間は朝まで充分にあった。アツオナの浜へ降りて小石を拾った。途中、タトゥー彫師の店《タ・トゥ》の前を通ったとき、針を盗もうとひらめいた。あなたの奥さんが連続レイプ魔の事件を追っていて、ＰＹＦもそれに興味を持っているのは知っていた。村長の小屋で、彼から聞いていたから。マルティーヌはタトゥー彫師に刺し殺されたのかもしれない。そんなふうに見せかけて、偽の手がかりをさらに増やそう。マルティーヌの部屋にあった、若いころの写真も持ちかえった。あとでなにかに使えるかもしれないから。誰かの本に挟むかポケットにそっと入れておくかすれば、そっちに疑いをむけることができるだろうって。結局、その機会はなかったけれど。

わたしはほんの数時間のうちに、二重殺人の犯人になってしまった。そう思うと奇妙な感じがしたけれど、ここだけの話、誇らしい気もしたわ。こんなにさし迫った状況を、うまく切り抜けているって。だけど、とんだ大失敗を犯してたわ。そうでしょ、ヤン、わたしはミステリ小説に出てくるような、冷徹で奸智に長けた殺人者じゃなかった。だって指紋のことを、すっかり忘れていたんだから。わたしはマルティーヌの部屋に、指紋を山ほど残してしまったのよ。いたるところにね。

ようやくそれに気づいたのは、その日の夜だった。プアマウ湾から戻って、夕食にしようというときになって。とりあえず、すべてうまくいっていた。誰もわたしを疑っていない。少なくとも自分では、そう思っていた。けれどもバンガローに入ってみると、誰か忍びこんだ跡があり、コップや歯磨きチューブ、水のボトルが持ち去られていた。オーケー、一目瞭然ね。真っ先に考えたのは、もちろんあなたとかわいい助手役のこと。でも夕食のあと、主任警部がタナエに話しているのが聞こえたの。すべてわかった、殺人犯がどこに隠れているかわかってる、あとは決め手の証拠を見つけるだけだって。彼女はわたしのことを言ってるのだろうか？　それとも例のタトゥー彫師のこと？　そうしたら彼女、ひとりで雨のなかをポニーに乗り、ピエール＝イヴの死体を隠してあるテイヴィテテ墓地へとむかうじゃない。わたしはまたしても、とっさの対処を迫られた。夜の闇と雨に乗じて、うまくことを進められた。バンガローに戻るふりをしてすぐにまた外に出ると、コプラを乾かす物干し場に隠しておいた村長の猟銃を持ってポニーの背中に飛び乗り、ファレイーヌのあとを追った。彼女に十五分と遅れず、テイヴィテテ墓地に着いたわ。

そこでもまた、急場をしのぐはめになった。あなたの奥さんは携帯電話を耳にあて、バンヤンジュの木の下に立っていた。ＰＹＦの死体が横たわる小屋から、ほんの二メートルのところに。木の葉を叩きつける雨音のなかに、切れ切れの話し声が聞こえた。《自分なりに調べて……ようやく、すべてわかったの……見つけたのよ。この、すぐ近くで……》ファレイーヌはあなたにすぐ来て欲しいと言った。だから、選択の余地はなかった。わたしは彼女の心臓を撃ち抜いた。苦しまなかったと思うわ。そのあと、大急ぎでことを進めねばならなかった。すぐにあなたが来る。ＰＹＦの死体は重すぎて、車がなければ移動できない。死体は見つかるに決まってる。そうしたら今度こそ、あなたは警察に電話するはずだ。時間を稼がなくては。前のときと同じように、わたしは新たな遺言を残しておくことにした。マリ＝アンブルの遺言を。みんなが書いた遺言を、ＰＹＦの持ち物から回収しておいたの。ファレイーヌが持っていた小説の原稿も、小屋のなかに撒き散らしておいた。それから、ファレイーヌの携帯電話を使ってあなたに脅迫メールを送ることにした。奥さんと無事、再会したければ、警察を呼ぶなって。うまい考えだったと思うわ。これでうまくいくはずだ。わたしはファレイーヌの死体をポニーの背中にのせた。よく西部劇にあるじゃない。賞金稼ぎがおたずね者の死体を馬にのせ、保安官のところへ運ぶシーンが。わたしの場合は反対に、保安官から逃げるためだったけど。マルケサス諸島のガイドブックに書いてあるのは本当だった。島巡りをするのにいちばんいいのは、四駆じゃなくて馬だって。誰にも気づかれずに、百回だって行き来できるわ。

けれどファレイーヌの死体をどうするか、すぐに決めなければならなかった。あなたがタナエに知らせたら、彼女はすぐにバンガローのドアをすべてノックしてまわり、宿泊客を起こしにかかるだろう。そういえば、《恐るべき太陽》荘のうえに森に埋もれた聖地(メ・アエ)があった。あそこなら、しばらく見つからずにすむ。わたしはそこにファレイーヌの死体と銃を隠し、ポニーを野原に戻すと、あわててバンガローに駆けこんだ。タナエがドアを叩いたのは、わずかその五分後だったわ。

わたしのことを恨んでるでしょうね、ヤン。あなたの気持ちはわかるわ、本当に……でも、説明させて。恨みや憎しみからやったことじゃないって。あれは事故だったの。しかたのないことだったのよ。機械が暴走したみたいに。これでなんとか数時間の猶予ができた。そのあいだにみんなと少し話し合い、疑われずに島をあとにする方法が見つかるかもしれない……そうしたら、ポエとモアナが話しているのが聞こえたの。前の晩、二人は雨のなか、納屋の裏から一部始終を見ていたって。わたしがポニーに乗って出かけたのも、また帰ってきたのも。二人は直接ヤンに話すつもりらしい。

今度こそ一巻の終わりだ、捕まるのは時間の問題だって思ったわ。わたしとマリ＝アンブルは、《恐るべき太陽》荘のうえのバナナ園にいた。証人をひとりも残してはおけないとわかった。悲劇の論理を徹底するよう、なにかがわたしに迫っているんだ。正直な気持ちを言わせてもらうとね、隊長さん。わたしは生まれて初めて、自分の才能が何かわかった。それは人殺しの才能だった。とんだ皮肉よね。わたしは文才の力(マナ)に恵まれたかったのに。あるいは機智でも、優美さの力(マナ)でもいい……だけど、それは叶わなかった。わたしの彫像(ティキ)を作らせたとき、PYFにはよくわかっていたんだわ。わたしが持っているのは殺人者の力(マナ)、生贄を名指しする巫女(タフ・ア)の力(マナ)なのだと。わたしはそれが全身にみなぎるのを感じた。

すべては力(マナ)のせいだったんだろうか？　たぶん、そのせいで、わたしはこんなにもやすやすと殺人者に変貌してしまったんだ。一週間前、まだマルケサス諸島に足を踏み入れたことなど一度もなかったときから、わたしは心の奥底で感じていたんだわ。ヒバオア島の谷のハンターたちが何世紀も前から感じていた狩りの喜び、殺しの喜びを。わたしは物音が聞こえたふりをして、マリ＝アンブルが森に逃げこむのを待った。なにも難しいことはない。聖地(メ・アエ)まで走って銃を取り、彼女を追いかけるだけ。

哀れな獲物は逃げようとさえしなかった。数十メートル走っただけで、聖地(メ・アエ)のすぐ近くの石に腰かけた。《恐るべき太陽》荘の近くまで来れば安全だと思ってたのね。マリ＝アンブルはありもしない物音に怯えていた。彫像(ティキ)のうしろから聞こえたとわたしが言っただけで、彼女には聞こえてないはずなのに。ファレイーヌも前の晩、テイヴィテテ墓地の木陰でそうしていたように、彼女は思ったこと、感じたことをせっせと書きつけていた。ピエール＝イヴの指示を忠実に守って。なにがあろうと、ひたすら書くんだ。《海に流すわたしの瓶》を満たすんだ……いつか、みんなは言うのかしらね？　取り憑かれていたのはわたしだったって。マリ＝アンブルはファレイーヌと同じようにここまでの出来事を書き終えると、紙をバッグにしまった。わたしはそれを待って、引き金を引いた。

マリ＝アンブルの死体は聖地（メ・アエ）に横たえた。ファレイーヌの死体の隣、二体の彫像（ティキ）のあいだに。エロイーズの遺言を死体に添え、わたしは逃げ去った。銃声は《恐るべき太陽》荘のテラスまで届いたはず。すぐにあなたがやって来るだろう。

残るはわたしとエロイーズだけ。結局、わたしの力（マナ）が導く先には、初めからこの結末しかなかったんでしょうね。ほかのみんなを消し去って、この瞬間を迎えるために。エロイーズは目の前で、マグロのココナッツミルク和えを食べていた。彼女が好きなマルケサス料理はこれだけ。やがて喉が詰まり、意識が混濁する。指や手、腕から力が抜け、徐々に息が苦しくなる。わたしを見つめる、死んだ魚のような目がぐるぐるとまわり出す。あんなにも美人で、才能豊かだったエロイーズも……今はただの冷たい骸。でも、わたしは生きている。しっかり生きているわ」

クレマンスはようやくそこで言葉を切り、ベッドに置いた原稿の束を押さえているヤンの手に目を落とした。残された時間はあとわずかだと、ヤンにはわかっていた。クレムが話している途中に口を挟み、時間稼ぎをするべきだったかもしれない。なにか反論してもいいし、大きくうなずきながら感嘆の言葉をかけてもいい。けれども彼は、せっかく彼女が勢いこんで始めた告白の腰を折りたくなかった。心理学者のテクニック。あるいは司祭のテクニックかも……しかし診療時間は終わってしまった。あとまだ何分か、時間を稼がなくては。ヤンは新たな餌を撒いた。

「で、どうするつもりなんだ？　証人をひとり残らず始末するのか？　ヒバオア島の住民を全員片づける？　二千人の住民を？　それがおまえの計画なのか？　ムルロア環礁の核実験みたいに、いっきに吹き飛ばすのか？」

クレマンスは憲兵隊長の心臓にむけて銃を突きつけたまま、一歩退いた。

「話をちゃんと聞いてなかったみたいね、隊長さん。今度はそんな場当たり的なやり方じゃないわ。プランはひとつじゃなく……いくつも用意してあるのよ」

ヤンは安堵のため息をこらえた。クレムは餌に食らいついた。彼の手は、まだ原稿の山のうえで引きつっていた。

「いくつもって？」

「正確には三つね。まずプランA。二日前から何度も検討した、もっとも徹底した逃亡手段よ」

クレマンスは一瞬、銃口のむきを変えて自分のあごの下にあて、ヤンが反応する前にすぐまたもとの方向に戻した。

「わかったでしょ」とクレマンスは言った。「頭を撃ち抜いて自殺するってプラン。あとに残るのは、五人のアトリエ参加者の五つの死体。それに加えて、夫の憲兵隊長と作家の死体。島にやって来た警官がそれを見つける。謎の大量殺人。創作アトリエのなかで何があったのかは、誰にもわからない。なかなか印象深い結末では？」

ここは心理学者のテクニックでいこう。ヤンは両手をよじり、なにも言わずにうなずいた。

「納得できないって顔をしてるわね。だけど田舎では、そんな類の大量殺人事件がときおり起こるものよ。あなたも捜査にあたったことがあるんじゃない？　じゃあ、お次はプランB。これもじっくり検討してみたわ。自分で自分を撃つけれど、肩とか片肺とか致命傷にならない箇所にする作戦。島にやって来た警官たちは惨劇のあとを目にして、アトリエ参加者のうちひとりだけ生存者を見つける……奇跡の女はわたしってわけ。犯人はとっくに逃げ去ったあとで。初めはこれがいちばんいいシナリオだって思ったけど、考えれば考えるほど粗が見えてきた。あなたはどう思う？　隊長さん。お仲間の警察官は、こんな話を受け入れてくれるかしら？」

今度は司祭のテクニックだ。ヤンは両手を組み、黙って頭を軽く揺すった。

「無理でしょうね。残るはプランC。さっき思いついたばかりなので、細かい詰めはまだだけど、ざっと説明すると……残る解決策は、この島から逃げ出すこと。それには飛行機を使うしかない。たとえなんとか飛行機に乗れたとしても、パペーテで捕まってしまう。でも、もし……マエヴァホールのソファで、エロイーズが悶え苦しんでいるのを見てひらめいたのよね。彼女は体をこわばらせ、モップみたいなざんばら髪で顔が隠れていた。もし彼女の死体がわたしだと、見せかけられたなら？　よく考えて、隊長さん。そんなに難しいことじゃなさそうでしょ。エロイーズの顔面に銃弾を撃ちこみ、わたしの服に着替えさせる。あとはハサミで髪を短く切れば、それで手品の完成。警官たちは、クレマンス・ノヴェルもほかの被害者と同じように殺されたのだと思い、エロイーズ・ロンゴを捕まえるよう各空港に手配するでしょうね。標的はエロイーズだけ。こんなトリック、長くはもたないけれど、パペーテに着いて、どこか別の国へ行く飛行機に乗るくらいの余裕はあるわ。オーストラリアでもアメリカでも、フィジー島やニューギニアでもいいから。ついでに島を出るとき、エロイーズの原稿をもらっていけば、作戦は完璧ってところね。あなたが大事そうに守ってる、その原稿を。とてつもない傑作らしいけど、書いた本人とピエール＝イヴ以外、きっと誰も読んでいないわ。エロイーズの子どもたちさえも」

クレマンスは銃身を数センチさげ、原稿のタイトルを読もうと一瞬、身を乗り出して、長いため息をついた。

「『星に導かれて』ですって。なにそれ……月並みだって思わない？　手を入れる必要があるのは、題名だけじゃないといいんだけど。盗作するのかって？　しかたないでしょ、隊長さん。花柄ワンピースにスカーフのお人形さんは天才で、わたしには才能のかけらもないいんだから。エロイーズの傑作は、飛行機のなかでゆっくり読ませてもらいましょう。次の便が出るまで、あと一時間もないわ。変装するのにぎりぎりの時間ね」

ヤンは初めて動くそぶりを見せた。クレマンスはさっと銃身をあげた。

「手がしびれてきたの？　オーケー、だったら左手の下にある紙の束を、少しうしろにずらしなさい。未来のカルト的人気小説なんだから、そのオリジナル原稿をあなたの血で汚したくないわ」

けれども、ヤンの手はじっとしたままだった。引き金にかかったクレマンスの人さし指が、小刻みに震えている。

「お好きなように。それでエロイーズと、永遠に結ばれると思うなら……」

するとヤンは顔をあげ、殺人者の目をまっすぐ見つめた。

警察官のテクニック。

彼はただひと言、ゆっくりと言った。

「銃を捨てろ、クレム」

思いがけない命令口調は効果的だった。クレマンスは、引き金にかけた指の力を緩めた。

「何ですって？」

「銃を捨てろ」とヤンは、さらに静かな声で繰り返した。

クレムはさげすむような笑みを浮かべた。驚きの効果はすでに消えていた。

「冗談のつもり？」

彼女の指先が動いた。銃身はすわっているヤンの心臓にむいている。

「悪く思わないでね、隊長さん。わたしは地獄に落ちるけど、あなたは天国で死ねるんだから」

まさにそのとき、怒れる神があらわれたかのように空がひらけた。力強い声がトレートル湾にかかる雲を裂き、《恐るべき太陽》荘のバンガローを震わせる。そしてヤンの命令を、重々しく繰り返した。

「銃を捨てなさい」

声のあとには、どすどすという足音が続いた。何十足ものブーツが、テラスを走ってくる。クレマンスは引き金を引きそびれた。ヤンに狙いをつけたままでいるか、ふり返ろうか迷っている。

憲兵隊長はにやりとした。

「タヒチから警官隊が到着するには、たしかに四時間かかるとも、クレム。だが、おれが警察に電話したのは一時間前じゃない。マエヴァホールでは、おまえにそう言ったがね。実は四時間前、ポエとモアナの証言を聞いた直後に通報していたんだ。おまえが犯人だと確信してすぐに」

足音が近づいてくる。

「銃を捨てなさい」メガホンの声がまた響いた。

「ファレイーヌとマリ＝アンブルの死体を見つけたあと」と憲兵隊長は続けた。「おれもとっさに策を講じた。一時間あれば、なんとかなる。そのあいだにおまえの正体を暴いて自白を録音し、新たな殺人を食い止めようって」

「でも、失敗だったわね」クレマンスはしゃがれた声で言った。「タナエはわたしをエロイーズと二人っきりにしていった。そこまでは予想してなかったの？」

　クレマンスは銃身をわずかにあげ、憲兵隊長の顔面、ちょうど額に狙いをつけた。

　ヤンは思わず目をつぶった。

「最終警告だ」と天の声がうなった。

「プランCは、だめみたいね」とクレマンスはつぶやいた。「それに、プランBも」

　ヤンは目をあけた。

　クレムは銃をうえにあげていった。それからくるりとむきを変え、自分のあごの下に銃口をあてた。

「残るはプランA」

「やめろ！」

　銃声がヤンの叫び声をかき消した。それにタヒチの司法情報局司令官が発した、新たな命令の声も。弾のむきは計算どおりだとでもいうように、クレマンスは目を見ひらいてベッドに倒れこんだ。ぐちゃぐちゃのあごから噴き出る血が、びっしり書きこまれた原稿用紙に流れ落ちている。

　突撃銃と防弾チョッキで武装した四人の警官が、バンガロー《ハツタア》に入ってきた。

「死んだのか？」コマンド部隊のひとりが、間の抜けた口調でたずねた。

「いえ……生きてるわ！」と背後で叫ぶ声がした。

　清流を思わせる声が遠くから聞こえ、テラスを走るカモシカの足音が続いた。

「生きてるわ」息せき切った声は繰り返した。

マイマがバンガローに飛びこんでくる。彼女は戸口に立っていた警官の袖を引いた。大人たちに話を聞いてもらえず、苛立った少女のように。

「エロイーズは生きてる。お医者さんもいっしょでしょ。薬もあるよね。まだ息をしてる。助けられる。助けてあげて！」

セルヴァーヌ・アスティーヌ

「もしもし、誰かいないの？　パプアのみなさん、生存者はなし？」

　ささやき声が女社長に答える。

「セルヴァーヌさん？　《恐るべき太陽》荘のタナエです。大きな声で話せないんです。というのは……」

「エロイーズちゃんを出して」女社長は遮った。「いくら小声でもかまわないわよ。わたしの電話には不思議なボタンがついていて、好きなようにそっちの声を大きくしたり、小さくしたりできるんだから……で、エロイーズを出してくれる？」

「できません」とタナエは、さらに小さな声で答えた。「動かしちゃいけないって、お医者さんに言われてるんです。一命は取り留めましたが、まだ弱ってます。お腹のなかを、すっかり空っぽにされちゃって。これからなにか飲んだり、食べたりしなくては……」

「動かなくたっていいわよ」セルヴァーヌはねばった。「っていうか、口だけ動かしてくれれば。それなら大丈夫でしょ？　お願い、大事なことなの。わたしの話を聞けば、エロイーズだってたちまち元気になるわ。あなたのパッションフルーツだか、パッチョン・フルーツだかのお菓子を食べるより」

　そのあと一分間、セルヴァーヌ・アスティーヌの耳には、なにやら遠くで話す声しか届かなかった。どうやら、激しい攻防が繰り広げられているらしい。やがてタナエの声が、再び受話器から聞こえた。

「いいって言ってます。エロイーズもあなたと話したいそうです」

＊

「さてと、あなたも疲れてるようだし、手短にいきましょう。こっちは朝の五時。パリは目覚める時間だけど、わたしはそろそろ寝ようってところなの。ざっとまとめると、話はこう。二日前、ピエール＝イヴが『星に導かれて』のＰＤＦファイルを送ってくれたわ。ここではいちいち挙げないけど、大仰な誉め言葉もメールに添えられてた。もう、けち臭い暮らしはおしまいよ。あれはいくらでも宣伝に使えるわね。殺された作家を最後に感動させた傑作小説。なかなか評判になりそうでしょ。

ＰＹＦはああいう男だから、わたしも最初は警戒したわ。すぐさまあなたの原稿に飛びつかず、まずはフェイスブックであなたの写真を確かめた……そしたら、とってもかわいいじゃない。ははん、だからピエール＝イヴはあんなに誉めまくったのねって思ったけど、それは誤解だった。ひと晩かけてあなたの原稿を読んで、最初で最後、はっきり認めるわ。ＰＹＦは鼻が利いたみたいって（セルヴァーヌはそこでいきなり笑い声をあげたが、それは始まったときと同じく唐突にやんだ）。びっくりしないで。彼に敬意を払ってないなんて思わないで。むしろその反対。嗅覚を冗談のネタにされるのが、ＰＹＦは好きだったのよ。さてと、手短にいくはずだったわね。じゃあ、ひと言で言うけど、あなたにはすばらしい才能がある。あなたの本を出しましょう。さらにこの先二十作、わが社から出版する契約を結びたいんだけど」

エロイーズはセルヴァーヌがまくし立てる言葉のあいだに、小声でおずおずと口を挟もうとした。

「でも、原稿は……」

「ぐちゃぐちゃだって？　飛び散った血と脳味噌で？　ええ、わかってるわ。警察から話を聞いたから。胃の洗浄をしたとき、耳のなかまで洗ってもらえばよかったのに。言ったでしょ、ＰＹＦがまっさらな原稿を、ＰＤＦファイルにして送ってくれたって。だけどそっちの原稿も、大切に取っておきなさいよ。だってあなたがゴンクール賞をもらったら、脳味噌が染みこんだオリジナル原稿にいくらの値がつくことか。ところで、コロンボはいる？」

「コロンボって？」とエロイーズは小声で口ごもるようにたずねた。

「憲兵隊長よ。彼にもいい知らせがあるの。対蹠地（たいせきち）だから、そっちは冬なんでしょ。じゃあ、クリスマスプレゼントってところね」

＊

「もしもし、マルロー隊長？　手短に言うわよ。こっちは朝の五時だから、いつまでも遊んでられないの。編集会議で、っていうのはわたしの独断でってことだけど、ひと晩検討した結果、奥さんの作品を出版することに決めたわ。『男たちの土地、女たちの殺人者』をね。ピエール＝イヴのパソコンに残っていたファイルを、タナエに送ってもらったの」

ヤンは《恐るべき太陽》荘のテラスで、携帯電話を耳にあてていた。小道で回転灯が光っている。何人もの憲兵隊員が、村の入口にある憲兵隊詰所跡とペンションのあいだを行き来していた。

「しかしあれは、妻の原稿では……」

「奥さんの原稿じゃないって？　いえ、あれはファレイーヌの作品よ。ピエール＝イヴは丸写ししたんだから……たしかに、文体は自分なりに変えているけれど。しかたないわ、ファレイーヌはジョルジュ・サンドじゃないもの。だけど、ストーリーはすべて、奥さんの独創よ」

ヤンは、つる棚の頑丈な木の柱によりかかった。

「じゃあ、二人の共作ってことにするんですか？」

「話が通じてないようね。奥さんの小説を出版するって言ったでしょ。ファレイーヌ・モルサン主任警部の小説よ。表紙にでかでか掲げるのは、彼女ひとりの名前。悪くないでしょ？」

「そりゃまあ、でも……ピエール＝イヴ・フランソワの名前があったほうが、もっと……」

「もっと売れるだろうって？　心配いらないわ。こっちは長年、出版界でやってきてるんだから。実を言うとね、サン＝アントニオ（訳注　フランスのユーモア・ミステリ・シリーズの主人公）、ここだけの話にして欲しいんだけど、ＰＹＦの死後出版用原稿は、まだ棚にいっぱい残ってるの。少なくとも、十年ぶんはあるわね。彼は年に五作ずつ書いてたのよ。出版するのは半年に一冊がせいぜいだって、説得するのにひと苦労だったわ。つまり、そういうこと。あなたには、感動的な序文を書いてもらいたいの。なんなら、天才作家さんに手伝ってもらうといいわ。彼女とも、さっき電話で話したから。さてと、まだ配らなきゃならないプレゼントがあるのよね。あの子を連れてきてくれる？　ほら、何ていったかしら……ママミア？」

「マイマですか？」

「ママミアのほうが、響きがいいのに。そこにいる？」

　ヤンはあたりを見まわした。マイマはテラスの椅子にすわり、前に腰かけた女性警官から聞き取りを受けていた。脇では別の警官が、それをパソコンに打ちこんでいる。警官は訊問を中断し、電話に出てもいいと言った。マイマはさっさと椅子から飛びおり、携帯電話をつかんだ。

「ママミア？　こっちは朝の五時で、パン屋が仕事を始めたところ。だから手っ取り早く片づけるわよ。ひとつ、思いついたことがあるので、よく聞いてね」

マイマの日記　五芒星

ピトは土手の柔らかい地面に杖を突き立て、花を持った彫像の足もとにバラの花束を置いた。ヒバオア島を包む靄は、浜辺や村を照らす光でぼんやりと輝いている。これから大雨になるのだろうか？　頂上にかかっている雲のようすから見て、山はどしゃ降りの雨らしい。

わたしは黙って庭師の背後に歩み寄った。元船乗りは体を丸めていて、縮れ毛と広い背中しか見えない。しばらくずっと、ここにいるつもりなんだ。きっとこれからも、ティティーヌのために途中摘んだ花束を持って、繰り返しここへ来るのだろう。石の花を生きた花に変えるために。

「これ、ティティーヌに」

わたしはピトにペンダントを差し出した。チェーンの先に、黒真珠がさがっている。

「トップクラスの真珠よ。あなたがマルティーヌにあげた真珠。ママの持ち物から見つけたの。ママを恨まないでね。返すから。あなたたち二人に」

わたしは前に進み出て、石像の首にペンダントをさげた。それから指先で、そっと石を撫でた。

「感じるかね、マイマ？」

「感じるって……何を？」

「力（マナ）だ。やさしさの力（マナ）。それがおまえのなかに入ってくる」

わたしたちは、しばらくじっと石に触れていた。

「聞こえるかい、マイマ？」とピトは続け、わたしが我慢しきれなくなるのを待った。「彼女がおまえに何と言ったかわかるか？」

わかる、と思う。

「彼女は……マルティィーヌは、宝石なんかどうでもいいって？」

「そのとおりだ」

「でもママは、マリ＝アンブルは彼女よりもずっと宝石に執着していた。だからマリ＝アンブルにあげるって？」

「まさしく。どうだ、おまえもティティーヌと話ができるようになったじゃないか」

わたしはとまどった。ここへ来るまでこみあげていた怒りが、いつの間にか収まっていた。短いエンジン音が魔法のひとときを破り、熱い排気ガスがそのあとに続いた。車が三台、列をなして、脇を走り抜けていく。空港からやって来た観光客のグループだ。ピトは指を動かし、ティティーヌの石の手にそっと触れた。

「二人とも、ここを引っ越すつもりだ。景色はいいけれど、車の往来が激しいんでね。村長にかけあって、マルティィーヌをアツオナ墓地に埋葬する許可を取りつけた。イランイランノキの下に、ちょっと場所が空いていた。ジャックとマドリーの墓石があるすぐうえだ。わたしもほどなく、彼女のところへ行く。そう長くはないさ。ムルロアで、数年間すごしたこともあるからな」

わたしは手のひらで、黒真珠を強く握りしめた。

ピトは彫像(ティキ)の前にあぐらをかき、同じ高さで顔と顔をむき合わせた。マルティーヌの二十本の指に、両手を絡み合わせる。わたしはそっと遠ざかった。

死ぬまでにわたしがしたいのは
ジャック・ブレルのお墓の前で黙禱すること。
死んだあとにわたしがしたいのは、彼の隣に埋葬されること。
もし、わたしの場所があるならば。

＊

わたしはひざまずき、両手で地面を掘った。土は黒く、柔らかかった。ときどき目をあげては、正面の小山に置かれた灰色の彫像(ティキ)を見やり、石に刻まれた冠やイヤリング、凝灰岩の指輪を眺める。

「わかってくれるよね、ママ。深く掘らないと、誰かに盗まれちゃうから」

ママには聞こえているはずだ。わたしはさらに掘り続け、穴が充分大きくなったところで、なかに黒真珠を収めた。魔法の木の種を植えるみたいに。まずは軽く土をかけ、小さなプルメリアの木を抜いて根をできるだけ深く穴に押しこみ、素手でまわりに土を詰める。

「これでもう、真珠は誰にも見つからないよ。それにママの彫像（ティキ）は、いつでも花に飾られてる」

わたしはバナナの木の葉で手についた土を拭い、立ちあがった。これからは、わたしが彫像（ティキ）を取り仕切るんだ。

「愛してる、ママ。わたしはもう大人だから、もうほかのママはいらない。ママみたいな美人にはなれないけど、ママを愛したのと同じくらい、わたしを愛してくれる男の人に会えるといいな。ママの力（マナ）を少し分けてくれる？　きれいになる方法を教えてくれる？　男たちを誘惑する方法や、嘘をつく方法を？　もう行くけど、またすぐ来るから。愛してる、ママ。本当に」

小山の下を風が吹き抜け、小さなプルメリアがひとつだけつけた花をそっと揺らした。それは澄んだ雨粒をのせて輝く五芒星のようだった。

死ぬまでにわたしがしたいのは
最後まで美しいままでいること。
萎れてしまわない女のひとりでいること。

＊

ヤンが長い手紙を大声で読んでいた。わたしはそっと注意深く近づいた。でも、充分とは言えなかったみたい。裸足の足がマンゴーの皮を踏みつけ、ぐちゃっと音を立てたから。タナエ、ポエ、モアナが両手を組んだまま、眉をひそめてふり返った。だけど彼らの前にある彫像(ティキ)だけは、無表情なままだった。ひとつだけの目は、望遠レンズみたいにしっかりわたしを見すえていたけれど。そうやって巨大な石の脳に、見たもの聞いたことをためこんでいるんだろう。

ヤンは目をあげた。手紙は読み終えたようだ。そうか、隊長さんが手にしてるのは、メタニ・クアキに殺されたレティティア・シアラの母親と、オードレイ・ルモニエの友達が、ファレイーヌ・モルサン主任警部に宛てたメールのプリントアウトらしい。十五区の殺人事件は決着がついたと、判事から連絡を受けたのだ。クアキが新たな犯行に及ぶことは、もう二度とないと。けれどもファレイーヌの墓に黙禱するため、マルケサス諸島までやって来る者はいないだろう。

隊長さんは彫像(ティキ)の足もとに手紙を置いた。タナエは娘たちにそっと合図した。そして三人いっせいに身を乗り出し、エナタを刻んだ小石を三つ、紙が吹き飛ばされないよううえに置いた。

タナエは地面に片膝をついて、祈りの文句を唱えるように言った。

「ごめんなさいね、ファレイーヌ。もっと早く話し合っていればよかった。あなたが探しているのはわたしだって、わかっていれば……わたしたちには、共通の敵がいたのね」

　タナエは身をかがめ、ゆっくりと、儀式ばった手つきで三つの小石をまわした。

　正しいむきに。

　大いなる知性の彫像(ティキ)は、なにも答えなかった。肩にとまったフクロウも、ただじっとしている。ヤンはタナエが立ちあがるのを手伝おうと、手を差し出した。タナエはその手を取り、彼の肩に手を置いた。強く押しつけたせいで、肩に少し土がついた。

「ファレイーヌと二人きりになりたいでしょ」

　彼女はもう一度娘たちに合図をし、三人いっしょに遠ざかった。

　わたしもそうしようか。一瞬、ためらってから、脇に一歩動いた。

「ここにいてくれ、マイマ。ここに。おれの助手なんだから。ファレイーヌもきみにいて欲しいだろう」

　隊長さんはふり返らずに言った。まるで背中に目があって、わたしがいるのに気づいたみたいに。さもなきゃ、ひとつだけ見ひらいた彫像(ティキ)の目が、そう伝えたのかも。わたしは彼の脇に立った。隊長さんはまるで自分まで石になったかのように、体をこわばらせている。涙を流す石だ。

「きみは立派にやり遂げたよ、ファレイーヌ」ヤンは長い沈黙のあとに言った。「賞賛されてしかるべきだ。栄誉がきみを待っている。勲章をもらえるかもしれない。きみの本も出版される。フランスいち有名な警察官になるぞ。でも……おれにはわかってる。見事職務を果たしたあと、きみが望んでいたのは、すべてをもう一度やり直すことだってね。第二の人生を送りたかったのだと。そうさ、第一の人生は大成功だった。だから、また別の人生を送る資格がある。まだまだたくさんの人生を。おれもそうしたいって言ったら、許してくれるかい？　おれも……別の人生を送りたいって言ったら？」

わたしは隊長さんの手を取り、彼が涙を流すのをいつまでもじっと見つめていた。雨があがっているのも気づかずに。

足もとに置かれた三つの小石の下で、紙が風に揺れた。

死ぬまでにわたしがしたいのは
わたしが担当した事件を未解決のままにさせないこと。
殺されたレティティアとオードレイの恨みを晴らすこと。

*

ヤンとわたしはようやく彫像（ティキ）をあとにした。手をつないで森に消える二人を、濡れた隻眼が見つめていた。タナエ、ポエ、モアナが泥のなかに残した足跡を、わたしたちはたどった。言葉はひと言も交わさなかった。むかう先は、二人ともわかっていた。バナナの木は、雨水を滴らせている。ヤンは葉を掻き分けもせず、その下をずんずんと進んだ。葉が彼の顔を打ちつけ、流れ落ちる水で髪や服をびしょ濡れにさせた。うしろを歩くわたしは背が低いので、舞い散る細かな水滴を浴びるだけですんだ。やがて《恐るべき太陽》荘のうえにある聖地（メ・アエ）が、数メートル先に見えてきた。

わたしは隊長さんの手を放した。

彼を待つ人がいる。

ヤン

エロイーズはふり返った。

ヤンがこっちに歩いてくるのを、彼女はじっと見ていた。マイマは小道から離れ、ひとりで聖地（メ・アエ）の反対端へとむかった。二人のじゃまをすまいと思ったのだろう。

エロイーズは躊躇した。にっこりしようか、それとも重々しい表情を保とうか。ヤンが近づいてくる。この数日間、彼は力にみなぎっていた。ところが今は、よろめくように歩いている。エロイーズはその落差に胸を打たれた。おまけにヤンは、命からがら海から助け出された遭難者みたいに、全身ずぶ濡れだった。エロイーズは彼に手を差し出した。

「こっちへ来て」

ヤンはさらに近づき、ペンを持った彫像（ティキ）の前で立ち止まった。石像の小さな細い目は二人を無視して、テメティウ山とそのうえに広がる空を見つめている。山の頂が雲の合間から、わずかに顔を覗かせた。

「ほら、あそこ」とエロイーズは続けた。「見えるでしょ？」

ヤンは何のことかわからず、目を大きく見ひらいた。エロイーズは彼の手首をつかみ、山頂を指さした。彫像（ティキ）の視線がむいているあたりを。

「答えがわかったの。山のむこうには、なにかがある。いくつもの道が通っている。好きな道を選べばいいんだって。いちばん長くて険しい道を選ぶなら、荷物を捨てて身軽に旅すればいい。それが……唯一のやり方なんだって」

「何があるんだ、山のむこうに？」

エロイーズはにっこり笑って彫像をふり返り、石のペンをそっと撫でた。

「答えはこうね。生まれて初めて、ひとから才能があるって言われた。ずっと頭のなかで響く小さな声じゃなく、生身の人間から。信じ続けてきたのは間違いじゃなかった、すべてを捨てたのは間違いじゃなかったって」

エロイーズの指は、まだペンのカーブをたどっている。

「答えが得られたなら」とヤンは静かに言った。「もう家に帰れるのでは？」

エロイーズの顔がうっすらと陰った。彼女の髪も濡れていた。今日は花を挿していない。そんな彩りがなくても、彼女はいつも以上に美しかった。

「そうはいかないわ。みんなをあまりに苦しませたから。夫はもう別の女と暮らし始めてるし。頭のなかで声が響いたりしない女と」

「でもナタンとローラは？」

「『星に導かれて』は二人に捧げたけれど、はたして読みたいと思うかどうか。大きくなったあとだったら、なおさらだわ。母親を奪った本なんだから」

ヤンはエロイーズの肩に手をかけ、まっすぐ自分のほうをむかせた。

「きみは今、これまでになく身軽じゃないか。荷物なんかなにもない。だったらすぐにでも、子どもたちと会ったらいい。いつまで待つつもりなんだ？　ノーベル文学賞を獲るまで？　それでどうなる？　だからって子どもたちが、もっときみを愛するようになるわけじゃない。愛さなくなるわけでもない。子どもっていうのは、理屈抜きに愛するものなんだ、エロイーズ。子どもはありのままのきみを愛する。そんなふうにひとを愛せるのは、子どもだけだ……」

エロイーズはヤンの手をふりほどき、濡れた顔を空にむけた。ヤンから見えるのは横顔だけ。それがエメラルド色の森に、くっきりと浮かびあがっている。椰子の葉から滴る最後の水滴は、彼女の額や鼻、唇を嬉しげに流れ落ちていった。

「いいえ、ヤン。子どもだけじゃないわ……（エロイーズはテメティウ山の頂を、じっと見つめた）言い忘れてたけど、山のむこうに見つけたものは、ほかにもあるの」

「見つけたって……何を？」

「あなたよ」

死ぬまでにわたしがしたいのは、
わたしを裁くことなく、
ありのままのわたしを受け入れてくれる男を見つけること。
自分勝手な男を愛せる女のように、わたしを愛せる男を見つけること。

マイマの日記　唯一無二（ユニーク）！

　わたしは最後の彫像（ティキ）を、挑むようににらみつけた。けれども石像はたじろがなかった。トカゲみたいにしわの寄った小さな細い目は冷たく陰険そうで、二十本の指は捕まえた小鳥の喉をいつまでも絞め続けている。

　それでわたしが動揺するとでも？　山頂から森にむかって、靄が降りてくる。そのなかに言葉が呑みこまれてしまうような気がして、わたしは声を張りあげた。

「自信たっぷりみたいだけど、あなたの答えは何？　そういうものだ、死がおれの力（マナ）なんだってわけ？　死は伝わらねばならない、愛がわたしたちの一部であるように、死もわたしたちの一部なんだ。なにもおれのせいじゃない。ペンを握った石の隣人が、エロイーズに才能を授けたわけじゃない。それと同じだって？　そうだね、クレムのなかには初めから暴力が潜んでいたのかもしれない。けれど抑えられていた衝動が放たれるには、ここにやって来てあなたの前に立つ必要があったんじゃない？」

　彫像（ティキ）はなにも答えなかった。ミイラのテクニックってわけ。

　石像が蛇の目でわたしを立ちすくませようっていうなら、しっかりふんばってやる。だけど念のため、一歩あとずさりした。

「そんなもの、わたしには効かない。だいいち、あなたが目当てじゃないんだから。わたしはクレムと話したいの」

　誓ってもいい。彫像（ティキ）の目がきらりと光るのが見えた。それとも火山岩に含まれた水晶が光ったただけ？

「実はね、クレム、セルヴァーヌから提案があったの。どうやら彼女は、ハイエナの力（マナ）を持ってるみたい。死の力（マナ）じゃなく、死に群がる連中の力（マナ）。わかるでしょ、わたしが何を言いたいのか。でもハイエナは、食物連鎖のなかでもっとも役立つ環じゃないかな。少なくとも、セルヴァーヌはそう言ってた。食べるためにほかの動物を殺したりしないのは、ハイエナやハゲタカだけだって。わたしはセルヴァーヌ・アスティーヌの申し出を受けることにした。実を言うと、最初からそのつもりだったんだけど……どうやらわたしにも、ハイエナの血が少し流れてるみたい」

　わたしはバッグから、ぶ厚い原稿の束を取り出した。

「あなたたちが書いた五つの《海に流すわたしの瓶》を、わたしがしたみたいに並べて読んだら、面白い物語になるよね。五つの手記がひとつにつながるように取捨選択して、一章、二章と番号をふり、エロイーズの手記は本人に補足してもらって。章と章のあいだにわたしの日記を挟めば、もっといいんじゃない？　わたしが事件を調べる過程が、刻々と語られるの。そこに隊長さんが考えたことも、ときどきつけ加えて。

　セルヴァーヌはそれを本にするつもりなんだって。おそらくピエール＝イヴも、初めからそういう計画だったんだろうってセルヴァーヌは言ってた。五人のアトリエ参加者たちが、それぞれ感じたことや抱いた印象を、時々刻々語っていく。彼には五本の異なった木が必要だった。五種類の香り、五つの切り花って言ってもいい。そうやって彼なりの花束を作ろうとしたんだって。五体の彫像（ティキ）を作らせたのも、一冊の本のなかにいくつもの力（マナ）を集めるためだった。だってほら、ＰＹＦは女性を愛するように、本を愛していたから。一種類の美しさ、ひとつの才能だけでは、満足できなかったんだよね。理想は常にキマイラだった。頭はライオンで胴は山羊、尾っぽは竜の怪物キマイラ」

わたしはクレムに考える暇をあげた。キマイラ？　と彼女なら言うだろう。キマイラなんて、理想でもなんでもないって。わたしは声を潜め、石の耳にささやきかけた。

「そんなものどうでもいいってこと？　みんなひとりひとり、違うんだからって？　完璧じゃないけれど、唯一無二（ユニーク）なんだって！」

わたしは右に左にと体を動かした。霧のベールを払いのけ、太陽の光が肩越しに射しこむのにいちばんいい位置を探して。やがて彫像（ティキ）の目に、星の輝きが宿った。

「つまり、こう。本のタイトルは『恐るべき太陽』で、あなたの物語がまず冒頭に来る。あなたは文学史上、もっとも有名な殺人者になるかも。やったね、クレム！」

死ぬまでにわたしがしたいのは……

五つの大陸で四十三の言葉に翻訳される、ベストセラー小説を書くこと。

解説　驚天動地の語り＝騙り

～騙しのマキャヴェリズム～

阿津川辰海

語り＝騙り(かた)こそ、フランス・ミステリーの真髄である。

もはや言い尽くされたこの言葉が、今最も似合う作家こそ、ミシェル・ビュッシその人だ。しかも、「語り＝騙り」という定式から想像される以上に、今なお新鮮な驚きを提供してくれるのが、その最大の魅力と言っていい。

二〇一五年に『彼女のいない飛行機』が邦訳刊行され、そのストーリーテリングと大胆な設定で注目を浴び、二〇一七年に邦訳された『黒い睡蓮』では砂上の楼閣のごとき大トリックを見せつけてくれた。二〇二一年に『時は殺人者』が邦訳され、「死者から届いた手紙」というトリッキーな謎と、作者お得意の過去を絡めたプロットで日本のファンの渇(かつ)を癒した。

『黒い睡蓮』を再読していた時、こんな一節に出会った。作品全体のモチーフにもなっている、クロード・モネの逸話について、少年と少女が語らう場面だ。

「モネは古い柏の木を、冬に描き始めたの。ところが三か月後にそこに戻ったら、木には葉

ちぎらせたんですって」（『黒い睡蓮』三九八ページ）

が生い茂っていた。そこで彼は木の持ち主だった農民にお金を払い、葉っぱを一枚一枚全部

これを読んだ瞬間、「うわ、ミシェル・ビュッシみたいなエピソードだな」と思った。目的のためなら手段を厭わない姿勢。自然も人も全てを自分に従属させ、自分の理想とする騙しの世界を織り上げる、その騙しのマキャヴェリズム。

『黒い睡蓮』は、本格ミステリ作家クラブによる「二〇一〇年代海外本格ミステリベスト作品選考座談会」（川出正樹、松浦正人、三津田信三、横井司、阿津川の五名が選考委員。司会は法月綸太郎）において、松浦正人と私の推薦により最終選考まで残り、座談会においても激論が交わされた作品だった。『黒い睡蓮』の大ネタについて、松浦正人は「ブラックホールの強力な磁場で歪められた場にのみこまれるような結末」と評価し、一方では、他の選考委員から「ずるい」という趣旨の指摘も多く見られた（各選考委員がそれぞれの趣味や知識を生かして、様々なレイヤーの伏線を発見したことを発表しあったのが面白かった記憶があるが、座談会はネタバレなしで書かれているのでぼかして書かれている）。まさしく、騙しのためならなんでもやる、という技法ゆえに、フェア／アンフェアの論争を巻き起こしたのだ。個人的には、『黒い睡蓮』は、綾辻行人の技巧、中西智明のマジック、歌野晶午の物語を掛け合わせたような作品であり、根幹についての伏線は十分と考えるので（一部分は確かに不足しているが）、積極的に評価する側に回った。

ビュッシの「騙し」の魅力が最大限に発揮された長編が、本作、『恐るべき太陽』である。

南国タヒチの島に招かれた五人の招待客、彼らと対応するように置かれたそれぞれの「力（マナ）」を宿した彫像……こうした道具立てからも明らかな通り、本書はアガサ・クリスティーの『そして誰もいなくなった』に堂々と挑戦した一作である。ただし、本書では五人の招待客の他に、二人の同行者が居り、彼らの滞在する〈恐るべき太陽〉荘のオーナー一家や関係者も近くにいるなど、厳密な意味での「クローズド・サークル」ではない。とはいえ、続発する事件の緊張感や、疑心暗鬼による閉塞感などは、まさに『そして誰もいなくなった』に通ずるものがある。

ゴーギャンやジャック・ブレルに対する言及の数々は、先述の『黒い睡蓮』が美術ミステリーとしての側面もあったことを彷彿とさせるし、三〇三ページ以降、マイマとヤンの素人探偵コンビが手帳に書きつける「二十の疑問のリスト」の手法は、『時は殺人者』の中盤でも効果的に使われたものだ。手記によって「語り」を駆動していくメカニズムの確かさも、『彼女のいない飛行機』で私立探偵が書いた「クレデュル・グラン＝デュックのノート」や、『時は殺人者』のクロチルドの日記などでもみられた、ビュッシの十八番（おはこ）だ。もう、ノリにノッている。

※以下、本書のネタバレを含みます！　読了後にお読みください※

　恥を忍んで言えば、私はまんまと騙された。これほど大胆な仕掛けに。

　誤認を誘う記述は幾つも仕掛けられている。参加者全員がマイマを「子ネズミ」と呼ぶこと。参加者の多くが「赤い種子の首飾り」を身に着けていること（確かに「まるで初めて出て来たかのように」何度もくどくど描写されるとは思ったが！）。各部に必ず「クレム」に対する呼びかけがあること（一〇三ページの呼びかけや、一四四ページの起床シーンなど）。第二十五章（四六五〜四六八ページ）の携帯電話の画面の描写などは、かなり綱渡り的だ。

とはいえ、各部の冒頭に置かれた「〇〇が遺す言葉」に、記述者を判別するメタ的な役割だけではなく、現場で発見された紙片という作中現実での役割も持たせる二重性はさすがだ。

　一方で、作者が五〇二ページから始まる「マイマの日記」で執拗に回収するように、違和感はいくつも埋め込まれている。他にも、ファレイーヌの視点で書かれた第三部で、ヤンを「夫」と呼称しているのはあからさまだし、第三部で「指紋をつけていない」と第十七章に書かれた直後にクレムの指紋が見つかるし、第四部で「わたし（マリ＝アンブル）」が突然PYFの愛人だったと明かす箇所もあるし（これは第二部一〇五〜一〇六ページのマルティーヌの推理と一致している）、そもそも第二部で「わたし」がPYF殺しの現場を目撃したというのに、第三部では「昨日の午後、行方不明になってからの騒ぎは、ただの演出にすぎないのか、それとも彼は本当に襲われ、殺されたのか」（一四五ページ）などと述懐するあたりは、目撃内容を踏まえると冷静にすぎる。

明らかに語り手の連続性が失われている——その手掛かりはたくさんあるにもかかわらず、なぜ最後まで騙されたか。そこにこそ、私はこの作品の真価があると思う。フランス・ミステリーの不安定な一人称記述には慣れっこだったから……という事情もあるが。一つは、「信頼できない語り手」のシーソーゲームが巧みなことだ。マイマも身元を偽っており、ヤンは警察への通報について嘘をついていることが中盤で明らかになる。だから不自然なことが出てきても、読者は、「わたし」＝クレムとヤン・マイマ、どちらが信頼できるのか、という構図を思い浮かべてしまう。実際には、「わたし」の連続性は切断されているのに。

もう一つは、「連続性」を切断するという手法が、そもそもビュッシの十八番であるということだ。過去作のネタバレになるのでぼかすが、ビュッシは時や人の連続性を鮮やかに断ち切り、そこに陥穽(かんせい)を仕込む作家だ。その切断部に現れる切り口が、ビュッシが好んで用いる過去・時間というモチーフであり、日記・手記という小道具なのだ。

本作はまさしく、ビュッシの技巧の粋を結集させた、現時点の最高到達点と言えるだろう。

（あつかわ・たつみ　ミステリー作家）

集英社文庫

恐るべき太陽

2023年5月25日　第1刷　　定価はカバーに表示してあります。
2024年2月11日　第2刷

著　者　ミシェル・ビュッシ
訳　者　平岡　敦
編　集　株式会社　集英社クリエイティブ
東京都千代田区神田神保町2-23-1　〒101-0051
電話　03-3239-3811
発行者　樋口尚也
発行所　株式会社　集英社
東京都千代田区一ツ橋2-5-10　〒101-8050
電話　【編集部】03-3230-6095
【読者係】03-3230-6080
【販売部】03-3230-6393（書店専用）
印　刷　図書印刷株式会社
製　本　図書印刷株式会社

フォーマットデザイン　アリヤマデザインストア　　マークデザイン　居山浩二

ISBN978-4-08-760784-0 C0197

恐るべき太陽

ミシェル・ビュッシ
平岡　敦　訳

集英社文庫